UNE

# VISITE AUX COLONIES

DE LA

## RÉPUBLIQUE ARGENTINE

PAR

### ALEXIS PEYRET

EX-DIRECTEUR FONDATEUR DE LA COLONIE « SAN JOSÉ »
ET COLOMB (ENTRE RIOS)
INSPECTEUR NATIONAL DES COLONIES

## PARIS

SOCIÉTÉ ANONYME DE PUBLICATIONS PÉRIODIQUES

P. MOUILLOT, IMPRIMEUR

13, QUAI VOLTAIRE, 13

—

1889

G

25

UNE

# VISITE AUX COLONIES

PARIS. — IMPRIMERIE P. MOUILLOT, 13, QUAI VOLTAIRE. — 38115.

# UNE

# VISITE AUX COLONIES

### DE LA

## RÉPUBLIQUE ARGENTINE

PAR

## ALEXIS PEYRET

EX-DIRECTEUR FONDATEUR DE LA COLONIE « SAN JOSÉ »
ET COLOMB (ENTRE RIOS)
INSPECTEUR NATIONAL DES COLONIES

## PARIS

IMPRIMERIE TYPOGRAPHIQUE DE P. MOUILLOT

13, QUAI VOLTAIRE, 13

—

1889

# AVANT-PROPOS

*Ayant été chargé par la Commission Argentine de l'Exposition universelle de Paris de faire une étude historique et descriptive des colonies de la République, j'ai dû commencer mon travail par une visite à ces colonies; c'est le récit de cette visite que je publie maintenant.*

*Ceci est plutôt l'introduction à un livre qu'un livre méthodique proprement dit, tel que le demanderait une étude complète. Ce travail, je me réserve de le faire paraître plus tard, quand j'aurai pu réunir tous les renseignements nécessaires, tous les détails que je n'ai pu me procurer dans cette rapide excursion; néanmoins j'en dirai assez dès à présent pour intéresser le lecteur aux progrès rapides qui se sont accomplis depuis une trentaine d'années dans cette importante partie du Continent Sud-Américain, grâce à l'initiative prise par les législateurs intelligents qui ont indiqué dès le premier moment la voie qu'il y avait à suivre pour élever leur pays à la hauteur de la civilisation contemporaine en faisant une large part à l'immigration et à la colonisation, en appliquant sur une grande échelle le précepte politico-économique formulé dès le premier jour par le plus éminent d'entre eux : « En Amérique, gouverner, c'est peupler. »*

*D'ailleurs, la Commission m'avait demandé une relation abrégée, d'une lecture facile, agréable, de manière à la rendre accessible à toutes les intelligences, plutôt qu'une étude sévère qui ne pourrait être abordée que par un nombre restreint de lecteurs : car alors, elle n'aurait pas atteint son but, qui est de faire connaître ce pays à toutes les personnes du monde, disposées pour un motif ou pour un autre à venir l'habiter, conformément aux promesses solennelles de la Constitution promulguée dès 1853.*

*Buenos Aires, février 1889.*

UNE

# VISITE AUX COLONIES

## DE LA RÉPUBLIQUE ARGENTINE

I

Colomb (Entre Rios), le 26 décembre 1887.

Ma première visite a été pour la colonie la plus rappro-
chée de la capitale argentine, pour la colonie *San José*, tandis
que l'ordre chronologique eût exigé que j'ouvrisse mon
récit par la colonisation de Santa Fé.

Parti de Buenos Aires à dix heures du matin, on arrive le
lendemain matin à quatre heures, quand la rivière de l'Uruguay, est haute, à Colomb, qui est le port de cette colonie;
quand les eaux sont basses, on arrive un peu plus tard
parce que le steamer est obligé de faire des détours pour éviter
les bancs de sable. La position de Colomb est des plus pittoresques et le débarquement y est des plus faciles : aussi cette
ville est-elle appelée à un grand avenir commercial.

Elle a été fondée postérieurement à la colonie, car elle date
de 1863, tandis que la colonie date de 1857 ; elle fut fondée
pour donner un port à celle-ci, parce que jusqu'alors les

colons étaient obligés de porter leurs produits par voie de
terre à la ville de Conception de l'Uruguay, située à sept
lieues plus bas, sur un bras de la même rivière, ce qui leur
faisait perdre beaucoup de temps : c'était d'ailleurs un marché insuffisant, tandis que l'ouverture du port mettait les
colons en communication avec toutes les villes du littoral
et même avec les navires d'outre-mer qui peuvent mouiller
dans ses environs et qui viendront jusqu'au pied de la berge,
quand on aura achevé les travaux de dragage projetés.

Voici par suite de quelles circonstances cette ville et cette
colonie ont été fondées.

Quelque temps après la bataille de Caséros (3 février
1852) qui mit fin à la dictature de Rosas dans les contrées
Platéennes, deux citoyens français, le docteur en médecine
Auguste Brougnes et M. John Lelong, passèrent des contrats
de colonisation avec le gouvernement de la province de Corrientes. Ceci se passait en 1853. Le contrat de Brougnes fut
approuvé par le gouvernement de la confédération dont le
président était alors le général Urquiza, vainqueur de
Rosas. Il retourna immédiatement en Europe pour en poursuivre l'accomplissement : à cet effet, il envoya un certain
nombre de familles (1854) qui furent établies aux environs
de la ville de Corrientes et avec lesquelles on fonda la
colonie *San Juan ;* mais ce premier essai de colonisation ne
donna pas de bons résultats pour des causes que le docteur
Brougnes lui-même a fait connaître dans divers opuscules
publiés en langue espagnole : les familles se dispersèrent,
sauf un petit nombre ; les unes furent transportées sur les
rives de l'Uruguay où elles sont encore et où nous les retrouverons plus tard ; les autres se répandirent dans le pays. Cet
échec eut indubitablement des conséquences fâcheuses, car
il dut avoir un retentissement désagréable dans les contrées
dont les populations se disposaient à émigrer, je veux dire

les contrées du sud-ouest de la France et surtout la région des Pyrénées Occidentales.

Un autre échec suivit, ou plutôt précéda l'échec de la colonie San Juan : ce fut la dissolution de la colonie *La Nouvelle Bordeaux* fondée avec des colons français dans le Chaco Paraguayen (1856-57) par Lopez, président de la république du Paraguay. Cette localité devint la *Villa occidentale*, quand cette partie du Chaco eut été reconquise par les Argentins après la guerre de la triple alliance, et la ville *Hayes*, quand l'arbitrage du président des États-Unis l'eut rendue aux Paraguayens.

Sur ces entrefaites, M. Lelong avait passé, comme j'ai déjà dit, lui aussi, un contrat de colonisation avec le gouvernement de Corrientes ; mais il ne commença à envoyer les premières familles qu'en 1857 ; à cette époque, le gouvernement de cette province ne se souvenait plus d'un contrat qu'il considérait, à tort ou à raison, comme périmé. Cette question a donné lieu à un procès et à des réclamations ; mais je n'ai pas à entrer dans ces détails.

Ces premières familles, au nombre de cent, arrivèrent donc au Rio de la Plata, précédées par M. Charles Beck-Bernard, un des chefs d'une maison d'émigration de Bâle, qui venait, lui aussi, avec des intentions colonisatrices. La maison Beck et Herzog avait déjà fourni une grande partie des familles avec lesquelles M. Aaron Castellanos fonda la colonie *Esperanza*, cette mère des colonies de Santa Fé, que nous visiterons plus tard.

M. Beck étant arrivé à Parana, alors capitale provisoire de la confédération, on lui déclara que le gouvernement de Corrientes considérait le contrat comme périmé. Cette déclaration mettait M. Beck et sa maison dans de sérieux embarras, car il avait dû fournir caution au gouvernement de la confédération Helvétique ; cette caution était donc perdue, et comme il se proposait lui-même de fonder des colonies, tous ses projets étaient sérieusement compromis. Tout cela allait faire du tort, non seulement à MM. Beck et Herzog, mais encore au pays tout entier.

Pour se rendre compte de la situation, il faut ajouter que la colonie Esperanza ne comptait guère plus d'un an d'existence, qu'elle avait encore à lutter contre de très grandes difficultés, et qu'elle n'avait pu se sauver que par l'intervention du gouvernement national.

Ce fut alors que l'on conseilla à M. Beck de se présenter au général Urquiza et de lui proposer un nouveau contrat de colonisation ; mais le gouvernement national n'était pas en état de l'accepter ; il avait déjà fait des sacrifices pour les colons de Santa Fé et pour d'autres encore. Le général se décida à agir comme simple particulier ; il consentit à recevoir les familles sur de nouvelles bases, qui furent rédigées par M. Beck, et le conducteur des émigrants, qui étaient arrivés ou qui allaient arriver dans le Rio de la Plata, reçut ordre de les transporter sur les terrains dits de l'Ibicuy dans le département de Gualéguay et sur les bords de la rivière de ce nom.

Il va sans dire qu'il n'y avait rien de préparé pour les recevoir. Cependant ils restèrent campés dans ces parages pendant trois semaines, tandis que le géomètre arpenteur étudiait le terrain ; mais il ne tarda pas à se convaincre qu'il était tout à fait impropre pour la colonisation agricole, car il était sujet aux inondations, exposé aux crues extraordinaires du Rio Parana : il déclara donc formellement qu'il ne voulait pas assumer la responsabilité de calamités qu'il jugeait inévitables.

En présence de cette déclaration, le général Urquiza dit à M. Charles Sourigues (c'était le nom du géomètre arpenteur), de chercher un terrain mieux approprié sur les rives de l'Uruguay où il possédait plusieurs *estancias*. Les colons durent donc se rembarquer et recommencer une nouvelle pérégrination.

Il faut observer qu'à cette époque il n'y avait pas encore de service de navires à vapeur sur ces rivières et que la navigation par navire à voiles était des plus lentes, des plus pénibles. Enfin ils arrivèrent le deuxième jour de juillet (1857) à l'endroit appelé *Calera de Espiro* (four à chaux d'Espiro) : c'était le nom de l'ancien propriétaire du terrain, à deux lieues environ au nord de Paysandu, mais sur la rive opposée ; là ils durent former un nouveau camp, pendant qu'on arpentait les terrains, les *concessions*, pour employer le langage des colonisateurs, et remarquez que cette expression n'est pas exacte, puisqu'on ne concède pas les terrains et qu'on les vend bel et bien.

J'ai dit qu'ils formèrent un nouveau camp ; on ne saurait donner un autre nom au rassemblement qu'ils improvisèrent sur les rives de l'Uruguay. Les uns gagnèrent le hangar où l'on entreposait la chaux ; d'autres se glissèrent dans le four où on la faisait cuire ; d'autres construisirent des huttes, à l'abri des arbres heureusement très fourrés, avec des branchages et des herbes ; d'autres firent des tentes avec des draps de lit en entassant des malles et des caisses les unes sur les autres ; enfin tous s'arrangèrent du mieux qu'ils purent dans la forêt d'*espinillos*, de *gnandubays*, de *quebrachillos*, de *talas* et autres arbres, qui couvraient alors de leur fouillis à peu près impénétrable la berge et le plateau où s'élève maintenant la ville de Colomb, montrant au voyageur ses maisons blanches entourées de saules et d'eucalyptus.

Le patron du four à chaux était un vieux Basque français, horriblement bègue, vivant en compagnie d'un Indien, plus vieux encore, qui avait acquis une certaine célébrité sinistre dans les guerres civiles du temps passé ; il était le bourreau de l'armée, c'est-à-dire chargé d'égorger avec le couteau les individus condamnés à mort, et ils étaient assez nombreux à une époque où l'on ne faisait quartier à personne. Le bègue fut obligé de quitter la chaumière de roseaux où il habitait pour

la laisser aux femmes enceintes qui allaient accoucher d'un
moment à l'autre; il y avait là une petite chienne qui avait
des petits et qui dut fournir son lait à une fille nouvellement
née; celle-ci est devenue avec le temps une Suissesse vigou-
reuse.

Heureusement l'hiver était sec et la saison des plus favorables : on n'eut pas de maladies à déplorer; les émigrants
conservaient leur gaieté. Cependant quelques-uns maugréaient
contre leur sort et se plaignaient amèrement, surtout quand
ils avaient bu un coup : ils disaient alors qu'on les avait vendus comme des chiens.

« Où sont, disaient-ils, les orangers qu'on nous avait promis? Nous ne voyons ici que des arbres épineux! »

Un vieil Allemand ne voulait pas encore débarquer, quand
toute sa famille était déjà à terre, parce qu'il n'apercevait
pas d'orangers sur la rive. Il continuait à se promener à
bord, contemplant avec colère les arbres de la forêt, si
différents de ceux qu'il s'attendait à trouver, et allant
d'un bout à l'autre du navire comme une bête féroce dans sa
cage.

Il en coûta pour leur faire comprendre qu'ils n'avaient rien
perdu pour ne pas aller à Corrientes, qu'ils seraient mieux
ici, qu'ils jouiraient d'un climat plus doux et que la terre y
était aussi bonne, si ce n'est meilleure, car elle s'adaptait à
des cultures aussi rémunératrices que celles de cette autre
province.

L'oisiveté est la mère de l'ennui; mais les colons avaient
presque tous apporté des fusils de chasse et des carabines :
le gibier abondait dans la forêt et sur le *campo* où les autruches et les cerfs paissaient fraternellement avec les vaches et
les juments. Les capivares et les loutres pullulaient dans les
ruisseaux, les canards sauvages dans les lagunes, les perdrix
dans les hautes herbes; des nuées de pigeons ramiers et de

perruches obscurcissaient le ciel, sans compter les étourneaux, les vanneaux armés, les flamants, les courlis, les poules d'eau et un nombre considérable d'autres oiseaux : de sorte que les colons, bons tireurs en général, avaient de quoi se distraire et pouvaient ajouter des mets succulents à la ration de viande qu'on leur distribuait. Il y en eut un qui se voua presque exclusivement à l'extermination des chevreuils et des capivares, et qui continua à chasser, lorsque les autres eurent entrepris les travaux d'agriculture : il tenait un compte exact du nombre de ses victimes : au bout de deux ou trois ans, il avait atteint un chiffre vraiment incroyable.

Un autre, qui était chasseur de chamois dans son pays natal, disait qu'il n'en manquait aucun, dès qu'il pouvait leur voir les cornes, mais à présent sa vue commençait à faiblir.

Tous ces Suisses, il faut en convenir, étaient de dignes descendants de Guillaume Tell, bien qu'ils eussent remplacé l'arbalète par la carabine ; il n'y avait pas de meilleurs tireurs au monde. Non seulement ils étaient chasseurs, mais encore un grand nombre d'entre eux avaient été soldats ; ils avaient servi dans leur patrie, où ils le sont tous d'après la loi, en Italie, à Rome, à Naples, en Sicile, pendant les guerres civiles et les révolutions de 1848. Il en était un que ses compatriotes appelaient le *capitaine*, et en effet il avait apporté son uniforme, ses épaulettes et son sabre, dont il faisait usage dans les grandes occasions, lorsqu'il y avait quelque fête à célébrer, c'est-à-dire lorsque quelque personnage politique venait visiter la colonie.

C'est lui qui commandait alors la parade, et il était impossible de voir au monde un homme plus content. C'est ce qu'il fit, quand le président Sarmiento vint en 1870 avec le général Urquiza. Hélas ! il est mort depuis longtemps le capitaine Delaloye ; mais il est juste de consigner son souvenir dans cette ébauche historique d'une œuvre aussi grande, aussi grosse de conséquences importantes que peut l'être la colonisation du territoire argentin.

Enfin, quoique chasseurs et soldats presque tous, les émigrants n'étaient pas venus en Amérique pour se livrer à la chasse et faire la guerre.

Ce qu'il y avait de plus important, de plus pressant, c'était de les installer le plus tôt possible sur les concessions qu'on leur destinait. Le géomètre avait entrepris les travaux d'arpentage, avec l'aide des colons eux-mêmes qui allaient tous les jours traîner la chaîne à travers les collines et les bas-fonds : ils appelaient cela *toiser*.

Que de terrain vacant ! s'écriaient-ils, à l'aspect des interminables prairies de l'Entre Rios, dont les ondulations ressemblent aux vagues d'une mer solidifiée. Ils ne pouvaient comprendre qu'on eût laissé tant de terre déserte et inculte jusqu'alors, eux qui n'avaient eu à leur disposition que quelques mètres carrés (jucharts) sur les rochers des Alpes, eux qui avaient été forcés d'apporter la terre dans des paniers pour remplacer celle que les avalanches et les eaux leur faisaient perdre ; eux qui passaient six mois, si ce n'est davantage, dans leurs chalets, parce que les neiges ne leur permettaient pas de sortir, obstruant les chemins, couvrant les vallons et les montagnes : ils se croyaient transportés dans un paradis, et l'espérance commençait à renaître dans les cœurs.

Enfin les *concessions* furent tracées, bornées ; elles étaient de six cents vares par chaque côté. On en remit une à toute famille composée de cinq personnes adultes ; elle devait recevoir aussi quatre bœufs de labour, deux vaches laitières avec leur veau, deux chevaux, cent piastres boliviennes destinées à acheter des semences et des instruments aratoires, la nourriture pendant une année, ou, pour mieux dire, jusqu'à la première récolte ; les colons pouvaient aussi couper du bois et des roseaux (*Gynerium argenteum*) dans les forêts voisines pour construire leurs habitations et pour leur usage. Il vint des charrettes à bœufs des *estancias* du fondateur de la colonie et des voisins pour transporter les familles sur leurs terrains avec leurs meubles et leurs bagages ; elles improvisèrent leurs habitations au milieu du *campo ;* il va sans dire qu'elles n'étaient pas très confortables, mais c'était tout ce qu'il fallait pour les garantir contre les intempéries. En même temps on leur livra les bêtes de travail, les bœufs, les chevaux ; cette opération n'était pas sans quelques difficultés, car un grand nombre de colons n'avaient jamais manié de bœufs ni de chevaux de leur vie : c'étaient des montagnards accoutumés à vivre sur les parties les plus élevées des Alpes et qui travaillaient la terre avec la bêche plutôt qu'avec la charrue ; ils avaient peur des bœufs ; ils disaient qu'ils étaient *tant farouches !* il fallait les leur remettre *jouclés*. Enfin tout cela prit fin et l'on se mit à défricher la terre ; on avait emmené les troupeaux de l'*estancia* sur ces entrefaites, mais beaucoup d'entre eux ne devaient pas tarder à revenir à leur pâturage de prédilection, à leur *querencia*, comme on dit en langage américain ; les cerfs, les chevreuils, les autruches quittèrent les prairies qui pendant si longtemps avaient été leur domaine partagé avec les troupeaux à demi sauvages ; le *campo* se diapra de distance en distance de grandes taches noires qui formaient un contraste énergique avec la couleur verte de la prairie ; c'était la charrue qui ouvrait le sein de la terre vierge où le laboureur allait jeter la graine féconde, le maïs qui est la plante préparatoire de toute culture, qui ouvre la voie au blé et autres plantes alimentaires.

La colonie *San José*, à laquelle personne ne pensait quatre mois auparavant, était fondée. C'est ainsi qu'on avait improvisé un centre de population de cent familles, plus de sept cents âmes — suisses et savoisiennes ; — c'est ainsi qu'on avait mis en terre le germe d'une rénovation sociale tout en préparant une révolution économique et politique dans la manière d'être des contrées argentines. La colonie *San José* dans la province d'Entre Rios, la colonie *Esperanza* dans la province de Santa Fé devenaient le complément de la victoire de Caséros.

# II

Les cent premières familles fondatrices de la colonie dite
de *San José* avaient été établies en août et en septembre
1857, à une petite distance du Rio Uruguay, entre les ruisseaux de la *Leché* et de *Perucho Verna*, sur un terrain ondulé,
coupé de lagunes et sillonné par des cours d'eau, terrain excellent pour l'élevage du bétail, qui s'adapte à toute espèce de
culture ; car c'est parfois la terre noire chargée d'humus .
qui convient pour la production du blé, et parfois une terre
sablonneuse, siliceuse, qui convient pour la production de la
pomme de terre, de la patate, de l'arachide, de l'oignon, de
toute espèce de légumes, pour les arbres fruitiers, enfin pour
la vigne ; et à ce sujet, il faut dire que cette dernière culture
a pris depuis quelque temps un développement considérable.

La plupart des familles appartenaient au canton du Valais :
il y en avait aussi quelques-unes du canton de Berne et des
autres cantons ; le reste venait de la Savoie.

La vérité historique m'oblige à déclarer que les Valaisans
étaient des agriculteurs médiocres, ce qui se comprend, car
ils n'avaient pu faire l'apprentissage de l'agriculture sur leurs
montagnes, qui sont les plus hautes de l'Europe et où la
nature ne le permet pas : c'étaient plutôt des éleveurs de
bêtes à cornes, des vachers, qui vivaient de laitage et qui
faisaient du beurre et du fromage.

Je crois qu'on a eu lieu de faire la même observation dans
les colonies de Santa Fé.

Les Savoisiens montraient plus 'd'intelligence et d'aptitude au travail.

Aux contrariétés, dont ils avaient eu à souffrir les uns et les autres, vint s'ajouter la terrible sauterelle, qui fit son apparition dans cette même année 1857 ; cette circonstance obligea le fondateur de la colonie à continuer la distribution de vivres pendant six mois encore, c'est-à-dire jusqu'à la fin de 1858.

C'est à cette époque que commencèrent à arriver des familles d'Europe : celles-ci étaient attirées par les lettres de leurs parents et amis d'Amérique : l'immigration *spontanée* succédait à l'immigration *artificielle*.

On a beaucoup discuté sur les avantages relatifs des deux systèmes. Les partisans du *laisser faire, laisser passer*, soutenaient et soutiennent que l'État ne doit pas s'occuper de ces choses-là, parce qu'il est mauvais entrepreneur et mauvais administrateur ; l'État est un organe parasite dont il faut réduire les attributions à la plus simple expression : l'État est un cancer rongeur qui dévore tout ce qui est à sa portée ; l'État, en un mot, n'est qu'un mal *nécessaire*. Par conséquent, il ne saurait lui convenir d'entreprendre des opérations de colonisation ; il faut laisser cette affaire à l'initiative des particuliers ou des collectivités, aux sociétés particulières, aux compagnies, en un mot à la spontanéité.

Les partisans de l'immigration artificielle soutenaient et soutiennent que, si l'État n'avait pas été le premier promoteur de la colonisation, par des moyens indirects et même directs, jamais les travailleurs européens n'auraient pensé à prendre le chemin de la République Argentine, à laquelle nul ne pensait alors dans les campagnes du monde ancien, et que les savants eux-mêmes ne connaissent pas encore aujourd'hui.

Ils ajoutaient que les continuelles agitations, que les révolutions de l'Amérique du Sud ne pouvaient qu'éloigner de

ces contrées en proie au tumulte l'excès de la population
européenne, bien loin de l'attirer ; que les compagnies de
colonisation ne pouvaient se former parce qu'elles n'avaient
pas d'avantages à offrir à leurs actionnaires ; que celles qui
avaient tenté des opérations de cette nature s'étaient ruinées ;
que, si l'on attendait l'arrivée de l'immigration spontanée,
le pays continuerait à être indéfiniment dépeuplé ; que, par
conséquent, la colonisation était une affaire d'État, que l'État
seul pouvait faire les sacrifices qu'elle demande; que, en fin
de compte, l'État n'a rien à perdre parce que les colons qu'il
introduit et qu'il entretient restent dans le pays où ils deviennent des producteurs et des contribuables ; que chaque colon
est un capital formé, un homme fait, représentant une somme
considérable de temps et d'argent ; et que les gaspillages
même de l'administration par l'État ne valent guère la peine
d'être pris en considération, ou ne méritent qu'une considération secondaire, quand on les compare aux résultats, à la
portée de la colonisation.

Qui avait raison ? Les partisans de l'immigration spontanée
semblent avoir triomphé; la colonisation officielle n'a pas
donné les résultats qu'on en attendait; il s'est établi un grand
courant d'immigration ; mais il faut bien reconnaître que sans
les essais artificiels, sans les premières colonies qui furent des
œuvres officielles, plus ou moins heureuses, l'immigration
spontanée n'eût pu se produire, ou qu'elle eût mis bien du
temps à le faire ; d'où l'on peut déduire que la colonisation
officielle était l'indispensable condition préalable de la colonisation spontanée. Si le gouvernement de la Confédération
Argentine, établi alors à Parana, si le gouvernement de la
province de Santa Fé n'avaient fait les frais de l'établissement de la colonie *Esperanza*, jamais la colonisation de Santa
Fé ne serait devenue un fait, ou tout au moins eût-il fallu un
siècle pour produire l'imposante réalité qui frappe aujour-
d'hui notre vue.

Donc l'action de l'État est bonne, est utile, est nécessaire,
au moins pour prendre l'initiative, pour déterminer l'impulsion décisive. Ceux qui ne reconnaissent pas de vertu à
l'État se souviennent trop du passé : ils ont les regards
tournés vers l'État monarchique : celui-ci était un cancer
indubitablement ; mais l'État républicain est-il dans le même
cas, ou ne saurait-il se modifier dans le sens du bien et de
l'utilité sociale?

L'État est la force collective, c'est-à-dire une résultante
sociale qu'on ne pourra jamais supprimer entièrement,
parce que l'homme est un animal sociable, d'après Aristote, et
que l'individualisme ne peut être érigé en règle absolue.

Ces considérations de philosophie politique m'ont entraîné
bien loin de la colonie *San José;* il est temps d'y revenir.

Le général Urquiza ne voulut pas attendre les effets de
l'immigration spontanée : en 1859 il chargea un agent spécial
d'aller chercher deux cents familles de plus. Celles-ci commencèrent à arriver à la fin de l'année et continuèrent à
venir pendant les années 1860 et 1861. Malheureusement
l'agent du général était un ecclésiastique : il commit la
faute d'exclure l'émigration protestante : il est vrai que
le général le désapprouva, mais alors il était trop tard
pour réparer la faute commise. Ce même agent introduisit
un nouvel élément dans la colonie : ce fut l'immigration
piémontaise qui est laborieuse et économe; aussi est-elle
celle qui a le mieux réussi.

C'est ainsi que tout le terrain destiné à la colonisation se
trouva occupé; on peut même dire qu'il était devenu trop
étroit; il fallut réduire l'étendue de terrain qu'on livrait à
chaque famille; ce fut une nouvelle faute qui devait nuire à
la prospérité et arrêter l'essor de la colonie.

On ne pouvait faire de l'agriculture sur une grande échelle
ni appliquer les procédés de la mécanique moderne. Ajoutez

à cela que la colonie était entourée d'*estancias* (fermes à bétail) dont les animaux l'envahissaient de jour et de nuit, surtout de nuit. Les colons devaient perdre leur temps à enclore leurs champs auxquels ils ne pouvaient donner d'ailleurs toute l'étendue désirée, et il leur fallait monter la garde pour écarter ces infatigables ennemis de leurs récoltes. Enfin on prit le parti de construire une grande clôture collective de fil de fer autour de la colonie; c'était là une mesure de salut, mais de restriction en même temps, puisqu'elle devenait un obstacle perpétuel à son développement futur.

Au fond de tout cela il y avait la lutte du berger et de l'agriculteur : être ou n'être pas, comme dit Shakespeare. Un publiciste moderne a prétendu que cette lutte est symbolisée par le mythe de Caïn et d'Abel : d'après lui, le mot Caïn représente l'agriculture qui s'entoure de *pieux* pour défendre sa semaille, tandis qu'Abel ou Habel est le *vide*, le désert, l'espace ouvert dont le berger a besoin pour ses troupeaux nomades.

Les hostilités ne tardent pas à éclater entre les deux partis, car elles sont inévitables : Caïn, c'est-à-dire l'agriculteur, vainc, tue Abel, c'est-à-dire le pasteur; la grande révolution économique et sociale s'accomplit; l'humanité transformée voit s'ouvrir une ère nouvelle; la preuve en est que Caïn, le meurtrier de son frère, fonde la première ville et par conséquent la première société civile; car dire ville, c'est dire législation, règlement, gouvernement, *civitas* en latin, *polis* en grec.

La mythologie grecque est d'accord avec la mythologie hébraïque : elle rapporte aussi que *Cérès*, la déesse de l'agriculture, établit les premières lois.

Enfin, quelque soit le sens de ces mythes, le fait est que la colonie subissait les attaques de l'*estancia;* d'une autre part, certains *fils du pays* ne se faisaient pas faute de décou-

2

rager les colons : ils leur assuraient que l'agriculture *ne sert
pas ici*, qu'elle ne mène à rien ; que c'était en vain *qu'ils travaillaient comme des ânes*, qu'ils perdraient leur temps et le
général Urquiza, son argent ; qu'ils ne feraient pas de récolte,
que tôt ou tard la sauterelle, la fourmi, la mouche grise
(espèce de cantharide qui attaque surtout la pomme de terre),
la sécheresse, la rouille les obligeraient à lever le camp. Et
en même temps qu'ils s'évertuaient à décourager les colons,
ils cherchaient à les discréditer devant l'opinion et devant les
autorités ; enfin, et c'était là un de leurs principaux argu-
ments, ils ajoutaient qu'ils ôtaient l'abreuvage aux troupeaux des *estancias* et que leurs chiens épouvantaient les
moutons.

En effet, il y avait, je le répète, incompatibilité entre la
colonie et l'*estancia;* mais ici il faut s'entendre, entre la
colonie et l'*estancia* comprise, pratiquée à la manière
ancienne, l'*estancia* rudimentaire, primitive, qui laisse tout
faire à la nature et qui ignore presque entièrement les éléments de la zootechnie ; mais l'agriculture peut, que dis-je ?
elle doit s'accorder avec l'élevage scientifique pour que la
colonisation réussisse et cesse d'être exposée à des contretemps qui la feraient échouer. A proprement parler, il n'y a
pas d'agriculture possible sans élevage ; car il n'est pas de
terre, si fertile qu'elle soit, qui ne s'épuise à la longue ; or,
l'unique, si ce n'est le principal moyen de lui rendre la fertilité perdue, c'est le fumier des animaux.

Cependant les *estancieros* disaient aux colons : si vous
voulez récolter, faites des clôtures : en vérité la colonie les
gênait. Je parlais une fois de cette question à M. Nicasio
Orono, ex-gouverneur de Santa Fé, il me dit : « Ce qui serait
juste, ce qui serait rationnel, c'est que les *estancieros* prissent
le parti d'enclore leurs terrains au lieu d'exiger que
les agriculteurs fassent des clôtures, car ce sont les animaux, ce ne sont pas les végétaux qui marchent : on ne

voit pas bouger de place le blé, ni le maïs, ni la pomme
de terre ».

Le temps a donné raison à l'ex-gouverneur qui a tant
poussé — il faut le dire en passant — à la colonisation
de Santa Fé : les *estancieros* ont pris le parti d'enclore leurs
terrains, ce qui a été un premier pas vers la zootechnie, et
les agriculteurs ont pu se reposer pendant la nuit après avoir
travaillé pendant la journée.

J'ai déjà dit que la fondation de la ville de Colomb date
de 1863. En effet, ce fut à cette époque que le général
Urquiza vint en poser la première pierre, bien que les travaux
n'aient sérieusement commencé que l'année suivante.

Cette fondation coïncida avec la guerre civile qui éclata
dans l'État oriental de l'Uruguay et avec la guerre que les
trois puissances alliées (République Argentine, Brésil, Uruguay) firent au Paraguay, et qui fut la conséquence de la
première. A quelque chose malheur est bon. Ces guerres
donnèrent de l'importance à la ville de Colomb, qui devint
le refuge des exilés orientaux et un débouché pour les produits de la colonie que l'on exportait jusqu'au Paraguay.

La ville de Colomb fut érigée en *délégation* politique et
plus tard en chef-lieu du département (1869). Son port acquit
une importance incontestable.

Ces progrès rapides furent ajournés par la mort violente
du général Urquiza et par les guerres civiles qui la suivirent
(1870-71-73) ; car elles déterminèrent le blocus des rives
argentines par l'escadre nationale. Mais ce qu'on perdait
d'un côté, on le regagnait de l'autre. Même avant la fin des
hostilités, les exécuteurs testamentaires du général Urquiza,
comprenant la nécessité de donner de l'extension à la colonie,
firent partager en *concessions* deux lieues de terrain à l'ouest
de celle-ci, et les estancieros du Sud se mirent à en faire
autant. La colonie, qui n'avait eu jusqu'alors qu'une exis-

tence embryonnaire en quelque sorte, put se développer dans
tous les sens. A l'heure où j'écris (1888), elle atteint le ruisseau d'Urquiza, au Sud ; au Nord, elle a franchi le *Perucho
Verna ;* elle s'est étendue au delà des ruisseaux de *Marmol* et
de *Caraballo,* dans la direction du *Gualeguaychu.* La colonisation est à l'ordre du jour dans toute la province ; la
construction des chemins de fer va lui donner une impulsion
décisive.

   La colonie de *San José* a été la ruche-mère d'où sont
sortis et continueront à sortir encore de nombreux essaims.
Ce fut d'abord la colonie *nouvelle,* dont j'ai parlé plus haut,
et qui n'est en réalité qu'une extension de la première ;
puis plus loin, encore et dans la même direction, la colonie
*Primero de Mayo.* (C'est une date qui rappelle le *pronunciamiento* du général Urquiza contre le dictateur Rosas en 1851) ;
cette dernière doit se prolonger indéfiniment ; ce fut ensuite
la colonie *Caseros,* fondation nouvelle celle-là, mais où l'on
a vu arriver un grand nombre de familles de San José, et
dont je parlerai plus loin. Elle est due à M^me veuve Urquiza,
qui l'a établie aux environs du palais, résidence du général,
à l'ouest de la ville de Conception.

   Ce sont, d'autre part, les colonies situées au Sud et au Sud-
Ouest : la colonie *Hugues* fondée par M. Louis Hugues sur
son propre terrain ; la colonie *San Juan* sur un terrain qui
avait appartenu à Antonio Fernandez ; les colonies *Santa
Rosa* et *San Anselmo* sur des terrains de la famille Lopez ;
la colonie *Pereira* sur un terrain d'une famille de ce nom ;
on l'appelle aussi colonie de l'Arroyo d'Urquiza, parce qu'elle
confine à ce cours d'eau. Enfin au Nord-Ouest on trouve les
colonies *Hocker, San Francisco, Hambis,* etc. On a colonisé
aussi les terrains qui se trouvent en face de Paysanda, où
l'on va cultiver la vigne sur une grande échelle.

   J'ai déjà parlé de la viticulture ; elle tend à devenir la culture prépondérante dans ces colonies. Un hectare de vignes

en bon rapport peut facilement produire trente et quarante bordelaises de vin, et, bien que celui-ci soit de qualité inférieure, il sera toujours préférable aux vins frelatés que la liberté commerciale nous apporte sur ses ailes.

Il est venu de la France méridionale de bons agriculteurs, chassés de leur pays par le phylloxéra, parfaitement disposés à résoudre la question de la viticulture et de la vinification. Que dis-je ? La première partie de la question est résolue ; reste la seconde. La production du vin sera incontestablement une source de richesses pour la province d'Entre Rios.

Un autre produit d'une abondance extraordinaire, c'est celui des poules. On ne saurait croire le nombre d'œufs qui sortent de ce port. Une poule produit plus qu'une vache ; une personne intelligente m'a assuré que les poules produisaient au moins mille piastres par semaine; une autre, qui s'occupe spécialement de ce genre de commerce, me dit qu'on pouvait tripler cette somme. Cette affirmation peut sembler exagérée, mais quoi qu'il en soit, les résultats obtenus sont extraordinaires : à ce sujet, il faut se rappeler que, d'après Fourier, on aurait pu payer la dette anglaise (vingt milliards) avec le produit des poules françaises.

Les poules, les poulets, les œufs sont la monnaie courante de la colonie. Tous les bateaux à vapeur qui sillonnent le Rio Uruguay y font leur provision de cette marchandise, et on en expédie aussi par des navires spéciaux à Buenos Aires.

Au centre de la colonie San José il s'est formé depuis seize à dix-sept ans un petit village, qui n'est pas aussi étendu que Colomb, mais qui a plus d'importance commerciale. Il y a là une soixantaine de maisons, sans compter l'église, qui a un clocher en faïence, sur lequel on peut lire le millésime de 1884.

C'est là que viennent les colons, surtout aux jours de fête, sur des centaines de chars, pour entendre la messe, faire leurs achats et écouter les *publications;* un crieur public monte à une tribune accolée à un côté de l'église, du haut de laquelle il annonce à haute voix les arrêtés de l'autorité, les nouvelles locales, les prix courants, les animaux perdus ou trouvés, les offres et demandes de marchandises, etc. C'est le bulletin, le journal de la colonie : c'est un spectacle assez pittoresque que l'aspect de cette population venue de si loin avec ses costumes originaux, moitié européens, moitié américains, écoutant avec attention les paroles qu'on lui adresse, et qui seront, avant la fin du jour, répétées dans toutes les maisons de la colonie.

La place, comme on l'appelle ici, fait concurrence à la ville de Colomb; elle a l'avantage d'être sur un point plus central, au moins relativement, tandis que Colomb est un point excentrique, dans un coude de terrain, sur un promontoire du Rio Uruguay, et cela épargne aux voyageurs qui vont faire leurs provisions deux lieues de marche; mais les intérêts des deux localités peuvent et doivent se concilier, surtout si l'on achève les travaux de canalisation de la rivière, ce qui permettra aux établissements industriels de mettre à profit ce *grand chemin qui marche* et ouvrira un nouveau débouché aux produits de la colonie.

# III

Santo Tomé (Missions), 9 janvier 1888.

Une de mes excursions dans le département de Colomb m'a conduit à un grand moulin à eau construit sur les bords du ruisseau d'Urquiza par les frères Maury (Prosper et Ludovic, citoyens français); il est situé au nord d'un bosquet de talas, au milieu desquels naquit au commencement de ce siècle le général de ce nom. On y voit encore des débris de maçonnerie, des restes de fondements que la tradition rapporte à une chapelle bâtie par le père du général : celui-ci était un Espagnol biscayen, qui se maria avec une Américaine de Buenos Aires, une *portegna*, comme on dit ici.

Le moulin a été construit conformément aux dernières applications de la science mécanique; il pouvait, à l'heure où je le visitai, moudre sans peine cent cinquante fanègues par jour; mais les propriétaires pensaient dès lors aux moyens de porter ce chiffre à deux cents. Le système adopté est le système hongrois : le moulin a treize paires de cylindres. Le réservoir ou lac artificiel qu'on a creusé pour arrêter les eaux du ruisseau a jusqu'à dix mètres de profondeur; la chute est de quatre mètres cinquante centimètres.

Le moulin des frères Maury est à côté du chemin de fer projeté de Conception de l'Uruguay à Concordia. Cette voie ferrée est appelée à donner un grand essor à la colonisation; car jusqu'à présent ce sont les moyens de transport faciles qui ont manqué à l'agriculture.

A Colomb il y a un autre moulin, mais celui-ci est à vapeur : au moment de ma visite il était fermé ; il l'est même encore aujourd'hui par suite d'une faillite.

Ce moulin avait été construit par les frères Dubuis, des Suisses valaisans, arrivés en 1860 : leur père se connaissait un peu en horlogerie ; un des fils avait beaucoup de goût pour la mécanique. Ils commencèrent par établir un petit moulin à vapeur, puis un moulin à vent qui existe encore à la place centrale de la colonie, et enfin ils vinrent bâtir ce moulin à vapeur sur les bords de la grande rivière. Ils étaient très économes et très industrieux en même temps ; ils étaient tout à la fois charpentiers, forgerons, mécaniciens et même maçons, de sorte qu'ils avaient toujours beaucoup de profits et peu de frais ; ils firent rapidement fortune. Malheureusement l'un d'eux souffrait de la poitrine ; il se retira en Europe avec son frère le mécanicien et ses vieux parents, mais il n'y rentra que pour mourir. On rapporte que dans le Valais, leur patrie, ils avaient acheté un moulin à eau. L'autre frère, le troisième, est allé diriger un moulin à vapeur dans la colonie belge de Villaguay, au centre de la province.

Pendant que je suis à Colomb, la rivière a monté considérablement par suite d'une crue extraordinaire : ceci m'engage à la mettre à profit pour remonter jusqu'aux Missions, ce paradis encore ignoré de la plupart des voyageurs et des touristes, qui n'osent pénétrer dans cette région mystérieuse où les disciples de Loyola avaient établi une espèce de *république chrétienne*, comme dit le Père Gay, curé de l'Uruguyana.

Je dis donc adieu à la ville de Colomb, et, côtoyant la berge élevée, je salue en passant la maison d'un colon laborieux et intelligent, qui n'est plus aujourd'hui, et qui compte au nombre des fondateurs de la colonie, François Crépy, originaire de Savoie.

Cet homme arriva en Amérique avec sa femme, son fils

unique, enfant alors, son beau-frère et sa belle-sœur, ces deux derniers engagés pour deux ans moyennant l'avance du prix de passage, et, m'a-t-on assuré, cent cinquante francs dans sa poche. Il avait pris part aux révolutions de Suisse et appartenu au parti de la *jeune Suisse;* par conséquent il était opposé au parti du *Sunderbund* qui dominait dans le Valais.

Il était forgeron, *maréchal* en Europe; mais en Amérique il se voua exclusivement à l'agriculture ; cultivateur intelligent, il obtint de bonnes récoltes et fut un des premiers qui entreprirent la culture de la vigne ; à cet effet, il acheta un terrain sur les bords de la rivière.

Un autre colon intelligent, le médecin Joseph Bastian, avait essayé avant lui la même culture au centre de la colonie, mais il n'avait guère obtenu de bons résultats.

Crépy adopta la variété de vigne nord-américaine appelée *Philadelphie*, qui a une saveur prononcée de framboise. Cette vigne avait un rendement extraordinaire, et Crépy se mit à vendre beaucoup de vin : les colons le savouraient avec plaisir malgré son goût étrange. Après tout, disaient-ils, c'est du vin pur, *légitime*, du vrai vin de la vigne ; ce n'est pas une drogue comme ceux qu'on vend à la *pulperia.*

(On nomme ainsi, surtout à la campagne, les magasins où l'on vend toute espèce de choses.)

Je demandai un jour à Crépy pourquoi il avait adopté cette espèce de vigne et où il l'avait prise ; il me répondit qu'il l'avait trouvée dans la *quinta* (verger) du général Urquiza à San José, et que les oiseaux n'en mangeaient pas le raisin, tandis qu'ils ne lui laissaient pas un grain des autres espèces.

Voici une petite cause qui devait produire un grand effet : elle a nui pendant de longues années au développement de la viticulture dans l'Entre Rios ; le vin de Crépy n'était pas admis hors de l'enceinte de la colonie.

François Crépy avait une certaine facilité pour parler et
pour écrire, quoique sans beaucoup d'orthographe ; il lisait
les journaux ; il était abonné au *Courrier de la Plata ;* il devait à tout cela de jouir d'une grande considération parmi les
autres colons qui, en général, n'avaient guère pu ou voulu
consacrer beaucoup de temps à l'étude. Comme il avait plusieurs homonymes dans la colonie, on avait fini par l'appeler
Crépy *l'orateur*, pour le distinguer des autres Crépy ; un de
ceux-ci était Crépy le *capucin :* c'était un cordonnier qui avait
été portier dans un couvent de capucins.

Crépy était donc le *leader* des colons, l'organe de l'opinion
coloniale, le porte-voix, l'interprète, l'auteur des requêtes et
des pétitions, l'assesseur, le conseiller de ceux qui avaient
quelque question à discuter avec l'administration, ou une
démarche à faire auprès des autorités, et Crépy jouait son
rôle à merveille ; mais cela même lui valut beaucoup de désa-
gréments et de contrariétés, qui naturellement le rendirent
plus populaire, car la persécution partout et toujours n'a servi
qu'à faire des martyrs ; les souffrances méritées ou imméri-
tées grandissent les hommes.

Que d'êtres, qui se présentent à nous entourés d'un grand
prestige dans l'histoire, eussent passé inaperçus, si un pouvoir oppresseur, en religion ou en politique, n'eût pris à
cœur de les désigner à la considération publique, en les
mettant au-dessus de tous sur un haut piédestal !

L'habitation de Crépy sur la rive élevée de l'Uruguay est
des plus pittoresques ; elle se détache au milieu des eucalyptus, des orangers, des azédérachs et autres arbres qui
forment un massif de sombre verdure, à peu près impénétrable aux rayons du soleil de décembre. C'est là que les
amants de la belle nature peuvent se récréer à leur aise et
savourer, comme dit Gœthe, les voluptés de la contempla-
tion, devant la perspective du grand Rio Uruguay, qui se
glisse et serpente au milieu des îles, semblable à un

immense miroir d'argent, sillonné par les goélettes et les bateaux à vapeur.

Une position plus pittoresque encore est celle du four à chaux de M. Colombo, au confluent de la petite rivière du Perucho Verna. Là aussi, l'art est venu en aide à la nature. Les plantations d'arbres ont embelli la colline de gravier et une construction élégante apparaît sur un fond de végétation exubérante dominé par l'eucalyptus.

M. Colombo fait venir de l'État oriental la pierre qu'il travaille dans son établissement; cependant la rive argentine possède aussi la pierre à chaux (comme le prouve l'existence de la *Calera d'Espiro*, l'endroit même où est aujourd'hui la ville Colomb), de la *calera* de *Barquin* plus haut, et de plusieurs autres qui ont fonctionné autrefois, mais la chaux en est inférieure à celle du Quéguay.

M. Colombo a planté aussi une vigne; il fait du vin qui vaut mieux que celui des colons : pour le conserver il a bâti une cave dans la berge à côté de la rivière; il comprend qu'un souterrain est la condition indispensable de la vinification.

Ici finit la colonie *San José*. La rivière de Perucho Verna, navigable pendant quelques centaines de mètres, est sa limite septentrionale. Au nord de la rivière nous trouvons le grand *saladero* de M. Juan O'Connor, citoyen irlandais, élevé au collège national de l'Uruguay (Entre Rios), et qui a appartenu autrefois à M. Apolinario Benites.

Plus haut, mais sur la rive orientale, on trouve le grand saladéro de Guabiyu.

On passe devant le plateau d'Artigas; on arrive à Concordia.

Du port, où nous sommes mouillés, je distingue très bien le grand vignoble de M. Pascal Harriague, le *saladerista* français du Salto, qui a résolu le problème de la viticulture et de la vinification dans ces parages.

Le lendemain de mon arrivée, on m'a invité à une excursion instructive aux vignobles de Concordia. Je ne puis me rappeler le nom de cet économiste qui a dit que la vigne est la plante colonisatrice par excellence. Quand, au dix-septième et au dix-huitième siècle, les Anglais pensèrent à coloniser l'Amérique du Nord, ils recommandèrent par-dessus tout la culture de cette plante. Était-ce parce que le climat de leur île nébuleuse ne leur permettait pas d'avoir chez eux l'arbuste *planté par notre bisaïeul Noé*, comme dit la chanson de Pierre Dupont, et qu'ils voulaient avoir leur vin à eux, leur vin national? Certes, ils n'avaient pas tort. Partout, dit un physiologiste, l'homme a senti le besoin d'excitants, de stimulants; ce n'est pas sans raison que les Grecs avaient divinisé Bacchus. Les peuples qui manquent de vin ont la bière, l'hydromel, le thé, le café, l'herbe *mate* ou thé du Paraguay, le cognac, le tafia, la *chicha*, l'*algarroba*, toutes les variétés des boissons alcooliques.

*Quelque pauvre que vous soyez, tâchez d'avoir du vin qui soit du vin*, a dit Raspail.

Le travailleur qui ne boit pas de vin dégénère ; il s'abrutit, car il a recours aux funestes boissons alcooliques et il dépense rapidement le capital de la vie.

Ce sont les rouges trognes qui ont sauvé la France, s'écrie Toussenel. En effet qui sait si les Français ne sont pas en grande partie redevables à leurs vins exquis du rôle brillant qu'ils ont joué dans l'histoire de la civilisation, et si le bordeaux, le bourgogne, le champagne ne sont pas les pères de ce qu'on appelle l'*esprit gaulois ?*

Mais le phylloxéra est venu après l'oïdium et tant d'autres fléaux non moins redoutables ; la tristesse, la mélancolie se sont emparées des âmes. Est-ce que les vignes de France ont vieilli ? Est-ce que la terre épuisée a perdu sa sève et sa force de réaction contre les animalcules nuisibles qui autrefois ne pouvaient l'entamer?

Le fait est que les savants se creusent inutilement le cerveau — les savants sont des ânes, dit le vulgaire — et que des provinces entières sont ruinées? Ce que voyant, les viticulteurs passent en Algérie et s'en vont même en Amérique.

A quelque chose malheur est bon. Sans l'invasion du phylloxera en Europe, il est probable que la viticulture eût tardé longtemps encore à se développer dans les pays argentins.

La vigne étant donc une plante essentiellement colonisatrice, je ne crois pas abandonner mon sujet, *les colonies*, en disant quelques mots des vignobles de Concordia.

Le premier appartient à un Espagnol, M. José Oriol ; il a quatre ans d'existence. Cet agronome se propose de planter soixante-dix *cuadras* de vigne (la cuadra est un carré de cent cinquante vares de côté, la vare a quatre-vingt-six centimètres). D'après lui, une *cuadra*, au bout de quatre à cinq ans, doit rapporter vingt bordelaises, c'est-à-dire de huit cents à mille piastres nationales.

M. Oriol a commencé aussi à planter l'olivier.

A côté de M. Oriol, M. Gregorio Soler cultive également la vigne sur une grande échelle.

MM. Paz, Libarona et C<sup>ie</sup> ont un vignoble connu sous le nom de *vigne de l'Aguy,* qui a cent vingt-six *cuadras* d'étendue. Leur établissement est situé à côté du chemin de fer de Concordia à Monte Caseros.

Plus loin, on trouve l'établissement de la société anonyme l'*Industrielle entreriana,* dont le gérant est actuellement M. Mariano Jurado. Cette société possède ici cent cinquante *cuadras* et trois cents autres aux environs de Fédération. Elle a été fondée le 12 septembre 1886. Son capital est de cinq cent mille piastres nationales, divisé en actions de cent piastres chacune.

Parmi les pères de la viticulture à Concordia, il ne faut pas oublier MM. Juan Jauréguy, dont la plantation a plus de vingt ans d'existence, Anselmo Moulins, Bailena, San Roman, Frédéric Zorraquin, J.-A. Olguin, Ladislas Garcia dont les plantations sont antérieures à 1883. Mais c'est le premier surtout qui mérite une mention spéciale.

Jauréguy, connu aussi sous le nom de *Lorda*, est mort depuis ma visite. C'était un vieillard basque de soixante-seize ans, atteint de douleurs rhumatismales, qui ne lui permettaient pas de marcher avec l'agilité qui caractérise ses compatriotes, et c'est pourquoi il lui arrivait de maugréer contre la nécessité de l'existence.

C'était lui qui avait remis à M. Pascal Harriague les sarments qui lui donnèrent les résultats qu'il avait vainement cherchés avec vingt espèces différentes. D'après l'agronome espagnol Vasquez de la Moréna, ils seraient originaires du Médoc. Ils conviennent parfaitement à la localité.

Il y a une tradition de famille sur cette vigne. Vers la fin du règne de Louis XV ou de Louis XVI, a dit M. Mariano Jurado dans une conférence, un grand seigneur français avait acheté à prix d'or pour son vignoble des sarments de vigne étrangers d'un grand mérite, et, voulant en avoir la possession exclusive, il avait établi les peines les plus sévères pour ses administrateurs et subalternes qui oseraient disposer d'une seule bouture de ces plants.

L'ordre fut respecté pendant quelques années ; mais certain jour de malheur, un intendant ne put résister à la tentation de favoriser son ami — l'aïeul de Jauréguy, — en lui fournissant furtivement quelques rebuts de la taille des vignes sacrées, quatorze sarments que l'on allait jeter au feu et que Jauréguy s'empressa de planter et de multiplier. Mais la fraude ne tarda pas à être connue, et le pauvre intendant fut condamné à quatorze années de prison, une année par sarment.

Telle est, ajoute M. Jurado, l'origine de ces vignes ; il a fallu pour les faire arriver jusqu'à nous la faute de l'aïeul de Lorda.

Je demandai au vieux Jauréguy s'il fallait ajouter foi à cette histoire : il me répondit que le grand coupable n'avait pas subi entièrement la peine qui lui avait été infligée par le seigneur, parce qu'il y avait eu un *mouvement* contre ceux qui avaient alors le pouvoir. Le Basque français, qui ne savait pas le français, faisait allusion, sans y penser, au mouvement révolutionnaire de 1789, qui se répercuta dans les deux mondes, et sans lequel il est probable que Jauréguy n'eût jamais importé en Amérique la plante qui semble devoir être une source de prospérité et de richesse pour les rives de l'Uruguay.

*Fata viam invenient;* les destins ouvrent les portes fermées ; ils renversent tous les obstacles. Les rois d'Espagne, dominés par les idées du système mercantile et colonial, ne permettaient pas de cultiver la vigne dans leurs possessions américaines, parce qu'il fallait assurer le monopole du vin aux producteurs de la métropole ; mais sur ces entrefaites le peuple de Paris prend la Bastille ; — ce qui d'ailleurs est un fait militaire insignifiant, — Napoléon envahit l'Espagne pour la soumettre à son système continental ; les colonies espagnoles se déclarent indépendantes sur-le-champ, et un jeune Basque, fatigué de végéter dans les Pyrénées, poussé par cette soif d'aventures qui caractérisa en tout temps ses compatriotes, importe en Entre Rios, sans y attacher d'ailleurs beaucoup d'importance, la plante bienfaisante qui va changer peut-être, qui va changer à coup sûr la face de cette terre, appelée à être la région de la vigne.

Il est impossible d'arrêter l'évolution sociale.

# IV

Le 2 janvier, à deux heures de l'après-midi je suis parti par
le train express qui conduit de Concordia à Monte Caseros ;
j'étais accompagné de M. Guillaume Grunwaldt, chef de tra-
fic au chemin de fer de l'Est. Nous traversons des terrains qui
ont acquis beaucoup de valeur dans ces derniers temps et qui
sont destinés à la culture de la vigne, de l'arachide et du
ricin. Cette région pourra donc s'appeler la région de l'huile
aussi bien que la région de la vigne.

Nous ne nous arrêtons pas pour le moment à *Fédération*,
ville située à dix lieues de Concordia et dont on va coloniser
les environs ; nous ne nous arrêtons pas davantage à *Villa
Libertad*, cette colonie fondée par le gouvernement national
entre le Mandisoby et le Mocoréta, aux limites de la province
d'Entre Rios ; je parlerai plus loin, à mon retour, de ces deux
localités. Nous franchissons le Mocoréta, nous entrons dans la
province de Corrientes, qui ne diffère guère de sa voisine,
au moins dans cette zone ; nous traversons, sans nous y arrêter davantage, Monte Caseros et nous atteignons à la nuit
close le port du Ceibo, où nous nous embarquons sur la vapeur *Ibéra*. Ce nom — c'est celui de la lagune qui couvre
une grande partie du territoire de Corrientes — veut dire
en guarani *eau brillante*.

Nous naviguons toute la nuit ; au point du jour, nous
sommes devant l'usine à huile du sénateur Baibiene, ex-

gouverneur de la province de Corrientes. Elle est située au milieu d'une grande plantation d'arachides qui réussit admirablement dans cette terre sablonneuse. Le lecteur doit savoir que l'arachide est une plante qui a la particularité d'enterrer ses fruits, quand ils commencent à se former ; par conséquent, plus on peut la couvrir de terre, la *combler*, plus elle en produit. L'huile d'arachide est à peu près aussi bonne que l'huile d'olive : on assure même qu'une grande partie de l'huile d'olive qui est dans le commerce n'en a que le nom et qu'elle devrait s'appeler huile d'arachide.

A sept heures, nous sommes devant la ville brésilienne de l'*Uruguayana*, célèbre dans l'histoire des guerres de ces contrées ; c'est là qu'un corps d'armée paraguayen de cinq mille hommes déposa les armes en 1865. Depuis lors, la place principale de la ville porte le nom de *Place de la Reddition*.

Vis-à-vis de l'Uruguayana est la ville argentine *Paso de los Libres*, qu'on appelait autrefois *Restauration*. On lui a donné le nom de Paso de los Libres parce que c'est par là que passèrent les hommes libres, les libérateurs qui venaient affranchir leur pays de la tyrannie de Rosas.

Les rues de Libres sont sablonneuses comme la colline sur laquelle la ville a été bâtie ; les maisons, couvertes de tuiles espagnoles, cannelées, sont ombragées par des orangers gigantesques. L'oranger réussit admirablement dans cette contrée. Le terrain convient aussi pour l'arachide, le sorgho, le maïs, le tabac, mais non pour la canne à sucre.

A Libres, demeure M. Verdier, agronome distingué, un des premiers colons qui sont arrivés dans la République Argentine, après la bataille de Caseros et l'établissement du régime constitutionnel ; il est à une demi-lieue de la ville, sur une colline élevée couronnée d'orangers et d'autres arbres fruitiers. Il a une grande *quinta* (verger) et une grande *chacra* (ferme) dont il envoie les produits à l'Uruguayana, de même que les colons français de San Martin établis au nord

3

du village de ce nom (l'ancienne Yapeyu des jésuites). Ces immigrants français, des Pyrénées, formaient, je l'ai déjà dit, partie de la colonie établie aux environs de Corrientes par le D<sup>r</sup> Brougnes.

Je visite le colonel Paiba, chef politique : il me dit que les Correntins ont peu de goût pour le travail agricole, et que les immigrants peuvent venir ici certains de trouver de l'occupation et de réaliser de beaux bénéfices. A Monte Caseros on m'en avait déjà dit autant.

A Libres vivent les fils d'Aimé Bonpland, le fameux naturaliste français, compagnon et collaborateur de Humboldt, mais ils n'ont pas suivi la carrière de leur père. On sait que Bonpland, à sa sortie du Paraguay après une captivité de douze années que lui fit subir le D<sup>r</sup> Francia, était venu s'établir dans les Missions où il vécut jusqu'à sa mort en 1858 : il était à peu près nonagénaire comme son ami Humboldt. Il ne cessait de vanter la fertilité et la salubrité du territoire des Missions : en effet je crois que ce climat, quoiqu'un peu chaud, doit être un des plus salubres du monde, surtout du côté de l'Uruguay. Les médecins ne peuvent y vivre, c'est-à-dire qu'on y vit sans recourir à eux, ce qui est sans doute le meilleur moyen de vivre longtemps. Cependant les variations de température y sont très fréquentes ainsi que dans les autres contrées platéennes ; mais il paraît qu'elles ne nuisent pas à la santé ; à la chaleur excessive des jours succède la fraîcheur délicieuse des nuits ; les rosées y sont très abondantes.

Ajoutez à cela que les eaux y sont généralement ferrugineuses comme le sol, comme les pierres entre lesquelles elles s'écoulent ; par conséquent elles doivent convenir à tous les tempéraments faibles, aux individus prédisposés à la phtisie, aux êtres débiles.

Il est d'ailleurs un argument décisif en faveur de ce beau pays : c'est que les jésuites en avaient fait choix ; les jésuites qui avaient abandonné toutes les pratiques débilitantes de l'ascétisme et qui avaient autant de soin du corps que de l'âme — *mens sana in corpore sano* — car ils voulaient former de valeureux soldats de la foi, considéraient les rives de l'Uruguay comme leur séjour de prédilection et ils y avaient établi leur quartier général.

Il ne faut pas oublier cette donnée, aujourd'hui que la grande question de l'immigration et de la colonisation est à l'ordre du jour, et qu'il s'agit de rendre à ces contrées abandonnées, ravagées par la guerre civile et la guerre étrangère, la population dont elles ont tant besoin, et de remplacer par des travailleurs européens les milliers d'Américains que les disciples de Loyola étaient parvenus à réunir dans cette région enchanteresse. On verra alors combien les merveilles du travail libre surpassent les résultats de la discipline monastique et de l'enrégimentation communiste.

Tandis que j'étais en train de faire ces réflexions, l'*Ibera* se met à siffler ou plutôt à aboyer : ceci veut dire que nous sommes arrivés à San Martin, l'ancienne Mission de Yapeyu; le nom du héros argentin a remplacé le vieux nom guarani, parce que c'est là que naquit en 1776 le grand général du Sud qui partage avec Bolivar l'honneur d'avoir donné l'indépendance au continent sud-américain. On y montre encore les ruines de la maison où il vit le jour. San Martin est mort en France, à Boulogne-sur-Mer, en 1850, après plus de vingt-cinq ans d'exil volontaire.

A quelque distance au nord du village et sur les bords du grand Rio se trouvent les familles françaises dont j'ai déjà parlé plusieurs fois, et qui sont les restes de la colonie que le D<sup>r</sup> Brougnes avait fondée aux environs de Corrientes. Elles sont au nombre de trente environ. Elles cultivent le maïs, les légumes, les haricots, les melons, les citrouilles, les pastèques et vont vendre tout cela à l'Uruguayana. Elles cul-

tivent aussi le tabac, le manioc, la vigne et font du vin pour
leur consommation. Elles ont de grandes plantations d'orangers, d'eucalyptus et d'autres arbres qui forment d'épais mas-
sifs de verdure sur la colline à côté de leurs habitations. Mais
c'est surtout à l'élevage du bétail qu'elles doivent la prospérité dont elles jouissent.

Cette colonie fut fondée par treize familles qui vinrent s'é-
tablir dans ces parages après la dissolution de la colonie
San Juan, sous la direction de M. Pierre Dejean; on ne
leur remit que la terre, c'est-à-dire un *solar* dans le village,
(un terrain suffisant pour y bâtir une maison avec jardin) et
une *chacra* (un terrain de ferme) dans l'*egido* : on appelle
ainsi l'espace réservé autour de chaque ville pour l'agriculture, ordinairement quatre lieues, tandis que plus loin s'étend
la zone de l'élevage.

Tous les colons, je le répète, sont à leur aise; le moins
fortuné, s'il voulait se retirer, aurait pu dès 1877 réaliser
plus de vingt-cinq mille francs.

« Les résultats qu'a donnés la petite colonie de San Martin,
écrivait M. Samuel Navarro, secrétaire du commissariat
d'immigration à cette époque, permettent d'évaluer ceux
qu'aurait pu donner la colonie de *San Juan*, si le gouvernement de Corrientes avait, dès le commencement, établi
les colons de M. Brougnes sur le territoire des Missions,
comme il s'y était engagé par un contrat formel. »

De San Martin le vapeur *Ibera* nous conduit à *La Cruz* et
de la Cruz à la ville brésilienne d'Itaqui. Nous passons
ensuite à Santo Tomé, qui se trouve sur la rive argentine,
après avoir touché au port de San Borja.

Santo Tomé est une des positions les mieux douées de cette
région privilégiée. J'en ai parcouru les environs, bien qu'il
n'y ait pas de colonie proprement dite, mais parce que l'on

peut considérer l'*ejido* de chaque ville ou *pueblo* comme un centre d'agriculture et de colonisation.

D'après les habitants de Santo Tomé, la sauterelle, la terrible sauterelle, serait inconnue dans cette localité; ce serait donc ici la terre promise de l'agriculteur, car au demeurant la fertilité y est grande : on peut y cultiver la vigne, l'arachide, le ricin, qui y atteint des proportions extraordinaires, le safran, le manioc, le garance, l'orge, le maïs, la luzerne, la pomme de terre, la patate, le piment, toute espèce de légumes, le tabac.

Et on obtient tous ces produits sans travail en quelque sorte, car jusqu'à présent on ne saurait dire qu'on y fait vraiment de l'agriculture; le Correntin se borne à écorcher la terre avec une charrue on ne peut plus primitive ; ce n'est que depuis trois ans que l'on a commencé à travailler sérieusement.

Les autorités et les habitants de Santo Tomé (*les vecinos*) ont les meilleures dispositions à l'égard des immigrants. Voici les renseignements qui m'ont été fournis par la municipalité.

*Chacras* (fermes). Le nombre de chacras de propriété municipale s'élève à trois cents environ. — L'étendue de chacune est de cinq cents vares par côté; elles sont séparées par des rues de trentes vares. — Le prix minimum fixé par la loi est de quatre-vingt-huit piastres trente-six centavos la chacra. Pour obtenir les titres définitifs de propriété, l'acquéreur a l'obligation de *peupler* et de cultiver au moins la moitié de la chacra dans le terme de deux ans, ou d'y engager un capital qui représente la valeur de ce travail. En attendant, la municipalité lui remet un titre provisoire.

*Quintas* (vergers). Le nombre des quintas disponibles est d'une cinquantaine : elles forment un carré de cent cinquante vares de côté. Le prix minimum est de cinquante piastres et le prix maximum de cent. L'acheteur est tenu de la peupler, de la cultiver, de l'enclore dans le terme d'un an.

*Solares* (terrain à bâtir). La municipalité en a environ deux cents. Le solar a vingt-cinq vares de face sur cinquante de fond. Le prix minimum fixé par la loi est d'une piastre nationale par vare de face, ce qui fait une valeur de vingt-cinq piastres par solar. Dans le cas où il y aurait deux solliciteurs, la municipalité mettra le terrain aux enchères.

L'acheteur a l'obligation de peupler et d'enclore dans le terme de six mois. La municipalité donne des terrains gratuitement à ceux qu'elle juge incapables de les acheter à cause de leur pauvreté.

Comme on voit, la municipalité de Santo Tomé est éminemment progressiste. On peut en dire autant de deux sociétés de secours mutuels qu'on trouve dans cette petite ville, l'une espagnole et l'autre cosmopolite, après avoir commencé par être italienne. Au lieu de déposer leurs économies à la Banque, elles les prêtent aux artisans et aux agriculteurs, et de préférence aux derniers. C'est ainsi qu'elles ont aidé un colon italien, Eulogio Ambrosi, qui avait fait partie d'une colonie établie à Corpus dans les Missions du haut Parana, et dont les membres furent obligés de se disperser, faute de ressources. Eulogio Ambrosi trouva donc à emprunter trois cents piastres. Actuellement (en 1888) il a quatre mille piastres à la Banque et autant en biens-fonds. Il cultive aussi la vigne et fait du vin, bien que par des procédés très rudimentaires. Voilà un exemple que l'on peut citer aux immigrants, et comme celui-là il y en a bien d'autres !

Le magnifique vapeur *Ibera* n'a pas dépassé Santo Tomé, bien que son faible tirant d'eau et la crue du fleuve lui permissent d'aller plus haut. Je me suis transbordé, moi quatrième, à bord du petit vapeur le *Garruchos* qui m'a transporté à la localité de ce nom, à vingt-deux lieues au-dessus de Santo Tomé, rive argentine.

Je croyais trouver là une colonie, mais [c'est à tort qu'on a donné ce nom à la plantation de cannes de sucre et à l'usine qu'une compagnie anglaise y a établies sur une concession de dix lieues carrées accordée par le gouvernement de Corrientes. Il n'y a pas de familles européennes ; on occupe des travailleurs du pays, qui ont planté jusqu'à présent quatre cents cuadras de cent cinquante vares de côté. Le sucre produit par l'usine vaut, m'a-t-on assuré, celui de Tucuman. La machine est de la force de 40 chevaux. On travaille de mai à septembre. Le gérant de l'établissement est M. Wanderburg, fils d'Allemand, né au Brésil.

En remontant plus haut, on trouve deux autres établissements du même genre, à *Santa Maria la Grande* et à *Santa Maria la Chica.* ¡

Indépendamment de l'usine, il y a à Garruchos une vingtaine d'habitations ; j'avais une lettre de recommandation pour un négociant espagnol du nom de Madariaga : il vante la fertilité de cette terre, mais il recommande surtout de défricher la forêt, si l'on veut obtenir de bonnes récoltes. Ceci n'a pas besoin d'explication : les détritus formés par la chute des feuilles produisent une fertilité que l'on ne saurait trouver dans les terrains découverts de la prairie, qui n'ont que la végétation herbacée. C'est un axiome reconnu depuis longtemps dit le D<sup>r</sup> Burmeister, que l'introduction d'une nouvelle culture ne se fait avec avantage que lorsqu'on peut détruire une végétation naturelle pour la remplacer par une végétation artificielle... c'est ainsi qu'on pratique la culture du café au Brésil où l'on défriche la forêt vierge pour mettre à la place les tendres plants du café.

L'agriculture des Missions est semblable à celle du Brésil ; c'est pourquoi tous les cultivateurs font des *rosados ;* ils commencent par abattre et brûler la forêt, tout en laissant subsister parfois les grands arbres qui restent longtemps debout au milieu des plantations de maïs et de cannes à sucre. La

charrue n'est pas même nécessaire ; à l'aide d'un bambou ou
d'un pieu quelconque on fait un trou dans cette terre meuble
comme de la cendre et l'on y introduit la semence. On appelle
ce grand travail *semer à la créole.*

Aux cultures que j'ai citées plus haut il faut joindre celle
du riz qui réussit parfaitement dans les Missions.

Le *Garruchos* n'ayant pas dépassé la localité de ce nom, je
n'ai pu visiter la partie des Missions qui est au-dessus, et
qui appartient aujourd'hui au territoire national. Je ne parlerai donc ni de Conception ni de San Javier qui fut le point
extrême occupé par les jésuites dans cette direction, ni de ce
que M. Samuel Navarro, dans son rapport de 1877, appelait
la colonie Paggi, je me bornerai à reproduire ce qu'il dit à
ce sujet.

« Trente-deux à trente-cinq lieues au-dessus de San Javier
il s'est formé un centre de population sous la direction de
M. Pierre Paggi, Italien, occupé depuis plus de trente ans
dans ces parages de l'exploitation de l'*herbe maté* (thé du
Paraguay). Ayant à cet effet attiré des Brésiliens, il a fini par
en déterminer quelques-uns à s'établir aux *Siete Cerros* (les sept
collines), petits promontoires alignés d'une manière particulière, et auxquels il a donné les noms des membres du
gouvernement national.

« Au pied de cette ligne de petites montagnes se trouve la
colonie, dont la population composée de Brésiliens s'élève
actuellement à quatre cents personnes, qui s'occupent d'agriculture et de la préparation de l'herbe maté. »

Revenu à Santo Tomé, après avoir visité la rive brésilienne,
qui ne diffère guère de la rive argentine, je prends la diligence qui conduit à Posadas, chef-lieu des Missions, sur la
rive gauche du Parana. L'intervalle, qui sépare les deux
rives, est de trente-quatre à trente-cinq lieues ; mais pendant
l'été on peut le franchir en un jour, grâce aux nombreux

relais qui sont échelonnés sur la route et dont les chevaux
vous emportent avec une rapidité vertigineuse à travers les
ondulations de plus en plus accidentées, de plus en plus
élevées de la Mésopotamie Argentine; à la fin, ce sont de
véritables montagnes. Le pays est des plus pittoresques, sillonné de ruisseaux et parsemé de bosquets qui forment çà et
là comme des îles de verdure sombre et des rideaux qui
dessinent les cours d'eau avec toutes leurs sinuosités.

Les terrains sont excellents pour l'élevage du bétail, mais ils
manquent de sel; aussi les éleveurs sont-ils obligés d'en faire
des provisions pour leurs troupeaux.

On fait halte et on passe aussi la nuit, si l'on veut, à la
*posada* d'un Napolitain, qui tient la *poste* de *San Alonzo.* Cet
homme était déjà établi dans ces parages avant la guerre du
Paraguay. Quand les soldats de Solano Lopez envahirent le
pays en 1865, il dut prendre la fuite; son associé, qui n'eut
pas le temps d'en faire autant, fut tué par les envahisseurs.
Quant à lui, il se cacha dans les bois; il avait aussi pu cacher
deux cents peaux de bœuf, que les ennemis ne surent décou-
vrir. Quand la tourmente fut passée, il reparut et reprit son
commerce; il commença par remettre à ses créanciers les
deux cents peaux qu'il avait sauvées, et ceux-ci reconnais-
sants lui donnèrent toute espèce de facilités pour travailler.
Ensuite, mettant à profit une loi édictée par le gouvernement
de Corrientes, il acheta deux lieues de terrain à l'État à dix
ans de terme, et, les ayant payées, il se trouve dans une position avantageuse; ce qui prouve que l'honnêteté dans les
affaires est encore la meilleure des spéculations.

Le Napolitain a mis à profit pour bâtir sa maison les blocs
de grès ferrugineux taillés par les jésuites; il est allé les
prendre aux ruines de la Mission voisine, *los Apostoles. Sic
transit gloria mundi.* Sans doute les jésuites n'avaient jamais
pensé travailler pour l'aubergiste de San Alonzo.

Après la *poste* de San Alonzo la plus remarquable est

celle de *San Carlos;* celle-ci est située au pied de la mission de ce nom, dont les ruines couronnent le plateau. De ce point culminant le regard embrasse un panorama admirable: à l'horizon on distingue parfaitement le pic de ¡Santa Ana et la cordillère des Missions, dont la ligne bleuâtre se détache comme une dentelle vaporeuse sur le ciel brûlant. L'atmosphère est d'une limpidité extraordinaire.

. Mais, quelque beau que soit l'aspect du pays, on est content d'arriver à Posadas et de saluer le majestueux Parana, qui est pour le moment le terme de notre course.

# V

Concordia, 12 février 1888.

J'avais déjà visité la ville de Posadas en 1881 ; je trouve qu'elle a fait des progrès considérables depuis lors : on a beaucoup bâti ; les terrains ont pris une grande valeur, la municipalité ne les vend plus qu'aux enchères. La spéculation a pénétré ici comme partout. C'est l'espérance du chemin de fer qui produit ces merveilles ; on considère le chemin de fer comme le rédempteur, comme le messie de ces contrées.

Il s'agit actuellement du chemin de fer argentin de l'Est, qui n'allait jusqu'à présent que de Concordia à Monte Caseros et qui doit être prolongé jusqu'à Posadas : par conséquent il doit traverser tout le territoire des anciennes Missions argentines ; le chemin de fer sera le grand colonisateur de ces pays à moitié déserts.

Le général Rudecindo Roca, gouverneur des Missions, me donne un capitaine de ligne pour m'accompagner dans une excursion que je me propose de faire sur le haut Parana. Je pars avec lui et un Français établi depuis des années près des ruines de la Mission de San Ignacio-Mini, sur les bords du Yabebiry, un affluent assez important du grand fleuve. L'excursion se fait à cheval. Les eaux sont hautes, et comme il n'y a pas de ponts sur les rivières, il nous faut chercher les gués ou les passer en pirogue en traînant les chevaux après nous. Cette opération n'est pas sans difficultés.

Ayant ainsi franchi le Guarupa, nous nous trouvons sur le
territoire de la colonie *Candelaria* (chandeleur); c'est le nom
d'une ancienne Mission, que le gouvernement a pris la résolution de repeupler en y appelant des colons européens et
américains; il faut ajouter que ceux-ci y étaient déjà établis,
mais à titre provisoire. Il est en effet venu quelques familles
auxquelles on a fait des distributions de vivres, d'animaux de
travail et d'instruments aratoires, mais jusqu'à ce moment
(1888) la colonie n'a guère donné de bons résultats, pas plus
que celle de Santa Ana que l'on trouve cinq lieues plus loin :
aussi le gouvernement, fatigué de l'insuccès des colonies
nationales, s'est-il décidé à les céder à une Compagnie particulière : il faut donc attendre pour savoir à quoi s'en tenir
sur la colonisation des Missions. Ce qui, d'après moi, a em-
pêché leur réussite jusqu'à présent, c'est surtout le manque
de communications faciles et de débouchés.

Nous allons chez Carlos Bossetti, un Italien bien connu dans
la contrée : il a exploré les Missions qu'il a parcourues dans
tous les sens ; il a été commissaire général des *Yerbales*
(c'est-à-dire des forêts qui produisent l'herbe *mate*, l'*Ilex
paraguayensis*) pour le compte de la province de Corrientes,
et le territoire ayant été fédéralisé, il a pris un lot de terrain,
cent hectares, à la colonie Candelaria pour se livrer à l'agriculture et à l'industrie.

La maison de Bossetti est sur un point élevé de la colline,
d'où le regard embrasse de grandes étendues : on aperçoit
les forêts du Paraguay, la ville de Posadas et les rives boisées
du Guarupa.

Bossetti n'est pas chez lui; il est à Buenos Aires. M^me Bossetti nous dit que les cultures qui rapportent le plus sont
celles du riz, du maïs, de la canne à sucre, du tabac, du
manioc, du haricot, de l'arachide, du melon, du piment, des
légumes, du bananier qui a un rendement considérable; mais
elle fait observer aussi que c'est le terrain boisé défriché, le

*rosado* qui rapporte bien plus que le terrain découvert.

Il y a dans la colonie environ cent cinquante familles, mais toutes *créoles ;* il faut ajouter qu'elles ne travaillent guère, suivant l'usage général du pays, mais aussi la vie y est si facile et elles éprouvent si peu de besoins !

De la maison de Bossetti nous passons à celle d'un autre Italien nommé Antonio Saldi, et par sobriquet *Venezia*, parce qu'il est originaire de la fameuse ville de l'Adriatique ou des environs. Venezia tient une auberge et une *pulperia ;* sa maison est au centre du *pueblo*, au milieu de la colonie, sur le versant de la colline où s'élève l'habitation du commissaire. Les parois de la maison sont ornées de quelques portraits, entre autres celui de Garibaldi ; il y a aussi des vues de Venise.

Le commissaire est absent, lui aussi : il est allé à Buenos Aires.

Nous allons passer la nuit à l'*estancia* de M. Belisario Eurique, à l'est de la colonie. Le majordome nous dit que le terrain est très bon pour l'élevage du bétail, mais qu'il ne l'est que par exception pour l'agriculture, parce qu'il est trop rocailleux : les plantes qui réussissent le mieux sont l'arachide et le manioc.

Le lendemain nous prenons la direction de *San Juan*, c'est-à-dire d'un ruisseau qui porte ce nom et sur les bords duquel un Allemand, nommé Henri Puck, a établi une plantation de cannes à sucre ; il a aussi une distillerie, mais n'ayant que des cylindres de bois, il perd beaucoup de matière première ; il fabrique aussi une excellente liqueur à laquelle on a donné le nom de *rhum des Missions*. La plantation de Puck est au milieu des bois, qu'il a fallu défricher, à un kilomètre et demi de la rivière, c'est-à-dire du confluent du San Juan.

Puck nous a montré des meubles confectionnés avec des bois du pays qui sont réellement remarquables. Les bois seront un jour, ils sont déjà une abondante source de richesses pour les Missions.

La chaleur accablante nous a obligés à passer la journée chez Puck ; vers le soir nous remontons à cheval et nous arrivons au grand établissement du général Roca.

Il est situé à trois cent cinquante mètres du fleuve, au pied d'une colline élevée qui le garantit contre le vent du Sud. Les plantations entourent l'usine à l'Ouest, à l'Est et au Sud ; elles sont sillonnées par des chemins de fer Decauville pour charrier la récolte et porter les produits jusqu'au port. Les machines ont été fournies par la maison Cail de Paris.

L'usine produit du sucre et de l'alcool. Depuis ma visite, on a dû étendre les plantations et on les continuera jusqu'à ce qu'elles atteignent deux cents hectares ; on pourra alors produire deux cent mille arrobes de sucre. Comme je n'ai pas les connaissances techniques voulues, je m'abstiens de faire la description de l'établissement ; d'ailleurs, le moment de la fabrication était passé depuis longtemps et je ne pouvais le voir fonctionner. La récolte se fait du mois de mai au mois de septembre.

Le général Rudecindo Roca a engagé un grand capital dans l'usine de San Juan : il est à désirer dans l'intérêt du pays que ses efforts soient couronnés d'un plein succès.

Ayant vu tout ce qu'il y avait à voir à San Juan, nous reprenons le chemin *royal* de Santa Ana, après avoir traversé une série de bosquets, de clairières, de *picadas* (on appelle ainsi une trouée faite dans la forêt, qui donne passage à un homme à cheval), de ruisseaux, de fondrières et autres obstacles qui ralentissent notre marche. Sur le chemin de Santa Ana nous retrouvons notre compagnon de voyage français, que nous avions laissé la veille à l'*estancia* de Don Enrique, et nous faisons ensemble notre entrée à Santa Ana. Avant d'aller plus loin, je dois dire que ce compagnon de voyage, excellent guide d'ailleurs et bon camarade, s'appelle Marcelin Bouix : c'est une vieille connaissance pour moi ; je suis déjà

allé chez lui en 1881 ; il m'a donné comme à tous ceux qui
vont le visiter l'hospitalité la plus généreuse, la plus cordiale ;
d'ailleurs, il peut le faire sans se gêner ; par l'exploitation de
l'herbe-maté, par l'élevage du bétail, il a acquis une certaine
fortune, et pourrait, s'il le voulait, aller rejoindre sa famille
qui l'appelle ; mais il est venu fort jeune en Amérique et il s'est
attaché à sa patrie adoptive ; néanmoins il pense avec attendrissement aux *montagnes Pyrénées*, et il est bien aise
quand il trouve quelqu'un avec qui il peut en parler, comme
il fit avec moi ; mais hélas ! il en a oublié le langage et
parle plus volontiers le portugais que l'idiome de Despour-
rins..

J'avais déjà visité Santa Ana en 1881 ; je n'y ai pas trouvé
de grands changements : une trentaine de maisons ou de
*ranchos* de peu d'importance et d'assez triste aspect dispersés
dans un vallon arrosé par deux ruisseaux, voilà ce qui reste
de la célèbre Mission ; je me trompe, ces constructions sont
modernes ; de la Mission proprement dite il ne reste que des
ruines qui sont à peu près cachées dans une forêt d'orangers.
Les jésuites avaient planté cet arbre partout où ils s'établis-
saient, et depuis leur expulsion il s'est propagé d'une manière prodigieuse.

Je parle avec diverses personnes de différentes nationalités,
un Napolitain, un Brésilien, un Espagnol, un Allemand, et leur
demande des renseignements : de ceux qu'ils me donnent il
résulte que l'on peut cultiver avec succès à Santa Ana le
maïs, le manioc, toute espèce de haricots, le riz, la patate, la
canne à sucre, le tabac, la vigne, l'herbe maté, le lin, le coton, toute espèce de légumes, les arbres fruitiers, tels
que le pêcher, l'oranger, cela va sans dire, le coignassier, le
poirier, le pommier, le mûrier, la bananier, le goyavier qui
croît à l'état sauvage ou sylvestre, de même que l'indigotier.
On me cite enfin le curupaï qui sert pour la tannerie. On
peut aussi engraisser le bétail.

Je trouve à Santa Ana un Français qui est venu d'Algérie
pour se vouer à la culture de la vigne. Plus loin sur le chemin de San Ignacio il y a un colon italien qui a aussi un.
petit vignoble. Enfin plus loin encore, aux environs des
ruines de Loreto, il y a deux Français, MM. Destrèze père et
fils et un Belge, M. Dubois, qui ont entrepris la même culture et qui font les plus grands éloges du pays, certains qu'ils
sont d'y réussir.

On assure que les jésuites faisaient du vin dans leurs Missions; on avait aussi planté la vigne au Paraguay, mais le
gouvernement espagnol ordonna de l'arracher pour réserver
le monopole du vin aux viticulteurs de la métropole. J'ai
oublié en passant à Posadas de parler d'un autre Français,
nommé Constant Hamard, qui cultive la vigne, bien que sur
une petite échelle, et qui fait du vin; il vante aussi la
production de l'ananas.

J'ai dit plus haut que le gouvernement national pensait à
aliéner la colonie de Santa Ana ; au moment de mon passage, cette opération n'était pas encore faite. Je visite
M. José A. Mugica, administrateur-commissaire de la
colonie. Il me dit que cette colonie a été fondée en
avril 1884.

La population, composée en grande partie de Brésiliens et
de Paraguayens, était alors de 665 habitants ; elle s'est élevée
deux ou trois ans plus tard à plus d'un millier. M. Mugica
attribue cet accroissement à la facilité avec laquelle on peut
acquérir la terre et aux garanties de toute espèce dont jouit
l'immigrant étranger.

Le terrain, occupé par la colonie, est situé à quatre kilomètres du Rio Parana, dans une vallée magnifique; on a
mesuré 107 kilomètres carrés.

On voit au Sud les belles montagnes (cerros) de Santa Ana
et de Martires dont l'élévation au-dessus des eaux du fleuve
doit être de 300 à 600 mètres.

Le terrain est accidenté comme tous ceux de cette région splendide, et sa fertilité admirable ; le climat est tempéré.

Il abonde en bois de construction.

Le caractère des habitants est docile, pacifique; s'ils sont peu travailleurs, c'est le résultat de l'éducation donnée à leurs ancêtres par les jésuites qui avaient leurs établissements dans ces parages. Mais au moyen d'une éducation vraiment libérale et stimulés par les éléments laborieux que l'immigration amène chaque jour, il est à présumer qu'ils ne tarderont pas à changer dans le sens du progrès.

La production n'est pas encore considérable, malgré la richesse du sol ; ce retard doit être attribué à trois causes qui sont : d'abord le manque [d'un centre commercial qui serve de débouché à l'agriculture ; le manque d'immigration étrangère et finalement le manque de voies de communication.

Il faudrait établir la navigation à vapeur sur le haut Parana, et, s'il était possible, jusqu'à l'Yguazu.

Voilà à peu près ce que dit M. Mugica dans le rapport qu'il a bien voulu m'adresser. Il recommande comme la culture la plus importante, comme celle qui est appelée à avoir une influence décisive sur la destinée des Missions, celle de la canne à sucre, qui, dit-il, a ici une production sans égale et qui offre mille avantages au planteur. Cette culture est facile, ajoute-t-il, et relativement peu coûteuse ; elle n'est pas exposée comme dans d'autres pays, à des froids intenses, ni aux grandes sécheresses.

On peut évaluer les frais d'exploitation d'un hectare jusqu'au moment de la coupe, à 150 piastres nationales; et son rendement de 5.200 à 5.500 arrobes; l'irrigation n'est pas nécessaire, car il pleut fréquemment.

Le territoire des Missions, dit encore le rapport, n'est pas très riche en troupeaux ; cependant les bêtes à cornes ne manquent pas : on peut acheter une bonne paire de bœufs

4

pour 50 piastres nationales. Un cheval coûte 12 à 16 piastres. Une mule coûte de 30 à 35 piastres ; c'est la monture
qui convient le mieux dans ces parages accidentés et pierreux.
Les porcs sont très abondants et à bon prix ; ils se reprodui-
sent d'une manière extraordinaire. L'élevage des porcs bien
entendu donnerait de beaux résultats.

Les terrains vacants de la colonie sont vendus aux conditions de la loi de colonisation, c'est-à-dire au prix de deux
piastres six centavos l'hectare, payables en dix ans.

Les anciens habitants de la localité colonisée ont reçu leurs
terrains à titre gratuit. .

La colonie, ayant été cédée depuis lors à une entreprise particulière, a dû recevoir une nouvelle organisation.

Avant de quitter Santa Ana, et comme curieux renseigne-
ment historique, je dois dire que c'était là que Bonpland
avait pensé s'établir dès son arrivée à la Plata après la chute
de l'empire, et que c'est là qu'il fut arrêté et fait prisonnier
par les soldats de l'ombrageux dictateur du Paraguay, le
Dr Gaspard Francia. Le Paraguay prétendait s'approprier
la zone comprise entre le Parana et l'Uruguay : il a fallu la
guerre de la triple alliance en 1865 pour l'en déloger.

Les terrains de San Ignacio, de Corpus, enfin les terrains
situés au nord du Yabebiry (rivière des Raies) sont préféra-
bles pour l'agriculture à ceux de Candelaria et de Santa Ana,
mais ils ont le défaut d'être moins accessibles. C'est cette circonstance en grande partie jointe au manque de ressources
de l'entrepreneur qui fit échouer en 1876 la colonisation ten-
tée par un Italien M. Auguste Sandri del Vasco : la colonie
*Marcos Avellaneda* ne parvint pas à se constituer : les
colons se dispersèrent ; nous en avons, comme on sait, trouvé
un à Santo Tomé ; d'autres allèrent au Paraguay ; nous ne les
suivrons pas dans la république voisine qui a fait aussi et qui

continue à faire des efforts pour attirer l'immigration étrangère.

Retournons donc sur nos pas pour parler des colonies que
nous n'avons fait que mentionner en passant ; par colonies
il faut entendre aussi tous les centres agricoles et les terrains colonisables.

Retournons à Monte Caseros.

# VI

Concordia, 13 février 1888.

La ville de Monte Caseros est une création du gouverneur
Juan Pujol: cette localité se nommait autrefois *Paso de Higos*
(passage du Figuier); elle est bien tracée, les rues ont quarante
vares de large ; on n'a donc pas marchandé l'espace, comme
on a fait malheureusement dans toutes les villes d'origine
espagnole, faute qui a eu de tristes conséquences au double
point de vue des relations commerciales et de l'hygiène.

Le site de la ville est beau, pittoresque, dans une courbe
que décrit le Rio Uruguay, dont la navigation est interrompue
en cet endroit par des cordons de rochers et des rapides; il
est vis-à-vis de la petite ville orientale de *Santa Rosa* et non
loin du Cuareim, rivière qui débouche dans l'Uruguay et qui
sépare le Brésil de la République Orientale : par conséquent
Monte Caseros est ou peut être en relation continue avec
trois États.

Ce qu'on appelle l'*egido* de la ville, c'est-à-dire le terrain
destiné à l'agriculture, a neuf lieues carrées de superficie ;
c'est donc un des plus étendus qui existent. Le terrain est
semblable à celui de l'Entre Rios, ondulé, de la même formation, et il continue à être ainsi jusqu'au Rio Corrientes,
au-dessus duquel il ne paraît pas avoir la même fertilité.

Les *chacras* sont de onze *cuadras* et un neuvième de cuadra, ce qui équivaut à dix-huit hectares soixante-quatorze
ares et neuf centiares.

Le prix est de cinquante piastres nationales payables en deux fois, dans le terme d'un an, plus la condition de peupler, d'enclore et de cultiver dans le terme de six mois.

Malheureusement le terrain a été accaparé en grande partie par des spéculateurs qui en ont fait des *potreros* : on appelle ainsi des enclos pour l'élevage des animaux ; la municipalité s'est prêtée à cette spéculation qui à présent est un obstacle sérieux, là comme ailleurs, au peuplement du pays.

Cela est d'autant plus fâcheux que le terrain de Monte Caseros convient pour la culture des céréales, des plantes oléagineuses, de la pomme de terre, de tous les légumes.

Depuis ma visite, le gouvernement provincial a dû prendre des mesures pour remédier aux abus que j'ai signalés plus haut et rendre la terre à la production agricole proprement dite.

Dans l'egido de Monte Caseros j'ai trouvé un ex-marin français, Breton, qui a abandonné la carrière hasardeuse de l'Océan pour se vouer à l'agriculture : il a ici une ferme de cinquante cuadras et semble satisfait de sa position : il ne se plaint que du manque de débouchés pour ses produits; le chemin de fer prolongé va changer tout cela. L'Uruguay n'étant navigable dans tout son cours que par les hautes crues, périodiques il est vrai, la voie ferrée était absolument nécessaire pour donner la vie et le mouvement à ces contrées en quelque sorte séparées du monde par la distance et les obstacles naturels.

Dans le même egido, près du port de Ceibo, j'ai vu un autre agriculteur, Italien celui-ci, J.-B. Richini ; il a une ferme de cinq cents vares de côté, il cultive le maïs, la pomme de terre, la patate, le melon, la pastèque, le manioc, l'oignon et aussi la luzerne, et il envoie la plupart des ses produits à l'Uruguayana. Il plante aussi la vigne.

Il n'y a que deux ans qu'il est venu ici, et il a une grande maison en briques de trente-deux vares de long, avec toit de roseaux (*Gynerium argenteum*), un puits qui lui a coûté trois cents piastres, une presse pour la luzerne, un grand corral (enceinte palissadée) en fil de fer; la chacra est aussi enclose avec des pieux de guandubay et du fil de fer. Bref, il est dans une position florissante. Ajoutons qu'il est marié avec une femme de la province et qu'il a cinq enfants.

De ce croisement des races et des peuples il résultera une génération laborieuse et entreprenante qui renouvellera la face de cette terre, en fondant des villes et des villages sur ces déserts de prairies interminables, dont la monotonie et la solitude éveillent des sentiments d'invincible mélancolie dans l'âme du voyageur qui les parcourt. Il suffit de quelques jardins, de quelques vergers, de quelques bosquets épars pour changer l'aspect de ces collines et en faire un paysage pittoresque.

Le *campo* de Monte Caseros et des environs convient aussi parfaitement pour l'élevage. Quelques *estanciers* ont commencé à raffiner les races, entre autres MM. Hermenegildo Gomez et Saenz Valiente.

De Monte Caseros nous repassons à *Villa Libertad*.

# VII

Villa Libertad est une colonie fondée par le gouvernement national d'accord avec le gouvernement d'Entre Rios, sur un terrain appartenant à cette province.

Du temps du général Urquiza, la province possédait deux grandes *estancias* que le gouvernement administrait directement, celle de *Las Conchas* sur les bords du Parana, aux environs de la *Villa Urquiza*, et celle du *Mandisoby* ou *Mocoreta* où se trouve actuellement la Villa Libertad. La dernière comprenait tout le terrain compris entre le Mandisoby Chico, le Mocoreta, le Rio Uruguay et une ligne de démarcation à six ou sept lieues à l'ouest de cette rivière.

En 1872 la chambre des députés de la province résolut de consacrer ce terrain à la colonisation ; mais le projet ne reçut pas d'exécution à cause de la guerre civile qui éclata l'année suivante.

En 1876 le Congrès national vota la loi de colonisation. Pour la mettre en pratique, le gouvernement national demanda des terrains aux gouvernements provinciaux, parce qu'il n'en avait pas lui-même de disponibles à cette époque : ils étaient alors au pouvoir des Indiens. Le gouvernement d'Entre Rios fit une réponse affirmative : il offrit les terrains du Mocoreta et d'autres terrains sur la rive du Parana, ceux où l'on devait fonder la colonie *Alvear*.

La colonie *Villa Libertad* est donc ce qu'on appelle une

colonie officielle. Les cinquante premières familles y furent installées le 26 avril 1876 par M. Salteri son premier administrateur. Plus tard elle fut administrée par MM. Paul Stampa, Mambroni et Telemaco Gonzalez.

Postérieurement on supprima l'administration nationale et la colonie fut livrée au gouvernement provincial, qui y est représenté par un juge de paix et commissaire. L'action du gouvernement général ne s'y fait sentir que par les apparitions périodiques de l'inspecteur des colonies, qui vient recouvrer les sommes dues par les colons.

« Le terrain mesuré et subdivisé pour cette colonie, dit M. Cayetano Ripoll, chef du bureau de statistique de la province d'Entre Rios, dans le livre qu'il a publié (1888), comprend 11.120 hectares, 50 ares.

« Les chacras ont une superficie de 25 cuadras carrées, soit 42 hectares, 18 ares, 75 centiares.

« Le centre de la colonie n'est qu'à trois lieues du Rio Uruguay. Le chemin de fer le traverse et il y a la station *Chajari*. Celle-ci est à 100 kilomètres de la ville de Concordia, à 25 de Fédération.

« Le terrain de la colonie est ondulé comme celui de toute la province.

« Le ruisseau Chajari qui la traverse, coule du nord au sud, le San Gabriel du sud à l'est.

« Au nord et au sud-est il y a deux autres petits ruisseaux.

« En creusant des puits, on trouve l'eau de 8 à 16 mètres de profondeur.

« La population actuelle s'élève à 3.470 personnes, dont 1780 du sexe masculin et 1.690 du sexe féminin. »

Les rues ont trente mètres de large sauf deux qui en ont cinquante et qui partagent la colonie en quatre parties égales.

Au centre de la colonie on a réservé un terrain pour le village. Là, les rues n'ont que vingt mètres.

Il y a un terrain réservé pour l'élargissement de la colonie, qui comprend plus de onze mille cent vingt hectares : il serait plus exact de dire qu'il est déjà livré à la colonisation, car il forme, du moins en partie, la colonie dite du *Sauce* (Saule) située au sud de la précédente et destinée aux *fils du pays*, qui par suite de la rectification des propriétés de la province se sont trouvés sans foyer : il y a deux cents familles, mais celles-ci n'ont pas reçu d'avances en vivres, instruments de travail et animaux, comme les colons européens.

Cette colonie du Sauce a trois ans d'existence.

Plus au sud, entre les deux Mandisobys, un Suisse, M. Rohrer, a fondé sur sa propriété une autre colonie qu'on appelle la colonie allemande.

J'ai nommé le centre de la colonie : il y a déjà là un grand nombre de bâtiments, entre autres la maison qui doit être la résistence des autorités, la maison du commissaire et juge de paix, la maison d'école, la caserne, la maison des postes et télégraphes, la chapelle qui n'est encore qu'un *rancho* (1888); mais il est question d'en bâtir une de plus de valeur. A deux lieues plus à l'est, au centre de la colonie *Nouvelle*, comme on l'appelle, les colons en ont bâti une autre qui a dû coûter trente mille piastres.

Tous ces colons sont très dévots : ils ne manquent jamais une cérémonie religieuse : au moment où je passais ils venaient de faire un télégramme au pape pour lui souhaiter la bonne année.

La plupart des familles sont italiennes, de la Lombardie, de la Vénétie et du Tyrol italien : il y avait, il y a un an, une douzaine de familles allemandes, dix françaises et sept espagnoles.

En vertu de la loi de colonisation les cent premières familles ont reçu gratuitement le terrain. M. Salteri assure qu'il y en a eu même davantage.

Elles ont reçu en outre deux bœufs de labour, une vache
laitière, un cheval, une charrue, des instruments aratoires,
et autres outils, des semences et la nourriture, qui se composait de farine de blé, de maïs, de biscuit et de viande.

Malheureusement pour les colons,les sauterelles et la sécheresse vinrent les tourmenter pendant les trois premières
années : il fallut donc prolonger le rationnement, ce qui aug-
menta leur dette.

Les principales cultures de la colonie sont le blé, le maïs,
la pomme de terre, la patate grande et petite, le ricin, l'a-
rachide. On cultive les deux dernières plantes sur une grande
échelle pour les moulins à huile de Concordia. La culture
du ricin a été encouragée surtout par M. Olivier Budge,
administrateur du chemin de fer de l'Est, qui a fourni la
semence aux colons, et par M. Demachy.

Le terrain de Villa Libertad convient mieux pour les
plantes oléagineuses que pour le froment, car il est généralement sablonneux ; mais dans les bas-fonds humides le maïs
vient admirablement.

Les colons ont enclos leurs concessions avec du fil de fer,
ce qui cause une assez forte dépense : car il faut pour cela
quatre quintaux et cinq cents pieux ; on évalue le tout à
450 piastres nationales.[Quant à la concession elle-même,elle
vaut 1.000 piastres nationales. Les colons de Villa Libertad
élèvent aussi beaucoup de bêtes à cornes, mais ils n'ont
pas tant de poules que ceux de Colomb, parce qu'ils n'ont
pas le même débouché, c'est-à-dire tous les navires qui
montent ou descendent la rivière. Leur marché à eux, c'est
la ville de Concordia et le chemin de fer avec l'importante
station de Chajari.

J'ai visité divers colons des différentes nationalités qui
composent la colonie ; j'ai entendu des contents et des
mécontents.

Les colons allemands, surtout ceux du Nord, se font remarquer par la propreté de leurs maisons. Burnofit est un ancien soldat qui a fait les campagnes de 1866 et de 1870-71 ; il a des médailles et des décorations attestant qu'il a fait neuf ans de service sans aucune punition. Il ne doit rien à l'administration de la colonie ; il a reçu la terre gratuitement et avait quelque argent à son arrivée. Il a un joli bosquet de pêchers ; il fait de l'eau-de-vie de pêches et des fruits secs. Sur les parois de sa modeste habitation on voit les portraits de quelques officiers de l'armée allemande, dont l'un est son propre frère, celui de l'empereur Guillaume et un grand nombre de dessins de boîtes d'allumettes, qui forment une assez jolie mosaïque.

Jean Walter, arrivé depuis neuf ans, a reçu aussi une concession gratuite sans aucune autre espèce d'avances ; il a une fille blonde dont la chevelure rappelle le type si connu de la Gretchen de Goethe. Il a eu à lutter contre de grandes difficultés, mais il a pu les surmonter toutes, et à présent il est content. Il cultive le lin qui lui rend quarante pour un, il fait du pain de maïs mélangé avec du froment. Il a aussi tapissé son mur avec des boîtes d'allumettes. Le sentiment de l'esthétique est, à ce qu'il semble, un besoin impérieux qui demande partout à être satisfait.

Paul Coulin, arrivé il y a dix ans, a acheté deux concessions et du bétail. Sa famille se compose de sa femme, de cinq fils et d'une fille, mais un des fils est allé à la colonie Tornquist, dans la province de Buenos Aires, un autre à Santa Fé et un troisième à {Concordia. Il pratique toute espèce de cultures ; il a un nombre considérable d'arbre fruitiers et d'ornement, tels que des eucalyptus, des casuarinas, des acacias, des azédérachs, des vignes, au milieu desquels se perdent ses habitations de briques crues. Les *chacras* sont encloses avec des haies vives de *cina cina*, une espèce de mimosée épineuse.

C'est sa femme qui nous reçoit. Le mari est absent, la femme est plus contente que le mari qui voudrait aller ailleurs.

Sur une table j'aperçois *le Jura*, journal de Porentruy, qu'un ami de Suisse lui envoie. La curiosité me pousse à le lire, car il y a longtemps que je ne vois de journaux français ; j'y trouve un article intitulé : *A qui sera l'Europe ?* » L'auteur de l'article arrive à cette conclusion : ou aux Germains aidés des Magyars ou aux Slaves aidés des Latins ? Le fait est qu'une lutte gigantesque se prépare.

Qu'est-ce que la guerre ? demandait Napoléon, le grand guerrier. Et il répondait lui-même : « Un jeu barbare où tout le talent consiste à être le plus fort sur un point à un moment donné. »

Pourquoi les *joueurs barbares* d'Europe, au lieu de chercher à s'exterminer réciproquement, ne viennent-ils pas peupler les déserts de l'Amérique du Sud ?

Dardin n'est pas un colon, à proprement parler ; c'est un jardinier de Concordia qui a établi à *Villa Libertad* une grande ferme qui est en même temps un grand verger. Il y a planté toute espèce d'arbres fruitiers et d'ornement plus un vignoble qui compte déjà (1888) plus de trente mille plantes de la vigne dite de Lorda.

Il a deux concessions ; son fils dit que les colons n'aiment pas assez l'arboriculture. Les premiers qui sont venus ont dû faire l'apprentissage de l'agriculture ; il faudrait une ferme modèle dans toutes les colonies et un directeur agronome, ou tout au moins des inspecteurs d'agriculture qui vinssent périodiquement donner des indications et faire des conférences.

Schaftenhoffer est un Allemand marié avec une Suissesse ; il tient à la station Chajari l'hôtel *Cosmopolite*, dont l'enseigne annonce qu'on y parle toutes les langues ; il a aussi quatre concessions plus une boucherie, une charcuterie et une boulangerie. Sa cuisine peut être recommandée aux voyageurs ; il a aussi de bonnes voitures et d'excellents chevaux avec lesquels on peut parcourir rapidement toute la colonie.

M. Doze, *estanciero* français de Concordia, a construit un moulin à vapeur à cette même station ; il a une *estancia*, à l'est de la colonie, sur les bords de l'Uruguay.

La station Chajari est le point d'arrivée des charrettes qui viennent de l'intérieur de la province d'Entre Rios et de celle de Corrientes, apportant du bois et des marchandises. C'est aussi le point de départ d'une diligence qui mène à San José de Feliciano et à la Paz.

Deux lieues au nord on trouve le *saladero* du Mocoreta.

Comme on voit, la Villa Libertad jouit d'une position avantageuse.

# VIII

La colonie allemande, dont j'ai parlé plus haut, a été fondée par M. Michel Rohrer, citoyen suisse du canton de Saint-Gall, propriétaire d'une estancia située entre les deux Mandisobys. Il n'a établi jusqu'à présent qu'une vingtaine de familles, mais il se propose d'en mettre davantage et de coloniser successivement tout son terrain; elles sont en grande partie allemandes.

Ses concessions sont de vingt-quatre cuadras de cent cinquante vares : chaque famille peut acheter le nombre qu'elle juge convenable à raison de dix piastres la cuadra et à six ans de terme. Cette dimension équivaut à trente-sept hectares, douze ares, vingt-huit centiares. Les colons peuvent prendre gratuitement le bois de chauffage dans la forêt du propriétaire; ils y ont pris aussi le bois de construction nécessaire.

La colonie a une maison d'école bâtie et donnée par le propriétaire; l'instituteur est payé par les pères de famille.

La maison du maître est sur un point culminant d'où l'on aperçoit la petite ville de Fédération et les *puestos* des estancias voisines : on nomme ainsi les habitations des bergers préposés à la garde des troupeaux. Elle est entourée d'eucalyptus ; elle a un belvéder (*mirador*), un jardin, un verger, une citerne, enfin toutes les commodités du *confort* moderne. Les allées du jardin et du verger, ainsi que les environs de

la maison sont ornés de ces curieuses pétrifications de bois
que l'on trouve à tout pas dans les ruisseaux des rives de
l'Uruguay, et qui ont parfois des dimensions colossales, des
troncs de saules, de gnandubays, de palmiers et autres
arbres.

J'ai trouvé dans cette colonie un individu nommé Gerlach,
qui sait faire des thermomètres et des baromètres, deux
selliers, un forgeron, deux charpentiers, un jardinier,
un sculpteur, du nom de Reisenweber : « J'étais artiste autrefois, m'a-t-il dit, à présent je suis agriculteur, je conduis
la charrue. » Il a planté trois mille ceps de vigne.

L'*egido* de Fédération peut être considéré comme une
colonie, d'autant mieux qu'il est question de l'étendre considérablement, grâce à l'action persévérante des autorités
locales et surtout de la municipalité. J'y ai visité un vieux
Français septuagénaire, mais vigoureux encore, du nom de
Duvivier qui a un grand établissement agricole, où il cultive
surtout la luzerne et élève un grand nombre de bêtes à
cornes; les Italiens Ravena et Gambino qui ont entrepris la
culture de la vigne sur une grande échelle : le premier fut
un compagnon d'armes de Garibaldi; Pedro Virtu, également Italien et viticulteur, Ferdinand Lederli, Français
d'Alsace, et colon d'Algérie, qui fait aussi de la viticulture et
de la distillerie, et six autres chefs de famille alsaciens; enfin
Benito Sfuerzo, Italien de Venise. Cet homme arrivé pauvre
il y a quatre (écrit en 1888) a déjà trois *chacras* de quatre
cents vares de côté chacune, où il cultive le maïs, l'arachide,
le ricin, la pomme de terre, les légumes et la vigne.

La municipalité a vendu à la compagnie *l'Industrielle
Entreriana* trois cent cinquante cuadras à condition d'y
planter la vigne et à divers autres propriétaires plus de six
cents cuadras pour les consacrer également à l'agriculture.

Enfin elle a passé un contrat (24 février 1887) avec

MM. Carmelo Crespo et C^ie pour la colonisation des cinq lieues carrées destinées à l'agrandissement de l'*egido* de Fédération.

La ville de Concordia, bien que plus importante que celle de Fédération, n'a, pour ainsi dire, pas d'*egido;* elle est entourée de grands propriétaires, de sorte qu'elle ne peut étendre ses cultures ; mais depuis ma visite il paraît que ceux-ci se sont décidés à coloniser leurs vastes domaines et d'autre part, le gouvernement national a. fait l'acquisition d'une vaste estancia, celle de *Yerua*, non loin et au sud de cette ville, pour la destiner à la colonisation. C'est une surface de seize lieues carrées qui va se couvrir d'agriculteurs, et dont la position privilégiée sur l'Uruguay offre de grands avantages à l'immigration laborieuse.

La province d'Entre Rios ne laisse rien à désirer sous ce rapport ; c'est une *coupe d'or*, disent ses voisins eux-mêmes.

# IX

Redescendant le rio Uruguay, nous trouvons le département de ce nom, dont le chef-lieu fut autrefois la capitale de la province, ce département a des colonies dont je vais parler à présent.

La plus importante est la colonie *Çaseros*. Elle a été fondée en 1874 par M^me Dolores C. de Urquiza, veuve du général de ce nom, gouverneur de la province pendant longtemps et président de la Confédération Argentine. Elle est située entre la maison de campagne bâtie par le défunt général sur la rive gauche du Gualeguaychu et l'*egido* de Conception. On lui a donné le nom de Caseros en commémoration de la célèbre bataille (3 février 1852) qui mit fin à la dictature de Rosas sur les contrées platéennes et qui fut gagnée par le général Urquiza, généralissime des troupes argentines, orientales et brésiliennes coalisées. C'est de cette époque que date la réorganisation de la République Argentine; car elle fut le point de départ de la constitution qui la régit actuellement, celle-ci ayant été promulguée en 1853 et réformée en 1860.

D'après le contrat de colonisation, chaque famille ou association de colons devait recevoir une concession de vingt-cinq hectares, quatre bœufs de labour, deux vaches laitières, un cheval ou une jument dressé, la nourriture pendant une année; les instruments indispensables de labour, dont le

5

montant néanmoins ne pouvait excéder la somme de soixante-
dix piastres fortes par famille.

Le prix fixé pour chaque concession dans la première
année était de trois cent cinquante piastres fortes, qui
devaient être payées dans le terme de trois ans, sauf le ·
cas de force majeure, avec l'intérêt de dix pour cent dès le
commencement de la seconde année de l'installation.

Sur ce prix il était fait un rabais de cinquante piastres
fortes aux familles qui ne demanderaient pas d'avances et une
de dix-huit pour cent à celles qui payeraient la valeur du
terrain au comptant.

Les familles ou sociétés de colons pouvaient affermer une
concession à côté de celle qu'elles recevaient pour deux piastres fortes par mois et elles pouvaient l'acquérir au même prix
que la première dès qu'elles auraient acquitté celle-ci dans
le terme fixé; enfin elles pouvaient obtenir une troisième concession à la condition de la payer dans le terme et aux
conditions déterminées, au prix que vaudraient les concessions à l'époque où elles la demanderaient après avoir
acquitté le montant de la première.

Toutes les avances faites aux colons, mises en compte
courant, devaient rapporter dix pour cent, dès le commencement de la seconde année de l'installation.

Les frais d'arpentage et la clôture générale de la colonie
(un enclos qui devait être établi pour la garantir contre les
troupeaux des *estancias* voisines) étaient au compte de la
propriétaire.

Pendant quatre ans les colons devaient être exempts de
toute espèce d'impôts et de contributions.

Ils avaient droit à recevoir pendant la première année gratuitement le bois de chauffage nécessaire et les roseaux pour
la toiture de leurs habitations; on leur vendait à prix modique
le bois nécessaire pour bâtir, faire les *corrales* (enceintes
palissadées où l'on enferme le bétail), et les clôtures. La

propriétaire s'engageait à établir au palais de San José (la maison du général) une école gratuite et à fournir un prêtre pour le service du culte, ainsi qu'un médecin et la pharmacie, mais il était entendu que les services du prêtre et du médecin, de même que le montant des médecines, étaient à la charge des colons.

Telles étaient les clauses du contrat primitif : quelques-unes ne laissaient pas que d'être onéreuses ; l'expérience montra la nécessité de les modifier, d'autant plus qu'il s'était présenté des cas de force majeure, tels que l'apparition de la sauterelle et le retard à fournir aux colons les avances nécessaires, retard qui les avait mis dans l'impossibilité de travailler dès le commencement et qui leur avait fait perdre du temps.

Enfin les clauses du contrat furent modifiées, grâce à l'intervention de la commission d'immigration de la ville voisine, et la prospérité de la colonie fut définitivement assurée par la disparition des causes de découragement. On fit des rabais dans les intérêts aux familles et on leur accorda des facilités pour le payement.

La colonie comptait au moment de ma visite deux cent soixante-dix-huit familles, plus un grand nombre de métayers, de manière qu'on calculait sa population totale à deux mille âmes environ. La plupart sont italiennes, venues directement à la colonie ; les autres sont françaises, savoisiennes surtout, et appartenaient autrefois à la colonie *San José*. Enfin il y en a des autres départements français ; il y a des Suisses, un Irlandais ; il n'y a pas d'Allemands.

Ces familles occupent une étendue de cinq cent soixante-huit concessions de 25 hectares ; il en est par conséquent beaucoup qui ont plus d'une concession ; par exemple Ambroise Richard en a huit, son frère Louis en a deux ; son

autre frère François en a cinq, et ainsi de suite. Avec de
semblables propriétés on peut faire de l'agriculture sur une
grande échelle et des essais variés ; cependant jusqu'à présent
les colons de Caseros n'ont guère semé que du blé et du maïs ;
ils avaient aussi essayé la culture du lin, mais il semble
qu'ils y aient renoncé.

Un jardinier français, nommé François Charles, s'était mis
à cultiver la ramie, cette plante textile dont on a tant parlé
dans ces derniers temps ; mais il s'est découragé, non pas que
la plante ne donne pas de bons résultats, mais parce qu'on n'a
pas encore trouvé de procédé mécanique pour la décortica-
tion de la tige. Cependant des agronomes intelligents recom-
mandent cette culture aux colons d'Alger ; on a cherché
aussi à l'introduire dans le Chaco, comme nous le verrons plus
loin.

La colonie est arrosée par le ruisseau de Santa Ana et le
Cardoso qui se réunissent pour former le ruisseau *del Molino*
ainsi nommé parce qu'il y avait eu autrefois un moulin,
*du temps du roi*, dit la tradition locale, — il fut emporté
par une crue d'eau — et par d'autres petits ruisseaux ou
marais. Elle est aussi traversée par le chemin de fer de
l'Uruguay au Parana qui y a une station : il faut observer
toutefois que la plupart des fermes se trouvent au nord de
la ligne.

Le terrain est ondulé comme toute la Mésopotamie argentine ; la terre argilo-sableuse, généralement noirâtre, fait
penser à la terre noire de la Russie méridionale, renommée
pour son extraordinaire fertilité. Telles sont d'ailleurs toutes
les terres du centre de la province : il ne manque à l'Entre
Rios que des voies de communication et des transports
faciles pour devenir l'un des greniers de l'Amérique du Sud.

Le palais de *San José*, dont j'ai parlé plus haut, est situé

dans une position excentrique relativement à la colonie, puisqu'il est à l'ouest ; par conséquent il ne pouvait servir pour
le service public ; il a donc fallu construire un village sur un
point central : celui-ci se compose de cinquante cuadras de
87 à 97 mètres de côté et d'une place qui a 140 mètres de
l'est à l'ouest et 100 mètres du nord au sud et qui est
entourée d'un boulevard de 50 mètres de large.

C'est là qu'on a bâti ou qu'on va bâtir une église, la maison de police, la maison de la municipalité, l'hôpital, l'école
et autres édifices publics. Il y a aussi un grand bâtiment
nommé le *Galpon* (hangar), qui est à la fois maison d'administration, de commerce et d'entrepôt pour les machines et les
produits de la colonie ; il peut contenir jusqu'à 7,000 *fane-
gas* de blé ; il est sur un point relativement élevé, d'où
la vue embrasse le panorama de la colonie, et est vu lui-
même à des distances considérables.

Les rues de la colonie ont vingt mètres de large, sauf deux
qui en ont cinquante ; la plus centrale, qui mène du *puesto* dit
*San Cipriano* à l'entrée de la colonie au palais de San José,
a une longueur de dix-huit mille cinq cents mètres.

Les artisans, les charpentiers, les menuisiers, les forgerons, les charrons et autres métiers nécessaires à tout centre
de population s'établissent dans le village et y bâtissent
des maisons plus ou moins spacieuses, plus ou moins
élégantes.

Le palais de San José a perdu de son importance depuis la
mort du général Urquiza, qui en avait fait sa résidence
continuelle, car il n'est pas habité la plupart du temps ; mais
c'est un bâtiment qui ne manque pas d'originalité et qui mérite d'être visité pour les souvenirs qu'il rappelle. Il est formé
de trois grands corps de bâtiment séparés l'un de l'autre par
des cours intérieures (*patios*) et d'une chapelle à coupole ;
deux belvéders (*miradors*), qui ressemblent à des clochers,

ornent la facade tournée vers le soleil levant. Cela donne au
palais l'apparence d'un couvent. Il est entouré d'un jardin
où l'on a planté toute espèce d'arbres fruitiers et d'ornement,
des orangers, des bananiers, des poiriers, des pommiers, des
pêchers, des abricotiers étendus en espaliers le long des
murs.

Le général aimait beaucoup l'arboriculture et l'agriculture ;
il avait fait tous ses efforts pour les propager dans sa province ; il donnait volontiers et envoyait des plantes et des
graines de tous côtés ; il se vantait d'avoir enseigné l'agriculture à ses compatriotes à coups de bâton, car, avant lui,
disait-il, leur nourriture était exclusivement animale ; ils ne
mangeaient que de la viande, et ils tuaient une vache pour
lui couper la langue ou détacher de ses flancs un morceau
de rôti qu'on faisait cuire dans sa peau. C'est l'*asado con
cuero*, le mets de prédilection du paysan argentin. La viande
était si abondante alors qu'on abandonnait le reste de l'animal aux chiens et aux oiseaux de proie. Urquiza coupa court
à ce gaspillage en arrêtant qu'on ne pourrait abattre une
tête de bétail sans la permission de l'autorité. « J'ai forcé mes
compatriotes à être riches, » disait-il. En effet la guerre de
Crimée, le blocus des côtes de Russie vinrent donner aux
troupeaux platéens une valeur extraordinaire. Ce fut le beau
moment des *estancieros ;* ils s'enrichissaient sans rien faire,
et pour ainsi dire en dormant la sieste.

A l'ouest du château le général avait fait un grand verger,
qui était une véritable forêt d'arbres fruitiers ; comme l'eau
lui manquait, il prétendait l'arroser au moyen d'un lac artificiel qu'il était en train de construire lorsqu'il périt de mort
violente le 11 avril 1870 à sept heures et demie du soir,
assailli et tué dans son propre domicile. A cet effet il faisait
venir l'eau d'une lagune située dans le bois qui avoisine les
bords du Gualéguaychu ; pour cela il lui fallait une machine
à vapeur qu'il avait commandée, dit-on. Lui mort, le bassin,

creusé à grands frais, s'est desséché; pour mieux dire, il n'avait jamais été rempli.

Le château, le lac, le verger, le jardin, tout cela avait coûté des millions : mais tout cela au fond n'avait pas de valeur réelle, ou devait en perdre une grande partie après la disparition du propriétaire, car il fallait une fortune considérable pour l'entretenir sur le même pied.

L'intérieur était et est encore meublé avec luxe : on y remarque surtout la chambre funéraire, où le général tomba les armes à la main et dont sa veuve a fait une chapelle. Mais le cadavre n'est pas à José : il a été enseveli dans l'église de Conception de l'Uruguay, que le général avait fait bâtir.

# X

Je ne puis quitter les rives de l'Uruguay sans dire un mot de l'*egido* de Conception ainsi que de la colonie qu'on avait essayé d'y fonder, et à laquelle on avait donné le titre un peu ambitieux de *Perfection*. Puisque j'écris l'histoire de la colonisation, il faut parler de tous les essais qui ont été faits dans ce sens.

La banque d'Entre Rios avait pris l'initiative de celui-ci : à cet effet, elle avait passé un contrat avec un citoyen espagnol, M. Vivès de Lara, pour l'établissement d'une centaine de familles.

Effectivement M. Vivès en amena une trentaine en 1874 pour commencer. Malheureusement pour lui, on prétendit qu'il était socialiste : il voulait appliquer la méthode du travail coopératif à l'exploitation de la colonie. Les conseillers municipaux de Conception et d'autres personnes combattirent l'idée. M. Vivès fut éliminé; l'envoi des familles fut suspendu. Cela donna lieu à un procès entre M. Vivès et la Banque; d'un autre côté les quelques familles qui étaient venues ne semblaient pas posséder les qualités requises pour l'agriculture; enfin l'étendue des fermes concédées était insuffisante. Toutes ces circonstances réunies amenèrent bientôt la dissolution de la colonie ; les familles se dispersèrent dans diverses directions. Cependant, de cet essai de colonisation il est resté quelque chose : l'*egido* de Conception, qui était déjà peuplé en partie, montre un grand nombre de *chacras* habitées et cultivées qui produisent du maïs, de la luzerne, des melons, des pastèques et toute espèce de légumes. On y voit aussi de nombreux vergers et des plantations.

On s'est mis également à la viticulture.

Entre les agronomes de cette dernière branche, je dois citer des Français, MM. Hector C. d'Honval, de Saint-Genest et Monié.

A Conception on trouve encore une distillerie importante fondée par M. Reibell (médecin français) et Cⁱᵉ et un moulin à vapeur des frères Maury, dont nous avons déjà vu le moulin à eau à l'arroyo d'Urquiza.

Au nord de l'egido, un Espagnol, M. José Maria Barreiro, mort à présent, a aussi bâti un moulin à eau sur l'arroyo del Molino.

La colonisation va s'étendre le long du chemin de fer central. Une loi de la province ordonne la formation d'une colonie à chaque station. On met les propriétaires du terrain en demeure de coloniser eux-mêmes, ou bien ils seront expropriés.

Passant la petite rivière du Gualeguaychu, on se trouve sur les terrains de M. Blas Rivero, un estancier qui s'est déjà mis à la colonisation en divisant son terrain en parcelles, qu'il livre à des agriculteurs.

La colonisation, le peuplement sont d'ailleurs nécessaires pour donner de l'animation au chemin de fer, qui, sans cela, serait exposé à ne traverser que le vide du désert argentin. « Notre pays, a dit le docteur Alberdi, auteur du premier projet de constitution, est *un désert peuplé par exception.* »

Suivant le chemin de fer, on arrive à la station et à la colonie *Rocamora* : c'est encore ici une colonie avortée, ou

au moins incomplète. Mais disons d'abord ce que c'était
que Rocamora. Rocamora était un officier supérieur de l'armée espagnole ; quand le gouvernement de la Plata fut érigé
en vice-royauté, vers la fin du siècle dernier, Vertiz, qui fut
le deuxième vice-roi, chargea Rocamora d'aller fonder des
*pueblos* dans la province d'Entre Rios ; cette province n'avait
guère eu d'importance jusqu'alors aux yeux des conquérants
espagnols ; il n'y avait pas même bien longtemps que les
derniers Indiens occupants du pays, les *Minuanes*, avaient été
exterminés dans le parage appelé aujourd'hui *Victoria*, et les
*Charruas* se promenaient encore sur les rives de l'Uruguay .

Rocamora remplit donc sa commission en jetant les fondements (1782) des villes de Gualeguay, Gualeguaychu et
Conception de l'Uruguay : les deux premières étaient situées
sur les rivières de ce nom ; la troisième sur un bras de l'Uruguay ; elle a aussi porté pendant longtemps le nom d'*Arroyo
de la China* (ruisseau de l'Indienne métisse) qui lui venait
de la rivière qui la limitait au sud et qui débouche dans
l'Uruguay.           .

Parlons à présent de la colonie. Le 25 avril 1875, la Chambre législative d'Entre Rios vota une loi en vertu de laquelle
le pouvoir exécutif était autorisé à accorder un lot de ferme
(*suerte de chacra*) à toute famille nationale ou étrangère qui
la demanderait dans les colonies Villa Libertad ou Cala, actuellement Rocamora.

Ce nom de Cala a une certaine célébrité dans l'histoire
d'Entre Rios : cette localité fut pendant longtemps le campement de l'armée d'Urquiza ; les soldats faisaient tour à tour
l'exercice militaire et de l'agriculture.

Les conditions d'obtention se réduisaient à cultiver et à
construire les bâtiments indispensables dans le terme de deux
ans. Il se présenta quelques demandes, mais elles restèrent
sans effet.

En présence de ce résultat négatif, le gouvernement chargea M. Edouard Galles de la colonisation et de l'administration de la colonie Rocamora, en lui cédant tous ses droits : la colonisation devait être achevée dans le délai de quatre ans.

Ceci se passait en 1879 (20 septembre). Galles n'avait pas les qualités requises pour une entreprise de cette nature, sans compter qu'il n'avait pas de capital.

Cependant il parvint à réunir à Buenos Aires une vingtaine de familles auxquelles il remit un titre provisoire de propriété moyennant la somme de deux cents francs. Il exigea en outre vingt francs pour frais de voyage et partit pour l'Uruguay. On assure qu'il avait obtenu de la commission d'immigration le passage gratuit.

A Conception le gouvernement provincial lui fournit encore les moyens de transport jusqu'à Rocamora où il installa provisoirement les vingt familles. Ensuite il donna un reçu des sommes versées par les émigrants, demandant en échange le titre provisoire qu'il avait remis à Buenos Aires sous prétexte de parachever l'acte devant notaire. Cela fait, il partit pour Buenos Aires et ne revint plus.

Les malheureuses familles tombèrent dans l'abandon le plus complet; la plupart s'en allèrent à la colonie Caseros; d'autres, à Rosario du Tala.

Quant à M. Galles, il mourut assassiné à Buenos Aires en 1883 par un des malheureux qu'il avait dépouillés.

Voyant que le contrat passé avec Galles ne recevait pas d'exécution, le gouvernement procéda à sa rescision ; il pensa alors à aliéner la colonie tout entière, mais il renonça à cette idée parce qu'il y avait sur son territoire des occupants établis depuis 1853 avec l'autorisation du propriétaire primitif que la dépossession aurait réduits à la misère, et finalement il se décida (14 février 1884) à autoriser de nouveau la concession de lots de ferme. Mais la confiance avait disparu ; il se présenta peu de demandes; le gouvernement se décida

à céder la colonie à M. Carmelo Crespo, à la condition de
respecter les droits acquis par les possesseurs.

Ce qui domine à Rocamora, c'est l'élément créole, qui ne
travaille guère.

La colonie se compose de cent lots de vingt cuadras carrées
de cent cinquante vares de côté, soit un peu plus de trente-
trois hectares. — La qualité du terrain est excellente pour
l'agriculture comme tout le bassin du Gualeguay. La station
du chemin de fer qui s'y trouve sert surtout pour l'exploitation des forêts voisines.

Rocamora n'avait guère — il y a un an — plus de deux cent
cinquante habitants.


La *pueblo* de Villaguay est située à douze ou treize lieues
de la station de Rocamora, dans le triangle compris entre
la rivière de Gualeguay et le ruisseau Villaguay à côté de la
forêt de Montiel, qui couvre une grande partie de la province. Cette forêt a eu dans le temps une assez mauvaise
réputation, mais à présent la civilisation a pénétré dans ce
recoin ignoré sur lequel on avait forgé des légendes plus
ou moins fantastiques, et qui d'ailleurs était le repaire
impénétrable des *matreros*, des maraudeurs, des *outlaws*,
enfin de tous les bandits.

Villaguay est le point le plus central de la province d'Entre
Rios; son *egido* forme une véritable colonie, créée depuis
sept à huit ans par la municipalité qui, dans ce but, se mit
en rapport avec la commission centrale d'immigration. Les
colons qui y prédominent sont les Belges; ils peuvent être
comptés parmi les meilleurs de la République Argentine. Il y
a aussi des familles suisses et françaises, venues de la
colonie de San José et de Conception de l'Uruguay; puis des
familles italiennes, espagnoles et d'autres nationalités venues
directement et spontanément.

Il y avait, lors de ma visite, une vingtaine de familles

belges: les uns parlent français, les autres rien que le flamand.

J'ai admiré la propreté, le *confort* de leurs habitations,
même de celles qui sont le plus modestes. Détail curieux : elles
ont toutes leur cheminée, au lieu du foyer placé au milieu
de la chambre (*le fogon*) qui aveugle les personnes et salit les
murs.

Jules Vanovert est à la fois négociant, agriculteur et
industriel. Luis Tendeau, menuisier, fabricant de sabots, est
venu en Amérique avec trois cents francs seulement ; il était
un des plus pauvres. Son père, qui a quatre-vingt-trois ans,
ne parle pas français ; sa femme non plus. Sur sa table j'ai
vu un catéchisme en langue flamande.

Modeste Dubuisson, sabotier, est venu à cause de son fils,
parce qu'il n'avait pas assez de ressources pour lui faire une
position en Europe.

Frédéric Devette sait faire des paniers avec les plantes de
sarandi au lieu d'osier comme en Europe ; il est devenu
agriculteur en Amérique ; il a récolté cent cinquante fanègues
de blé pour sept à huit qu'il avait semées.

Frédéric Vandebrande est absent quand nous arrivons chez
lui ; nous trouvons là deux femmes, une vieille et une jeune ;
mais elles ne savent ni le français ni l'espagnol ; impossible d'en tirer un mot. Nous voyons plusieurs instruments
aratoires perfectionnés, une plantation de tabac, une luzernière, une grande étendue de terrain labouré.

Pierre Declercq a sept lots et demi de terrain ; il laboure
avec des chevaux ; il a récolté deux cent quatre-vingt-cinq
fanègues pour six qu'il avait semées. Il est Flamand, mais
son père, qui a quatre-vingt-six ans, parle français. Je lui
demande s'il a été soldat ; il me répond négativement, mais il
se souvient de la bataille de Waterloo, parce que sa famille
était établie dans le voisinage. « Le canon, dit-il, faisait trem-
bler les fenêtres. » A présent il berce son petit-fils, et ce qui le

chagrine, c'est que dans sa famille on ne parle pas le français.

Toutes les cultures réussissent à Villaguay, excepté la pomme de terre qui est poursuivie par la mouche grise (*vicho moro*). Les colons se livrent à la viticulture et font du vin ; ils cultivent également le tabac qui donne de bons résultats : le tabac de Villaguay a obtenu une médaille d'or à l'Exposition de Parana. Le blé rend trente et quarante pour cent. La terre est facile à travailler, l'eau des puits est excellente, bien qu'il faille la chercher à une profondeur de vingt à trente vares ; un puits ne coûte guère plus de deux cent cinquante piastres, et il suffit pour abreuver un troupeau de cent cinquante têtes.

Les fermes (*chacras*) données au commencement par la municipalité (1882) ont quatre cent soixante vares de côté ; on en remettait deux à chaque famille. Il est actuellement question d'élargir l'*Égido*.

Les colons belges sont catholiques.

Il y a au nord de la colonie, à deux lieues de la ville, un moulin à vapeur de la force de vingt-cinq chevaux, bâti par MM. Crespi et Cuesta, Espagnol le premier, Italien le second ; il communique avec la ville au moyen d'un téléphone. Ces messieurs ont aussi une boulangerie, une maison de commerce, un atelier de menuiserie et font de la culture sur une grande échelle. Ce point-là est destiné à devenir un centre de population, une espèce de village. L'établissement doit être éclairé à la lumière électrique ; il y a aussi un service d'eaux courantes.

Tout cela prouve que le progrès a pénétré jusqu'au cœur de la province.

Au nord de Villaguay, entre cette ville et Concordia, on commençait à l'époque de ma visite à installer une colonie allemande, qui devait s'appeler la *Nueva Germania* ; elle aura deux lieues carrées d'étendue ; les concessions sont de vingt-cinq hectares, dont les premières se vendaient à raison de cinq cents piastres nationales. Un de ses fondateurs est M. Germain Tjarks, directeur propriétaire du journal allemand de Buenos Aires, la *Deutsche La Plata Zeitung* ; il pensait y attirer des colons russo-allemands, établis dans la province de Buenos Aires, et dans l'Entre Rios même. Je parlerai plus loin de cette espèce de colons.

De Villaguay je passai à Rosario du Tala, en traversant la célèbre forêt de Montiel, dans sa partie méridionale, et la rivière de Gualeguay, très basse et parfaitement guéable en ce moment. Cette forêt, composée de *gnandubays* (espèce d'acacia) dont le bois est incorruptible, d'*espinillos* (autre espèce d'acacia), de caroubiers, de talas, de coronillos et autres arbres, qui généralement n'atteignent pas une hauteur extraordinaire, est cependant et sera encore davantage dans l'avenir une source de richesse pour le pays. Elle est sillonnée de nombreux ruisseaux qui fournissent des abreuvoirs aux bestiaux et la fraîcheur aux pâturages ; aussi les terrains y ont-ils pris une grande valeur, surtout depuis que la tranquillité du pays est assurée. Le voyageur est surpris d'y trouver déjà de jolies maisons de campagne, au lieu des chaumières et des *ranchos* qui étaient jadis l'habitation misérable et enfumée du paysan argentin.

Rosario du Tala est une petite ville qui m'a semblé mieux bâtie que Villaguay : elle montre un grand nombre de bâtiments, qui datent seulement de quelques années et surtout de l'époque de la construction du chemin de fer central Entreriano. Comme œuvre digne d'une mention honorable, il faut aussi nommer le pont jeté sur le rio Gualeguay, et la chaussée qui permet de traverser les bas-fonds qui l'avoisinent des deux côtés et qui rendaient l'accès de la ville très difficile à l'époque des crues de cette rivière.

Rosario du Tala a comme Villaguay un *egido* colonisé. La plupart des colons sont venus des colonies de l'État de l'Uruguay (Rosario Oriental et autres points), parce que le terrain leur manquait et qu'on le leur faisait payer trop cher.

Alexandre Morillon est un Anglais qui possède actuellement cent quatre-vingts cuadras de cent cinquante vares de côté; en 1887 il a eu un rendement de cinq cents fanègues de blé pour vingt cuadras. Huit cuadras de maïs lui ont donné trois mille arrobes.

Il y a quatre ans qu'il est ici. Il a une maison très propre, ornée de tableaux et de gravures, un puits de vingt-cinq vares de profondeur, une charrue à trois socs qui lui a coûté cent vingt-cinq piastres nationales, une moissonneuse; il a planté beaucoup d'arbres. un bosquet de peupliers et d'azédérachs. Il dit qu'il y a ici un mètre de terre végétale et qu'elle est meilleure que celle du Rosario Oriental. Sa famille se compose de onze fils, six garçons et cinq filles. On peut le citer comme un colon modèle.

Richard Hangon est un Américain du Nord (États-Unis), arrivé aussi, il y a quatre ans, du Rosario Oriental. Il est né dans l'Illinois; il passa d'abord à l'Orégon, puis en Californie, où il s'embarqua pour le Chili, et arriva enfin à Montevideo. Il a quitté les États-Unis à la suite de la guerre de sécession. Son vieux père, qu'il a emmené avec lui, préfère, dit-il, ce pays aux États-Unis; ils sont quatre frères, plus les vieux parents. Ils ont deux batteuses à vapeur et une moissonneuse lieuse. Cette année, ils avaient semé vingt et une cuadras de blé; le rendement sera de quinze pour un, mais il est ordinairement de dix-huit, de vingt et même davantage. Ils emploient des charrues à deux socs avec deux couples de bœufs.

Jean-Pierre Baridon est un Italien, ou, pour mieux dire, un Vaudois, un descendant de ces familles, qui, lors de la persécution des Albigeois, cherchèrent un asile dans les monta-

gnes du Piémont et y formèrent une espèce de société indépendante, recommandable par ses vertus. Il fut un des
auteurs du contrat de colonisation du Rosario Oriental; il
passa ensuite à la colonie *Alejandra*, qu'une compagnie
anglaise fonda dans le Chaco (*Pajaro Blanco*) vers 1870; mais
il se vit obligé de la quitter parce que ses principes religieux
et humanitaires ne lui permettaient pas d'attenter à la vie de
ses semblables, et que là-bas le cas se présentait à tout
moment puisque les Indiens ne cessaient d'attaquer la
colonie; ils tuèrent même le directeur. C'est alors qu'il vint
à Tala, adressé par le commissaire général d'immigration,
Juan Dillon.

Un pasteur de sa religion, qui est venu dernièrement lui
rendre visite, lui a assuré qu'il n'avait pas vu de meilleur
terrain que celui-ci dans toutes ses excursions à travers
les contrées platéennes. Il a récolté, en 1887, deux cent quatre-
vingt-cinq fanègues de blé.

On peut cultiver ici avec succès le blé, le maïs, le lin, la
patate, l'arachide et aussi la vigne.

Baridon qui est ici depuis douze ans, est le premier qui ait
fait de l'agriculture sur une grande échelle.

Les premiers colons ont reçu leur ferme à raison de cent
piastres, payables en trois ans, sans intérêt. La municipalité
voulait par cette libéralité attirer les familles.

Au sud de l'egido, on trouve l'établissement de M. Pagola
qui fait aussi de l'agriculture sur une grande échelle et qui
ensemence jusqu'à cinq cents cuadras.

Les habitants du Tala assurent que leur farine est presque
aussi bonne que celle du Diamante; or le blé de cette dernière
localité a été classé en Europe au nombre des meilleurs du
monde entier.

Le département du Tala a donc un brillant avenir devant
lui.

# XI

Parana, le 4 avril 1888.

Nous voici sur les rives du Parana; nous y trouvons d'abord la colonie russo-allemande à laquelle on a donné le nom d'Alvear. Ce nom rappelle le souvenir d'un des généraux célèbres de l'Indépendance. Cette colonie est située à une dizaine de lieues au sud de Parana, capitale de la province.

C'est une colonie officielle, c'est-à-dire fondée par le gouvernement national, sur les terrains offerts par le gouvernement provincial; elle a un peu plus de dix ans d'existence et est peuplée par de soi-disant colons russes, qui en réalité sont allemands ; car ils ne parlent pas d'autre langue, et on ne trouve guère d'individus parmi eux qui connaissent la langue de Puchkine, bien qu'ils soient tous nés en Russie.

D'où viennent ces colons? Des bords de la Volga ou du Volga; à ce sujet, il faut faire un peu d'histoire.

Au siècle passé, l'impératrice Catherine II, cette souveraine que les philosophes français ses correspondants appelèrent la *Sémiramis* du Nord, qui écrivait au *roi* Voltaire, qui nommait Diderot son bibliothécaire après lui avoir acheté sa propre bibliothèque, Catherine, dis-je, suivant l'exemple de Pierre le Grand, qui avait voulu civiliser la Russie à coups de knout et de hache, s'occupa d'introduire des agriculteurs européens dans ses États pour enseigner l'agriculture à ses Cosaques. A cet effet elle fonda diverses colonies dans les parages nommés plus haut; mais elle ne pouvait attirer des émigrants sans avoir quelque attrait particulier à leur offrir.

Le plus puissant fut l'exemption du service militaire pour eux et leur postérité pendant cent vingt ans. Grâce à ce privilège un grand nombre d'Allemands allèrent s'établir en Russie ; ceux-ci se multiplièrent à un tel point que, d'après ce que me disait le secrétaire et interprète du juge de paix, les descendants en seraient plus nombreux que les habitants de la République Argentine.

Cette affirmation est-elle exagérée? On sait que dans les temps anciens, la Germanie produisait un grand excès de population ; aussi un écrivain latin l'avait-il appelée *magna officina gentium*, c'est-à-dire grande fabrique de peuples ; cet excès devait nécessairement chercher une issue au dehors. A cette époque, on ne connaissait guère l'Amérique du Nord, qui d'ailleurs était encore soumise au système colonial ; on n'avait pas vu se produire ce grand courant d'émigration dont notre siècle a été témoin, et dont les dimensions l'ont fait comparer à l'*Exode* des temps anciens, de même qu'aux invasions des barbares du moyen âge ; c'est pourquoi les Allemands devaient émigrer à l'intérieur de l'Europe, ou se faire soldats comme les Suisses dans les armées étrangères. C'est en cette qualité qu'un grand nombre d'entre eux vinrent se battre contre les milices de Washington. Ils avaient été envoyés par le souverain du Hanovre : celui-ci, faisant abstraction de tout sentiment d'humanité, les vendait comme chair à canon. Enfin, quoi qu'il en soit, les Allemands formèrent en Russie de grandes colonies, tout en gardant leur *autonomie*, comme on dit à présent, leur religion, — il serait peut-être plus exact de dire fanatisme religieux, — leur langue, leurs coutumes, leurs usages, et même leurs pipes : un Suisse allemand éclairé m'a affirmé que c'était encore celle de leurs ancêtres.

Cependant les années s'écoulaient : que sont les années dans la vie de l'homme? Que sont les siècles dans la vie de l'humanité? Le terme de cent vingt ans finit par échoir comme tous les termes du monde, et alors les descendants des colons allemands se trouvèrent dans l'alternative d'opter entre le service militaire et une nouvelle émigration. C'est ce dernier parti qu'ont pris un grand nombre d'entre eux.

Ceci vint aux oreilles de l'empereur du Brésil, qui, à cette époque, se promenait en Europe : il chercha à attirer dans son empire intertropical ce courant inespéré de population. Effectivement, les émigrants allemands arrivèrent au Brésil, où ils avaient été devancés par des compatriotes, dès les temps de l'Indépendance. Mais le pays ne leur convint pas, sans doute à cause de la chaleur et d'autres circonstances : sur ces entrefaites ils entendirent parler des avantages qu'offrait la République Argentine; ils s'adressèrent au gouvernement national, qui leur fit une réponse affirmative.

Tel fut le point de départ des colonies soi-disant russes, et que l'on devrait au moins appeler *russo-allemandes*, que l'on trouve dans l'Entre Rios et dans la province de Buenos Aires, à Diamante et à *Olavarria*.

Les Russo-Allemands ne colonisent pas comme les autres immigrants; ils ne se dispersent pas sur toute l'étendue du territoire subdivisé en parcelles, chaque famille se plaçant au centre de sa ferme, de son domaine; ils forment un groupe, ou, pour mieux dire ,plusieurs groupes, des villages, des réunions de familles, à l'instar des villages d'Europe ; ils laissent dans l'indivision le terrain cultivable; je veux dire qu'ils ne l'entourent pas de pieux, de fils de fer, de fossés, de haies. Cependant chaque chef de famille a sa concession parfaitement délimitée. Cela fait que la colonie russo-allemande ne se distingue pas du *campo* voisin, après la récolte, si ce n'est par quelques différences dans la végétation.

Les Russo-Allemands ne plantent pas d'arbres; ils ne

font pas de vergers, pas de jardins; ils ne sèment pas de
légumes; ils donnent pour motifs que les fourmis et le *vicho
moro* (espèce de cantharide grisâtre) les détruisent. D'ailleurs,
ils ne pourraient les soigner, étant réunis sur un petit espace
de terrain. Les terrains de village, les lots ne sont que de trente-
sept vares par côté. Une large rue centrale divise le village
en deux parties à peu près égales. C'est là qu'habitent toutes
les familles avec leurs poules, leurs oies, leurs cochons, leur
bétail. La volaille et les cochons se promènent dans les
rues; mais les bêtes à cornes sont conduites au pâturage dès
le matin par un pâtre collectif payé par la commune; il
reçoit, m'a-t-on dit, 350 piastres par an. A l'entrée de la nuit,
le troupeau revient au village, les animaux connaissent
parfaitement leur maison particulière et se rendent directement à la *querencia :* on appelle ainsi dans la Plata l'endroit
de prédilection du troupeau, que l'animal retrouve toujours,
même quand on l'a emmené à de grandes distances.

Les Russo-Allemands ne se servent pas de bœufs pour
labourer; ils apprivoisent et dressent des chevaux qu'ils
emploient à la charrue et au char, et ils en obtiennent les
meilleurs résultats. Sans doute le cheval travaille plus rapidement que le bœuf; il est certain qu'on ne le mange pas
quand il est hors de service, mais, assure-t-on, ce n'est
qu'un préjugé.

Les Russo-Allemands s'entendent très bien à soigner les
chevaux; on m'assure qu'un cheval dressé par eux a été
vendu 400 piastres à un amateur de Parana; ils achètent de
préférence des poulains pour les élever dès les premiers
moments, ce qui prouve qu'ils sont bons éducateurs et dignes
d'entrer à la société protectrice des animaux.

La colonie russo-allemande du Diamante ou colonie
Alvear est comprise entre le ruisseau du *Salto* et la rivière de
l'Ensenada. Elle se compose de six villages qui sont *Santa*

*Maria* ou *Viscacheras*, *Conception* ou *Spatsékur*, *San José* ou
*la Brésilienne*, *San Franscisco* ou *la Araña* (araignée), *Agriculteurs* ou *Protestants*, *Santa Cruz* ou *Keller ;* ce dernier
est connu aussi sous le nom de *Salto*, parce qu'il se trouve à
côté du ruisseau de ce nom.

Voici comment on explique le nom de Viscacheras :

Les colons, n'ayant pas eu le temps ou les moyens de construire leurs premières habitations, imaginèrent de les creuser dans la terre, comme les *Viscachas,* et c'est pourquoi les
fils du pays ont donné ce nom au village primitif.

La viscacha est un animal de la famille des rongeurs, de
la grosseur d'une marmotte, si ce n'est davantage, qui se
terre et qui fait beaucoup de dégâts dans les plantations; il ne
sort de son terrier qu'au coucher du soleil et pendant la nuit ;
il est bon à manger, surtout quand il est jeune. Il est très
abondant dans les provinces argentines.

Le village de Viscacheras est le plus important par sa population et par ses constructions; il a été en quelque sorte la
ruche-mère d'où sont sortis les essaims qui sont allés dans
plusieurs directions; il a une chapelle qui a coûté plus de
10.000 piastres, et qui a été bâtie aux frais des colons.

Spatsékur et Keller sont des noms de colons, de colons
notables.

Le village brésilien est ainsi nommé parce qu'il fut peuplé
par des familles qui avaient auparavant essayé de s'établir au
Brésil.

Celui de San Francisco s'appelle aussi Araña parce qu'il est
à côté d'un ruisseau de ce nom; c'est le moins important;
car un grand nombre de familles, n'ayant pas assez de terrains,
l'ont quitté pour s'établir hors de la colonie, à douze ou
treize lieues au nord de la ville de Parana, à l'est de la
colonie de *Cerrito*. Ils ont acheté là un peu plus d'une lieue
carrée et ont formé un autre village qui compte environ une
cinquantaine de familles.

Enfin la colonie *Agriculteurs* s'appelle aussi Protestants, parce que les individus qui la composent appartiennent à la religion réformée. Soit dit en passant, ce village m'a semblé de meilleure apparence que les autres, et l'on m'a assuré que c'était le plus riche.

Les enfants abondent partout dans les rues. C'est une fourmilière de têtes blondes des deux sexes, qui jouent devant les maisons et qui vous regardent avec curiosité quand vous passez en voiture, car c'est un spectacle nouveau, qui vient interrompre la monotonie du village.

Il y a trois chapelains dans la colonie Alvear et un pasteur, tous salariés par les colons mêmes. Il y a aussi quatre écoles avec des instituteurs allemands, payés également par les colons, et qui enseignent exclusivement en allemand, d'abord parce qu'ils ne savent pas d'autre langue et ensuite parce que les parents le veulent ainsi. Le gouvernement avait établi une école au centre de la colonie, mais l'instituteur a dû abandonner la place, faute d'assistants.

Dans le village de Salto j'ai visité une école où une cinquantaine d'enfants des deux sexes se trouvaient alors réunis. L'instituteur est un jeune homme nouvellement arrivé au pays, engagé à raison de cent vingt-cinq piastres par an, qui doit remplir en même temps les fonctions de sacristain de la chapelle qu'on est en train de construire. A l'aide d'un interprète je lui ai dit que cela ne suffisait pas pour faire fortune, mais que, s'il apprenait l'espagnol, il pourrait obtenir une subvention de l'État. Il m'a répondu que les colons lui avaient acheté une grammaire et qu'il allait l'étudier.

Le chapelain de Viscacheras gagne soixante piastres par mois, plus le casuel et le logement.

Traversant le village, j'entrai à l'église déserte en ce moment. Le chapelain lisait son bréviaire derrière le confessionnal : je m'approchai de l'autel en faisant retentir le pavé sous mes grosses bottes ; j'avais envie d'engager la conversation avec lui, mais il ne leva pas la tête et resta plongé dans sa méditation religieuse. C'est un homme qui doit friser la cinquantaine.

Le pasteur protestant gagne quatre cents piastres par an, plus six fanègues de blé et autant de fanègues de maïs, et par-dessus le marché fait les fonctions de maître d'école.

Chaque village a son organisation; il y a un conseil électif composé de trois individus nommés par les chefs de famille, un président nommé *Forster* et deux assesseurs.

De temps à autre a lieu une assemblée générale des pères de famille; les femmes aussi y assistent. Les chefs de famille ont voix consultative, mais c'est le conseil seul qui décide après avoir entendu l'opinion de tous. L'assistance des femmes, sans lesquelles, à ce qu'il semble, on ne prend jamais de résolution, rappelle la phrase de Tacite, l'historien célèbre, dans sa description des mœurs des *Germains* : « Ils croient que les femmes possèdent une faculté de divination. »

Par conséquent aucun mari ne fait de contrat sans avoir consulté sa femme.

C'est le conseil qui décide quelles sont les terres que l'on doit labourer, celles que l'on doit laisser en jachère ou réserver pour le pâturage. C'est lui aussi qui décide les achats ou les louages de terrain, etc.

Je parle par ouï-dire, je n'ai pu interroger directement les colons, qui d'ailleurs sont très méfiants.

L'ascendant du conseil ou, pour mieux dire, son autorité est extraordinaire. Je vais en citer un exemple. On avait placé un des villages dans un parage qui lui semblait ne pas réunir les qualités voulues; on avait cru être à côté d'un ruisseau d'eau permanente, et il avait séché. Voyant cela, le conseil résolut d'emporter le village tout entier pour le mettre dans un endroit plus convenable. Tous les chefs de famille, excepté quatre, s'inclinèrent devant la résolution : encore ceux-ci finirent-ils par céder, moins un qui ne pouvait rester seul dans une localité abandonnée.

Voici encore une circonstance qui prouve à quel point ils poussent l'esprit de soumission et de rigorisme disciplinaire : Quand on fonda la colonie, les colons eux-mêmes demandèrent au pouvoir national qu'il conférât au conseil et à son chef la faculté d'infliger des peines pécuniaires et même afflictives, c'est-à-dire le droit de châtiment par le fouet. Il va sans dire que les autorités répondirent négativement à cette demande; mais les Russo-Allemands ne voyaient là qu'une disposition très simple, très naturelle, et c'est ce qu'il faut faire remarquer.

Les Russo-Allemands mettent en pratique la méthode coopérative; mais elle n'est pas obligatoire, à ce que m'a dit le chapelain belge qui dit la messe au Cerrito. Ils labourent et sèment en commun les terres qu'on doit cultiver, et ensuite ils tirent au sort pour savoir l'étendue de terrain qui revient à chaque famille; il en résulte que le propriétaire de vingt cuadras carrées par exemple peut les avoir, semées, sur autant de concessions différentes. C'est-à-dire qu'il est maître de la récolte qui s'y trouve.

Cet esprit de discipline et d'association donne aux Russo-Allemands une force de production extraordinaire; les résultats le prouvent : c'est pourquoi le terrain leur manque déjà, et ils vont en acheter, et en louer dans toutes les directions; au Cerrito, ils ont acheté un peu plus d'une lieue à raison de trente-trois piastres la cuadra, ailleurs à cinquante, ailleurs encore à quatre-vingts, chose qu'on n'avait jamais vue dans l'Entre Rios.

Quant au louage, ils payent dix piastres par cuadra pour le blé et six arrobes de maïs pour le maïs. Naturellement les terrains des bords du Parana, qui ne conviennent guère pour l'élevage du bétail, ont acquis une valeur extraordinaire, grâce à l'arrivée des colons. Il faut ajouter que ceux-ci excellent dans la culture du blé et que les céréales remises par eux ont été classées en Europe parmi les premières du monde, comme je l'ai dit plus haut.

Les Russo-Allemands envoient des émissaires dans toute la province; je l'ai déjà dit, ils n'ont pas assez de terrain. On m'a assuré qu'il y a plus de cent familles à qui la terre manque, et qu'elles sont obligées de se louer pour cent piastres par an plus un peu de blé qu'elles se réservent, c'est-à-dire pour le produit de moins d'une cuadra.

En Europe, il y a d'autres familles qui se disposent à émigrer; mais l'émigration devient difficile, car le gouvernement russe ne donne pas de passeport aux jeunes gens qui peuvent fournir le service militaire ou qui vont toucher à l'âge du recrutement.

Les Russo-Allemands ont leurs partisans et leurs adversaires. Les derniers préfèrent le système dispersif : chaque colon sur sa ferme, avec sa maison, son jardin, ses plantations. Les premiers disent que le système du groupement est plus conforme à la sociabilité humaine, qu'il permet les institutions qui deviennent impossibles par l'autre système, et entre autres l'enseignement de l'enfance. Il est impossible, matériellement impossible, de faire l'éducation de la jeunesse, quand les familles sont éparpillées à de grandes distances les unes des autres; or, pour prospérer, une famille a besoin de grandes étendues de terrain, au moins cinquante ou cent hectares.

Ajoutez que la nostalgie s'empare facilement des immigrants isolés, surtout des femmes, tandis que le groupement transporte la patrie avec tous ses souvenirs et ses traditions au pays d'adoption : ce qui chasse la mélancolie du foyer domestique. C'est pourquoi, quand le gouvernement français voulut sérieusement coloniser l'Algérie, il chercha à faire des villages départementaux, c'est-à-dire composés d'individus originaires du même département.

Mais, objectent les adversaires, ces individus ne s'assimilent pas ; ils forment une *entité* nationale distincte, qui reste isolée ; cela ne laisse pas que d'avoir des inconvénients. Ce qui le prouve c'est l'exemple de ces mêmes Russes qui ont habité la Russie pendant cent vingt ans, et dont aucun, ou peu s'en faut, ne savait parler russe.

Quant à moi, je crois que cet inconvénient n'est pas à craindre dans la République Argentine, grâce à l'action des institutions libres et au contact des autres hommes qui arrivent ici de tous les points du monde. La Russie était et est encore le pays de l'exclusivisme, une puissance semi-asiatique, semi-européenne.

Au contraire la République Argentine est la patrie du cosmopolitisme, ainsi que le déclare le préambule de la Constitution, et cela dit tout.

Ayons donc confiance en l'avenir.

Ce pays sud-américain est un grand laboratoire de races.

Qui sait si ces Russo-Allemands, formés par la discipline slave, ne sont pas venus ici pour préparer l'avènement d'une nouvelle forme sociale, qui saura concilier les efforts de l'autonomie individuelle, qui est inaltérable, indestructible comme la personnalité humaine, avec le concours harmonique de tous les membres de l'activité sociale ?

Cette synthèse, qui se montre au bout de la perspective, fait disparaître les défauts, pour ne laisser que les avantages ; mais ici je m'arrête aux limites de la réalité, sur les frontières de l'utopie. C'est à l'évolution humanitaire qu'il faut laisser le soin de préparer, d'accomplir les réformes que nous entrevoyons dans l'avenir.

Voici les résultats de la statistique dressée dans la colonie Alvear au mois de décembre dernier (1887) :

1.527 hommes, 1.642 femmes ;

Espèce porcine, 4.000 individus ;

Espèce bovine, 3.150 ;

Espèce chevaline, 2.700 ;

Espèce ovine, 1.050 ;

620 charrues, 400 moissonneuses, 12 batteuses à vapeur, 650 chars à quatre roues, 1,200 herses, 400 égraineuses.

On avait semé 5.200 cuadras de blé, 2.000 cuadras de maïs, 15 de pastèques, 20 de pommes de terre et patates douces, 250 de luzerne et d'orge.

Il y avait 650 maisons.

Nombre de concessions : 421 ; la concession est de 20 cuadras de 150 vares.

Le nombre des familles était de 452; mais depuis lors, il en est venu un grand nombre, je l'ai déjà dit.

Le gouvernement national a vendu les premières concessions à raison de 112 piastres chacune.

Il y a un moulin à vapeur à cylindres de la force de 12 chevaux et cinq moulins à eau.

Sur la rive du Parana on a tracé le dessin d'une ville composée de 411 cuadras de 10.000 mètres carrés, qui ont été vendues à raison de 8 piastres 24 centavos chacune, à la condition d'enclore et de peupler.

Cette position est très pittoresque, elle domine le rio Parana.

Les autorités de la colonie sont : un juge de paix, un commissaire et des alcades, plus une espèce de commission municipale (commission de *fomento*).

Indépendamment des Russo-Allemands, il y a dans le département de Diamante un assez grand nombre de colons d'autres nationalités, qui occupent surtout l'*egido* ; ceux qui prédominent sont les *Frioulans;* on appelle ainsi les émigrants venus du pays de Frioul et des provinces de Trieste, du Tyrol trentin, enfin des pays italiens qui sont soumis à l'Autriche.

Tout l'egido est *peuplé,* enclos avec du fil de fer et cultivé. Les maisons blanchies avec leurs toits de tuiles de Marseille qui se détachent sur le tapis de verdure du *campo,* ainsi que les bosquets et les bergers, donnent au paysage un aspect infiniment plus varié que l'ensemble monotone de la colonie Alvear.

Les environs du Diamante sont très ondulés, très accidentés ; le terrain continue à s'élever constamment jusque sur les bords du fleuve, où il forme une berge très élevée, presque perpendiculaire, d'où la vue embrasse une étendue immense. La position du Diamante, qu'on appelait autrefois *Punta-Gorda,* est une des plus pittoresques des rives du Parana : au soleil levant on aperçoit parfaitement la ville de Coronda dans la province de Santa Fé, au milieu de la végétation arborescente qui l'entoure.

Le port du Diamante, accessible aux navires d'outre-mer, promet un brillant avenir à cette localité : il faut ajouter à ces éléments de prospérité la fertilité de ses terres, la supériorité reconnue de ses blés, que l'on paye toujours mieux que ceux des autres provenances, à tel point qu'il y eut une époque où l'on introduisait des blés de Santa Fé au Diamante pour faire croire au dehors qu'ils y avaient été récoltés : on les payait une piastre plus cher. Cette supériorité doit être attribuée sans doute à la nature calcaire du terrain.

Ce qui manque à cette localité, c'est un embranchement qui la relie au chemin de fer central d'Entre Rios, mais elle ne tardera pas à l'avoir.

# XII

Parana, avril 1888

Le département du Parana, dont le chef-lieu est la 'capitale de la province, compte plusieurs colonies. Comme 'ces terrains ne valent pas, pour l'élevage des animaux, ceux de la zone de l'Uruguay,ils sont forcément destinés à l'agriculture proprement dite, d'autant mieux qu'ils conviennent parfaitement pour la culture des céréales. Ce sera d'ailleurs le meilleur moyen de perfectionner les races d'animaux, puisqu'il permettra de cultiver les plantes fourragères et d'appliquer la stabulation.

ɕ Les principales colonies sont les suivantes : la colonie municipale qui est située dans l'*egido* proprement dit, la colonie *Tres de febrero* (trois février, cette date est l'anniversaire de la bataille de Caseros) fondée à la suite du municipe par MM. Brugo frères et connue aussi sous leur nom. Ces deux colonies en réalité n'en forment qu'une.

Plus loin on 'trouve une colonie fondée par M. Joachim Auli, qui appartient aujourd'hui à M. Vieyra, gérant de la Banque nationale. A la station Crespo, sur le chemin de fer, est la colonie de ce nom ; elle a été fondée par l'avant-dernier gouverneur de la province, mort à peine monté au pouvoir.

Au nord, nous trouvons la Ville *Urquiza*, sur la rive du Parana et à côté de la petite rivière de *La Conchas ;* la colonie *Nouvelle*, à l'ouest de la première et qui n'en est

que la continuation ; plus au nord la colonie du *Cerrito*
et la colonie *Santa Maria* .

Enfin plus au nord encore, à vingt lieues de la capitale,
on trouve la colonie *Hernandarias*. Il faut nommer aussi.
les colonies *Argentina* et *Mérou*. Je suis exposé à faire
quelque omission, parce que chaque jour voit naître une
colonie nouvelle. Par exemple, le docteur Ramon Fèbre, ex-
gouverneur de la province, va en établir une sur l'estancia
qu'il possède à trois lieues de la capitale ; elle aura une
lieue de superficie ; à l'époque de ma visite il y était déjà
arrivé une soixantaine de *Roumains*, qui avaient amené des
buffles des rives du Danube. C'est la première fois qu'on
entend parler de Roumains dans ce pays, où l'on vient de
toutes les parties du monde.

M. Antonio Fragueiro fait aussi de la colonisation. Ceci
posé, mettons-nous en marche.

La colonie municipale fut fondée en 1878 par M. Antonio
Crespo, riche propriétaire de Parana ; il proposa à la municipalité de diviser un terrain qu'il possédait au sud de la ville,
tout en mettant à profit les dispositions de la loi qui lui
permettait d'en garder la moitié. Sa proposition fut acceptée.
La municipalité établit sur l'autre moitié le premier noyau
de colonie : c'étaient trois familles vénitiennes, en tout vingt-
deux personnes, auxquelles on livra un lot de terre et les
moyens de s'installer. La *concession* est de seize *cuadras*
carrées ; on la vendait vingt piastres la cuadra, payables à
longs termes par annuités. Elle vaut aujourd'hui plus de cent
cinquante piastres. Le bureau national des terres et colonies
envoya un secours pécuniaire de 3756 piastres fortes et
56 centimes, pour aider à l'installation de la colonie. Cette
somme a dû être remboursée.

La superficie de cette colonie est de 10,862 hectares,
divisées en quatre cents concessions, toutes occupées. La

population est de 1.650 personnes. La nationalité la plus
nombreuse est l'italienne. Les cultures sont le blé, le maïs et
toute espèce de légumes.

Dans la colonie municipale j'ai visité Pierre Legrand ; c'est
un Suisse du canton du Valais ; arrivé en 1856, marié, père
de six enfants; il a un moulin à vapeur à cylindres, de la
force de 10 chevaux. Il déclare qu'il préfère l'Amérique à
l'Europe et que la terre d'Entre Rios vaut mieux que celle
de Santa Fé. Il ajoute qu'ici on peut faire partout des réser-
voirs d'eau (*tajamares*) ; les colons de Santa Fé sont trop
loin des points d'embarquement : les frais de transport ab-
sorbent une partie de leurs bénéfices. Le rendement du blé
en 1887 a été de vingt-cinq à trente pour un. La luzerne est
la culture la plus lucrative ; elle dure de six à sept ans, mais,
dit-il, il faut la couper avec la faux.

Jacques-Henri Salioz est aussi un Suisse valaisan, mais
il n'est pas venu directement ici comme Legrand ; il a commencé par habiter *San Geronimo* , colonie de Santa Fé
(1872;) il passa ensuite à Parana où il se maria avec une
Valaisane. Il a vingt *cuadras* de terrain, une jolie maison
à toit de tuiles de Marseille, un puits, qui a quatorze vares de
profondeur, avec pompe, des azédérachs autour de l'habitation, un verger ; il cultive aussi la vigne.

La veuve Brasseur est de Paris ; son mari, horticulteur,
mourut du choléra : il avait commencé une *quinta* qui devait
avoir huit *cuadras* d'étendue et où il avait acclimaté un
grand nombre d'essences européennes.

Jean Pralong, Suisse français, a un moulin à vapeur de la
force de 16 chevaux.

Giovanelli, propriétaire d'un grand four à chaux à Parana,
a inauguré dernièrement un moulin à vapeur dans cette
colonie; il lui a coûté quatre-vingt mille piastres ; il promet
de faire d'aussi bonne farine que celle de Santa Fé.

Passant le petit ruisseau de *las Tunas*, on se trouve dans la colonie *Tres de Febrero*. Le commissaire Zeballos qui m'accompagne me mène chez le curé Domingo Garafaso. Celui-ci est un Italien, comme son nom l'indique ; il fait bâtir une église qu'il a mise sous le patronage de saint Benoît, parce que c'est le patron des travailleurs.

« Ici, dit-il, nous sommes tous travailleurs. » En effet, il était lui-même en manches de chemise, une règle à la main, en train de diriger les maçons et les hommes de peine ( *peons*).

Le petit village, qui s'élève autour de l'église, aura maison d'école et toutes les industries nécessaires. On va y bâtir des maisons de campagne, des *villas* pour les familles de Parana ; il y aura un téléphone et un tramway.

J'allais oublier une ferme-modèle où les enfants apprendront l'agriculture.

Voilà un prêtre intelligent et progressiste.

Antonio Escarafio est un Italien piémontais ; il est arrivé, il y a sept à huit ans : il apportait quelque argent ; il possède actuellement 80 *cuadras* carrées, et soixante-dix têtes de bétail, auxquelles il donne à boire l'eau d'un puits qu'il a creusé au sommet de la colline et qui par conséquent doit être très profond ; enfin il récolte environ 500 fanègues de blé.

Joseph Genolet est un Suisse valaisan : il fut un des premiers fondateurs de la colonie *Esperanza*. Il s'embarqua à Dunkerque en 1855 pour la terre *ignota*. Il quitta cette colonie parce qu'il n'avait pas assez de terrain, comme firent d'ailleurs beaucoup d'autres pour le même motif. Puis les Indiens inquiétaient les colons ; ils leur volaient le bétail et enlevaient même des personnes. A ce sujet il me répéta l'histoire — que je connaissais déjà — d'un enfant de la famille Favre, qu'ils emmenèrent en captivité. L'enfant grandit, devint homme et finit par être une espèce de cacique de ces mêmes Indiens, qui avaient beaucoup de respect pour lui à cause de ses qua-

7

lités physiques et morales, à tel point qu'il préféra la vie
sauvage à la vie civilisée et qu'il resta définitivement dans
les forêts du Chaco. Ce fut en vain que ses parents l'appelèrent : il vint leur rendre visite, mais il retourna immédiatement à la *tolderia* (le campement des Indiens) et il mit son
influence à faire respecter les colons par ses *sujets.*

Tel est le singulier attrait que la vie indépendante exerce
sur certaines âmes ! Jean-Jacques Rousseau avait-il donc
raison de vanter les charmes de la forêt primitive, ou bien le
*cacique* Favre pensait-il, comme Jules César, qu'il vaut
mieux être le premier dans un village que le second à
Rome ?

Que les moralistes et les sociologues s'amusent à résoudre
la question.

A propos de sociologie, je dois dire qu'Auguste Comte a
fait école à Parana : un fondateur de colonie a bâti un village,
le village Racedo (nom d'un ex-gouverneur) où les rues portent les noms de Littré, Spencer, Mill et autres grands
hommes du calendrier positiviste.

Mais revenons à Genolet : il a quatre concessions, une
batteuse à vapeur qui lui a coûté 3.700 piastres or, et une
moissonneuse. Il a fait deux voyages en Europe et en a
ramené un grand nombre de familles qui ont prospéré à
souhait ; l'une d'elles est propriétaire de cinq lieues de
terrain.

Il a fait de son fils un mécanicien ; il n'en a pas fait un
docteur, comme tant d'autres Européens enrichis, qui considèrent comme avilissant le travail industriel qui leur a donné la
fortune ; il comprend que la mécanique est le grand levier
du monde moderne ; car, ainsi que le dit Stuart Mill, si je ne
me trompe, l'homme ne dispose ici-bas que d'une chose, le
mouvement.

La colonie *Tres de Febrero* fut fondée en juillet 1879. Elle eut

pour base, m'a dit un des frères Brugo lui-même, un groupe
de huit familles autrichiennes ou frioulanes, que les entrepreneurs prirent à l'hôtel des immigrants. Les huit premières
familles furent parfaitement installées à la colonie ; on leur
livra une habitation, des charrues de première qualité, des
bœufs, des chevaux, des vaches laitières, la nourriture pendant une année. Dès que ces familles furent installées, elles
firent savoir à leurs connaissances d'Europe la manière dont
elles avaient été traitées, et les avantages que le pays promettait. Cette communication produisit le meilleur effet et
immédiat. Peu de mois après, on vit arriver inopinément
quarante-cinq familles, toutes apparentées ou amies des fondatrices ; et c'est ainsi qu'elles continuèrent à venir tant qu'on
voulut en recevoir.

MM. Brugo ont fondé la colonie à leurs frais, sans aucune
ide du gouvernement ni de personne ; la colonie a payé la
ontribution directe dès le premier moment ; on n'a jamais
demandé de privilège d'aucune sorte. Toutes les familles ont
rempli loyalement leurs engagements et sont actuellement
propriétaires absolues des terrains qu'elles occupent.

La colonie compte aujourd'hui (1888) cent vingt-sept familles, soit deux mille quatre cents âmes environ, réparties sur
une étendue de 2.900 *cuadras* carrées.

Les colons ont bâti à leurs frais une église et d'autres maisons publiques évaluées à 30.000 piastres.

Le territoire de la *Villa Urquiza* commence au nord de la
rivière de *las Conchas*, à quatre lieues de la ville de Parana ;
cette colonie est une des plus anciennes de la République, si
ce n'est la plus ancienne, puisqu'elle date des premières
années du gouvernement de la Confédération qui s'établit
dans cette ville après la victoire de Caseros et la sécession de
Buenos Aires.

Celui qui en eut l'initiative, ce fut le colonel Clemente,

Espagnol au service du pays. On y avait installé d'anciens
militaires, mais ceux-ci n'étaient guère disposés à échanger
l'épée contre la charrue ; ils vendirent ou abandonnèrent leurs
lots de terre, trop exigus d'ailleurs (10 *cuadras*) et furent rem-
placés par une autre espèce de colons, Allemands ceux-ci
pour la plupart. Il en existe encore un aujourd'hui : le vieux
Rosembroek, de Hambourg, âgé de 79 ans (1888), qui fut autrefois négociant et dont le fils est employé à la délégation politique (espèce de sous-préfecture).

Mais pendant les premières années la colonie fut connue
sous le nom de *las Conchas*, à cause de sa situation à côté
de la rivière de ce nom ; en 1858 on lui donna le nom de
*Villa Urquiza ;* et en 1860, sous le ministère de M. Luis
José de la Pena, il fut procédé à sa réorganisation.

Malgré tout, la colonie n'a guère prospéré ; aujourd'hui
même on y voit peu de progrès. D'ailleurs, elle n'a qu'une
lieue d'étendue ; un espace aussi exigu ne lui permettait pas
de développement.

Le gouvernement du docteur Fèbre (1875-1879) prit le parti de
l'élargir et lui assigna trois lieues de plus qui forment ce qu'on
appelle la colonie *Nouvelle*. La population de cette colonie
s'élève à deux mille habitants ; elle est éminemment cosmopolite ; on y trouve des Argentins, des Allemands, des Espagnols ; le terrain convient surtout pour la culture de la
vigne.

De la Villa Urquiza nous passons à la colonie du *Cerrito*.
Elle est située ou plutôt elle commence à douze lieues de la ville
de Parana, dans l'*estancia* de ce nom, qui a appartenu succes-
cessivement à la banque argentine et à MM. Anarchasis Lanus
et Lezica. Ces derniers avaient l'intention de la coloniser,
mais la mauvaise situation de leurs affaires les obligea à la
remettre à la Banque, qui vendit le terrain aux enchères.

Elle a été fondée en 1882 par un syndicat de six personnes

parmi lesquelles figuraient le docteur Fèbre et le colonel Antélo, tous les deux ex-gouverneurs de la province. Elle est administrée actuellement par un citoyen italien, M. Castagno, qui réside à Parana.

L'estancia avait une étendue de trente-neuf lieues et demie (106.650 hectares).

La colonie comptait, en 1888), cent soixante-dix familles, dont quinze françaises, dix-huit allemandes, trente argentines et toutes les autres italiennes.

Il y a quatre cents concessions de 25 *cuadras* chacune, groupées quatre par quatre.

Les premières concessions ont été vendues à 200 piastres, payables en trois ans, avec 10 0/0 d'intérêt, mais cette condition n'a jamais été observée rigoureusement. Actuellement (1888) on vend le lot à 600 piastres nationales, dans le même terme et avec le même intérêt.

Le terrain destiné à la colonisation embrasse une étendue de dix lieues carrées (de 1.600 *cuadras* chacune) ; il fait face au Rio Parana sur une longueur de trois lieues, et a un port très commode, dit de la *Curtiembre* (tannerie) parce qu'il y eut autrefois un établissement de ce genre ; au même endroit on va fonder une ville qui portera le nom de *San Martin*.

Toutes les familles ont leurs moissonneuses-lieuses, il y a aussi dans la colonie sept batteuses à vapeur.

Les premières familles ont reçu quelques avances ; mais on a remarqué que cette mesure ne donnait pas de bons résultats ; elle invitait les colons à la paresse, au lieu de les rendre laborieux, tandis que celles qui n'ont reçu que la terre travaillaient davantage.

Au moment où je visitai la colonie, M. Nicolas Felter construisait un moulin à vapeur.

Un des premiers habitants de la colonie est M. Primo Aquilino, négociant. Il se livre aussi à l'agriculture, a fait de grandes plantations que l'on aperçoit de loin sur cette vaste

plaine et qui interrompent la monotonie du paysage. Il remplit ·enfin les fonctions d'*alcade*.

J'ai vu chez lui les portraits du président de la République Juarez Celman, de Garibaldi, du roi Humbert, de la reine d'Italie, de Mazzini, de Victor-Emmanuel et du prince de Naples.

A côté de lui, on trouve la famille d'Antonio Nani, Italien comme l'autre ; il a sept concessions et emploie deux moissonneuses. Il est venu, il y a sept ans ; il a été autrefois à Villa Urquiza. Il ne sème que du blé ; il dit que le maïs épuise la terre. L'an dernier (1888) il a ensemencé 87 hectares.

Jacques Botero, Italien aussi, a la même étendue de terrain ; c'est un des colons qui ont le mieux réussi ; il a deux moissonneuses, dont une *californienne*. On appelle ainsi une machine qui fait tomber le blé coupé dans une charrette qui l'accompagne, sans qu'il soit nécessaire de lier la javelle.

Désiré Lourdel est un Français (du Pas-de-Calais), jardinier marié, mais sans enfants. Il a planté une grande *quinta* où il a des arbres fruitiers, des arbres d'ornement, tels que l'eucalyptus, l'acacia dealbata, le cina cina, l'azédérach, etc. Il cultive aussi la vigne.

Il a deux concessions; il en laisse une pour le pâturage ; · l'an dernier, il a récolté 150 fanègues de blé.

Les terrains de la colonie du Cerrito sont très bons pour la culture du tabac; des Paraguayens qui le cultivent affirment qu'il égale celui du Paraguay.

J'ai déjà dit qu'on est en train de fonder au port de la Curtiembre un *pueblo* qui doit porter le nom de *San Martin ;* je dois ajouter qu'au sud on établira le pueblo *Moreno*, et au centre le pueblo *Général Paz*.

En résumé, la colonie du Cerrito peut être considérée comme la plus importante du département du Parana.

Au sud-est de la colonie Cerrito on trouve la colonie fondée

par M. Florentino Urrutia, connue sous le nom de *Florentina*
et de *Rivadavia;* elle comprend seulement quarante-deux concessions régulières de 250.000 mètres carrés et trente-huit irré-
gulières d'une étendue moindre. Elle date de 1887; tous les
lots ont été vendus, à raison de 300 piastres nationales. Il y a actuellement soixante familles, ou environ trois cents personnes.

A l'est on trouve la colonie russo-allemande de *Santa
Maria*, située dans l'estancia qui a appartenu à M. Wodrich et
après lui, à M. Manuel Carreras. Elle date de 1887 et occupe
une superficie de 2.700 hectares.

Ce sont des Russo-Allemands associés, venus en partie de
la colonie du Diamante et en partie des régions du Volga, qui
ont acheté ce terrain, en le payant à raison de 30 piastres la
*cuadra*.

A l'époque de ma visite, il y avait une cinquantaine de
familles, et on ne pouvait en admettre davantage.

Je me suis trouvé là un dimanche, au moment de l'office
religieux. Un *rancho* sert de chapelle : comme tout le monde
ne pouvait entrer dans une enceinte aussi étroite, les paroissiens entendaient la messe dans la cour (le *fort* de l'estancia),
les hommes avec leurs longs vêtements apportés des pays
froids et leurs bottes fortes, les femmes avec leurs foulards
rouges et bariolés autour de la tête. Elles semblent avoir un
goût prononcé pour les couleurs éclatantes.

Le prêtre qui dessert la colonie est un Belge, du nom
d'Adolphe Maréchal, établi aux environs, qui sachant le flamand
a pu apprendre assez facilement l'allemand pour se faire comprendre : il était venu pour la colonie belge de Villaguay : je
lui ai demandé s'il était certain que les Russo-Allemands travaillent en commun; il m'a répondu que cette coopération n'est
pas obligatoire et que chaque chef de famille est propriétaire
de sa part distincte des autres, mais qu'il lui arrive d'avoir
des parcelles sur des concessions différentes.

D'autres m'ont dit qu'ils labourent et sèment en commun et qu'ensuite ils tirent au sort pour savoir la part qui revient à chacun.

J'ai déjà dit que les Russes, qui se sentent à l'étroit à la colonie Alvear, en sortent pour acheter et louer du terrain dans toute la province.

Pour bien comprendre les procédés agricoles des Russo-Allemands, il faut lire le livre de M. Émile Laveleye sur la *Propriété primitive*. Je regrette que l'espace ne me permette pas d'entrer dans de plus longs détails à ce sujet.

Indépendamment de la colonie déjà nommée de la station Crespo, il y en a une autre du même nom dans le district du Tala, sur la rivière las Conchas ; celle-ci a été fondée en 1884 par M. Manuel Crespo sur un terrain lui appartenant et dont l'étendue est de 5.400 hectares, mais jusqu'à présent on n'a colonisé que la moitié du terrain. Il y a cent cinquante lots de terrain que l'on vend à raison de 500 piastres nationales.

La colonie *Auli* a été fondée par M. Joachim Auli le 1er avril 1883, à cinq lieues à l'est de la capitale, sur une étendue de 1.800 *cuadras* carrées ; elle est divisée en cent vingt concessions, qui se vendent au prix de 400 piastres chacune. Cette colonie a été vendue à MM. Antonio Vieyra et Hernandez.

Le 22 octobre 1876, il fut concédé deux lieues de terrain à M. Charles Calvo, à condition de les coloniser. Ce terrain est situé à deux lieues à l'est de Villa Urquiza et au nord du ruisseau Tala ; il y avait à côté deux morceaux de terrains *fiscaux*, c'est-à-dire de propriété publique, embrassant une étendue de 473 *cuadras* ; on résolut de les adjuger aux habitants (*pobladores*) de l'ancien terrain de l'État.

À cet effet, un arrêté du 24 février 1881 ordonna que ces

deux morceaux de terrain seraient subdivisés en lots de treize
à quatorze *cuadras* l'un et de vingt-deux *cuadras* l'autre; or,
comme tous les habitants de ce *campo* étaient Argentins, on
baptisa la colonie ainsi formée du nom de *colonie argentine*.
Mais jusqu'à présent cette colonie n'a guère prospéré. La
population n'est que de cent quinze habitants.

La colonie *Mérou* est située dans le district d'Espinello, à
trente kilomètres de la capitale de la province. Sa fondation
date de 1886. Son étendue est de 2.690 hectares.

M. Mérou commença alors à vendre le terrain aux Russo-
Allemands à raison de 30 piastres nationales la *cuadra*, et
plus tard, en 1887, il le vendit à 45 piastres.

La population n'est que de vingt-cinq familles, environ
cent cinquante personnes.

A côté de ce terrain, M. Cuesta en possède un autre de
l'étendue de 2.700 hectares, que les Russo-Allemands sont
en train de coloniser.

Enfin M. Maurice Meyer va procéder prochainement à la
colonisation de 6.000 hectares qu'il possède non loin de
Villa Urquiza, et qui ont appartenu autrefois au colonel
Antelo, ex-gouverneur de la province.

La colonie *Hernandarias* est située à vingt lieues au nord
de la ville de Parana et à égale distance de la ville de
la Paz, au confluent de la petite rivière de ce nom et du Rio
Parana.

Sa fondation remonte au 20 mai 1872. A cette époque une
loi de la province décréta la fondation d'une ville et d'une
colonie de ce nom, et chargea le chef du bureau topographique
de faire les études nécessaires.

Le travail fait, le gouvernement provincial passa un contrat
avec M. Benjamin del Castillo (10 février 1876) qui se chargeait de peupler les quatre lieues destinées à la colonie en y

introduisant cinquante familles composées chacune de trois personnes par chaque lieue carrée. M. Benjamin del Castillo recevait 40.000 piastres en fonds publics qu'il devait employer à bàtir une église et des monuments publics, tels que maison d'école, police, etc.

M. del Castillo s'associa avec un Suisse nommé Martin Schaffter, qui s'était dans le temps occupé de colonisation, et plus tard il lui céda ses droits.

M. Schaffter lui-même, ne pouvant surmonter les difficultés contre lesquelles il avait à lutter, céda à son tour ses droits à MM. Emilio Villarroel et Francisco Ferreyra.

Cette colonie est restée stationnaire pendant les premières années. Quand je la visitai en 1888, elle n'avait pas encore atteint tout le développement qu'on était en droit d'espérer, mais depuis lors elle a fait des progrès.

Ce retard s'explique parce que le terrain est très boisé ; par conséquent le défrichement en est laborieux et coûteux, tandis que les autres colonies s'établissent généralement sur des prairies où l'on peut tout d'abord enfoncer la charrue ; mais par compensation la terre est très fertile. Elle convient surtout pour la culture de la vigne et l'on a commencé à y faire de grandes plantations de ce genre.

Les concessions (16 cuadras carrés) valaient au commencement, de 300 à 350 piastres ; actuellement (1888) on les vend 600 piastres, à cinq ans de terme et avec intérêt de 9 %. Les lots cultivés valent 1.000 piastres.

Les colons ont fait et peuvent encore faire du charbon Il y a aussi d'abondantes carrières de plâtre. Cette colonie est donc placée dans les conditions voulues pour être à la fois industrielle et agricole.

Ajoutez à cela que Hernandarias est appelé à devenir un chef-lieu de département et que son port est accessible aux grands navires, ce qui assurera toujours un débouché à ses produits.

J'ai remarqué dans cette colonie une grande ferme appelée
*la Granja*, qui est cultivée directement par l'administration,
et où l'on trouve la luzerne, la vigne et les arbres fruitiers,
ceux-ci apportés de Montevideo. C'est une preuve frappante
de la fertilité du sol.

Dans cette même colonie j'ai vu 'un médecin suisse octo-
génaire, le docteur Giseler (83 ans,) qui jouit d'une parfaite
santé ; il y a plus de soixante ans qu'il exerce la médecine et
il rend de véritables services, presque toujours désintéressés,
aux habitants de la colonie.

M. Schaffter, l'ancien entrepreneur de la colonie, habite
sur les bords du rio ; il a un vignoble et fait du vin, il a
obtenu des médailles à diverses expositions, en Europe et en
Amérique.

La situation de Hernandarias est très pittoresque, sur une
falaise excessivement élevée, d'où, au soleil levant, on aperçoit parfaitement la colonie *Helvecia* dans la province de
Santa Fé.

La petite ville se bâtit au sommet de cette falaise, sur le
plateau qui la suit. Il y a déjà (1888) un grand nombre de
maisons de particuliers, sans compter les bâtiments publics et
la maison de l'administration.

# XIII

Nous arrivons enfin à la province qu'on peut appeler
la province colonisatrice par excellence, à la province de
Santa Fé.

Cette province n'est pas aussi pittoresque que celle d'Entre
Rios, tant s'en faut ; sa rive plate, horizontale, forme l'antithèse
la plus complète avec la falaise excessivement élevée et accidentée de celle-là, qui découvre à chaque pas de nouveaux
horizons, de nouvelles perspectives. Les deux capitales présentent le même contraste. On voit celle d'Entre Rios à une
grande distance ; de Santa Fé même, au soleil couchant, on
aperçoit parfaitement ses clochers, ses tours, ses belvéders,
enfin tout le groupe éparpillé de ses maisons blanches. Celle
de Santé Fé est au contraire en quelque sorte cachée dans les
sinuosités des rivières qui l'entourent et qui sont même un
péril pour ses rives qu'elles entament par une érosion continue. Aussi le gouvernement songe-t-il à prendre des mesures
sérieuses pour combattre cet ennemi implacable.

Au demeurant, la ville, depuis trois ou quatre ans surtout,
a subi une transformation complète. Quiconque l'aurait vue,
il y a bien des années, quand elle était encore une ville *coloniale* — c'est-à-dire du temps du système colonial — avant
que l'immigration étrangère, le bateau à vapeur et le chemin
de fer y eussent fait sentir leur influence, y trouverait une
véritable métamorphose. Les bâtiments modernes ont

remplacé les vieilles maisons de briques crues perdues au milieu des bosquets d'orangers, à l'ombre desquels les habitants dormaient une *sieste* perpétuelle. Le sifflement des steamers et des locomotives, qu'on entend dans toutes les directions, de jour et de nuit, est venu interrompre pour toujours le silence qui régnait dans les cloîtres de la vil'e monacale, qui n'avaient d'autre voix que le tintement mélancolique et monotone des cloches prêchant la résignation et l'inaction aux foules agenouillées sous les voûtes sombres des temples.

En un mot, le monde moderne a remplacé le moyen âge. Un brillant écrivain italien, qui visita ces contrées il y a cinq ans, Edmond d'Amicis, dit alors que Santa Fé était la vieille porte d'un monde nouveau ; il faisait allusion aux colonies que l'on trouve plus loin. Cette expression, qui était encore vraie alors, a cessé de l'être aujourd'hui, parce que Santa Fé, je le répète, s'est transformée, s'est transfigurée pour nous montrer d'un bout à l'autre, ou peut s'en faut, la cité du dix-neuvième siècle.

Qui a fait tous ces miracles ? Indubitablement c'est le chemin de fer, le levier irrésistible du progrès, plus puissant que la baguette magique des fées, plus capable qu'elle d'improviser les villages et les villes, et de faire surgir instantanément des palais enchantés au milieu des forêts et des déserts.

Mais le chemin de fer ne serait pas venu, ou du moins ne serait pas venu si tôt, sans l'immigration et la colonisation.

Santa Fé avait commencé à se coloniser avant d'avoir des routes et des ponts ; les premiers colons étaient donc comme perdus dans la solitude, séparés de leur marché par la longueur excessive des distances qu'ils avaient à parcourir pour y apporter leurs produits. Le peuplement du désert devenait impossible ; il restait circonscrit dans un rayon très limité.

De là la nécessité du chemin de fer dans toutes les directions. Santa Fé d'un côté, Rosario de l'autre sont devenus le

centre de rayonnement d'un grand nombre de voies ferrées,
déjà faites, ou en construction, ou projetées : tout cela formera
un, réseau complet qui embrassera tout le territoire de la
province et qui portera jusqu'aux points les plus éloignés la
vie, l'activite, la prospérité.

Le voyageur, qui arrive à Santé Fé, peut donc faire des
excursions au nord, au sud, à l'ouest, suivant ses besoins
ou ses caprices, parcourir en un jour des centaines de kilomètres et revenir immédiatement au point de départ. Le chemin
de fer a supprimé les distances, ce qui équivaut à une prolon-
gation d'existence pour l'homme : c'est là une vérité triviale,
et je ne veux point répéter tout ce qu'on a dit à ce sujet.

Quant à moi, ma première excursion fut naturellement
pour la colonie Esperanza, dont j'avais vu en quelque sorte
la fondation, plus de trente ans auparavant; mais alors j'avais
dû y aller à cheval avec un *baqueano* que m'avait donné le.
gouverneur de la province pour m'indiquer la route.

Esperanza est actuellement le chef-lieu du département des
colonies ; Esperanza est une ville, où l'on trouve toute
espèce d'établissements industriels et commerciaux, qui ont
autant d'importauce que ceux de la capitale même de la
province.

On peut donc dire que l'espérance n'a pas été déçue ; au
contraire, elle a été comblée avec excès ; cet embryon de population que j'avais vu si chétif, il y a trente ans, est devenu un
foyer d'activité fébrile, un atelier de richesse intarissable.

Esperanza a une place centrale de deux cents mètres de côté,
avec des plantations latérales et diagonales d'ombreux azédérachs. Au sud de la place est l'hôtel de ville qui montre un
fronton grec remarquable par des figures allégoriques : une
ancre renversée autour de laquelle s'enroule un cable ce
qui la fait ressembler au caducée de Mercure, entre deux
javelles qui forment une guirlande. C'est l'écusson ; il est
soutenu par un homme et une femme ; l'homme est presque

un vieillard, mais vigoureux encore ; la femme avec sa large
poitrine, rappelle celle dont nous parle Auguste Barbier,
décrivant la liberté :

C'est une forte femme aux puissantes mamelles.

C'est une beauté telle que les peignait Rubens, une beauté
flamande ou suisse, habituée aux durs labeurs de la terre auxquels elle est redevable de sa force. Sans doute l'artiste a voulu
représenter la personnification de la colonie Esperanza, cette
mère féconde de tant d'autres colonies, qui, se détachant du
sein maternel, sont allées au loin peupler la pampa déserte
qui était jusqu'alors le stérile domaine de l'Indien.

Les membres inférieurs de l'homme et de la femme se
perdent dans une espèce de végétation, comme ceux de
Daphné, changée en laurier. Faut-il chercher quelque sens
dans cette métamorphose, ou n'est-ce qu'un caprice de
l'artiste ?

Quoi qu'il en soit, l'inscription qu'on lit au frontispice ne
saurait être plus significative, plus péremptoire, car elle dit :
*Subdivision de la propriété.*

Impossible de s'expliquer plus clairement. Les fondateurs
du palais municipal ont posé le grand problème de la société
moderne, ce problème dont la solution doit entraîner le bien-
être matériel et moral de tous les hommes indistinctement.

Subdivision de la propriété ! Cela veut dire démocratisation
de la propriété aristocratique, la propriété à la portée de tous
les travailleurs, de tous les hommes de bonne volonté, de cœur
pur et d'intentions généreuses ; condamnation du régime
d'absorption établi par le système colonial, du régime de la
conquête qui a engendré le paupérisme dans les sociétés
européennes, et qui l'engendrerait aussi dans les sociétés
américaines, si l'on ne prenait à temps les mesures nécessaires pour en combattre la funeste influence.

Mieux que ses sœurs, ou, si l'on veut, avant elle, la province de Santa Fé a compris la portée de la constitution élaborée dans son *Cabildo* en 1853, et a voulu en faire le commentaire pratique. Un tiers de siècle s'est écoulé depuis lors, et l'on peut voir les résultats.

Les *Latifundia*, les déserts peuplés par exception, ont disparu pour faire place à la propriété subdivisée; et c'est là qu'on voit des milliers de propriétaires, tous souverains de leur morceau de terre, libres comme le *Pampero* qui vient caresser leur visage, lesquels auraient végété éternellement dans le vasselage des sociétés européennes, parce que jusqu'à présent les droits de l'homme et du citoyen, proclamés par tant de révolutions, s'y réduisent à de pures abstractions, bien loin d'avoir pu pénétrer dans la sphère de la réalité pratique.

Dans la maison municipale on trouve aussi la salle de la justice de paix, le bureau des postes et télégraphes et une succursale de la Banque nationale. Ces bureaux sont au rez-de-chaussée; à l'étage supérieur est la salle des délibérations ornée des portraits des personnages historiques de la République. Quelques jours auparavant on y avait donné un grand banquet au président Juarez Celman et à sa suite, visitant les provinces d'Entre Rios, Santa Fé et Cordoba.

Si l'on monte à la terrasse, on a sous les yeux un panorama assez étendu, bien que d'une horizontalité à peu près absolue; l'horizon de la pampa est comme celui de la mer : mais ici c'est une pampa cultivée. Çà et là se dressent les cheminées des moulins à vapeur; les maisons se détachent sur un tapis de verdure ou sur le fond sombre des arbres qui les encadrent. L'azédérach est l'arbre qui prédomine dans cette colonie et dans toutes les autres; ses fleurs ressemblent à celles du lilas : quand elles sont humectée par la pluie, elles exhalent une senteur délicieuse qui se répand à de grandes distances ainsi que celle des orangers.

A l'est de la maison municipale se trouve l'église; elle a
deux clochers et ne présente rien de remarquable. Le curé
est un prêtre italien, napolitain, qui est là depuis plusieurs
années; il prêche en langue espagnole. Il y a aussi un temple
pour la religion réformée. La liberté des cultes est proclamée
par la constitution, et l'établissement du mariage civil vient
d'en faire une réalité complète.

A l'ouest, on voit une maison qui porte l'enseigne de *Casino
universel*, puis un hôtel et restaurant qui a une longue
façade, et qui est la propriété d'un colon suisse, M. Aufranc.
Cet homme a commencé par être un simple terrassier. A l'est,
il y a un moulin à vapeur qui appartient à M. Sotomayor.
Mais le bâtiment le plus remarquable est celui de feu M. Guillaume Lehman, bien connu dans cette province par ses travaux comme colonisateur; on lui doit la fondation d'une douzaine de colonies; il avait fait une grande fortune dans ce
genre d'affaire, et se disposait encore à étendre le cercle de
ses opérations, quand un accès d'aliénation mentale vint
mettre fin à tous ses beaux projets. Il s'est suicidé dans un
hôtel à Buenos Aires, au moment de partir pour l'Europe. Sa
maison surmontée d'un belvéder élevé (mirador) et embellie
par un grand jardin (*quinta*) est à l'angle nord-ouest de la
place.

Les rues ont vingt vares de large; un tramway part de la
station du chemin de fer au sud de la ville, et, parcourant les
rues principales arrive jusqu'au moulin de Pittier, bien en
dehors de l'enceinte urbaine.

Tandis que j'étais à Esperanza, on donna un banquet de
deux cent cinquante couverts à M. Aufranc, ce colon suisse
que j'ai déjà nommé, juge de paix, pour le remercier des services qu'il avait rendus pendant une épidémie de choléra. On
manquait de médecins; M. Aufranc les remplaça en appliquant la méthode Raspail; on assure qu'il sauva beaucoup

de malades, non seulement à Esperanza, mais encore dans
les colonies voisines où il envoya des aides munis de ses instructions et de ses remèdes, et qui lui prêtèrent un puissant
concours. Parmi ceux-ci je remarquai surtout une métisse
indienne, qui était assise non loin d'Aufranc et qui applau-
dissait avec enthousiasme quand on faisait son éloge. Il va
sans dire que son assistance était tout à fait désintéressée ;
que dis-je? il faisait mieux que cela ; il donnait des remèdes
et de l'argent à ceux qui n'avaient pas de quoi se faire soigner.

M. Aufranc était et est encore un vrai philanthrope : il
méritait donc la manifestation enthousiaste dont il était
l'objet.

Le banquet était présidé par les présidents des quatre
sociétés suisse, française, italienne et allemande. Le moment
des toasts étant arrivé, M. Jules Emonet, président de la
société suisse, expliqua le but de la fête par une allocution
prononcée en castillan. En récompense des services rendus
par M. Aufranc les colons lui donnaient une médaille d'or,
un chronomètre, son propre portrait dessiné par un artiste
d'Esperanza et un album.

M. Aufranc prit ensuite la parole et remercia avec émotion
les assistants de cette manifestation si sympathique, tout en
protestant qu'il ne méritait pas les honneurs qu'on lui rendait.

Plusieurs convives parlèrent après lui : je nommerai entre
autres MM. Cayetano Marchiocci, président de la société
italienne; Tabernig, président de la société allemande,
Charles Vela, le curé Louis Castronovo, Henri Quellet, Henri
Stockler, un correspondant des journaux argentins nommé
Demaria. Enfin celui qui écrit ces lignes fut invité à dire
quelques mots.

Je profitai de l'occasion pour faire l'apologie de Raspail,
le savant éminent, à qui la chimie organique doit de vérita-

bles découvertes, et qui avait découvert les microbes cinquante ans avant que la science académique daignât en reconnaître l'existence. Raspail était donc un précurseur, et la postérité lui rendra justice, quelle que puisse être la valeur de sa thérapeutique.

Quant à Aufranc, je dis qu'il avait bien mérité, non seulement de la colonie, mais encore de la patrie et l'humanité, parce que toutes les parties de l'humanité sont solidaires les unes des autres, et que la colonisation qui s'accomplit en Amérique a son contre-coup, son influence directe ou indirecte sur les destinées de la mère patrie et du vieux monde... . Ce thème pourrait donner lieu à de nombreuses considérations, mais ce n'est pas le moment de les dérouler.

Cependant toute médaille a son revers : tandis que les habitants des colonies décernent des prix à Aufranc, l'autorité, c'est-à-dire la Faculté, lui interdit l'exercice de la médecine, même gratuitement. Les docteurs en médecine n'ont pas changé depuis les temps de Molière : ils continuent à trouver préférable que *l'on meure suivant les règles* que de se sauver contre les règles.

Mais je m'arrête ici pour ne pas encourir le reproche d'hérésie scientifique, reproche qu'on n'a pas manqué de m'adresser à cause de mon apologie de Raspail.

# XIV

Buenos Aires, mai 1888.

La colonie Esperanza n'est pas, comme on le croit généralement dans la République Argentine, la première qu'on ait fondée après l'établissement du régime constitutionnel en 1853.

Le premier essai, je l'ai déjà dit, fut fait par M. Auguste Brougnes, docteur en médecine du département des Hautes-Pyrénées.

M. Brougnes dit dans une brochure en langue espagnole qu'il a publiée sous ce titre : *la Vérité sur la province de San Juan* (province de Corrientes) : « Un voyage que je fis en 1850 au Rio de la Plata avec l'idée d'étudier les conditions que ce pays offrait à l'immigration agricole me détermina à entreprendre l'œuvre la plus grandiose et la plus difficile : l'extinction du paupérisme agricole européen qui chaque jour devient plus profond sur ce grand théâtre social, et se présente plus menaçant, plus envahisseur sous l'action incessante de la réduction de la propriété et de l'accroissement de la population, qui sont les agents du paupérisme, signalés avec logique et talent, il y a plus de soixante ans, par le célèbre voyageur Arthur Young et le célèbre économiste Malthus. »

Mû par cette idée, le docteur Brougnes publia en 1851 et 1852 deux écrits intitulés : *Moyen de s'enrichir par la culture*

*du sol dans la république de l'Uruguay, et colonisation agricole*
*dans les provinces de la Plata.*

« Ces publications, dit l'auteur, parurent au moment où
de grands événements et l'agitation de la guerre civile absor-
baient les esprits sur les rives de la Plata. Cependant, ils ne
tardèrent pas à fixer l'attention des hommes d'État que la
bataille de Caseros venait d'élever au pouvoir.

« Ces hommes intelligents et patriotes comprirent à l'instant
que l'œuvre de la colonisation dans la Plata au moyen de
familles agricoles européennes, bien organisée, et surtout
ponctuellement exécutée, est et sera toujours un puissant
levier économique de prospérité et de grandeur, quoique des
esprits superficiels et prévenus disent le contraire.

« Entre temps, l'idée de la colonisation faisait des progrès
dans les provinces de la Plata et elle devint une préoccupation
du moment. Dans les premiers jours du mois de mai 1852,
M. don Louis J. de La Pena, ministre du directeur provisoire de la confédération, général Urquiza, me proposa à
Montevideo un vaste projet de colonisation pour la province
de Buenos Aires, et il me demanda de lui préparer les bases
d'un contrat pour l'adresser à M. don Vicente Lopez, alors
gouverneur de la province de Buenos Aires.

« Quelques jours après, M. Pujol, ministre du gouverneur
de Corrientes, général Virasoro, me faisait chercher à Montevideo et sollicitait mon concours pour établir des colonies
agricoles dans cette province. »

Par suite de cette proposition le docteur Brougnes alla
visiter ce territoire, et le résultat de son exploration fut un
contrat qu'il passa avec le gouvernement du docteur Pujol,
successeur du général Virasoro. Ce contrat, le premier, dit
Brougnes, de cette nature qui ait paru dans la Plata fut
signé le 29 janvier 1853 et approuvé le 12 décembre 1854
par le gouvernement national qui venait de s'organiser ; il
porte les signatures d'Urquiza et Juan Maria Gutierrez.

Ce contrat avait pour but la colonisation du territoire des Missions.

Postérieurement, ce même gouvernement de Corrientes passa un contrat du même genre avec M. John Lelong, ancien délégué de la population française de la Plata à Paris pendant le siège de Montevideo (1843-1851).

Cependant le docteur Brougnes, plein de confiance dans l'accomplissement des clauses stipulées, s'était embarqué pour l'Europe où il fit une nouvelle publication pour appuyer sa propagande, intitulée : *Extinction du paupérisme agricole par la colonisation dans les provinces de la Plata (Amérique du Sud) suivi d'un aperçu géographique et industriel de ces provinces, avec deux cartes.* Ce livre était dédié à M. José de la Pena. Il portait pour épigraphe ces paroles de Cohen : « La colonisation à l'extérieur est, dans les conditions économiques actuelles, le remède le plus efficace du paupérisme. »

Je crois intéressant d'en reproduire la préface :

« L'œuvre de la colonisation agricole que nous avons entreprise dans les provinces de la Plata a pour objet de satisfaire à une nécessité de premier ordre, celle de rétablir l'équilibre entre la propriété et le travail agricole, équilibre rompu par la réduction tous les jours croissante du domaine patrimonial, pendant que la population agricole augmente.

« Le travail agricole en Europe (je parle du travail du cultivateur) peu rétribué, s'exerçant sur une terre épuisée et dans un cercle trop circonscrit, reste improductif par le manque d'espace, et cet espace se réduisant tous les jours par la division des propriétés patrimoniales, il est à craindre que la génération encore plus nombreuse qui suivra la génération présente n'étouffe dans l'enceinte rétrécie où elle sera forcée de vivre, ou de briser les liens sociaux qui l'y attachent.

« Par contre, les provinces de la Plata, les plus belles, les plus salubres, les plus fertiles du monde, manquent de travailleurs

agricoles ; les terres, qui donneraient aux cultivateurs les
plus abondantes récoltes, restent incultes ; un territoire de
cent mille lieues carrées, quatre fois grand comme la France,
ne renferme pas un million d'habitants et, sur ce million
d'âmes, on ne compte pas vingt mille familles de cultivateurs.
— Transporter sur ce riche et immense territoire le cultivateur européen, lui livrer un champ aussi vaste que son ambi-
tion, donner un aliment suffisant à son travail, l'arracher à ce
modique hectare de terrain maigre et épuisé, et l'envoyer
bondir librement au milieu de ces trente hectares de prairies
qu'il transformera promptement en champs de blé, de maïs,
de cotonniers, de tabac, de muriers,... en un mot rapprocher, unir ces deux agents — travail et terre — qui manquent
l'un à l'autre dans les deux continents; créer, par cette
alliance la richesse du cultivateur européen et la prospérité
de la Plata, y développer conséquemment notre débouché
commercial et industriel, telle est la mission que nous nous
sommes imposée et dans le succès de laquelle nous avons
pleine confiance.

« Ayant vécu pendant quarante ans au milieu de populations agricoles, agriculteur, moi-même, j'ai connu les besoins,
les misères, mais aussi les dispositions laborieuses du pauvre
cultivateur, son désir d'acquérir par le travail une position
meilleure. D'autre part, les études que je suis allé faire pendant trois années sur les lieux à coloniser, m'ont permis de
préparer, de combiner avec quelque connaissance de la
matière, le système de colonisation que je propose aujourd'hui
aux cultivateurs européens.

« Ne voulant surprendre ni tromper personne, j'exposerai
simplement, avec vérité, la nature, les moyens de l'opération, les chances de fortune pour le colon ; je tâcherai d'être
aussi exact que possible dans mes appréciations; en un mot,
je veux que le cultivateur, avant de se résoudre à entrer
dans la voie que je lui ouvre, sache ce qu'il fait, où il va, la

conduite qu'il aura à suivre, les résultats qu'il obtiendra.
J'entends qu'il sache tout, qu'il prévoie tout, qu'il calcule
tout avant de prendre une détermination ; c'est pour l'éclairer, l'aider dans ses réflexions que j'écris ces lignes. »

A l'appui de sa thèse, le docteur Brougnes citait l'opinion
de plusieurs publicistes américains, entre autres André
Lamas et Alberdi :

« En facilitant l'émigration de cette partie de la population
européenne, dont les bras improductifs, faute de travail suffi-
samment rémunéré surchargent le sol de consommateurs
improductifs, on obtiendra deux grands biens, richesse et
consommation des produits manufacturés.... Tel est le but
de la rédemption sociale dont nous nous occupons » (Andrès
Lamas), *Notice sur la république de l'Uruguay*).

« Nous demandons à l'économie politique, dit Alberdi, des
immigrants européens parce que des pays où ils viennent, ils
apportent à nos populations leurs bonnes coutumes, leur
intelligence, l'exemple de leur pratique qui est le meilleur
catéchisme » (Alberdi, *Elementos de derecho publico provincial*, Valparaiso, 1853.)

« Il nous faut plus de population et une meilleure population que celle que nous avons pour la liberté et l'industrie.

« Nous sommes en présence d'une nécessité qui réclame
au profit de la civilisation moderne un sol magnifique que
nous laissons désert au préjudice de notre pays.

« La loi d'expansion du genre humain se réalise nécessairement, ou sans violence et par les moyens pacifiques
qu'emploie la civilisation, ou par la conquête à main armée.
Cependant, ce n'est qu'à de longs intervalles que les nations
anciennes et populeuses déchargent le superflu de leur population sur ce continent qui manque d'habitants et abonde en
richesses.

« Le socialisme européen est l'avant-coureur d'un cataclysme
qui tôt ou tard aura son contre-coup violent dans le nouveau

monde si, dans l'intérêt des deux continents, nous ne prenons
pas dès aujourd'hui des mesures pour le conjurer. Déjà le
Mexique a essuyé cette conquête violente dont nous sommes
menacés dans un terme qui n'est pas éloigné, et que nous
pouvons prévenir en livrant spontanément aux nations civili-
sées le sol dont nous les repoussons par une injustice qui
peut avoir de tristes conséquences.

« L'Europe, comme l'Amérique, souffre de cet arrêt violent
fait au cours naturel des choses. Là-bas surabonde la population au point de constituer un danger, pendant qu'elle
manque chez nous.

« Les sociétés européennes sont menacées d'un boulever-
sement profond par la question de la propriété, pendant que
nous avons à leur offrir inhabitée, la cinquième partie du
globe ; le bien-être des deux mondes peut se réaliser heureusement par l'emploi d'un système politique et d'institutions
appropriées à cet effet.

« Les États de l'ancien continent doivent tendre à nous
envoyer par des émigrations pacifiques la population que nous
devons attirer par une politique et des institutions analogues.

« Telle est la loi capitale, nécessaire du développement de
la civilisation chrétienne moderne dans ce continent ; tel fut
son caractère à l'origine ; aujourd'hui elle doit compléter
l'œuvre à peine ébauchée par les Espagnols.

« Les constitutions politiques du pays ne nous assureront la
marche du progrès, n'atteindront le but de nos destinées, que
lorsqu'elles seront l'expression organisée de cette loi de civilisation qui peut s'accomplir par l'action pacifique de l'Europe
et du monde entier » (Alberdi, *Bases y puntos de partida para
la organizacion politica de la Republica Argentina*, Valparaiso,
1° de junio 1852).

« La rédemption de la race blanche se trouverait dans l'acquisition morale de tout un monde riche et vierge, d'un

monde qui donnerait terre, travail et fortune » (Andrès Lamas,
*Notice sur l'Uruguay*).

Voici maintenant quelles étaient les clauses du contrat
passé entre le gouvernement de Corrientes et M. Auguste
Brougnes le 29 janvier 1853 :

ARTICLE PREMIER. — M. le secrétaire Valdez (secrétaire du
gouvernement) dit que le gouvernement de sa patrie, dési-
rant fomenter et développer dans la province toute sorte
d'industries et particulièrement l'agriculture, comme véritables sources de la richesse d'un pays, autorise M. Brougnes
à introduire dans le territoire de la province mille familles
appartenant à cette dernière industrie, et composées chacune
de cinq personnes que M. Brougnes conduira aux lieux d'exploitation, avec cette clause que, si le gouvernement de
Corrientes, au moment de l'arrivée des familles au Rio de la
Plata, possédait un navire à vapeur sur quelque point de
la République Argentine, il le mettra à la disposition de
M. Brougnes pour remorquer le navire de transport des passagers jusqu'au lieu d'exploitation.

ART. 2. — La majeure partie des cinq personnes qui com-
poseront la famille agricole seront mâles, capables de travailler et âgés de dix ans au moins, le père de famille restant
libre toutefois d'amener un plus grand nombre de personnes.

ART. 3. — Deux familles distinctes associées par un acte
authentique et formant entre elles le nombre de cinq travail-
eurs, sont admises au même titre qu'une seule famille, et
dès lors jouiront des mêmes privilèges concédés à cette dernière.

ART. 4. — M. Brougnes s'engage à transporter les mille
familles ci-dessus par groupes de deux cents familles, le premier
dans l'espace de deux ans, et les autres en dix ans à partir de
la date du contrat.

ART. 5. — Chaque groupe de deux cents familles sera destiné à former une colonie sous la direction de M. Brougnes ou d'un chargé de ses pouvoirs ; ledit sieur Bougnes restant libre de faire pour son propre compte telles conventions qu'il jugera convenables.

(Il fut tacitement convenu entre le gouvernement de Corrientes et l'entrepreneur que celui-ci ne retirerait d'autres bénéfices que le tiers des produits annuels du sol de chaque famille pendant cinq ans seulement, de manière que les familles fussent après cinq ans dégagées de tout compromis, soit avec le gouvernement, soit avec l'entrepreneur.)

ART. 6. — Le terrain destiné par le gouvernement de Corrientes à l'établissement des colonies sera choisi par le sieur Brougnes entre toutes les terres que l'État possède sur les rives du Parana et de l'Uruguay, dans la contrée désignée sous le nom de *Missions*.

ART. 7. — Le gouvernement de Corrientes, au nom de la province qu'il administre, alloue à chaque famille agricole, sur les terrains choisis par M. Brougnes, 20 *cuadras* carrées de terrain de 150 vares de côté (33 hectares 28 ares). Ce terrain appartiendra en toute propriété à la famille agricole après cinq ans à partir de son arrivée sur les lieux l'exploitation : cette concession est faite par le gouvernement de Corrientes en échange des avantages que l'industrie des colons produira au pays.

ART. 8. — Chaque colonie se formera en deux sections se faisant face, de cent familles chaque section, lesquelles s'étendront sur une longueur de 100 *cuadras*. En vue d'augmenter la population de la colonie, le terrain intermédiaire aux deux sections sera vendu par le gouvernement aux personnes qui voudront y construire des maisons. Il reste convenu toutefois que la moitié du produit de la vente sera versée dans la caisse de l'État, et l'autre moitié dans la caisse communale de la colonie pour servir à ses besoins et améliorations. Le terrain situé entre la colonie et le fleuve aura la même destination.

ART. 9. — Le gouvernement de Corrientes alloue également à chaque colonie, à titre de terrain communal, quatre lieues carrées de terrain s'étendant autour des propriétés particulières des colons. Ce terrain communal reste inaliénable.

ART. 10. — Indépendamment des concessions mentionnées, le gouvernement de Corrientes fournira, à titre d'avances, à chaque famille, une habitation en bois (*rancho*) composée de deux pièces carrées de cinq vares de côté; une de ces pièces aura une porte, l'autre une croisée; le tout évalué à 50 patacons (250 francs); il fournira aussi à chaque famille six barriques de farine de huit arrobes chacune (1.200 livres), des semences de coton et de tabac pour semer une *cuadra* carrée de chacune de ces plantes, 4 fanègues (5 hectolitres) de froment, et une de maïs également; des semences de canne à sucre pour une *cuadra*; il fournira aussi à chaque famille 12 têtes de bétail, savoir : 8 vaches pour la production, 2 chevaux ou juments, 2 bœufs pour les travaux de labour.

ART. 11. — Les familles agricoles seront établies aux conditions suivantes : les avances ci-dessus mentionnées seront restituées par chaque famille au gouvernement deux ans après leur livraison, en faisant observer toutefois que si les récoltes des colons étaient mauvaises pendant les deux premières années, la restitution ne se fera qu'après la troisième année; mais alors aussi l'établissement colonial suivant, au lieu de se former deux ans après le premier, ne se formera qu'après la troisième année, de manière que les avances faites aux colons de la première colonie puissent servir à l'établissement de la seconde, et ainsi successivement jusqu'à ce que l'État soit remboursé par la dernière colonie, laquelle remboursera en argent sur le pied de 200 patacons (1.000 francs) par famille.

ART. 12. — Les colons défricheront les terrains concédés.

Chaque famille cultivera la moitié dudit terrain en coton, tabac, cannes à sucre, froment, maïs... Le colon usera de l'autre moitié comme bon lui semblera.

ART. 13. — Les colonies établies dans la province dépendront d'elle et ne pourront appartenir d'aucune manière à un autre État ou nation. Elles seront administrées civilement et judiciairement, conformément aux lois du pays, par un juge de paix nommé par le gouvernement et choisi parmi les colons ou parmi les fils du pays.

ART. 14. — Les colons auront le droit d'élire une commission coloniale composée de dix membres pris parmi les colons eux-mêmes.

Cette commission sera chargée d'aider le juge de paix dans ses fonctions judiciaires, lorsqu'il y aura lieu de voter les fonds pour les travaux d'intérêt public, et d'adresser des vœux au gouvernement sur les besoins de la colonie et les améliorations à y introduire.

ART. 15. — Les colons exerceront librement leur industrie, en se conformant toutefois aux lois du pays.

ART. 16. — Pendant cinq ans les colons seront exempts de tout impôt personnel, mobilier ou immobilier.

ART. 17. — Les droits d'importation et d'exportation seront les mêmes dans les ports coloniaux que ceux perçus dans les autres ports de la province accessibles au commerce.

ART. 18. — Les colons sont exempts du service militaire; ils pourront toutefois s'organiser en garde nationale pour leur propre défense, leur sécurité et le maintien de l'ordre dans la colonie. Le service de la garde nationale se circonscrira à la colonie même, et il ne lui sera pas permis de se présenter en corps armé au delà d'un rayon d'une lieue à partir de la circonférence du terrain colonial.

ART. 19. — Le sieur Brougnes avisera le gouvernement de Corrientes de la prochaine arrivée des colons quatre mois à l'avance, afin que ledit gouvernement ait le temps néces-

saire pour construire les habitations et préparer les autres
avances.

Telles étaient les clauses de ce premier contrat de colonisation, qui eut beaucoup d'imitateurs.

« L'enthousiasme pour la colonisation, dit le docteur Brougnes, s'empara des hommes d'État du Rio de la Plata pendant les années 1853, 1854 et 1855, et les porta à entreprendre
trop d'opérations de ce genre à la fois.

« Après notre contrat avec le gouvernement de Corrientes
vinrent ceux de MM. Lelong, Castellanos, Van-Derest, Bus-
chental, Bruland, Poucel, etc. J'avais levé le lièvre et tout le
monde le courait après moi; mon contrat publié par les journaux du Rio de la Plata excita la velléité de tous; une nuée
de projets de colonisation tomba dans les bureaux du gouvernement argentin; presque tous furent acceptés, aucun ne
fut observé. On y employa des sommes considérables. Il eût
mieux valu s'en tenir à une seule opération, même à titre
d'essai, la réduire encore, mais en assurer le succès, en
remédiant aux inconvénients, et surtout en remplissant reli-
gieusement les obligations du contrat.

« Le succès aurait retenti en Europe et donné du prestige
à l'opération. C'est pour le coup que l'on eût vu arriver spontanément d'Europe la famille agricole pour s'établir aux
environs de ce premier établissement. Le mot Missions eût
été un second talisman californien; et c'est alors qu'on eût
pu abandonner à l'immigration agricole spontanée l'avenir
de la colonisation dans les provinces de la Plata. L'œuvre grandiose dont nous avions pris l'initiative eût produit tous ces
résultats. Je soumets ces observations aux adversaires peu
réfléchis de la colonisation organisée et aux adversaires
inconsidérés de la colonisation spontanée, en présence des
difficultés que j'ai éprouvées pour déterminer le mouvement
d'immigration parmi les populations agricoles européennes,

ajoutant qu'il eût été impossible d'y parvenir malgré les conditions avantageuses de mon contrat, et la confiance qu'il inspirait, si je n'eusse en même temps présenté un système complet d'organisation, sous la forme de village composé d'éléments homogènes, d'individus d'un même pays, de la même langue et de la même religion, placés dans les mêmes conditions sociales que dans leur patrie, avec un juge de paix pour administrer la justice et maintenir l'ordre, un curé pour le service religieux, un médecin pour soigner les malades, et un instituteur pour l'éducation des enfants. »

Pourquoi ce premier essai de colonisation vint-il à échouer? Ce n'est pas ici le moment de redire les faits lamentables rapportés par le docteur Brougnes dans son mémoire, *La Verdad sobre la colonia de San Juan, provincia de Corrientes*, dont il fait remonter la responsabilité au gouvernement correntin de cette époque : actuellement nous sommes à Santa Fé, et non pas à Corrientes. Mon but, en citant ce précédent, a été de donner à la colonisation son véritable point de départ.

Je reviens maintenant à la colonie *Esperanza*.

Le gouvernement de Santa Fé passa avec M. Aaron Castellanos un contrat semblable à celui de M. Brougnes.

J'ai sous les yeux divers exemplaires du contrat passé entre M. Castellanos et des familles d'immigrants ; il est formulé en trois langues : espagnol, français et allemand.

En voici la teneur :

« Par le présent contrat, de l'exécution duquel nous nous rendons solidaires, pour quelque cas que ce puisse être sans en excepter le cas de mort ou d'accident, nous nous engageons et nous obligeons à nous rendre et transporter sur les rives du Parana (Rio de la Plata) au lieu de colonisation indiqué par le gouvernement de Santa Fé.

« De son côté M. A. Castellanos, agent autorisé par le gou-

vernement de Santa Fé, s'engage et s'oblige à avancer pour
moi la somme de 1.200 francs qu'il payera à MM. Beck et
Herzog à Bâle chargés de faire l'affrètement du navire sur
lequel je ferai ce voyage, accompagné des personnes ci-dessus nommées.

« L'avance faite par M. Castellanos forme le complément de
la somme que j'affecte aux frais : 1° de mon voyage et de
celui des sus-nommés depuis le port de mer d'Europe jusqu'au port de Buenos Aires, Martin Garcia, de la Colonia, ou
du Rosario; 2° de nourriture durant cette traversée; 3° de
notre transport par le Parana jusqu'au lieu de colonisation
dans la province de Santa Fé.

« Je m'engage,et les sus-nommés s'engagent avec moi soli-
dairement, à rembourser ladite somme de 1.200 francs à
M. Castellanos ou à son fondé de pouvoirs, en trois termes :
un tiers au bout d'un an ; un tiers au bout de deux ans et le
troisième au bout de trois ans, à dater de mon arrivée dans
la colonie et à en payer annuellement l'intérêt au taux de
10 % l'an.

« Je m'oblige en outre,taut pour moi que pour les sus-nommés, à emporter avec nous les outils et instruments aratoires nécessaires pour le labourage des terres.

« Dans le cas où contre son attente M. Castellanos ne pourrait obtenir du gouvernement de la Confédération Argentine
le transport gratuit par bateaux à vapeur ou par navires à
voile, depuis le port de destination jusqu'au lieu de la colonisation, je reconnais avoir alors à payer pour ce passage,
une somme approximative de 30 francs par personne,laquelle
somme sera toutefois avancée par M. Castellanos, et par moi
et les susnommés remboursée à M. Castellanos à l'époque
du remboursement de l'avance mentionnée plus haut.

« Le gouvernement de Santa Fé, afin de nous faciliter les
moyens de commencer nos travaux le plus tôt possible, et de
pourvoir à notre entretien, nous fait les avances suivantes en

nature, à charge de remboursement aux époques ci-après désignées et sans intérêt.

« Ces avances en nature consistent en : 1° sept vaches et un taureau ; 2° deux bœufs et deux chevaux pour le labourage ; 3° six barriques de farine de huit arrobes (environ 100 kilogrammes chaque, soit en totalité 558 kilogrammes, 1200 livres du pays) ; 4° des semences de pomme de terre, pistache de terre, tabac, coton, blé, maïs, en quantité suffisante pour cultiver une surface totale de dix *cuadras* (plus de 16 hectares et demi) pendant la première année ; 5° une maison composée de deux logements de 5 mètres environ chaque, avec portes et fenêtres qui sera construite de la manière la plus convenable pour notre travail le long des rives du Parana.

« Les maisons seront numérotées, depuis 1 jusqu'à 200, et les lots seront tirés au sort.

« Pour les divers objets ci-dessus désignés je payerai une somme de 200 patacons (1000 francs) dans le cours de deux années à partir de mon arrivée à ma destination. Le gouvernement argentin (ainsi que M. Castellanos me le garantit) m'exempte des intérêts sur le montant de ces avances, et si les récoltes ne sont pas suffisantes pendant les deux premières années le gouvernement argentin (ainsi que me le garantit encore M. Castellanos) m'accordera une année de plus.

« A titre de rétribution pour les avantages qui me sont accordés par la teneur du présent contrat, je m'engage, et les susnommés s'engagent également avec moi, à partager avec M. Castellanos les produits en nature de mes récoltes, détachées de leurs branches et racines, à raison d'un tiers pour M. Castellanos et deux tiers pour moi et mes coassociés, pendant la durée de cinq années, à compter du jour de mon arrivée à Santa Fé, étant bien entendu que les produits des animaux que nous élèverons resteront notre propriété exclusive sans aucun partage avec M. Castellanos.

« M. Castellanos prélèvera en conséquence la portion qui lui reviendra, mais bien entendu dans l'état où se trouveront les produits récoltés.

« A l'expiration du terme de cinq années je serai propriétaire absolu avec les susnommés et nos descendants, de la maison, du capital, et de tous les produits en vaches, bœufs, chevaux et en outre de 20 *cuadras* de terre avec toutes les améliorations, y compris les amendements que j'y aurai apportés par mon industrie.

« Si, avant l'expiration des cinq années ci-dessus stipulées, j'avais l'intention de quitter avec ma famille ou mes coassociés la colonie, pour quelque motif que ce puisse être, j'aurais dans ce cas la faculté de céder les avantages attachés au présent contrat, à une famille se composant du même nombre de personnes, c'est-à-dire de cinq.

« Si je quittais le lieu de colonisation avant le terme de cinq années entièrement révolues, sans avoir fait la cession ci-dessus mentionnée, je perdrais en ce cas les avantages qui me sont assurés, et je serais responsable, et les susnommés avec moi, de toutes les réclamations que pourront élever, dans ce cas, soit le gouvernement argentin, soit M. Castellanos.

« Je m'engage aussi à produire avant mon départ d'Europe les pièces suivantes délivrées par le maire de la commune : 1° mon acte de naissance ou de baptême ; 2° mon passeport ; 3° un certificat de bonne vie et mœurs.

« Des pièces en tout semblables seront aussi produites par les susnommés.

« Je m'engage enfin, et les susnommés avec moi, à nous fournir des vêtements suffisants, d'ustensiles de cuisine et, ainsi qu'il est dit ci-dessus, d'outils et d'instruments aratoires.

« Chaque famille cultivera la moitié de 20 *cuadras* au moyen de semences, qui lui seront données ; elle utilisera l'autre moitié du mieux qu'elle croira.

« Outre les terres concédées à perpétuité à chacune des deux cents familles qui doivent former l'expédition, il est adjugé aussi au bénéfice de toutes. et tout autour de la colonie une surface de quatre lieues carrées ou 6.400 *cuadras* dont la propriété ne pourra être vendue par personne, et demeurera à l'avantage commun de ladite colonie.

« Comme après ces deux cents premières familles, il en partira encore huit cents autres, chaque groupe de deux cents familles (ou 1.000 individus) formant une colonie séparée devra être établi à une distance de 100 *cuadras* l'un de l'autre, et le terrain intermédiaire sera vendu moitié pour compte du gouvernement et moitié pour compte de la colonie. »

Les autres dispositions relatives à l'administration intérieure de la colonie, justice, commission coloniale, liberté d'industrie, contributions, service militaire, etc., sont calquées sur le contrat passé par le docteur Brougnes avec le gouvernement de Corrientes ».

Tel est donc l'acte primordial auquel doit son origine la colonie Esperanza, et l'on peut dire aussi toute la colonisation de Santa Fé. C'est pourquoi j'ai cru devoir le reproduire intégralement.

# XV

Buenos Aires, mai 1888.

Pour connaître l'effet que produisit à Santa Fé l'arrivée des premiers immigrants, nous allons consulter un historien de la colonisation, acteur lui-même et un des plus méritants dans cette œuvre grandiose. Je laisse la parole à M. Charles Beck-Bernard, ancien directeur fondateur de la colonie de San Carlos, près de Santa Fé.

« Le gouvernement de Santa Fé fit un contrat de même nature (que celui que le gouvernement de Corrientes avait fait avec le doteur Brougnes) avec une des notabilités du pays, M. Aaron Castellanos, qui se transporta en Europe pour l'exécuter. A la suite de démarches longues et multipliées, moyennant des avances considérables qu'il consentit à faire pour payer en grande partie le voyage des colons, il parvint à réunir le nombre de deux cents familles que lui prescrivait son contrat, pour former la première colonie. La majeure partie de ces familles étaient suisses.

« C'étaient pour la plupart des pauvres dont, profitant d'une occasion exceptionnelle, les communes s'empressaient de se défaire, à un prix inférieur à celui qu'elles devaient payer pour les envoyer dans l'Amérique du Nord. Il y avait aussi un assez grand nombre de Savoisiens et quelques familles de la Hesse et du nord de la France.

« Au mois de décembre 1855, le premier navire de colons quittait le port de Dunkerque; les autres expéditions se succédèrent rapidement dans les premiers mois de 1856, et les deux cents familles arrivèrent à Santa Fé presque toutes à la fois.

« La population de cette ville paisible et endormie était peu accoutumée à voir un étranger arriver dans ses murs; le contrat, voté par ses représentants et signé par son gouverneur, n'était à ses yeux qu'une utopie, un hommage rendu pour la forme à quelques écrivains et orateurs qui cherchaient à populariser l'idée de la colonisation, mais au fond une chose qui ne se réaliserait jamais.

« Grande fut donc la surprise lorsque l'on vit entrer dans le port des goélettes hérissées de têtes, et que peu d'instants après la plage se remplit d'hommes, de femmes et d'enfants, en blouses, en mi-laine, en bonnets valaisans, dont les manières brusques et les allures un peu lourdes contrastaient avec les mœurs souples et courtoises du pays. L'arrivée des premiers colons est restée gravée dans le souvenir, comme un événement mémorable.

« Un seul homme comprit, au premier coup d'œil, l'immense portée que devait avoir pour l'avenir de son pays la circonstance qui, chez les autres, n'excitait que la surprise et la curiosité. C'était le gouverneur don José Maria Cullen, patriote éclairé et généreux.

« Prenant à lui seul la tâche de réparer l'incurie qui avait fait négliger jusqu'à ce moment tous les préparatifs que, d'après le contrat même, on aurait dû faire à l'avance pour l'installation des colons, il mit tout en œuvre pour bien recevoir ceux-ci ; il improvisa des localités pour les abriter, il mit à leur disposition toutes les ressources dont il pouvait disposer, et, si les revenus de l'État faisaient défaut, il y suppléait par sa fortune personnelle.

« Aussitôt que le terrain où l'on voulait établir la colonie fut choisi et délimité, on y transporta les colons. C'était une vaste prairie située au delà du *Rio Salado*, et entourée au

nord et à l'est d'une belle lisière de forêts. Cet emplacement
de la colonie d'*Esperanza* est à une distance d'environ sept
lieues au nord-ouest de Santa Fé.

« D'après le contrat, les colons devaient y trouver des
cabanes toutes faites ; mais vu les circonstances, le gouvernement ne put faire autre chose que de leur donner les
matériaux et une indemnité pour la construction.

« Le gouverneur Cullen visitait la colonie tous les
dimanches, plus souvent quand ses occupations le lui permettaient, surveillait tout jusque dans ses moindres détails,
s'enquérait personnellement de la position et des besoins de
chaque famille, cherchait autant que possible à les satisfaire ;
en un mot, la colonie était devenue son premier soin et
son plus haut intérêt.

« Malheureusement les nombreuses relations d'amitié que
Cullen avait à Buenos Aires le rendirent suspect à Urquiza,
qui redoutait, bien à tort, que dans les différends croissants
entre la Confédération et Buenos Aires le gouverneur de
Santa Fé ne prît parti pour la province dissidente. Cullen
fut donc renversé par don Jouan Pablo Lopez, frère du célèbre
général Estanislao Lopez, et chef du parti des *gauchos* (il serait
plus exact de dire fédéral par opposition au parti unitaire). La
révolution eut lieu cette même année 1856, qui avait vu
l'arrivée des colons, et peu de semaines après leur installation.

« Le nouveau gouverneur ne se montra point défavorable
à la colonie. Mais il était loin de partager pour elle l'enthousiasme et la sollicitude de son prédécesseur. Les distributions
de bétail et de semences qui restaient encore à faire laissèrent
beaucoup à désirer dans les détails de l'exécution ; beaucoup
de familles ne reçurent jamais les vaches qui leur étaient
promises, et pour éviter les embarras et le péril de dissolution
qui auraient pu survenir, si les colons s'étaient vus privés de
leur première récolte de blé, nous fûmes obligés de leur dis-

tribuer nous-mêmes la semence que le gouvernement ne leur donnait pas.

« Le but de M. Castellanos, en fondant la colonie, avait été sans doute de faire une œuvre utile à son pays. Cependant il avait cherché avant tout à faire une spéculation, et il n'avait pas entrevu toutes les difficultés d'une pareille entreprise ; en particulier, il n'avait tenu aucun compte des besoins moraux et intellectuels d'une société à créer. Habitué à voir s'établir des *estancias*, qui se développaient d'elles-mêmes par la simple introduction, sur un point quelconque de la Pampa, d'un ou plusieurs milliers d'animaux, il croyait naïvement qu'il en était de même des hommes, et que, pour fonder une colonie, il n'y avait pas autre chose à faire que d'aller chercher des familles en Europe et de les transporter au milieu du *campo* de Santa Fé. Il pensait que tout irait de soi-même, que les récoltes seraient abondantes, et que le tiers qu'il devait en recevoir, d'après son contrat, lui fournirait un revenu magnifique. L'administration qu'il établit dans la colonie n'avait d'autre but que de veiller aux intérêts personnels de l'entrepreneur: il n'est donc pas étonnant qu'elle ne s'attira ni le respect ni la sympathie des colons.

« Les illusions de M. Castellanos ne tardèrent pas à se dissiper devant la réalité. Voyant que sa fortune, employée à faire des avances aux colons, était gravement compromise, il se hâta d'entrer en négociations avec le gouvernement national, qui siégeait alors à Parana, et rencontrant auprès de celui-ci les meilleures dispositions en faveur de tout ce qui tendait à augmenter l'immigration, il parvint à se faire rembourser ses dépenses, en mettant le gouvernement en son lieu et place vis-à-vis des colons.

« La conséquence immédiate de cet arrangement fut la suppression de l'administration de M. Castellanos et la remise aux colons de l'obligation de donner un tiers de leurs récoltes. Leurs dettes pour les avances du voyage furent maintenues, mais non exigées; et quelques années plus tard le gouvernement déclara y renoncer formellement.

« Les autorités de Santa Fé confièrent la direction de la colonie, abandonnée par M. Castellanos, à un Français, M. Adolphe Gabarret, de Bayonne, homme d'une haute intelligence, d'une grande expérience des hommes et des affaires, qui fut nommé juge de paix et administrateur, et qui, par sa prudence, son impartialité, son dévouement à l'idée de la colonisation, a contribué pour beaucoup au maintien et à la conservation de cet établissement, dont la ruine aurait coupé court à toute nouvelle tentative du même genre.

« En effet, et il faut bien le dire, au commencement, les colons d'Esperanza ont eu à lutter avec de grandes difficultés. Pendant quatre années de suite, ils virent leurs champs envahis par les sauterelles : ce qui restait de leurs récoltes ne suffisait pas toujours à leur entretien, et la misère était grande dans la plupart des familles. Ceux qui purent quitter la colonie, [pour chercher du travail ailleurs, le firent ; d'autres, en grand nombre, se mirent à faire du charbon dans les forêts voisines, à l'imitation des gens du pays. Cette industrie réagit défavorablement sur l'agriculture et contribua à augmenter la démoralisation des colons. Les charbonniers vendent très bien leur marchandise, dont la matière première ne leur coûte rien ; ils reçoivent ainsi une forte somme d'argent à la fois, et la plupart du temps ils dépensent cet argent dans les cabarets, avant de retrouver le chemin de leur famille.

« Cependant, malgré les crises et les découragements des premières années, la colonie d'Esperanza est aujourd'hui (1865) en pleine prospérité.

« D'après une statistique officielle, publiée sous la date du 30 novembre 1864, elle compte 1.560 habitants. Le nombre des familles est d'environ 360, dont un bon tiers sont protestantes. Le bétail de la colonie s'élevait à 8.234 bêtes à cornes,

1.570 chevaux et 686 moutons ; ce qui fait par famille une moyenne de 23 bêtes à cornes et de 4 à 5 chevaux.

« Dans le centre de la colonie, on voit s'élever sur une belle place carrée plantée de jeunes arbres, un grand bâtiment en briques dont la hauteur dépasse de beaucoup celle des autres maisons : c'est l'église catholique, qui a été inaugurée il y a environ deux ans, et dont la nef seule est achevée. Les colons se réservent d'y ajouter plus tard un clocher ainsi que les deux bas-côtés de la nef, qui donneront à l'édifice la forme d'une croix.

« Les protestants ne sont pas encore aussi avancés. Cependant, au mois d'août de l'année passée (1864), nous avons eu la joie d'assister à une cérémonie solennelle, présidée par M. le pasteur Goodfellow, de Buenos Aires, et qui avait pour but de poser la première pierre d'un bâtiment qui contiendra une habitation convenable pour le pasteur et une vaste salle d'école, où l'on célèbrera le culte jusqu'à ce que les colons soient en mesure de construire un temple proprement dit. D'après le plan que nous avons vu, ce bâtiment sera spacieux, commode et de bon goût.

« La colonie d'Esperanza offre déjà un coup d'œil plus animé que la ville même de Santa Fé ; on y voit circuler avec activité les cavaliers de tout sexe et de tout âge, ainsi que les chars de paysans, à la mode suisse, attelés de chevaux tirant au collier. Malheureusement les cabarets prennent une grande place dans cette activité ; cependant, outre ces débits regrettables, on compte cinq ou six magasins d'une certaine importance, un moulin à vapeur, un moulin à vent, plusieurs moulins à manège, ainsi que des représentants de tous les métiers. A l'époque de notre départ, on projetait l'établissement d'un second moulin à vapeur.

« La colonie d'Esperanza est, à nos yeux, la preuve la plus évidente des avantages que le pays offre pour la colonisation. Composée, dans sa grande majorité, des éléments les plus dégradés et les moins laborieux ; livrée à l'appui d'un gouvernement dont les ressources n'égalaient pas la bonne volonté, et qui ne put exécuter qu'en partie les promesses du contrat ; constamment en butte aux dégâts des sauterelles jusqu'en 1859 ; ayant à faire avec tout cela un apprentissage d'agriculture dans un pays tout nouveau ; il semble que toutes les circonstances se soient conjurées pour rendre son existence impossible, et pourtant aujourd'hui, à huit années à peine de sa fondation, elle est décidément une des colonies les plus florissantes de l'Amérique du Sud.

« Don José Maria Cullen, sans le zèle et la prévoyance duquel il est probable que la colonie d'Esperanza ne se serait jamais formée, eut la joie de contempler de ses propres yeux le fruit de son dévouement. Ayant quitté Santa Fé en 1856, à la suite de la révolution dont nous avons parlé, il éprouva de la répugnance à y revenir tant que le parti qui l'avait renversé se trouvait au pouvoir. Mais en 1862, le gouvernement ayant passé aux mains d'un de ses frères, Don Patricio Cullen, Don José Maria céda au plaisir de revoir le sol natal. Sa première visite fut pour la colonie d'Esperanza. Les colons, qui avaient appris sa venue, lui érigèrent des arcs de triomphe, et décorèrent de fleurs et de verdure le chemin par lequel il devait passer. Nous avons assisté à cet accueil enthousiaste, nous avons vu le digne homme qui en était l'objet, ému jusqu'aux larmes par ces démonstrations vives et touchantes.

« A côté d'Esperanza, M. Cullen voyait deux belles colonies, *San Carlos* et *San Geronimo*, qui en étaient la conséquence, et il pouvait en compter d'autres dans le pays. »

Il y a un quart de siècle que ces lignes ont été écrites par M. Beck-Bernard, je les ai reproduites intégralement pour faire voir au lecteur quelles étaient les difficultés avec lesquelles la colonisation avait eu à lutter à Santa Fé avant d'atteindre la belle réalité que nous pouvons contempler aujourd'hui, et aussi pour faire connaître ceux qui furent les ouvriers de la première heure, ceux qui méritent réellement de vivre dans la mémoire de la postérité reconnaissante.

Franchissons maintenant le quart de siècle qui vient de s'écouler depuis ces moments d'épreuves formidables pour consulter les historiens contemporains de cette même colonie.

M. Jonas Larguia, ex-inspecteur des colonies, ex-chef du bureau de statistique de la province de Santa Fé, a écrit en 1884 :

« Les valeurs, qui forment la richesse agricole d'Esperanza, ont été estimées l'an dernier à *deux millions* de piastres fortes (soit plus de dix millions de francs) et elle est devenue le centre le plus important de commerce et d'industrie dans le territoire de l'Ouest.

« Il résulte des chiffres ci-dessus que chaque habitant d'Esperanza a, en moyenne, un capital de six cent six (606) piastres fortes, sans tenir compte de la valeur des maisons de commerce et des établissements industriels qui n'ont pas été évalués. »

« Nous avons pris plaisir, ajoute M. Larguia, à relater quelques épisodes historiques de la colonie Esperanza, dont nous avons été témoin oculaire, parce qu'elle a été le point de départ de la colonisation santa fécine, et pour démontrer en outre à ceux qui déplorent la protection que les gouvernements ont accordée à l'émigration étrangère, que, pour atteindre le chiffre étonnant de la population agricole de cette province, il a fallu de grands sacrifices et une persévérance à toute épreuve de la part des gouvernements, pendant les dix premières années, et aussi de la part de plusieurs particuliers qui ont employé leur temps et leur fortune à fonder des colonies. »

M. P. Bouchard, qui a été aussi inspecteur des colonies, écrivait à la même date :

« L'étendue territoriale de cette colonie est de 5.440 *cuadras* de superficie, ce qui fait deux cent soixante-douze concessions de 20 *cuadras* carrées.

« La population est environ de six cent soixante-cinq familles, qui fournissent un nombre de quatre mille personnes dont deux mille sont argentines, en y comprenant les fils d'étrangers nés dans le pays.

« Il y 1.000 Italiens, 250 Français, 400 Allemands, 250 Suisses, 10 Anglais, 15 Belges, 30 Espagnols, 45 individus de diverses autres nationalités.

« Il y a 3.250 catholiques et 750 protestants. Le terrain ensemencé donne 4.200 *cuadras* de blé, lin, orge, haricots, pommes de terre, luzerne et autres graines.

« Le terrain enclos avec fil de fer comprend 3.000 *cuadras* carrées.

« On compte 13.530 bêtes à cornes, chevalines, ovines, porcines.

« Il y a 2.376 instruments aratoires, 748 véhicules, 662 bâtiments, 180 maisons de commerce ou d'industrie, 5 moulins à vapeur, 9 batteuses à vapeur, 40 entrepôts de grains.

« Les plantations sont représentées par 2.000 pieds de vigne, 735 mûriers et 500.000 arbres de diverses espèces. L'arbre qui domine est le *paraiso* ou azédérach, qui a l'avantage de ne pas être attaqué par la sauterelle. »

M. Bouchard fait l'observation suivante :

« Je me fais un devoir d'appeler l'attention sur le nombre d'animaux que l'on compte dans la colonie : à première vue il semble impossible qu'il puisse y avoir 13.500 animaux sur les 1.200 *cuadras* qui restent disponibles pour le pâturage, mais il faut observer que nous avons 100 *cuadras* de luzerne, 30 d'orge, que les cinq moulins produisent journellement 3.500 quintaux de son, que les colons achètent pour l'alimentation de leurs animaux, tenus presque tous à l'écurie ou à l'étable. »

Les citations que je viens de faire mettent en évidence les progrès extraordinaires de la colonie d'Esperanza. Cependant la vérité m'oblige à dire que les colons de Santa Fé commettent une faute : c'est de ne semer guère que du blé : il en résulte que, si la récolte de cette céréale vient à manquer, ils sont exposés à subir une crise, comme en 1888 et en 1889. Cette dernière fois la récolte promettait d'être des plus abondantes, mais les pluies qui sont venues au moment de la moisson ont occasionné un véritable désastre. Il faut donc que les agriculteurs de Santa Fé, comme ceux des autres provinces, s'adonnent à d'autres cultures, d'autant mieux que, sur le champ de l'exportation, ils auront à lutter contre des pays non moins producteurs de cette céréale, tels que les États-Unis de l'Amérique du Nord, le Canada, la Russie mérid ionale, l'Indoustan, et autres régions qui peuvent faire surgir des montagnes de blé, grâce à la fertilité du sol et au bon marché de la main-d'œuvre.

Ce qui manque jusqu'ici, c'est une agriculture réellement scientifique, mais ce n'est pas le moment d'entrer dans cet ordre de considérations qui me mènerait trop loin.

# XVI

Buenos Aires, le 15 mai 1888.

L'ordre chronologique m'obligerait maintenant à faire l'histoire et la description des colonies de San Carlos et de San Geronimo, fondées en 1858 ; mais avant d'en venir là je veux donner au lecteur une idée de la manière dont on voyage maintenant dans cette intéressante province, dont le territoire était naguère tout entier au pouvoir des Indiens, car les sauvages poussaient leurs excursions jusqu'aux portes de la province de Santa Fé ; à quelques lieues au nord de la ville, on montre encore les restes du fossé qui formait alors la forteresse de la civilisation. On peut donc affirmer que cette province a littéralement conquis son territoire sur les Indiens au moyen de la colonisation.

Mais c'est le chemin de fer qui est venu compléter la victoire sur la barbarie. Voyons donc comment on voyage en chemin de fer.

Le 12 avril 1888, à onze heures et demie du matin, je pars de Santa Fé en compagnie de M. Arthur Flajolet, agent consulaire de la République française ; nous traversons des fermes et des chemins cultivés, nous passons au milieu d'une forêt de gnandubays et d'espinillos ; nous franchissons le *Rio Salado* et nous arrivons à la gare d'Esperanza à peu près à une heure de l'après-midi. Nous avions annoncé notre arrivée par le télégraphe. Un grand nombre de voitures attend les voyageurs. Nous trouvons là M. Charles de Wart, négociant belge : il nous emmène rapidement à son domicile, où nous trouvons un excellent déjeuner.

Il y a quatorze ou quinze ans que M. de Wart habite la colonie. Il a été meunier autrefois, il a fait aussi du journalisme : mais il a perdu son temps et son argent à vouloir s'occuper de politique, tant générale que locale ; aussi est-il revenu aux affaires positives. Avant de venir en Amérique, M. de Wart avait été employé aux moulins de M. Darblay à Saint-Maur ; il a assisté alors aux deux sièges de Paris ; il a même failli être compris dans les proscriptions de la Commune ; aussi a-t-il gardé un profond souvenir de l'année terrible.

M. Flajolet, mon compagnon de voyage, a vu aussi le siège de Paris ; il a servi dans les zouaves en Afrique : il a fait aussi la guerre du Mexique. Il a un frère qui a implanté à Santa Fé la fabrication de l'huile d'arachide ; mais en cela il a subi le sort de tous les novateurs ; le moment favorable n'était pas encore arrivé pour une entreprise de cette espèce.

La maison de M. de Wart est remplie de machines de toutes sortes ; on aime à se promener au milieu de cette *artillerie pacifique*, qui ne fait pas verser le sang et les larmes comme l'autre, pas même la sueur, puisqu'elle économise la force physique et supprime le travail pénible.

O machine, me suis-je dit, c'est toi qui as été le vrai rédempteur de l'humanité esclave ; c'est toi qui as fait ce dont n'avaient pu venir à bout toutes les prédications, tous les évangiles. Grâce à toi, on a vu s'accomplir l'aspiration d'Aristote, le théoricien sophiste de l'esclavage, qui disait : « Si les trépieds de Dodone pouvaient marcher tous seuls, si la navette pouvait se mouvoir d'elle-même, alors, mais seulement alors, on n'aurait pas besoin d'esclaves ; or, comme cela est impossible, l'esclavage s'impose comme une nécessité sociale. »

Que dirait Aristote, s'il pouvait ressusciter aujourd'hui, en présence des moissonneuses, des batteuses, des moulins et des charrues à vapeur, et de celles qui marchent d'elles-mêmes sans demander à l'homme d'autre peine que celle de conduire les animaux qui la traînent ?

Le jour suivant (13 avril), je pars seul dans le train qui va à l'ouest, ou, pour mieux dire, au nord-ouest d'Esperanza. On traverse la colonie *Humboldt* dont on laisse le village central au nord, et l'on arrive au *Pilar*, colonie importante fondée en 1875 par Guillaume Lehman. Il y a là, à côté de la station, un grand moulin à vapeur nommé *del Carmen* et de nombreuses habitations entourées d'arbres et de vergers.

Le chemin de fer bifurque : une des voies va à l'ouest, dans la direction de *Josefina*, sur la frontière de la province et conduit à la ville de Cordoba : l'autre voie va au nord-ouest en passant par *Aurelia* et *Rafaela*. Cette dernière colonie est très importante, bien qu'elle ne date que de 1881. Le train s'arrête là et nous accorde vingt minutes d'arrêt pour déjeuner dans une auberge à côté de la station ; on n'a pas le temps d'aller au village, qui est à un quart de lieue environ. Il est dix heures.

La locomotive siffle de nouveau : nous allons directement au nord ; nous traversons la colonie *Lehman*, ainsi nommée par son propre fondateur, — il est onze heures, quand nous arrivons à la station ; — la colonie *Ataliva*, — il est onze heures trois quarts quand nous arrivons à la station ; — la colonie *Umberto Primero*, — il est midi trois quarts quand nous arrivons à la station ; — la colonie *Constanza*, — il est une heure trente cinq minutes quand nous arrivons à la station ; — la colonie *Capivara*, ainsi nommée probablement parce que cet amphibie abonde dans ces parages, — il est deux heures trente-cinq minutes quand nous arrivons à la station ; enfin, à trois heures quelques minutes nous atteignons *San Cristobal*, qui est pour le moment le terminus du chemin de fer. Celui-ci doit être prolongé jusqu'à Tucuman. Nous sommes à 200 kilomètres de Santa Fé.

Lors de ma visite, il n'y avait pas encore de colonie à San Cristobal ; mais une compagnie anglaise, propriétaire de cinq ou six cents lieues de terrains dans les environs, se disposait à en fonder une prochainement. En attendant, elle a bâti une grande maison de campagne, dont on aperçoit les *miradors* à une lieue de distance et où elle a introduit des animaux de race de toute espèce. C'est une *estancia* modèle.

Il n'y a pas bien longtemps que les Indiens occupaient encore ce territoire ; la frontière, défendue par des postes militaires, n'est qu'à une douzaine de lieues d'ici. J'ai fait route avec un officier qui va y rejoindre son bataillon.

A la station il n'y a qu'une auberge, encore assez primitive, tenue par un Anglais ; c'est ce qu'on appelle une *pulperia*.

Une famille du pays campe là sous une espèce de hangar improvisé avec des poteaux et du fer galvanisé ; elle passe de longues heures à savourer des *matés*, et, quand elle a fini, elle recommence encore. On dirait que cet usage a été inventé expressément pour inviter l'homme à la paresse et lui faire perdre le temps. Il y a aussi un malade couché dans une charrette qui doit souffrir horriblement de la chaleur pendant le jour et du froid pendant la nuit, mais on ne le plaint pas, parce qu'il s'est blessé dans un accès d'ivresse. C'est la réponse qu'on m'a donnée, quand j'ai demandé pourquoi on ne le transportait pas dans une maison quelconque.

Le 14 avril, à dix heures et demie, le train se remet en marche pour retourner à Santa Fé. On dit adieu à San Cristobal. A trois heures quinze minutes, on est derechef à la station de la colonie Rafaela. Je m'arrête et prends la direction du village. Il y a là un hôtel qui mérite d'être recommandé, car il m'a semblé offrir toutes les commodités possibles

dans ces parages; il faut observer que colonie et village ne
datent que de quatre ou cinq ans, et qu'on y compte déjà plus
de deux mille habitants. L'hôtel, situé sur la place centrale,
appartient à un Suisse du canton de Berne, M. Sphar.

Je parcours la ville et les environs, en compagnie d'un
citoyen français, M. Miédau, pharmacien autrefois, chimiste
et artiste peintre, qui a décoré sa maison de tableaux et de
dessins faits par lui-même; il a aussi des médaillons de
plâtre et de bronze, entre autres le portrait de Gambetta et
celui du colonel, maintenant général Riu, ami du célèbre
tribun.

Nous visitons le moulin à vapeur de MM. Avanthey, père et
fils; le père est Suisse valaisan; le fils est né en Amérique et
par conséquent Argentin. Le moulin est de la force de trente-
cinq chevaux; il a sept paires de cylindres, et est éclairé à la
lumière électrique.

Nous passons ensuite à une fonderie où nous trouvons un
grand nombre de machines, des batteuses, des moissonneuses,
des charrues, des cylindres, des cultivateurs, des extirpateurs,
des herses, enfin tous les outils plus ou moins puissants, au
moyen desquels l'industrie humaine attaque, soumet, pul-
vérise la terre.

J'entre à l'église, c'est un bâtiment d'une certaine importance; il a coûté vingt mille piastres nationales, avancées par
quinze ou seize personnes de la localité, qui voulaient lui
donner de la valeur, et qui maintenant ont de la peine à se
faire rembourser.

La majorité des colons sont Italiens et par conséquent
catholiques, comme ceux de presque toutes les colonies de
l'ouest de la province, fondées depuis une douzaine d'années.

Rafaela est la plus importante de ces colonies nouvelles;
plus loin, à une dizaine de lieues au nord-ouest, se trouve la
colonie *Sunchales*, qui est appelée à un grand avenir; elle est
le point d'arrivée et d'intersection de plusieurs voies ferrées.

M. Sphar m'invite à la visiter avec lui, après mon retour
d'Esperanza, où j'ai promis d'assister au grand banquet que
les habitants de cette colonie vont donner à M. Aufranc. J'ai
déjà parlé de ce banquet; mais au lieu de revenir à Rafaela,
j'ai continué ma route jusqu'à Santa Fé. Mes compagnons et
amis de voyage improvisés m'ont assuré que toutes les
colonies se ressemblent, que l'horizontalité du terrain leur
donne à toutes le même aspect monotone, que ce n'est donc
pas la peine d'aller plus loin. Je me suis laissé convaincre
pour cette fois, mais cette détermination ne devait pas être
irrévocable, d'autant mieux que le réseau du chemin de fer de
Santa Fé m'offrait de grandes facilités pour entreprendre de
nouvelles excursions dans tous les sens.

Dans le train qui me portait d'Esperanza à Santa Fé, j'ai
trouvé un individu qui avait assisté comme moi au banquet
de M. Aufranc, et qui prétend m'avoir connu, il n'y a guère
que vingt-neuf ans, à la colonie de San José; il ajoute que je
lui ai donné des lettres de recommandation ; il était alors
garçon confiseur. C'est un Suisse valaisan, il s'appelle
Athanase Grenain ; il est actuellement établi aux environs de
la ville de San Javier, dans la colonie *Galloise;* il est *estanciero,* éleveur, et possède 2.000 vaches.

A Santa Fé j'ai retrouvé une autre vieille connaissance, un
autre colon de San José, Alphonse Genollet ; il avait quitté
cette colonie parce qu'il n'avait pas assez de terrain pour sa
nombreuse famille, comme firent d'ailleurs beaucoup d'autres.
Il est à présent établi dans la colonie française, au sud
de San Javier. Il est grand propriétaire ; il a 80 *cuadras* de
terrain et plus de 4.000 vaches qui sont soignées par ses
fils à la colonie *Alejandra,* plus au nord de la même ville.
Il vient de faire un voyage à la colonie de San José
dont il était sorti il y a un quart de siècle ; il regrette encore
cette localité et éprouve pour elle une espèce de nostalgie.

En effet les rives de l'Uruguay sont bien plus pittoresques, bien plus agréables à habiter que celles du rio San Javier, sans compter qu'elles sont d'un accès plus facile. Il y a bien un bateau à vapeur qui fait le service de cette rivière ; mais elle n'est pas toujours navigable ; puis elle fait des détours infinis ; entre Santa Fé et San Javier la distance en ligne droite n'est que d'une quarantaine de lieues, tandis que par eau elle est de cent lieues. J'ai promis à Genollet et à Grenain d'aller les voir dans leurs colonies.

En attendant, je parcours les environs de la ville : un des points les plus remarquables, c'est Santo Tomé de l'autre côté du Salado ; autrefois on passait cette rivière sur un bac ; à présent il y a un magnifique pont de bois. Santo Tomé était et est encore l'embarcadère des produits des colonies ; mais les chemins de fer lui ont fait perdre une partie de son importance, parce qu'ils les portent directement à la ville et au port de *Colastiné*, où on les charge sur les navires d'outre-mer.

A Santo Tomé, sur la rive même du Salado, on a construit un moulin à vapeur : il appartient à un Français nommé Louis Eyssartier, ancien colon d'Esperanza, qui a pour associé industriel un Suisse nommé G. Bialet-Haos, propriétaire du terrain. Sa position est très avantageuse et offre de grandes facilités pour l'embarquement.

J'ai visité aussi à Santo Tomé la fabrique d'huile de MM. Bouchard et Caldeirau, citoyens français ; les matières premières qu'ils emploient sont surtout l'arachide et le lin.

On trouve encore au même endroit un grand établissement pour le nettoyage du blé, fondé, il y a déjà plusieurs années, par M. Firmin Laprade, ancien élève de l'École polytechnique de France, et officier d'artillerie de l'armée française, qui laissa la carrière militaire pour se marier avec la fille du maréchal Santa Cruz, ex-président de la République de Bolivie, et qui vint faire de la colonisation et de l'industrie dans la République Argentine.

A Santo Tomé, on trouve encore, parmi les choses remarquables, une église, due à l'initiative de l'évêque Gélabert, qui vit là, à peu près complètement retiré du monde; son diocèse comprend les trois provinces d'Entre Rios, de Santa Fé et de Corrientes. Depuis ma visite, il a donné sa démission.

De Santo Tomé je reviens à Santa Fé où je vois M. Jonas Larguia, inspecteur des chemins de fer, après avoir été inspecteur des colonies, comme je l'ai déjà dit. M. Larguia insiste longuement sur la nécessité de donner de grandes facilités aux colons, la terre à bon marché, le crédit à leur portée au moyen des institutions de ce genre, de longs termes pour se libérer des engagements contractés, et le transport facile pour les produits.

C'est pourquoi la province de Santa Fé a déjà tant de chemins de fer et qu'elle les prolonge dans toutes les directions. Santa Fé avec son port de Colastiné va devenir le point de convergence d'un vaste réseau. Grâce au chemin de fer, ce port n'est qu'à quinze minutes de la ville. Il va sans dire que celle-ci a ses tramways et ses téléphones, de sorte que les communications sont on ne peut plus faciles : on a supprimé les distances.

Le 20 avril, je remonte en chemin de fer et cours d'un trait jusqu'à la colonie *Josefina*, à 147 kilomètres de Santa Fé, sur la frontière des deux provinces de Santa Fé et de Cordoba. Toute cette zone est colonisée, ou peu s'en faut; après *Pilar*, on trouve les colonies *Eustolia* et *Clucellas;* le premier nom est un nom de femme, le second est le nom du fondateur de la colonie. Les fondateurs donnent le nom de leur femme, de leur fille, de leur sœur ou de leur mère aux colonies dont ils sèment le territoire argentin; c'est une manière touchante de les transmettre à la postérité. D'autres leur donnent des noms de saints ou de fêtes religieuses selon l'antique usage espagnol, par exemple San Geronimo, San Carlos, San Agustin, Pilar, Jesus-Maria; d'autres donnent des noms célèbres dans l'histoire des deux mondes ; par exemple Humboldt, Garibaldi, Cavour, Victor-Emmanuel; d'autres donnent leur propre nom; d'autres laissent celui de la localité. Je reproduirai plus loin la liste de toutes les colonies.

Je me suis cette fois arrêté à Josefina, parce que le chemin de fer n'arrive pas encore à Cordoba; le reste de la route n'a été livré au public qu'au mois d'octobre. La colonisation a depuis longtemps franchi la frontière des deux provinces; les colons de Santa Fé émigrent et vont plus loin; ils font place aux nouveaux arrivants; ils vendent ou afferment les terrains qu'ils ont mis en rapport et avancent dans la *prairie* pour défricher la terre vierge. C'est un *exode* continu. Les maisons, les villages s'improvisent dans ce désert. Un voyageur qui passe dans un endroit inhabité, et qui revient trois mois après, est tout surpris d'y trouver une auberge, une *pulperia*, une chapelle, un four à briques, des enceintes de pieux pour enfermer les bestiaux, des ateliers de forgeron, de charpentier, de charron, et des cabanes parsemées à de grandes distances de ce point central, qu'on appelle la *planta urbana*, le bourg, le village futur. Les constructions poussent à vue d'œil, comme si une baguette de fée les faisait surgir du sol.

« Voici, dit M. Gabriel Carrasco, dans une conférence (M. Gabriel Carrasco est l'auteur d'une intéressante description de la province de Santa Fé et le directeur du recensement de cette province), comment se fait la colonisation : Un propriétaire quelconque de plusieurs lieues de terrain met un avis dans un journal, où il annonce que tel morceau de terrain, dont il publie et affiche le plan, est une colonie; on la nomme la colonie une telle, et elle est à la disposition de tous ceux qui veulent la *peupler*. Un colon se présente, qui n'a que ses deux bras et le désir de travailler; le phénomène se reproduit de *Reconquista* à *Theodolina*, et le colonisateur lui livre 20 *cuadras* carrées de terrain en lui disant : tu m'en payeras la valeur par annuités d'un quart à la fois.

« Sur ce même terrain le colonisateur a mis une maison de commerce, où l'on trouve tout le nécessaire, et qui livre à crédit au colon tous les articles de consommation pendant la première année.

« Cette première année, quelque mauvaise que soit la récolte, fournit au colon les moyens de payer le quart de l'insignifiante valeur de la concession, dont le prix varie de 300 à 500 piastres, et à 800 dans les colonies déjà formées ; l'année suivante, le colon parvient généralement à payer la totalité.

« Le colon, en général homme travailleur et honnête, a femme et enfants ; or la femme et les enfants ne sont pas là, comme dans les grandes villes, motifs de dépenses peu productives, car ils travaillent eux aussi, chacun dans la sphère de ses forces : la femme, si elle ne peut labourer la terre, soigne les poules de la basse-cour ; les enfants gardent les bœufs, tandis que le mari rompt la terre ; tous travaillent, tous produisent.

« La production augmente tous les ans, mais il faut observer qu'elle augmente dans une proportion supérieure.

« Avant quatre ans, le colon devient riche, s'il est honnête et laborieux.

« Sur cette lieue carrée, chaque lot de 20 *cuadras* a sa maison ; de cette manière il s'est formé un noyau de population, et dans ce noyau de population, la première maison qui s'élève est une auberge, car elle est nécessaire, indispensable à la population ambulante ; la seconde est un atelier de charpentier et de forgeron ; et c'est ainsi que se crée un *pueblo* qui souvent devient une ville, comme le sont déjà Esperanza, San Carlos, Pilar, Galvez et Rafaela.

« A Santa Fé on n'emploie pas les charrues anglaises, ni

nord-américaines, ni françaises; on les fabrique sur place; elles sont meilleures et à meilleur marché que celles qui viennent de l'étranger.

« Un beau jour, on annonce que le chemin de fer de Rosario à Sunchales va passer par tel ou tel point; le propriétaire de ce terrain commence par déclarer colonie l'emplacement de la station; il met en vente des lots pour *chacras* (fermes) et pour le *pueblo* (village); le premier qui arrive installe une auberge pour donner la nourriture aux travailleurs.

« La locomotive n'est pas encore en marche qu'il y a déjà une ou deux douzaines de tentes avec quatre ou cinq hommes dans chacune, qui viennent faire les travaux de la voie. Immédiatement la nouvelle circule. Tous les colons des environs commencent à y apporter leur blé, leurs céréales de toute espèce.

« Voilà le petit noyau formé; bientôt arrivent le forgeron et le menuisier; il arrive aussi des centaines d'hommes qui se mettent à creuser la terre et à faire des briques.

« Les maisons en briques remplacent les tentes; des chars apportent le bois de construction, s'il n'y en a pas dans le voisinage, et du zinc; on dresse sur quatre poteaux les feuilles de zinc, et voilà les premières boutiques installées.

« Celui qui aurait passé par là quinze jours auparavant, s'étonnerait d'y trouver un groupe de maisons; s'il repasse trois mois après, au lieu de dix maisons, il en trouvera vingt, trente, peut-être cent; cent maisons supposent au moins cinq cents habitants; ce chiffre a été atteint en un ou deux ans par certaines colonies, telles qu'Irigoyen, Galvez, Rafaela.

« On donne généralement aux colonies des noms de femmes; elles s'appellent Suzana, Aurelia, Florencia, Margarita, Clodomira, Candelaria, Felicia, Hortensia, etc.

« Autrefois, dit le conférencier, les hommes de grand cœur qui voulaient éterniser le nom de la personne qu'ils aimaient, s'ils avaient du génie, créaient des poèmes et faisaient un ciel pour y mettre une Béatrix, comme Dante; ou composaient ces magnifiques sonnets qui résonnent dans les pages de l'histoire pour éterniser le nom de leur Laure, comme fit Pétrarque.

« Ils sont passés, ces siècles de littérature; notre époque est plus positive; mais, comme l'amour est éternel, ces mêmes sentiments que les poètes éternisaient, continuent à faire palpiter le cœur des Argentins, et les propriétaires des terrains de Santa Fé ont trouvé une manière de joindre à l'amour du progrès un autre amour qui est plus grand encore, l'amour conjugal et l'amour filial; c'est ainsi que presque tous les fondateurs de colonies ont donné le nom de leurs épouses ou de leurs filles aux morceaux de terre où ils ont fondé un village.

« Quel magnifique hommage! quel admirable tribut d'amour conjugal et filial! Ces dames pourront voir leur nom éternisé dans l'histoire, non sur de vaines feuilles de papier, mais par des *pueblos*, qui ne sont aujourd'hui que de petites colonies, mais qui demain seront des villes, parce que les colonies de Santa Fé sont appelées à le devenir dans peu de temps. »

De Josefina, je suis revenu à Esperanza, pour reprendre ensuite le chemin de fer qui, passant par *Humboldt*, *Hipatia*, *Progreso*, conduit pour le moment à *Providencia* et doit se prolonger vers le nord en courant parallèlement au chemin de fer de Santa Fé à Reconquista; depuis lors, il a dû être continué jusqu'à *Soledad* à huit lieues plus au nord. La station est à quinze cents mètres du village, qui est situé sur une éminence. Le terrain de ces parages est légèrement ondulé; il n'est pas si monotone que celui que nous avons vu auparavant; il y a des ruisseaux et des bois; à ce sujet, il faut observer qu'ils existent réellement, et qu'ils ne sont pas des effets du mirage, comme il s'en produit si souvent dans la pampa santa fécine.

Qui peut avoir donné le nom d'Hipatia à la colonie que
nous avons trouvée avant d'arriver à *Providencia?* On sait
qu'Hipatie était cette femme célèbre qui donna des leçons de
philosophie à Alexandrie et qu'elle périt lapidée par la popu-
lace de cette ville excitée par des moines fanatiques. Ce nom
et celui de Humboldt frappent l'attention du voyageur. Humboldt a été une des personnalités les plus éclatantes de la
science au dix-neuvième siècle, comme cette femme admirable
le fut au déclin de la civilisation antique.

Il resterait maintenant à donner à quelque colonie nouvelle
le nom de Bonpland, de ce vieil ami de Humboldt, dont il
fut le compagnon de voyage et le collaborateur, qui parcourut
avec lui les régions équatoriales et dont le savant allemand
a parlé avec attendrissement jusqu'au dernier moment. En
révélant à l'Europe les beautés et les richesses du nouveau
monde que la politique coloniale cachait si soigneusement aux
regards de l'étranger, Humboldt et Bonpland furent les pré-
curseurs de cette colonisation que nous voyons s'accomplir
actuellement et qui doit exercer une influence si décisive sur
les destinées de l'humanité tout entière.

La colonie *Providencia* date du 27 février 1883. Elle appartient à M. Julio Calvo de Buenos Aires. Son premier habitant
fut un Espagnol, don Narciso Collado, qui est chargé, au
moment de ma visite, de livrer les lots de terrain aux colons;
il a rempli pendant quatre ans les fonctions de juge de paix;
plus d'une fois il a eu affaire aux Indiens qui faisaient leurs
incursions dans ces parages et qui tenaient les habitants
en alarmes continuelles, surtout pendant la nuit.

Le terrain destiné à la colonisation embrasse une surface de
sept lieues carrés; il a appartenu autrefois à la Banque de
Londres, qui possède encore quatorze lieues aux environs.

Les concessions sont de vingt-cinq *cuadras*. Les premiers
colons les ont payées successivement à raison de 160, 200,

250 piastres. Désormais le prix sera de 500 piastres, payables en trois ans, avec intérêt de 8 pour 100.

La surface urbaine (la *planta urbana*) comprend 8 concessions, c'est-à-dire 200 *cuadras*. Il y a une place de 4 *cuadras*. Les *cuadras* de l'*egido* sont de 100 vares par 120 de côté. Elles sont divisées en 8 lots (*solares*) de 25 par 30 vares; le prix du *solar* varie de 30 à 500 piastres.

Au moment de ma visite, il y avait dans le village improvisé 4 ateliers de forgerons, 5 de menuisiers, 1 cordonnier, 1 pharmacie, 2 auberges, 2 maisons de commerce très bien approvisionnées, et 10 *boliches* (petites boutiques).

Il y avait aussi une chapelle qui servait également de maison d'école. Le chapelain était un Italien du nom d'Antonio Vecchia : c'est lui qui remplit les fonctions d'instituteur.

Avec lui et M. Collado j'ai parcouru le village et les environs; j'ai visité plusieurs habitants, entre autres un Italien de Milan, appelé Jean Balarsino, charpentier et forgeron, homme très laborieux et père de vingt et un enfants. Voilà, me suis-je dit, des hommes comme il en faut, pour peupler le désert argentin ; ceux-là répondent parfaitement à l'aspiration du docteur J.-C. Alberdi, le père de la constitution argentine : « En Amérique, gouverner c'est peupler. »

Pierre Chapero, Italien, lui aussi, a huit concessions, un grand verger, avec beaucoup d'arbres, surtout des pêchers, et une *estancia* avec 2.000 bêtes à cornes.

Il y a dix-huit ans qu'il est venu en Amérique; il a habité successivement plusieurs colonies, négociant et vendant des concessions jusqu'à ce qu'il eût atteint enfin la bonne position qu'il occupe actuellement. Beaucoup de colons pratiquent le même système, je l'ai déjà dit. Les colons de la veille, les vétérans, les *américanisés* cèdent avec bénéfice le terrain qu'ils ont défriché, peuplé, ensemencé aux nouveaux venus qui redoutent d'aller dans le désert dont ils ne connaissent pas encore les mystères et dont la solitude les effraye ; un autre obstacle qui les arrête encore, c'est l'ignorance de la langue du pays ainsi que de ses usages.

Benoît Mahieu est un Français (du département du-Pas-de Calais), qui s'embarqua à Dunkerque, il y a trente-deux ans; il fut par conséquent un des premiers immigrants; il vient d'acheter vingt concessions pour faire une grande ferme, où il se propose de cultiver le blé, le lin et l'orge, ainsi que de pratiquer l'élevage du bétail. Ce colon a toujours été agriculteur; il ne s'est occupé qu'une fois de commerce.

Quant à don Narciso Collado, mon *cicerone*, il a une grande *quinta* avec toute espèce d'arbres fruitiers et d'ornement, pêchers, poiriers, pommiers, abricotiers, pruniers, cerisiers, néfliers. orangers, grenadiers, coignassiers, noyers, eucalyptus, cyprès, casuarinas, pins, lauriers, arbres du paradis, saules, acacias, etc. Il affirme que la terre convient pour toute espèce de légumes et de fleurs, de même que pour le blé, le lin, le maïs, en un mot pour toutes les cultures.

Providencia est à quatre-vingts kilomètres de Santa Fé.

Dans cette colonie, comme dans toutes les autres de la province, on pratique le système du métayage : c'est-à-dire que les immigrants qui n'ont pas de terre ou qui n'ont pas le moyen d'en acquérir immédiatement travaillent de compte à demi avec les colons propriétaires.

Ceux-ci leur ouvrent un crédit dans une maison de commerce ; ils leur font les avances des bêtes de labour, des instruments de travail, des semences; ils leur fournissent la moissonneuse et paient à moitié la batteuse ; quant à la récolte, ils la partagent naturellement. Quand les métayers ont acquis de cette manière une somme suffisante, ils vont plus loin, ou bien ils achètent du terrain dans cette même colonie.

Les colonisateurs, c'est-à-dire les propriétaires de terrain, qui le subdivisent en concessions, ne se bornent pas à le vendre au comptant ou à terme : ils le louent aussi aux immigrants.

A mon retour à Santa Fé j'ai trouvé dans le wagon un Polonais qui a fait la guerre de 1863 contre les Russes et la campagne de 1870-1871 avec les Français contre les Allemands.

Depuis qu'ils ont perdu leur nationalité, ces Polonais sont dispersés sur toute la surface du globe.

A la station d'Esperanza j'ai retrouvé M. Jonas Larguia, et nous sommes rentrés ensemble au chef-lieu de la province.

# XVII

Buenos Aires, le 23 mai 1888.

Le 26 avril je pars de Santa Fé pour la colonie de San Carlos; à la gare je retrouve encore M. Jonas Larguia; il m'invite à monter dans un train spécial qui le conduit à Coronda, où il va remplir une commission du gouvernement. Pour aller à San Carlos on prend le chemin de fer d'Esperanza jusqu'à la station dite du *Piquete;* là on prend la voie qui va au sud; le chemin de fer traverse les colonies Frank et las Tunas et pénètre dans la colonie de San Carlos. Celle-ci est divisée en trois sections : San Carlos du nord, San Carlos du centre et San Carlos du sud. Nous arrivons à neuf heures à San Carlos du centre. C'est là que je m'arrête et que je me sépare de mon compagnon de voyage, dont la conversation a été des plus intéressantes pour moi, car il connaît parfaitement l'histoire de la colonisation de Santa Fé.

Le moment est venu de reprendre cette histoire.

La colonie de San Carlos fut fondée en 1858-1859 par MM. Charles Beck et Herzog pour le compte d'une compagnie d'actionnaires de Bâle, sur un terrain concédé par le gouvernement provincial.

Voici ce que dit à ce sujet M. Beck dans son livre déjà cité sur la *République Argentine* :

« Pour la première fois, les préparatifs se faisaient avant l'arrivée des colons, et lorsque les familles commençaient à s'établir, l'administration se préoccupait de diriger soigneu-

sement leurs travaux, et non seulement d'exécuter scrupuleusement le contrat dans les distributions de matériaux, de
bétails, de vivres et de semences, mais encore et surtout, de
pourvoir dès l'abord aux nécessités morales des cultes et des
écoles. Ces soins n'ont pas été perdus, et toutes les personnes
qui visitent les colonies sont frappées, à San Carlos, de la
supériorité du travail agricole ainsi que de l'ordre et du calme
qui contrastent avec l'esprit un peu tumultueux des établissements voisins.

« Les familles de San Carlos commencèrent à arriver au
mois de mai 1859. Les expéditions n'eurent pas lieu presque
simultanément, comme pour Esperanza, mais, au contraire,
elles se succédèrent assez lentement et par petits groupes très
. peu nombreux.

Au 31 juillet 1864, la population s'élevait à 637 personnes,
formant 119 ménages, dont la moitié sont protestants. Le
bétail s'élevait à 3.265 bêtes à cornes, 696 chevaux et 1.800
moutons; ce qui fait par famille une moyenne de 29 bêtes à
cornes et 6 chevaux.

« Pendant les douze mois finissant au 21 juillet dernier (1865)
il y avait eu 11 mariages, 28 naissances et seulement 2 décès
d'adultes et 5 d'enfants. Dans les années précédentes, la proportion a été à peu près la même. Cette colonie contient les
éléments du commerce, des métiers et des industries agricoles
au même degré que les autres ».

En 1872, M. Guillaume Wilcken, inspecteur national des
colonies, visita San Carlos. Dans le rapport publié par ce
fonctionnaire l'année suivante, il est dit que la colonie comptait 360 familles avec 1.192 individus, dont 505 Argentins,
1024 Italiens, 501 Suisses, 117 Français, 18 Allemands,
8 Espagnols, 2 Orientaux, 9 Belges, 1 Polonais, 1 Chilien,
6 Anglais. Il y avait 1.492 catholiques et 500 protestants.

La colonie, située à dix lieues de la capitale, occupait une surface de huit lieues carrées.

On pouvait établir comme règle que la valeur d'une ferme de vingt *cuadras* variait entre quatre cents et cinq cents piastres boliviennes suivant sa position et son éloignement du centre de la colonie ; il s'agit ici de la concession inculte. Quant aux concessions cultivées, pourvues de plantations et de bâtiments, il était presque impossible de fixer un prix général ; il y en avait quelques-unes dont la valeur s'élevait à six mille et même à huit mille piastres boliviennes.

« San Carlos, dit Guillaume Wilcken, fut une création artificielle. Cela signifie que les colons fondateurs appartenaient à la même espèce que ceux qui vinrent peupler Esperanza. Mais son développement et son progrès actuel . doivent surtout être attribués à la surveillance constante et active, de même qu'aux enseignements intelligents de l'administration.

« Dès qu'on eut établi le système normal et donné la première impulsion, le développement devait s'ensuivre naturellement, et c'est presque sans effort que les terres qui n'avaient pas été distribuées dès l'abord furent occupées régulièrement et spontanément ; aujourd'hui les colons primitifs sont à peu près tous devenus propriétaires. »

M. Wilcken divise la colonie en cinq sections, et les paroles que je viens de reproduire se rapportent à la première.

Quelles étaient les conditions du contrat de colonisation en vertu duquel MM. Beck et Herzog s'engageaient à établir deux cents familles sur le terrain (20 lieues carrées) qui leur avait été concédé par le gouvernement de Santa Fé ?

Article premier. — La famille s'engage à apporter avec elle les articles nommés ci-dessous (mais dans le cas où celle-ci n'aurait pas le moyen de les acheter, la compagnie les avance ainsi que les frais de voyage, d'établissement dans la colonie, etc.) : un char, une charrue, une herse, cinquante pieds de chaîne, une arrobe de corde, deux harnais, huit ou dix bêches ou pioches, deux fourches, deux faux avec leur manche, des faucilles et divers autres instruments qui sont nécessaires dans une maison de campagne, y compris les vêtements, des armes à feu et les ustensiles de cuisine.

Art. 2. — La compagnie s'engage à livrer à la famille dès son arrivée à la colonie :

« 1° Un terrain de 20 *cuadras* carrées ;

2° Les matériaux nécessaires pour la construction d'une chaumière (rancho) ;

3° Quatre bœufs de labour dressés, deux chevaux et quatre vaches laitières avec leurs veaux et deux porcs.

4° Les vivres nécessaires (distribués une fois par semaine) jusqu'à concurrence de 60 piastres ou 300 francs par personne adulte (les garçons de douze ans et les filles de moins de quatorze ans compteront pour moitié) ; toutes les semences nécessaires pour ensemencer le terrain cultivé.

Art. 3. — Les colons s'obligent à ce qui suit, sous peine de perdre tous leurs droits :

A cultiver leurs concessions avec activité et persévérance, suivant les instructions de l'administration en matière de culture et de semailles. Pendant la première année ils devront cultiver au moins de 4 à 5 *cuadras*, la deuxième année au moins 8 *cuadras*, et les trois années suivantes au moins 10 cuadras ;

A remettre fidèlement et exactement à l'administration, en état d'être exporté, le tiers de la récolte pendant cinq années consécutives, à partir de la même époque : 1° la moitié du croît des quatre vaches livrées par la compagnie en vertu de l'article 2 ; à livrer deux des veaux reçus en même temps ; à partager avec l'administration pendant les cinq ans le produit des porcs ; à se soumettre aux autorités établies et à observer scrupuleusement les règlements introduits dans la colonie.

Art. 4. — Dans le cas où le tiers des récoltes livrées à l'ad-

11

ministration (taxées au terme moyen de sa valeur immédiatement après chaque récolte) ne suffirait pas à la fin des cinq années pour couvrir les frais des avances faites à chaque famille conformément à l'article 2, plus l'intérêt de 6 p. 0/0, la famille devra payer le solde dans le plus bref délai possible à l'intérêt ordinaire du pays.

Art. 5. — A l'échéance des cinq ans et après avoir rempli tous ses engagements, la famille sera propriétaire absolue de : 1° sa concession de 20 *cuadras;* 2° de tout ce qu'elle y aura mis ; 3° de tout le bétail moins celui qu'elle devra livrer à l'administration.

Art. 6. — Chaque famille devra livrer gratuitement, par parts égales, le terrain nécessaire pour les routes dont la largeur sera fixée par l'administration.

Art. 7. — A son arrivée, chaque famille sera logée par l'administration, mais elle devra procéder sans retard à son établissement sur sa concession. Ce délai en aucun cas ne pourra excéder six semaines.

Dès que les familles furent arrivées, on remplit fidèlement toutes les promesses du contrat ; on alla plus loin, on usa d'une prodigalité exagérée envers les colons. MM. Beck et Herzog, dit le *Mémoire* de la commission centrale d'immigration publié en 1869, *se ruinèrent dans cette entreprise;* mais la colonie de San Carlos, la plus riche, la plus prospère et la plus florissante de toutes les colonies agricoles établies dans la République Argentine, conservera attaché à son existence le nom de son fondateur, M. Charles Beck.

La compagnie Beck-Herzog ayant dû liquider, une association de capitalistes de Bâle continua la vente des terrains que le contrat assignait aux premiers entrepreneurs, et fonda de nouvelles colonies.

Les colons de San Carlos eurent à lutter contre les mêmes

inconvénients qui mirent au bord de l'abîme la colonie Esperanza.

Mais ils avaient l'avantage d'être dirigés et assistés par une administration puissante et paternelle qui veillait à leur bien-être et ne les abandonnait pas au moment des épreuves : aussi purent-ils surmonter vigoureusement tous les obstacles, bien qu'il y eût aussi parmi eux un élément de désordre et de trouble qui compromit quelquefois l'existence et l'avenir de la colonie.

L'administration s'empressa de l'extirper sans hésiter un seul moment devant le sacrifice des avances qu'elle avait faites.

Les colons qui sont restés, ajoute Wilcken qui nous fournit ces détails, sont appliqués : ils aiment le travail, ils étudient sans cesse les moyens d'améliorer leur ferme, ils ne perdent pas leur temps à des divertissements inutiles, et, quoique assez incultes et ignorants à leur arrivée, ces immigrants sont devenus d'excellents agriculteurs.

Comme la plupart d'entre eux possèdent plus de fermes qu'ils n'en peuvent cultiver personnellement, ils les livrent à des familles nouvellement arrivées, qui leur inspirent de la confiance, et qui semblent avoir des habitudes de travail et de bonnes mœurs.

Ordinairement, dans ces pactes, le laboureur et le proprié-taire de la terre partagent la récolte de blé et de maïs : le premier prend les deux tiers, le second le tiers du produit. Les propriétaires construisent les habitations, font des avances de bétail, d'instruments d'agriculture, de semences, etc. ; ils ouvrent un crédit chez le boulanger, chez le boucher, ils enseignent à travailler au colon néophyte.

Au bout de deux ou trois ans, pour peu que le sort le favorise dans sa récolte, celui-ci se trouve dans la possibilité de s'établir d'une manière indépendante, soit qu'il achète cette même terre qu'il occupe, soit qu'il aille en chercher ailleurs.

L'adoption de ce système épargne au laboureur novice les
mécomptes sur lesquels sont venus échouer un grand nombre
de laboureurs européens, malgré leur assiduité au travail,
pour n'avoir pas voulu prêter l'oreille aux conseils de l'expérience, relativement au climat, aux saisons favorables pour
les semailles et les récoltes, ainsi qu'au maniement des
animaux, etc.

C'est ainsi que San Carlos a formé un grand nombre
d'excellents colons; et, à ce point de vue, on peut lui décerner
le titre d'école normale d'agriculture coloniale.

En 1863 M. Guillaume Perkins, surintendant des terres et
colonies du *chemin de fer central argentin*, reçut du gouvernement de Santa Fé la commission de visiter les trois colonies
qui existaient alors, c'est-à-dire Esperanza, San Geronimo et
San Carlos. Nous trouvons dans le rapport qu'il publia à ce
sujet des détails intéressants sur la situation de quelques
familles à cette époque. M. Wilcken eut lieu de faire des observations analogues en 1872 et d'établir des comparaisons entre
les deux époques que je juge à propos de reproduire pour
donner une idée de ce que l'homme laborieux, persévérant et
économe peut faire en Amérique.

### FAMILLE GŒTSCHI. SA SITUATION EN 1863.

Gœtschi est Suisse; il était agriculteur dans son pays; il
avait par conséquent un grand avantage sur la plupart des
autres colons. Il est arrivé à la colonie en mai 1859; il n'a pu
semer de blé cette année.

Sa famille se composait de sa femme et de quatre enfants
mâles. Il avait payé les frais de voyage, mais il avait ainsi
épuisé tous ses fonds, et l'administration eut à lui avancer
jusqu'à concurrence de 500 piastres boliviennes en dehors des
articles qu'elle devait lui fournir aux termes du contrat.

En juillet 1861, Gœtschi avait remboursé à l'administration toutes ses avances ; il avait livré, en outre, le tiers de la récolte correspondant aux trois années écoulées. En 1862-1863 il a aussi livré fidèlement le tiers revenant à l'administration ; il ne reste qu'une année pour qu'il ait rempli tous ses engagements.

On peut se rendre compte de la situation de la famille actuellement (1863) par les données suivantes :

Elle a 63 bêtes à cornes, après avoir vendu 9 à 10 chevaux et cochons. Elle pense récolter au moins 100 fanègues de blé de 375 livres chacune qui produiront un millier de piastres.

Elle a semé 4 *poses* d'orge (il faut 4 *poses* et demie environ pour une *cuadra*), deux de pois, une de patates, une de luzerne et vingt de maïs.

Elle a en outre un jardin, une plantation florissante de 1600 pêchers et d'autres arbres fruitiers. Les habitations, parcs à bétail et les autres bâtiments d'exploitation sont en bon état. Les vingt *cuadras* qui composent la concession de cette famille sont complètement cultivées sans l'aide d'aucune personne étrangère. Elle a fait venir quelques parents et les a soutenus. Tous ses membres sont industrieux et sobres. On ne les voit aux lieux publics que les jours de fête.

Le père ne parle pas l'espagnol, mais les enfants l'ont appris de même que tous les jeunes gens de la colonie.

La famille pourrait gagner plus d'argent par la vente du beurre et du fromage ; mais peut-être parce qu'il y a peu de femmes elle ne fait de ces articles que ce qui est nécessaire pour l'usage domestique.

Cette famille avait l'avantage d'avoir des hommes adultes pour le travail ; mais cela n'ôte rien à son mérite d'être présentée comme exemple de ce qu'on peut faire en quatre ans sans autre élément de prospérité que l'honnêteté et l'industrie.

LA MÊME FAMILLE EN 1872.

Baptiste Gœstchi, homme déjà avancé en âge, mais toujours robuste et actif, a rempli à diverses époques les fonctions de juge de paix de la colonie. Il possède trois concessions réunies, dont la clôture en fil de fer revient à 7 ou 800 piastres boliviennes par concession, un verger où l'on trouve toute espèce d'arbres fruitiers, sans égal dans toute la colonie.

La concession primitive est entourée, outre l'enclos de fil de fer, d'une haie de *cina-cina*, très élevée.

La famille vit encore dans la maison primitive; mais elle a réuni tout le matériel nécessaire pour construire une maison plus spacieuse d'une architecture moderne.

Une fille est mariée avec François Gunzinger, colon puissamment riche.

Le fils aîné, Frédéric, a établi une maison de commerce et une boucherie en société avec M. Gotz et son beau-frère Sigel; il possède une concession et a reçu de son père à titre de prêt la somme de 10.000 piastres boliviennes.

Les deux autres fils sont encore avec leur père.

La fortune de la famille est évaluée à 30.000 piastres fortes.

FAMILLE REUTEMANN. SA SITUATION EN 1863.

Elle est arrivée en mai 1859. Elle avait payé son passage mais il ne lui restait rien lors de son arrivée à la colonie. Reuemann, de nationalité suisse, était agriculteur dans son pays. Sa famille se composait de sa femme, d'un beau-frère qui mourut à la colonie et de six fils, dont l'aîné avait douze ans lors de l'arrivée.

Elle a reçu à titre d'avance 600 piastres boliviennes et doit encore 163 piastres à l'administration.

Elle pourrait s'être acquittée complètement de toute dette;

mais elle a employé une bonne partie de ses bénéfices à embellir sa concession, qui est une des plus jolies de toute la colonie. Elle a 62 bêtes à cornes, 9 chevaux et 6 cochons.

Elle a semé cette année 44 *poses* de blé, 15 de maïs, une demie de pommes de terre, une demie de pois et de luzerne. Elle a un beau jardin rempli de fleurs et une plantation de 3.000 pêchers et divers autres arbres. Reutemann est jeune, intelligent, industrieux et sobre, il vit à son aise dans sa maison, élève ses enfants. Il vend du beurre et du fromage.

### LA MÊME FAMILLE EN 1872.

Jacques Reutemann possède au centre de la colonie deux lots et trois quarts de ferme, parfaitement enclos de fil de fer. La maison d'habitation est en briques et à terrasse, et la valeur du tout est au moins de 6 à 7.000 piastres boliviennes.

Tous les meubles de la maison : tables, armoires, chaises, étagères, etc, sont faits de bois du Grand Chaco. Il y a à côté de la maison principale divers autres bâtiments où l'on remise les grains et les instruments d'agriculture, entre autres une moissonneuse Buckeye.

Il a agrandi la plantation d'arbres fruitiers et d'ornement. Le goût des fleurs ne s'est pas éteint dans la famille, car tous les appartements sont toujours ornés d'élégants bouquets.

Il a acheté pour ses fils vingt-six lots de ferme dans la colonie Grutli, dont treize sont déjà payés..

Il a été conseiller municipal et jouit du respect de tous les colons.

### FAMILLE HAMMERLY EN 1863.

Elle est arrivée en octobre 1859 ; elle avait reçu des avances en Europe pour son passage et autres frais, soit

350 piastres or ; elle en reçut encore 120 à la colonie. Hammerly était tonnelier dans son pays, mais il connaissait un peu l'agriculture. Sa famille se composait de sa femme, trois enfants mâles et deux filles, tous adultes.

En mars 1862 il avait payé à l'administration toute sa dette ; il avait alors 43 bêtes à cornes, 12 chevaux et 6 cochons. Il a semé 26 *poses* de blé, dix de maïs, une de luzerne, une demie de pois et une demie de patates.

Il lui reste deux années à livrer le tiers de la récolte à l'administration. Pendant quelque temps, deux de ses fils se sont placés comme domestiques dans la colonie et une de ses filles s'est mariée. Sa femme est morte.

Les fils sont travailleurs, mais le père, quoique industrieux, aime à boire, et ce vice lui a fait du tort. C'est un homme sans instruction, mais tous ses fils savent lire et écrire.

### LA MÊME FAMILLE EN 1872.

Albert Hammerly possède au centre quatre lots de ferme ; Henri en possède deux ; Jules en a quatre dans une autre section, et deux autres en société avec le colon Jean Hasch. Sur les trois possessions on trouve de bonnes maisons en maçonnerie, des plantations d'arbres, des machines à moissonner, des bêtes à cornes et des chevaux.

### FAMILLE SIGEL EN 1863.

Elle est arrivée en septembre 1859 devant à l'administration 275 piastres ; elle a reçu en outre 175 piastres de secours.

En février 1862 elle avait tout payé. Elle a bâti une bonne maison en briques crues et se prépare maintenant à en bâtir une autre en briques.

La famille de Sigel se compose de sa femme et de cinq fils dont trois étaient capables de travailler lors de son arrivée.

Ce colon est industrieux et sobre ; il a reçu une certaine instruction, et est charpentier de son état. Il fait élever ses enfants et est sur le chemin de la fortune.

Il a actuellement 53 bêtes à cornes et 18 chevaux. Il a semé 38 *poses* de blé, 15 de maïs, 2 d'orge, une demie de patates, pois et luzerne ; il a un jardin de 2.000 pêchers. On peut évaluer à 2.500 piastres le montant des possessions de cette famille, libre de toute dette ou charge; or, quand elle était en Europe elle n'avait pas de quoi payer les frais du voyage.

## LA MÊME FAMILLE EN 1872.

Sigel père est mort en 1871 laissant à sa famille six lots de ferme, une maison commode en briques, de grandes plantations d'arbres fruitiers et autres, les concessions encloses en fil de fer et par des haies de cina-cina; on évalue sa fortune entière à 20.000 piastres fortes.

La veuve a fait le partage des biens; elle a gardé pour elle quatre concessions au centre avec les maisons et les plantations; le fils Jean possède deux concession au centre, il a une maison de commerce et de boucherie en société avec F. Gœtschi; le fils Frédéric possède deux concessions dans une autre section ; une fille s'est mariée et a reçu sa part de l'héritage paternel.

## FAMILLE BLANCK EN 1863.

Dans cette famille nous trouvons un contraste avec l'histoire des familles précédentes. Blanck est Allemand; il est maçon de son métier; il a payé son passage, il avait en arrivant 250 piastres fortes.

Sa famille se composait de sa femme et de cinq fils; il a une certaine instruction ; malgré ces avantages qui auraient

dù le mettre au-dessus des familles mentionnées plus haut,
Blanck est un homme pauvre. La raison en est qu'il aime à
boire et qu'il est très paresseux.

Il n'a pas cherché à payer l'administration, à laquelle il doit
600 piastres fortes; il n'a que 21 bêtes à cornes et qu'un
cheval; il n'a semé que ving *poses* de blé.

Outre ce qu'il doit à l'administration il a des dettes
ailleurs. Il a une fois changé sa concession pour une autre
qui était déjà cultivée pour s'épargner la peine de cultiver la
sienne. Il n'élève pas ses enfants; sa maison et sa terre ont
toute l'apparence de l'abandon.

### LA MÊME FAMILLE, EN 1872.

Elle devait en 1864 à l'administration 1.482 piastres fortes;
elle a été expulsée de la colonie en 1865. Blanck s'est mis à
travailler comme charbonnier; il a demandé plusieurs fois à
être réintégré dans la colonie, ce qui lui a été refusé; il
menait une vie misérable, et dernièrement on ne savait ce
qu'il était devenu.

### FAMILLE GUINAUD, EN 1863.

Guinaud est Suisse et horloger de son état, c'est un homme
d'un caractère brouillon, ami des querelles et de l'ivrognerie.

Il est arrivé en août 1859; il devait alors à l'administration
150 piastres fortes. Sa famille se composait de sa femme et de
neuf fils, les filles étant déjà nubiles. Il doit maintenant
1.045 piastres et ne fait aucun effort pour les payer. Sa propriété est négligée, sans jardin, sans plantations, même sans
un parc à bétail.

Il a 24 bêtes à cornes, 5 chevaux et 4 cochons; il n'a
semé que 25 *poses* de blé et rien de plus.

Il n'y a que quelque temps qu'on a pu obtenir de lui qu'il envoyât quelques-uns de ses enfants à l'école.

La femme est bonne et travailleuse, mais elle n'a pas d'influence sur son indolent mari.

## LA MÊME FAMILLE EN 1872.

Guinaud père est mort, il y a quelques années; la veuve est en possession de deux fermes qu'elle cultive avec ses fils. Deux des filles se sont mariées, la famille est à peu près à son aise.

## FAMILLE BERNARDI, EN 1863.

Voici une des meilleures familles de la colonie. Elle est venue en 1860; elle devait alors à l'administration 130 piastres fortes, somme qui a été portée par d'autres avances à 330.

Bernardi était agriculteur en Lombardie. Il est industrieux, honnête et intelligent, mais il manque d'instruction. Son terrain est parfaitement cultivé, et l'on peut dire qu'il a sa fortune assurée.

Il a payé 150 piastres de sa dette, et il paye l'intérêt du reste pour l'employer comme capital.

Sa famille se composait de lui, de sa femme, de deux frères et cinq enfants, tous en bas âge; l'aîné avait à peine dix ans.

En juillet de cette année il avait 38 bêtes à cornes, 3 chevaux et 3 cochons; il avait semé 55 *poses* de blé, 10 de maïs, 4 d'orge, 2 de pois, une demie de patates et une demie de luzerne. Il peut économiser de 1.000 à 2.000 piastres par an. Il a une plantation de 5.000 pêchers, un excellent jardin potager, de la volaille; il fait une quantité considérable de beurre et de fromage.

LA MÊME FAMILLE EN 1872.

Dominique Bernardi possède dans la section centrale trois concessions avec de bonnes maisons en maçonnerie et à terrasse, de grandes plantations d'arbres fruitiers, et autres, le tout parfaitement enclos avec fil de fer et haies, les meilleurs instruments d'agriculture, moissonneuse, etc., des bêtes à cornes et des chevaux en abondance.

Il possède deux concessions dans une autre section, cultivées par des individus qu'il a commandités, et un capital en monnaie de 5 à 6.000 piastres fortes qu'il emploie à faire l'escompte.

Les frères Bernardi possèdent dans une autre section six lots de ferme avec deux bons bâtiments, plantations d'arbres fruitiers, des bêtes à cornes et des chevaux, une moissonneuse, de l'argent comptant.

FAMILLE CHATEL EN 1863.

Chatel est Savoisien, vigneron de profession; il avait certain capital, car il a payé son passage et n'a rien demandé à l'administration : il lui restait quelques centaines de francs après son installation à la colonie. Il a une femme et quatre fils dont trois sont majeurs.

Cet homme est très content de sa position ; il n'a pas d'instruction, mais il est intelligent, travailleur, économe et jouit d'une excellente réputation. Il a commencé dans la colonie la culture de la vigne.

Il a de jolis arbres, un jardin ; bientôt sa concession sera une des plus belles de la colonie.

Il est arrivé en mai 1860, il a 16 têtes de bétail, 4 chevaux et 6 cochons, il a semé 50 *poses* de blé, 8 de maïs, 2 d'orge, une demie de pois, une demie de patates.

## LA MÊME FAMILLE EN 1872.

Isidore Chatel possède dans la section centrale trois concessions encloses en fil de fer, une bonne maison en maçonnerie
et à terrasse ainsi que d'autres bâtiments pour remiser les
grains, des instruments aratoires, une moissonneuse, de
belles plantations, des bêtes à cornes, des chevaux et une
bonne fortune en argent comptant qu'il prête à intérêt à 1/4
et à 1/2 0/0 par mois.

M. Wilcken continue à citer des exemples de familles qui
ont réussi en peu de temps à se créer une position avantageuse
grâce à l'amour du travail, à l'industrie, à l'économie, à la
sobriété, résultat, observe-t-il, qu'avec toutes ces vertus elles
n'eussent jamais obtenu dans leur pays natal.

La famille de Michel Taverna, qui, arrivé en 1859, après
avoir payé son passage et reçu des avances de l'administration, a cultivé la terre jusqu'en 1865 ; alors il s'est mis à faire
du commerce, sans abandonner l'agriculture, et il avait en
1872 une fortune évaluée 35.000 piastres fortes, soit
175.000 francs.

La famille de Godefroid Kleinert, Suisse, arrivé célibataire
en 1859; il a commencé par être employé de l'administration ;
il s'est mis ensuite à l'agriculture pour son propre compte, il
s'est marié, il a pris des domestiques, qu'il paye quinze à
seize piastres boliviennes par mois, tout en travaillant avec
eux et en les surveillant. Il possède actuellement huit concessions, 80 bêtes à cornes et 4 à 5 mille piastres qu'il prête
à intérêt. C'est un exemple d'un agriculteur de profession qui
peut réussir en employant des domestiques, tandis que la
plupart travaillent avec leur propre famille.

La famille de Michel Bœttig, Suisse, qui n'avait absolument
rien, et à qui il fallut avancer les frais de passage. Au mois

d'avril 1872, il possédait six concessions, maisons en maçonnerie et à terrasse, instruments aratoires, etc.

La famille Dreyer, du canton de Vaud, arrivée pauvre en 1879, ayant reçu jusqu'aux frais de passage, est propriétaire en ce même mois d'avril de neuf concessions et trois quarts.

La famille de Georges Geschwind, Suisse, qui a payé son passage, mais qui a reçu les autres avances, et qui possédait à la même époque huit concessions à la colonie San Carlos, tandis que son fils en avait neuf à la colonie Grutli.

La famille de Sébastien Gundi, Suisse, qui a reçu de la compagnie toutes les avances pour le passage et l'installation, et qui possédait en avril trois concessions dans la section centrale et quatre à la colonie *Las Tunas*, et avait payé toutes ses dettes.

La famille de Henri Reutlinger, qui se trouvait dans le même cas que la précédente, possédait en avril trois concessions. Reutlinger n'a pas eu d'enfants pour l'aider.

Les frères Madevry, Piémontais, qui ont reçu toutes les avances, et qui avaient à la même date quatorze concessions, dont deux à San Carlos et douze à la colonie Grutli.

La famille de Gabriel Morcillon, de Savoie, qui n'a jamais rien dû à l'administration, et qui possédait en avril quinze concessions.

Les frères Place, Savoisiens, qui ont reçu toutes les avances, et qui avaient en avril neuf concessions et de 8 à 9.000 piastres qu'ils plaçaient à intérêt.

La famille de Dominique Stapinata, Piémontais, qui a pu payer son passage, mais est arrivée sans argent à la colonie, en 1866. A force de travail et d'économie, cette famille est parvenue à acquérir, en six ans seulement, six concessions de vingt *cuadras* et un capital de 4 à 5.000 piastres qu'elle a placé à intérêts.

Ajoutons qu'elle a maisons, instruments aratoires,

machines, plantations, et que, quoique vivant avec économie, elle ne se prive de rien.

La famille de Scholdani, Piémontais, arrivée en 1867. Elle a payé son passage, mais il ne lui restait rien pour son installation. Quelques compatriotes l'ont aidée ; elle a acheté quatre concessions qu'elle est parvenue à payer ainsi que les autres dettes en 1870.

La famille de Séraphin Rey, Savoisien, arrivée en 1866, composée de sa femme et de huit enfants, tous aptes au travail. Elle avait payé son passage, mais avait ainsi épuisé ses ressources. Cependant à force de travail elle est parvenue à acquérir huit concessions de vingt *cuadras*, avec maison, bétail (cinquante têtes), chevaux, etc., plus quelques milliers de piastres boliviennes placées à intérêt.

Tous les membres de la famille sont excellents travailleurs ; outre l'agriculture, les fils pratiquent les métiers de charpentier, cordonnier, tailleur, maçon.

Telle était la colonie de San Carlos en 1872, suivant les renseignements fournis par l'inspecteur de colonies nationales, Guillaume Wilcken, qui fut plus tard nommé commissaire général d'émigration. Pour le dire en passant, son rapport est un des travaux les plus complets et les plus intéressants qui aient été faits sur la colonisation dans la République Argentine.

Une dizaine d'années plus tard, un autre inspecteur de colonies, employé du gouvernement de Santa Fé, M. Bouchard, donnait sur la colonie de *San Carlos* les chiffres suivants :

*Étendue territoriale :* 17.800 *cuadras*, ou bien 890 concessions de vingt *cuadras* carrées.

*Population :* 756 familles, avec 3.785 personnes. Dans ce nombre il y a 95 familles argentines, 58 françaises, 480 italiennes, 6 allemandes, 95 suisses, 2 espagnoles, 5 anglaises,

4 belges, 2 polonaises, 3 danoises, 3 irlandaises, 1 uru-
gayenne, 1 paraguayenne.

*Religion :* 623 familles catholiques et 133 protestantes.

*Semailles :* 13.720 *cuadras,* dont 9.040 de blé, 3.740 de
lin, 120 d'orge, 40 de haricots, 340 de luzerne, 440 de diverses
semences.

*Bétail :* 2.874 bœufs de labour, 2.526 chevaux, 87 mules,
1.638 vaches laitières, 5.715 bêtes à cornes d'élevage,
1.321 cochons et 2.759 divers autres animaux.

*Véhicules :* 74.

*Bâtiments :* 12 maisons à deux étages, 10 à terrasse, 157 avec
toit de tuile, 38 de zinc, 385 de roseaux, 741 cabanes (*ranchos*).

*Maisons de commerce et d'industrie :* 69.

*Machines à vapeur :* 7, représentant une force de 143 chevaux.

*Batteuses à vapeur :* 4, représentant une force de 30 chevaux.

Il y avait en outre 12 hangars ou magasins à grains.

On trouve dans cette colonie de grandes plantations d'arbres
fruitiers de différentes espèces, des plants de vigne, des
saules, des arbres du paradis, des mûriers ; les colons avaient
commencé à élever le ver à soie.

La colonie San Carlos, dit M. Bouchard, a continué à
marcher à l'avant-garde comme colonie agricole par l'étendue
de ses cultures et par le grand nombre de ses instruments
aratoires ; elle mérite une mention spéciale.

J'ai dit plus haut que la colonie San Carlos se divise en
trois parties : cela signifie qu'il y a trois places, ou trois
centres de population (*plantas urbanas*); ceci provient de
l'étendue de la colonie, plus longue que large, et aussi des
différences de nationalité. Au nord on trouve les Français,
c'est-à-dire ceux qui parlent cette langue ; cette place était
tracée mais pas bâtie lors de ma visite. Au centre sont les

Italiens, et au sud les Allemands, c'est-à-dire ceux qui parlent cette langue.

Au nord on trouve un moulin important, celui de la *Carlota*, propriété de MM. Etienne Auger et C$^{ie}$, de la force de 40 chevaux à cylindres; il peut moudre par jour 120 à 130 fanègues de quinze arrobes. Les machines ont été fournies par la maison Duvergier et fils de Lyon, qui en a expédié jusqu'à présent pour plus de 800.000 francs aux colonies de Santa Fé.

Ce moulin fut fondé en 1872 par M. Firmin Laprade, ce citoyen français dont j'ai déjà parlé. Ce même M. Laprade introduisit aussi trois batteuses à vapeur qui donnèrent, dit Wilcken, un résultat très négatif; car les deux plus grandes se dérangèrent, et la plus petite ne commença à bien fonctionner qu'après des essais prolongés.

Les colons eux-mêmes ne voulaient pas comprendre alors la nécessité de nettoyer leurs blés pour les vendre : ils s'en tenaient au vieux procédé créole, qui consiste à les faire fouler aux pieds des juments. M. Laprade dépensa beaucoup d'argent en tentatives infructueuses ; depuis lors il s'est retiré à Rosario.

A San Carlos centre il y a un collège de sœurs de charité qui se vouent à l'enseignement, et une église assez spacieuse qui fait face à une place plantée d'arbres du paradis. Il y a aussi un grand nombre de bâtiments remarquables, des maisons de commerce bien assorties, des moulins, des ateliers d'artisans, une succursale de la Banque nationale, une sous-préfecture, une maison municipale qui se fait remarquer par son architecture grecque, des auberges, etc.

Je suis logé chez un Italien appelé Perretti, qui a dans sa *cuadra* des eucalyptus, des cyprès, des mûriers, des poiriers, des lauriers, des pêchers, des rosiers, des vignes et toute espèce de légumes.

A San Carlos centre j'ai visité le moulin des frères Boero,

12

fondé en 1880 et celui de la veuve Lubary qui a vingt ans
d'existence; ces moulins sont à cylindres. M. Lubary fils est
député aux chambres provinciales; le père était Espagnol,
originaire des îles Canaries; il était *estanciero* aux environs
de San Carlos; on lui doit la fondation de diverses colonies.

Dans cette même partie de San Carlos, j'ai visité la quinta
de Domingo Bernardi, Italien piémontais, un des colons fondateurs, venu en 1859; il a cinq concessions et quart; il a dû
céder une partie de son terrain pour la station du chemin de
fer. J'ai vu chez lui des plants de vigne, des pêchers, des poiriers, des pommiers, des noyers.

M. Ricardo Harvey, gérant de la succursale de la Banque
nationale, me dit que San Carlos est peut-être plus solide,
commercialement parlant, qu'Esperanza, qui est le chef-lieu
du département des colonies. A San Carlos sud j'ai visité un
autre moulin à vapeur, celui de Bauer et Sigel, qu'on vient
d'élever à la force de 60 chevaux; c'est le premier moulin
à cylindres et à lumière électrique établi dans la République
Argentine.

J'ai visité aussi la brasserie de M. Neuemyer fondée en 1885,
et qui peut produire de trois à cinq mille hectolitres de bière
par an.

A San Carlos sud il y a un temple protestant, qui est aussi
une maison d'école, et où les enfants apprennent simultanément l'allemand et l'espanol.

Les terrains de San Carlos, Humboldt et Santa Maria sont,
à ce que l'on m'a assuré, les meilleurs de Santa Fé : il y a
vingt-cinq ans qu'on les sème et toujours avec de bons
résultats. Cependant l'année dernière la récolte a été médio-
cre, surtout à cause des gelées tardives.

Comme on voit, San Carlos a joué un rôle important dans
l'œuvre de la colonisation santa fécine; il convenait donc
d'en parler avec quelques détails.

# XVIII

Buenos Aires, juin 1888.

Il me faut à présent parler de la colonie *San Geronimo*. Celle-ci est située au sud-ouest d'Esperanza, à peu près à moitié chemin entre Esperanza et San Carlos. Voici comment elle s'est formée :

« Au nombre de quelques familles suisses, arrivées spontanément à Santa Fé en 1857, dit M. Beck-Bernard, se trouvait un paysan du haut Valais qui, voyant les avantages que le pays pouvait offrir à un grand nombre de ses compatriotes, eut l'idée de retourner chez lui pour leur en parler, et de ramener ceux qui voudraient l'accompagner. Il revint l'année suivante avec quatre familles seulement, qui eurent le courage de s'établir toutes seules sur le terrain que le gouvernement leur donna à l'endroit indiqué. Bodenmann, (c'est le nom de cet homme) repartit aussitôt, et après un intervalle de deux ans il revint encore avec vingt familles, puis de nouveau l'année suivante avec une quarantaine.

« La colonie de San Geronimo, augmentée de quelques colons d'Esperanza, qui s'y sont établis après avoir bien vendu leur propriété, compte aujourd'hui environ quatre-vingt-cinq familles (1865) et présente cela de particulier, que tous les colons, presque sans exception, sont du haut Valais, et conservent à un haut degré leurs mœurs et leurs habitudes. Malheureusement l'esprit d'initiative et le besoin du progrès ne sont pas les qualités qui les distinguent, et ils se trouvent si heureux de posséder de grands terrains et de nombreux troupeaux de bétail qu'ils ne songent ni à embellir leurs propriétés ni à améliorer leurs habitations.

« Dans ce moment (1865) un habitant de cette colonie est au canton du Valais, et se prépare à repartir pour Santa Fé avec un nombreux cortège. »

C'est M. Foster qui offrit aux premières familles de les établir sur un terrain de sa propriété, car il n'y avait plus de place à Esperanza, et les conditions qu'on leur faisait à San Carlos ne leur semblaient pas admissibles; il leur livra le terrain gratuitement, mais il faut observer que la position était alors très périlleuse, car ce territoire était exposé aux incursions des Indiens.

Quant à Bodenman, il fut aidé par le gouvernement de Santa Fé qui lui paya toujours ses frais de voyage. C'est ainsi que la colonie San Geronimo était arrivée en 1872 à compter 196 familles avec 950 personnes, toutes catholiques excepté deux protestantes. Presque tous étaient Suisses valaisans.

Voici comment s'exprime M. Wilcken dans son rapport sur cette colonie :

« Les maisons des colons présentent en général un aspect pauvre et désolé; il y a peu de concessions où l'on trouve des plantations d'arbres; le peu de goût qu'ils ont pour l'agriculture dénote fortement l'origine de ces colons, qui sont venus du Valais, de ce pays dont les habitants ne s'occupent que de l'exploitation des montagnes et des bois, et ne travaillent jamais leurs terres comme il faut.

« Dès le principe, ils se sont voués de préférence à l'élevage; cependant cette opération ne leur a donné que de mauvais résultats.

« C'est alors qu'éclairés par les dures leçons de l'expérience, ils se sont mis à imiter leurs voisins de la colonie San Carlos, et se sont occupés d'agriculture.

« Grâce à ce changement d'industrie, comme me l'assure

le curé qui se préoccupe vivement du bien-être de ses paroissiens, ils sont parvenus à s'acquitter de leurs dettes.

« Quelques-uns des colons fondateurs, abandonnant la manière de voir de la généralité, ont pu, par le travail et l'économie, se faire une fortune. On compte parmi ceux-ci Aloys Zurbriggen. Ce laborieux et énergique colon possède aujourd'hui quatre concessions (1872) avec de belles plantations d'arbres, des maisons en maçonnerie et à terrasse en bon état, deux cents bêtes à cornes, des machines à moissonner, etc., etc.

« Il est tellement considéré dans la colonie qu'à diverses reprises on lui a confié alternativement la justice de paix et la présidence municipale.

« Un autre colon, M. Herzog, arrivé en 1859, avait apporté quelque argent dont il sut faire bon usage, car il possède aujourd'hui trois concessions toutes fermées en fil de fer, dont l'une sert de pâturage et les autres sont destinées à l'agriculture et aux plantations. Il possède des moissonneuses Buckeye et un grand assortiment d'instruments aratoires. Il est en outre propriétaire de six concessions à la colonie *Cavour* et de cinq autres à la colonie *Humboldt*. On assure qu'il prête souvent de l'argent aux colons qui en ont besoin. »

Dix ans plus tard, M. Bouchard trouvait à San Geronimo 136 familles avec 800 personnes établies sur 320 concessions. De ces familles 99 étaient suisses, 11 italiennes, 17 allemandes, 4 françaises, 4 argentines, 1 brésilienne.

Il y avait 135 familles catholiques et 1 protestante.

Elles avaient ensemencé 2.073 *cuadras* carrées; elles possédaient 5.160 animaux, 841 instruments de labour, 236 véhicules, 189 bâtiments, 29 maisons de commerce et 3 magasins à grains.

Les colonies Esperanza, San Geronimo et San Carlos sont,

comme nous venons de le voir, les trois premières qui s'établirent dans la province de Santa Fé.

Pendant quelques années le mouvement colonisateur sembla s'arrêter dans cette province dont les frontières furent à diverses reprises le théâtre de la guerre entre les partis de la République Argentine, c'est-à-dire entre les unitaires et les fédéraux.

La question politique qui s'agitait par les armes fut enfin résolue par des traités entre le gouvernement de la province de Buenos Aires et celui de la Confédération, résidant à Parana; les deux parties séparées de la République Argentine se réunirent pour former une seule nation et un seul gouvernement, dont la résidence devait, à la suite de quelques agitations nouvelles, se fixer définitivement à Buenos Aires. Peu de temps après, un homme progressiste prit la direction de la province de Santa Fé : j'ai nommé M. Nicasio Oroño qui monta au pouvoir en 1865.

C'est alors qu'on vit s'ouvrir une ère nouvelle pour l'immigration et la colonisation. A dire vrai, le mouvement colonisateur date réellement du gouvernement de M. Oroño; car c'est lui qui lui a donné la grande, la décisive impulsion en faisant sortir la colonisation de l'état embryonnaire, où elle était restée confinée jusqu'alors par la fatalité des circonstances plutôt que par l'incurie des gouvernements.

« L'expérience, dit l'auteur d'un article publié dans *La Nacion* de Buenos Aires du 5 janvier 1884, avait fait voir l'inconvénient qu'il y avait à introduire dans le pays des familles importées par des entreprises particulières qui, en échange de ce service, obtenaient des concessions considérables de terrain qui demeuraient incultes, abandonnées, et qui ne servaient qu'à exciter l'envie du colon en présence de la plus-value acquise par les terrains où il s'établissait.

« Il fallait par conséquent modifier ce système qui, au lieu de favoriser, retardait l'accroissement de la population, et déterminer l'immigration spontanée, la seule susceptible d'attirer une population laborieuse. »

Voici quel fut le but primordial de la législation : mettre d'accord les intérêts positifs de la province avec l'intérêt des colons, en les rendant propriétaires du sol qu'ils cultivent et qu'ils fécondent par leur travail.

Les premières lois par lesquelles Santa Fé inaugura la voie des réformes furent celles du 2 et du 3 octobre 1865 ; ces lois déterminaient la forme et gradation des prix pour l'aliénation de la terre publique ; elles disposaient qu'à l'avenir la vente des terres fiscales ne se ferait qu'à la condition indispensable de les peupler dans le terme d'un an ; passé ce terme, on pouvait dénoncer celles qui n'auraient pas été peuplées. Il était spécifié que la condition de peuplement, dans chaque établissement, devait être une maison à terrasse et l'introduction d'un capital de 1.000 piastres par chaque lieue carrée en bétail ou par une autre industrie quelconque.

De cette manière on évitait l'accaparement des terres.

Une loi du 3 octobre de la même année déterminait la manière de vendre aux enchères les terres publiques, en fixant l'échelle des prix suivant les départements.

Une loi du 22 juillet 1866 avait pour but d'autoriser le pouvoir exécutif à négocier un emprunt volontaire de 60.000 piastres fortes auprès des habitants de la province, destiné 1º : à l'entretien et à l'équipement d'une colonne expéditionnaire qui devait parcourir la partie du Grand Chaco appartenant à la province ; 2º à l'établissement de relais de poste et au rétablissement du chemin abandonné qui menait de Santa Fé aux provinces de l'intérieur ; 3º au transport des familles agricoles de Santa Fé aux points déterminés par le pouvoir exécutif sur le prolongement de ce chemin.

Une loi du 28 juin de la même année disposait que la rive du Parana, comprise entre la colonie projetée par M. Charles

Vernet et celle de don Mardoqueo Navarro et C^ie, s'étendant
à l'ouest jusqu'au Saladillo Grande, serait destinée à l'immigration.

Le gouvernement devait, aux termes de cette loi, faire
dresser le plan de la surface exprimée ci-dessus et proposer
la fondation de *pueblos* aux endroits les plus convenables, en
assignant à chaque *pueblo* une étendue de quatre lieues
carrées pour les habitations, routes, places, *égidos* et pâturages communs.

Le reste du terrain devait être distribué en lots d'*estancias*
de 5.000 vares de côté et pouvait être vendu à un an de terme
aux fils du pays ou aux étrangers; mais il était spécifié
qu'une seule personne ne pourrait avoir plus de deux lots
unis.

Le produit de ces ventes devait être destiné à payer le
transport des familles étrangères, de Buenos Aires aux colonies projetées; cette avance était remboursable.

Les remboursements faits par les colons devaient former
un capital appelé *fonds d'immigration*, dont la rente devait
être destinée exclusivement à l'éducation des fils des colons,
aux travaux publics et aux autres moyens d'encourager
l'immigration. Les habitants de ces mêmes colonies étaient
exempts de tout impôt provincial direct pendant le terme de
cinq ans.

Les familles du pays qui voudraient s'établir dans les colonies ou aux environs, devaient jouir d'avantages égaux à ceux
qu'on accordait aux familles étrangères.

Le pouvoir exécutif devait publier à ses dépens la présente
loi sous la forme de brochure, en y adjoignant la description
du terrain et le plan des subdivisions en lots : ce travail fut
fait et envoyé, traduit en français, en italien, en allemand et en
anglais, à un grand nombre d'exemplaires aux agents d'immigration pour les distribuer en Europe.

Une loi du 20 août de la même année disposa qu'à proxi-

mité de la rive occidentale du rio Salado, à 12 lieues au nord
de la colonie Esperanza, sur la rivière San Antonio, on destinerait 22 lieues carrées à l'établissement d'une colonie *pasto-
rale-agricole* spontanée : à cet effet le terrain devait être divisé
en lots d'*estancia* de 1.500, 1.000 et 500 vares de face sur une
lieue de fond, et en lots de *chacras* de 20 *cuadras* carrées.

On devait également fonder un *pueblo* de 100 *cuadras*, de
100 vares chacun divisées en lots de 50 vares avec des rues de
20 vares. On devait concéder en toute propriété et sans rétribution aucune aux vingt premières familles une concession de
500 vares de face et 6.000 de fond, et aux vingt familles suivantes 1000 vares de face avec le même fond.

On réservait dans les *pueblos* des *egidos* qui ne pourraient
être aliénés par les municipalités, et entre les lots d'"*estancia*
et ceux de *chacra* une surface de 20.000.000 de vares carrées
pour le pâturage commun de cette même colonie.

Le gouvernement devait nommer un administrateur de la
colonie, payé par le trésor de la province, et bâtir une église
aussitôt qu'il y aurait trente familles.

Une loi du 23 août de la même année autorisa le pouvoir
exécutif à concéder en propriété perpétuelle à *Sunchales* et à
*Cayastacito* aux individus et familles étrangères qui voudraient les peupler, 20 lieues carrées sur chaque point. Le lot
de *chacra* devait être de 20 *cuadras* carrées ; le lot d'*estancia*
de 2.000 et de 1.000 vares de face avec 6.000 de fond ; le lot de
*pueblo* de 50 vares sur chaque côté.

Une loi du 29 août de la même année autorisa le pouvoir
exécutif à aliéner 100 lieues de terrain de propriété fiscale ; il
était entendu qu'on ne pourrait vendre à une seule personne
plus de trois lieues carrées ; le produit de cette vente était
destiné à satisfaire divers besoins économiques.

Une loi du 4 septembre disposa que des terrains situés aux
environs de San José de la Esquina, on destinerait une surface d'une lieue et demie à être divisée en pâturage commun et

lots de *chacra*, et que des terrains vacants situés au sud de ce même *pueblo* on destinerait 10 lieues et quart carrées à rémunérer les chefs militaires et officiers qui se trouvaient de service sur ce point, ou qui prouveraient avoir servi auparavant sur cette frontière pendant le terme de quatre ans.

Enfin une loi du 5 septembre autorisait la fondation de *pueblos* destinés à la colonisation spontanée dans le département du Rosario : le premier devait s'appeler *3 de Febrero* et le second *9 de Julio*. On destinait au premier une surface de 15 lieues carrées et au second une de 3 lieues. Ceci avait pour but de combiner l'agriculture avec l'élevage et la *chacra* avec l'*estancia*.

Ces terres devaient être concédées à tout individu chef de famille, veuf ou célibataire, âgé de plus de vingt ans, national ou étranger, pourvu qu'il les sollicitât pour son bénéfice particulier, sans intérêt direct ou indirect de la part d'autre personne, et dans le seul but de les peupler ou de les cultiver : on donnait la préférence pour le choix de la plus grande étendue superficielle aux premiers qui iraient s'établir ou qui prouveraient avoir servi sur la frontière.

Telles sont les principales lois, à l'aide desquelles l'administration de M. Nicasio Oroño chercha à accomplir le précepte politico-économique bien connu ici : *En Amérique gouverner c'est peupler :* elles valurent à leur auteur une félicitation enthousiaste du docteur Guillaume Rawson qui les compara à la *loi du foyer* des États-Unis.

Les colonies qui furent fondées depuis lors sont les suivantes : une colonie de Nord-Américains établie à deux lieues au nord de San Javier, sur la rivière de ce nom. Il y avait déjà un groupe d'indigènes qui y menaient la vie barbare du désert; mais on commença à la transformer à cette époque : on traça un *pueblo* et on distribua, entre les Indiens et les autres habitants, la terre dont on fit des concessions de ferme et de ville (*solares*), à la condition de les peupler et de les cultiver.

En 1867, à 17 lieues de San Javier, on jetait les bases de la colonie *Pajaro Blanco*, connue aussi sous le nom d'*Alexandra*, au cœur même du territoire possédé alors par les Indiens.

La fondation de ces colonies avait été précédée d'une exploration et d'une étude scientifique du territoire compris entre San Javier et la rivière del Rey, pour déterminer quels étaient les points les plus propices pour la colonisation. Après la colonie *California*, — c'est le nom donné à la colonie formée par les Nord-Américains, — on établit sur les rives du rio San Javier la colonie *Française*, la colonie *Helvecia*, la colonie *Cayasta*.

A l'ouest de la capitale on établit les colonies *Cavour* et *Humboldt*, et aux environs de Coronda la colonie *Corondina*. On adjugea aux colonies San Carlos et Esperanza de nouvelles terres pour qu'elles pussent étendre leurs cultures. En même temps on essayait de fonder la colonie *Sunchales* que les Indiens devaient détruire plus tard, mais qui a été reconstituée depuis et qui est devenue un centre de population important.

Dans le département de Coronda on fonda une colonie qui devait porter le nom du gouverneur *Oroño*.

M. Mariano Cabal, qui succéda à M. Oroño, a fondé deux colonies, *Emilia* et *San Justo*. La première est située sur un terrain de propriété fiscale qu'il avait acquis en vertu d'un contrat passé avec le gouvernement en 1866, dont le but était de se procurer les ressources nécessaires pour la conquête du Chaco ; il reçut en payement des terres publiques, avec l'obligation d'introduire sur chaque lieue un capital de 1.000 piastres et d'y bâtir une maison à terrasse. C'était là, suivant les idées du gouvernement de cette époque, la solution du problème de la conquête et du peuplement du désert : il faut avouer qu'on a obtenu en grande partie les résultats qu'on espérait.

La seconde colonie fut fondée sur un terrain de M. Cabal, à ses dépens; mais elle passa par des péripéties dont je parlerai plus loin.

La colonie de *las Tunas* fut fondée par M. Cullen et d'autres personnes. Le docteur suisse Théophile Romang fonda les colonies d'*Helvetia* et de *Malabrigo*.

MM. Maurice Franck et Gessler fondèrent des colonies auxquelles ils donnèrent leur nom.

L'impulsion était donnée : il n'y avait qu'à diviser la terre et à l'offrir en vente à bon marché et à longs termes; la colonisation devenait ainsi une spéculation très avantageuse.

C'est ainsi que M. Guillaume Lehmann a fondé, à l'ouest de la colonie Esperanza, au moins une douzaine de colonies importantes ; cette opération lui avait permis de réaliser une fortune considérable.

M. Bustinza a fondé dans les départements du Rosario et de Coronda cinq ou six colonies sans l'aide de personne, mû par son caractère entreprenant et progressiste.

MM. Casado, Aldao et Cullen ont fondé, le premier la colonie *Candelaria* sur le chemins de fer de l'ouest du Rosario ; les deux autres, celle de *Jesus Maria* sur la rive du Parana au nord de la même ville.

MM. Ledesma, Leguizamon, Madrid, Larguia, Galvez, Artenga, Aldao, Irigoyen et plusieurs autres sont autant de fondateurs de colonies dans lesquelles le gouvernement n'a eu aucune intervention.

Désormais chacun sait que, pour former une colonie, il suffit d'avoir un terrain fertile situé aux environs des centres de population ; tous ceux qui auparavant étaient hostiles à la colonisation en sont devenus des partisans résolus et des promoteurs enthousiastes parce qu'ils se sont convaincus que les étrangers, loin de venir leur ôter leur territoire, viennent lui donner de la valeur et leur enseigner par leur exemple les moyens de s'enrichir.

L'auteur de l'article auquel nous empruntons ces détails ne rappelle pas la grande et décisive mesure que M. Oroño avait essayé d'introduire dans la législation argentine, je veux dire l'établissement du mariage civil qui avait pour but d'attirer l'immigration des pays dissidents et de détruire les restes d'intolérance coloniale, que la constitution de 1853 n'avait pas osé extirper, quoiqu'elle eût proclamé la liberté des cultes. Malheureusement la tentative était prématurée : l'aspiration de M. Oroño, qui était celle de tous les hommes progressistes, ne devait se réaliser qu'une vingtaine d'années plus tard.

J'ai parlé plus haut d'une exploration du Chaco qui avait été faite sous l'administration de M. Oroño. Le directeur de cette expédition était un Américain du Nord, M. William Perkins. L'explorateur publia à cette époque une relation intéressante dont j'extrais les passages suivants. L'un est relatif à l'endroit appelé Pajaro Blanco, où l'on devait élever plus tard une colonie de ce nom, et l'autre à San-Javier, qui est devenu aujourd'hui un centre important de population.

« Le nom de Pajaro Blanco, parage situé à la hauteur de la ville de la Esquina, dans la province de Corrientes, vient de ce que les cigognes, oiseaux blancs très grands au bec noir de quatorze pouces de long, ont construit sur un des arbres les plus élevés du bosquet situé au nord-ouest du détour que fait le fleuve, un nid énorme qui a été blanchi par les excréments des oiseaux. Les Indiens ajoutent que jamais il n'y a moins de deux cigognes dans le nid, et qu'elles sont si blanches qu'on les voit à une distance considérable. Effectivement à mon passage j'ai remarqué les deux oiseaux dans le nid et à mon retour pendant les vingt heures que nous passâmes campés, pour ainsi dire, sous l'arbre, ils continuèrent à y demeurer. Les Indiens vénèrent beaucoup les cigognes : il faut qu'ils soient tenaillés par la faim pour qu'ils se décident à les tuer. Ils eurent un grand chagrin un jour qu'un des Américains en tua une d'un coup de carabine...

« La peuplade indienne de San Javier respecte en général la religion ; les Indiens portent presque tous sur leur sein une croix de métal ou de bois, ou quelque image du saint de leur dévotion. Ils parlent avec vénération des choses sacrées quoiqu'ils les mêlent aux superstitions de leur race. Les sorciers ont encore une grande influence parmi eux. Ils ne permettent à personne de soigner leurs malades ; ils les livrent à des sorciers ou à des sorcières dont les remèdes se bornent à des paroles d'enchantement, à comprimer le corps avec les mains, à oindre l'estomac et d'autres membres avec de la salive. Un remède qu'ils considèrent comme très efficace pour la piqûre de la vipère de la croix (le trigonocéphale), c'est d'appliquer la salive sur la partie blessée. Ceci suffit, disent-ils, pour guérir le malade, ce qui prouverait que la blessure de cette vipère n'est pas si dangereuse qu'on le croit généralement.

« Les cérémonies funèbres conservent encore un reste de barbarie ; mais il faut observer qu'ils ont un profond respect pour les cérémonies du baptême et du mariage. Les mariés se font gloire d'avoir été unis par l'Église.

« Ces résultats semblent présager une ère de régénération complète pour les fils du désert, et ils sont à ce titre bien satisfaisants ; mais ils donnent lieu à une réflexion qui est une accusation pour nous autres : c'est que l'on a fait bien peu jusqu'à présent pour élever les enfants et pour leur enseigner à devenir de bons citoyens en détruisant peu à peu les vices et les superstitions de la race. »

M. Perkins rapporte une de ces superstitions :

« Ils croient que ces animaux (les tigres) participent un peu de la nature de l'homme.

« La valeur qu'ont les peaux de ces animaux excite tant l'avidité de l'Indien que chaque fois qu'il trouve l'occasion d'aller à la chasse du tigre il le fait, mais ce n'est pas sans une espèce de remords qu'il ose le tuer; il y a même beaucoup d'Indiens qui ne se résoudraient jamais à le faire.

« Je parlais à un vieillard, qui me rapporta avec le plus grand sérieux du monde le cas suivant qui peut donner une idée des légendes indigènes.

« Il y a plusieurs années il était à chasser dans les îles, il rencontra un tigre et il réussit à lui loger une balle dans la tête. Aussitôt qu'il se sentit blessé, l'animal dit ces mots d'un ton lamentable : « Ne me tue pas, mo ı Dieu ! » et il tomba à terre; la partie supérieure du corps prit la forme humaine. L'Indien prit la fuite, et quand il retrouva ses compagnons, il leur raconta le miracle. Ils allèrent tous à l'endroit de l'événement, mais déjà le tigre mort avait repris sa forme naturelle. Ils résolurent de lui couper la tête et de le suspendre à un arbre, après quoi ils l'écorchèrent. Mais le lendemain tout avait disparu...

« Ce même Jean Grégoire (un guide) rapporte qu'un jour qu'il visait un tigre, sa vue se troubla, et que la vue ne lui revint que lorsque la bête s'était échappée.

« Depuis lors, aucun de ces hommes n'a tué un seul tigre.

« La plupart des Indiens croient que le tigre est un homme sous la forme provisoire de cette bête féroce.

« Il y a même des hommes intelligents tels que le guide (baʝueano) Villalba qui professent cette espèce de superstition. Ce fut lui qui me rapporta, à moitié effrayé, les exploits que commettaient les *cadavres* (comme il dit) des morts à la bataille de Malabrigo. »

Depuis lors, les Indiens de Malabrigo, cadavres et hommes vivants, ont fait place à la colonie du docteur Théophile Romang.

# XIX

Buenos Aires, 11 juin 1888.

Le 20 avril dans.l après-midi je me remets en marche vers
le Rosario de Santa Fé ; nous traversons la colonie Gessler,
fondée par un citoyen suisse de ce nom en 1871, au sud de la
colonie San Carlos, et nous arrivons à l'entrée de la nuit à la
station Galvez, centre de la colonie de ce nom ; celle-ci est
déjà un centre de population important ; le gouverneur de la
province, dont elle porte le nom, est venu il y a quelques jours
procéder à son inauguration. Là on laisse le chemin de fer de
la province pour prendre celui de Buenos Aires. Les voyageurs ont vingt minutes pour dîner.

Quand le train se remet en marche, on est dans l'obscurité
la plus complète; celle-ci ne nous permet pas de voir les
importantes colonies *Irigoyen, Aldao, Jesus Maria* ; il faudra
donc revenir sur nos pas. A neuf heures du soir nous arrivons
au Rosario. La gare, éclairée à la lumière électrique, nous
annonce que nous sommes dans la seconde ville de la République. Le dernier recensement lui donne plus de cinquante
mille âmes, et elle continue à prospérer et à s'accroître avec
une grande rapidité.

On m'a assuré que Stanislas Lopez, gouverneur et capitaine général de cette province, il y a plus d'un demi-siècle,
avait eu le pressentiment de la grandeur future de cette ville
et qu'il l'avait manifesté en jetant les fondements d'une église.
Ses amis lui faisaient observer qu'elle allait être trop spacieuse

pour la population qui existait alors ; il répondit qu'il fallait songer à l'avenir et que Rosario était appelé à être une grande ville.

Le pressentiment de Lopez était fondé. Cette petite station de caboteurs et de pêcheurs, grâce à la libre navigation des rivières, grâce à l'immigration et à la colonisation, grâce au chemin de fer, est devenue un entrepôt de richesses, où arrivent directement les grands navires d'outre-mer, dont les opérations de chargement et de déchargement s'y font avec la plus grande facilité ; il ne reste qu'à supprimer quelques obstacles qui gênent la navigation du grand fleuve, pour que le Rosario devienne un véritable port de mer situé dans l'intérieur des terres, à cent cinquante lieues de l'Océan, tandis que d'autre part il est la porte dorée des provinces transparanéennes.

Le Rosario a été pour moi le point de départ de nouvelles excursions. La première a été pour les colonies du chemin de fer central argentin. L'histoire de ces colonies se lie à celle du chemin de fer du Rosario à Cordoba.

Lorsque, par suite de la sécession de Buenos Aires en 1854, le gouvernement de la Confédération argentine s'installa à Parana, capitale de la province d'Entre Rios déclarée à cet effet capitale provisoire de la République, une des premières pensées de ce gouvernement fut l'établissement des voies de communication. Pour voyager avec quelque rapidité on ne connaissait alors que le cheval et ce qu'on appelait les *tropillas* de chevaux, qui sont une espèce de relais ambulants, que l'on chasse devant soi après les avoir accouplés pendant quelque temps avec une jument qui porte une sonnette et qui devient leur *marraine :* cela signifie qu'ils s'attachent à elle et qu'ils s'accoutument à la suivre. Quand le cheval que l'on monte est fatigué, on fait entrer la *tropilla* dans une enceinte à bétail, dans un corral, on en prend un autre, et celui qu'on vient de laisser se repose en galopant avec le reste de la

13

troupe. On peut ainsi facilement faire vingt-cinq à trente lieues par jour. Pour porter les marchandises il n'y avait que les mules et les charrettes à bœufs qui faisaient à peu près une lieue par heure, et qui devaient former tous les soirs une espèce de camp retranché pour se défendre contre les Indiens. Il en résultait que le moindre voyage durait des semaines et des mois, et qu'il fallait autant de temps à une lettre pour aller d'une extrémité à l'autre de la République que pour venir d'Europe en Amérique,

Telle était donc la première difficulté qu'il y avait à vaincre, le manque de communications qui rendait impossibles la sociabilité et l'administration, en un mot toute vie politique et sociale. Le gouvernement national, quoique n'ayant guère de ressources, attaqua sans hésitation la difficulté et décréta l'établissement d'un chemin de fer de Rosario à Cordoba. Le Rosario, port jusqu'alors ignoré des navigateurs d'outre-mer, car ceux-ci ne pouvaient aller au delà du *port* unique, c'est-à-dire de Buenos Aires, était devenu, grâce à la libre navigation des rivières accordée, en 1853, par un traité avec les puissances étrangères, et grâce aux droits différentiels, décrétés en 1856, le port principal de la Confédération[1]. De cette manière on avait établi le commerce direct qui était l'objectif des hommes d'État argentins, au moins de ceux des provinces. Mais ce commerce direct impliquait nécessairement l'ouverture de voies de communications, la construction de ponts et de chaussées, et enfin de chemins de fer pour supprimer les distances entre les peuples dispersés dans cet

1. La loi des droits différentiels, votée par le congrès de Parana, statuait que les marchandises qui viendraient directement aux ports de la Confédération, dont le Rosario était le principal, payeraient des droits inférieurs de beaucoup à celles qui toucheraient aux ports de la Plata : cette loi avait pour but de produire le commerce direct avec les pays d'outre-mer; elle fut abolie après la bataille de Cépéda et le traité de San José de Fèvres (11 novembre 1859) qui faisait rentrer la province de Buenos Aires dans la Confédération.

espace immence qu'Alberdi définissait un *désert peuplé par exception.*

Le chemin de fer devenait ainsi le complément, la condition *sine quâ non* de l'organisation politique et économique de la nation reconstituée.

Un ingénieur nord-américain fut donc chargé de faire les études du chemin de fer de Rosario à Cordoba. Malheureusement les rancunes politiques n'étaient pas encore éteintes ; le feu de la guerre civile continuait à couver sous la cendre ; la lutte occulte ne tarda pas à dégénérer en lutte déclarée ; les ingénieurs durent faire place aux artilleurs : le canon devança encore une fois la locomotive, et le chemin de fer fut renvoyé aux calendes grecques. Ce ne fut qu'en 1863, après la translation du gouvernement national à Buenos Aires, que les travaux furent inaugurés ; une Compagnie anglaise s'était engagée à construire le chemin de fer ; elle mettait pour condition, outre la garantie habituelle du 7 0/0, qu'on lui céderait en toute propriété une lieue de chaque côté de la voie ferrée ; elle s'engageait, d'ailleurs, à la coloniser.

La condition semblait exorbitante ; cependant elle fut acceptée par le Congrès.

Les travaux du chemin de fer, je l'ai déjà dit, datent de 1863 ; quant à la colonisation, elle date de 1870.

Nous allons donc parcourir ce chemin de fer.

Le 3 mai, à sept heures du matin, nous sortons du Rosario ; nous traversons l'*egido* de la ville, après quoi nous entrons dans la colonie *Bernstadt* (cité de Berne), qui porte aussi le nom de *Roldan*. C'est la première colonie fondée par la compagnie.

Dans le courant de 1869, dit Guillaume Wilcken, la Compagnie envoya en Europe, son agent Guillaume Perkins pour aller chercher les colons qu'elle devait établir à quatre lieues du Rosario, au point où commençait la concession.

Mais la direction de la Compagnie à Londres ayant nommé M. Perkins surintendant des terres de l'entreprise, celui-ci dut retourner immédiatement en Amérique, pour se mettre à la tête du département et faire les préparatifs nécessaires afin de recevoir le premier convoi de colons.

Ce convoi composé de vingt-cinq familles arriva au mois de mars 1870.

Le second convoi arriva au mois de juin de la même année; le troisième en juillet; la colonie s'accrût aussi, rapidement et considérablement, de familles venues de la République de l'Uruguay, ainsi que des autres colonies du pays.

Les autres familles vinrent ensuite.

Le plan adopté pour la colonisation comprenant les deux systèmes, celui de l'immigration spontanée et celui de l'immigration artificielle, est supérieur, dit M. Wilcken, à tous ceux qu'on a pu pratiquer dans le pays.

Ce système est complété par les principes suivants qui servent de règle générale :

1° Installation des colons sur les points les plus favorables pour eux, loin de frontières périlleuses à défendre et à proximité d'un débouché facile pour leurs produits ;

2° Louage des terrains à bon marché, avec le droit de les acheter à prix fixe, à long terme, sans intérêt et à la volonté du colon ;

3° Possession immédiate d'une bonne maison dès le jour de l'arrivée ;

4° Mise à la disposition du colon de tous les éléments nécessaires pour la culture, et de tous les moyens de subsistance, pour qu'il puisse travailler avec autant de facilité que de profit ;

5° Rationnement exact, distribution méthodique et régulière, vigilance active sur tous et sur chacun des colons, même sur l'hygiène. Rectitude dans tous les rapports avec les colons, justice dans les procédés, soins minutieux mis à inspirer une confiance fraternelle aux colons.

Si, avec de semblables précautions, et sauf les cas de force majeure, le colon ne réussissait pas, il était clair qu'il ne pouvait s'en prendre qu'à lui-même.

Maintenant, voyons quelles étaient les bases du contrat :

Le terrain que l'on remet au chef de la famille est de vingt à quarante *cuadras* d'étendue, vendu ou loué.

Dans le premier cas, le prix établi est de vingt piastres par *cuadra*, payables 10 0/0 au comptant, 15 0/0 à la fin de la première année, 25 0/0 à la fin de la deuxième année, 25 0/0 à la fin de la troisième année, 25 0/0 à la fin de la quatrième, ce qui fait la somme de 400 piastres.

Dans le second cas, c'est-à-dire dans le cas de louage, on paye 20 piastres par an pour la concession de 20 *cuadras*, c'est-à-dire une piastre par chaque *cuadra* carrée, payable après la récolte, avec droit d'acheter quand on veut et pendant les trois premières années, à ce même prix de 20 piastres fortes par *cuadra*.

Si le colon le demande, la Compagnie lui donnera une maison, une paire de bœufs, une charrue, une herse, les semences, de la viande et de la farine ; le tout au prix coûtant avec un intérêt de 10 0/0 par an sur ces avances.

L'administration achète les produits au prix le plus élevé du marché ; mais le colon n'est nullement obligé à lui donner la préférence ; il est libre de vendre ou de ne pas vendre.

Une fois en possession de sa concession, le colon ne peut plus perdre son droit, à moins qu'il n'y renonce lui-même.

Les obligations du colon se bornent à travailler son terrain, à payer, comme il peut, en un, deux, trois ou quatre ans, ce qu'il doit pour les avances faites, à enclore sa concession d'un fossé ou d'une autre manière.

Les quatre premières colonies fondées par la Compagnie

sont : Bernstadt ou Roldan, Carcaraña, Cañada de Gomès et Tortugas.

Le chemin de fer les partage dans le sens de la longueur; au centre de chacune il y a un village et une station.

Bernstadt fut établie en mars 1870, sur une base de 794 concessions; au bout de trois ans, elle comptait, entre vendues, louées et occupées, 313 concessions avec autant de familles, sans compter 72 familles industrielles établies dans le village, autour de la station, ce qui formait un total de 2.000 âmes. Les familles agricoles se subdivisaient de la manière suivante : 43 françaises, 16 allemandes, 21 anglaises, irlandaises et écossaises, 11 italiennes, 36 argentines, 3 espagnoles, 2 basquaises, 1 chilienne.

Le village de Bernstadt occupe cinq concessions, c'est-à-dire 120 *cuadras* subdivisées en carrés de 100 vares de côté, avec des rues de 20 vares de large.

L'administration avait introduit dans cette colonie une institution importante, une espèce de ferme-modèle (*quinta normal*), qui devait rendre, comme on le comprend très bien, de grands services, par les essais de tout genre et les expériences qu'on devait y faire, sur les cultures à introduire dans la colonie.

Cette ferme-modèle avait 80 *cuadras* de superficie.

Il faut remarquer que les terrains de Bernstadt ne sont pas les meilleurs de la Compagnie; ils sont plats et exposés à se couvrir d'eaux stagnantes, quand il pleut beaucoup.

L'intention de la Compagnie était d'établir, suivant la marche de la colonisation, des stations de deux lieues en deux lieues; c'est ainsi qu'on établit successivement les stations de San Geronimo, de Carcaraña-Est et de Carcaraña-Ouest.

Carcaraña fut la seconde colonie fondée par la Compagnie : elle est traversée par la rivière de ce nom. Au bout d'un an d'existence elle comptait déjà 168 concessions occupées

par 89 familles d'agriculteurs et 13 familles d'industriels; il
y avait 78 familles suisses françaises, 28 françaises, 4 allemandes, 12 italiennes, 5 françaises, 6 argentines; le reste
appartenait à diverses nationalités.

Les terrains de cette colonie sont hauts, ondulés; les
colons les préféraient à ceux de Bernstadt, surtout les Français
et les Suisses français, qui sont d'excellents agriculteurs et de
forts travailleurs, dit l'inspecteur Wilcken.

Sur le Carcaraña la Compagnie établit une ferme-modèle
composée de deux cent cinquante *cuadras*.

Quatre lieues plus loin on mit la colonie *Cañada de
Gomez*.

Cette colonie, dit toujours Wilcken, spécialement destinée
à des colons anglais, n'a pas avancé autant que les autres.
Ce mauvais résultat devait être attribué, d'après lui, à des
publications défavorables faites par la presse de Londres.

La Compagnie, persuadée qu'une bonne colonisation
anglaise était chose difficile, sinon impossible, avait pris le
partie de tracer une colonie pour y installer des colons de la
même espèce que ceux de Bernstadt et de Carcaraña.

Les fermes y sont de vingt-cinq *cuadras*, et ce point est un
des plus avantageux entre tous les terrains de la Compagnie,
surtout au bord de la rivière.

Il y avait à l'époque de la visite de M. Wilcken, 30 familles
argentines, 11 anglaises, 5 allemandes et 21 familles industrielles de diverses nationalités établies dans le village.

On trouvait dans cette colonie un bel établissement de
M. Paul Krell, qui occupe une lieue de surface moins un
neuvième de lieue, où M. Ludolphe Heiland avait établi une
belle ferme avec de magnifiques bâtiments et de grandes
plantations d'arbres.

L'établissement de M. Krell était monté sur une grande
échelle, doté par conséquent de tous les instruments et de
toutes les machines d'agriculture les plus modernes.

On labourait la terre avec la charrue à vapeur.

Relativement à cette dernière, M. Krell publia en décembre 1871 les renseignements suivants :

« Ayant labouré l'année dernière sur ma terre de Cañada de Gomez avec la charrue à vapeur de John Fowler et Cⁱᵉ j'ai récolté environ vingt-cinq mille arrobes de blé sur cent *cuadras* de terrain, tandis que deux de mes voisins qui ont travaillé avec des bœufs et avec de bonnes charrues anglaises, n'ont obtenu sur la même superficie de terrain, que huit mille arrobes d'une part et treize mille arrobes de l'autre. En évaluant la différence à une piastre «bolivienne» par arrobe, on voit tout de suite l'avantage qui résulte en faveur de la charrue à vapeur.

« J'ajouterai que dans ce pays-ci une personne qui cultive au moins deux cents *cuadras* de terrain peut faire usage de la charrue à vapeur achetée et exploitée pour son propre compte, à meilleur marché qu'un fermier qui la prend en location en Angleterre. »

M. Krell avait aussi deux batteuses à vapeur, six moissonneuses de Wood et de Buckeye, des cultivateurs, des semoirs, une menuiserie et une forge mécaniques, d'immenses luzernières pour la nourriture de ses animaux et pour vendre.

Il élevait des animaux de race tels que des vaches anglaises, des porcs et des brebis.

La colonie *Tortugas* fut la quatrième colonie fondée par la Compagnie ; il y en a une partie dans la province de Santa Fé et une autre partie dans la province de Cordoba. Au mois d'avril 1872 il n'y avait que 34 familles dont 32 italiennes, une française et une argentine. Cette colonie a eu de grandes difficultés à vaincre ; elle a eu surtout à lutter contre les Indiens. Nous en reparlerons plus loin.

Depuis le passage de M. Wilcken, il s'est établi de nouvelles colonies sur cette voie qui est à peu près toute colonisée.

Entre Bernstadt et Carcaraña nous trouvons *San Geronimo*.

Entre Carcaraña et Cañada de Gomez nous trouvons *Correa,* entre Canada de Gomez et Tortugas nous trouvons *Armstrong* et *Wheelwright;* ce dernier nom est celui de l'industriel qui fut le principal entrepreneur du chemin de fer central argentin.

Au nord de la station Tortugas, on trouve les colonies *Amistad, Caracciolo, Montes de Oca, Los Troncos, Casas, Jewel.*

Dans ces dernières colonies on a commencé par vendre la *cuadra* à dix piastres or ; au moment de ma visite (1888) on la vendait 40 piastres nationales, et même 40 piastres or.

Les colons ne reçoivent pas d'avances ; ils doivent payer dans le terme de trois ou quatre ans. Ils afferment aussi des terrains ; dès l'abord, le prix d'affermage fut d'une piastre or par *cuadra;* maintenant il est de deux et de deux et demie nationales.

Les colons ne peuvent plus élever autant de vaches qu'autrefois parce que le terrain est devenu trop cher, ils doivent par conséquent se vouer à l'agriculture ; ils labourent et sèment de grandes étendues de terrain ; mais on peut leur reprocher de ne pas assez varier les cultures ; ils ne sèment guère que le blé, et cela a des inconvénients, surtout quand la récolte vient à manquer.

Je me suis arrêté pour cette fois à la station *Tortugas* ; par conséquent je ne parlerai pas des colonies qui sont sur le prolongement de la ligne, dans la province de Cordoba telles que. *San Rafaël, Garibaldi, Olmos, Marcos Juarez, Frayle Muerto* ou *Bell Ville, Villa Maria,* etc., que nous retrouverons en faisant l'énumération des colonies de cette province.

A la station *Tortugas* j'ai pris une carriole pour parcourir les environs ; mon cocher est un Italien qui a été militaire dans son pays, et qui a servi sous les ordres du général Cialdini : il a fait la campagne de 1866 ; mais, au contraire de ses compatriotes de cette contrée, il n'aime pas Garibaldi, il l'accuse d'être franc-maçon, et à ses yeux les francs-maçons sont des gens qui commettent toutes sortes d'horreurs et de crimes.

Étant arrivé à l'administration de la colonie Caracciolo, nous avons trouvé là un jeune homme nouvellement marié, juge de paix, qui tient aussi une maison de commerce. Il m'a dit que cette colonie avait rendu plus que les autres cette année; elle avait produit en effet dix fanègues de quinze arrobes par *cuadra*, n'ayant eu à subir ni la grêle ni la gelée.

# XX

Le 1$^{er}$ mai (1888), je me suis embarqué sur le chemin de fer de l'Ouest santafesino pour visiter les colonies établies sur cette ligne, dont la plus importante est jusqu'à présent la colonie *Candelaria*, connue aussi sous le nom de villa Casilda. Cette colonie a été fondée par M. Carlos Casado, négociant et banquier espagnol, établi à Rosario : elle date de 1870. Elle est située à neuf lieues à l'ouest de la ville de Rosario, à quatre lieues au sud de la station du chemin de fer central de Carcaraña. Elle est destinée à être le point d'intersection de plusieurs chemins de fer. Elle a occupé primitivement une superficie de cinq lieues carrées et a été divisée en concessions de 25 hectares groupées de quatre en quatre.

Au commencement on a vendu les concessions à 300 piastres fortes au comptant, ou à 400 piastres payables en trois annuités sans intérêts.

A l'époque de la visite de M. Wilcken en 1872 elles valaient 500 piastres fortes, et on les affermait à raison de 50 piastres par an. Les terres de Candelaria passent pour être des meilleures entre celles du département du Rosario. On y trouve de l'eau de très bonne qualité à dix et quinze vares de profondeur.

En 1872, il y avait 95 familles de diverses nationalités réparties sur 324 concessions. Candelaria était une colonie cosmopolite par excellence, mais les Italiens y étaient en majorité.

L'administration s'était réservé pour six ans le monopole de toute espèce de commerce, aucune maison ne pouvant s'établir sans sa permission.

Elle avait aussi de grandes et belles pépinières de toute espèce d'arbres fruitiers. Elle les distribuait gratuitement au colon en lui donnant les instructions nécessaires et en l'excitant par son exemple à faire et à soigner les plantations.

« Une propagande si active et si éloquente, dit M. Wilcken, devait produire d'excellents résultats. Le grand mal, en général, des terrains découverts, est la rareté des pluies. Le climat changerait favorablement, il perdrait de son âpreté ; les pluies tomberaient avec plus de régularité, si le *campo* se couvrait de bois.

« Le soin qu'on a mis à choisir les familles laborieuses, économes et sobres ; la protection sans limite qu'on leur a donnée dès leur arrivée, en combinant les convenances ou les intérêts du colon avec ceux de l'entreprise ; une certaine émulation stimulée par des prix décernés à celui qui se distingue par sa manière de cultiver la terre ou de construire une maison confortable, tout cela, ajoute M. Wilcken, a contribué puissamment et efficacement au développement de la colonie dans le court espace d'une année.

« Le magasin de l'administration fournit aux colons à prix modique tous les objets nécessaires ; mais il ne débite pas de boissons, — l'introduction de cet article est défendue dans la colonie ; — ceci a pour but de prévenir et d'ôter toute occasion à l'ivrognerie : et c'est sans doute le motif pour lequel l'administration s'est réservé le monopole des marchandises et des provisions. »

« Cette mesure, dit le rapport de la Commission d'émigration du Rosario (1874) met le propriétaire de la colonie dans l'obligation absolue de fournir aux colons toutes les

choses nécessaires à la vie naturelle, de même qu'à l'exploitation de leurs concessions à des conditions plus avantageuses que celles que pourrait leur procurer la libre concurrence.

« Cette obligation, M. Casado a su la remplir. Ses employés
ont fourni les colons de toutes les choses nécessaires et à des
prix relativement bas tant pour les vivres que pour les instruments de travail, semences, bétail, etc.

« Mais aussi dès que l'administration pouvait se convaincre
qu'une famille ne répondait pas aux conditions exigées
d'assiduité au travail, elle lui adressait une admonestation;
son compte courant était arrêté, et, si elle persistait à se
mal conduire, elle était renvoyée de la colonie. »

C'est grâce à ce système que les cent cinquante familles,
qui forment aujourd'hui (1874) le noyau de la colonie Candelaria, présentent un bel ensemble de moralité et d'assiduité au
travail, qui va se développant chaque jour par l'impulsion de
l'émulation.

Mais voici le point le plus intéressant de l'administration
organisée par M. Casado, celui qui a produit les effets les
plus efficaces et les plus féconds : c'est le moyen employé
pour faire la récolte.

Quand ce moment est arrivé, tout colon fait à l'administration sa demande de bras et de machines, et immédiatement
il est satisfait. A cet effet, on a déjà réuni 500 émigrants
qu'on a embauchés à Buenos Aires, à raison de 80 à
120 francs de salaire par mois. Ces émigrants sont distribués
en raison de leur nationalité et suivant les besoins de
chaque ferme.

Le salaire est à la charge des colons, mais il est avancé
par M. Casado. Le colon n'a pas à s'inquiéter; son travail
ne souffre pas un instant; il sait que tout a été prévu et que
l'administration veille attentive à défendre sa récolte contre
toutes les éventualités.

A cet effet de grandes toiles cirées attendent l'occasion d'être utiles. L'administration ordonne aux colons de former des javelles et de les lier. Un grand nombre de chars portent à la meule les moissons mises en javelles, car à la colonie Candelaria il est défendu de fouler le blé avec des juments. Chaque colon doit faire sa meule, et les batteuses à vapeur se chargent du travail que l'on confiait autrefois au sabot des juments, au grand détriment de la propreté du grain, et avec grand danger pour le cultivateur de perdre sa récolte, si la pluie survenait au moment de l'opération.

Les colons de Candelaria réalisent, grâce à cette administration, des bénéfices évidents.

Vers la fin de 1882, l'inspecteur Bouchard trouvait à Candelaria 247 familles, qui représentaient un nombre de 2.049 personnes entre hommes, femmes et enfants.

Les nationalités étaient : 38 familles argentines, 158 italiennes, 24 françaises, 4 allemandes, 1 anglaise, 4 chiliennes, 18 espagnoles.

Toutes les familles moins six étaient catholiques.

On avait semé 3.465 *cuadras* de blé, lin, orge, pommes de terre, luzerne et autres semences.

Le terrain enclos en fil de fer était de 1.027 *cuadras* carrées.

Il y avait 8.104 animaux de travail et autres, 638 instruments de labour, 120 véhicules, 340 bâtiments, 13 maisons de commerce, 4 forges, 5 menuiseries, 4 auberges, 7 briquetteries, 2 boulangeries, une pharmacie, une fabrique de vins et de liqueurs, 2 moulins, 16 batteuses, 4 magasins à blé.

Il y avait 2.500.000 arbres fruitiers et 4.000.000 d'arbres d'autres espèces.

En 1888 la *villa Casilda* située au centre de la colonie avec ses maisons entourées d'arbres, sa place également

plantée d'arbres au-dessus desquels se détache l'église surmontée d'un clocher élevé, surprend agréablement le voyageur fatigué de contempler la monotonie de la pampa, bien
qu'elle soit en général colonisée et cultivée; mais l'horizontalité presque absolue du terrain n'en est pas moins fasti-
dieuse.

Après la villa Casilda, et en continuant à marcher vers
l'ouest, on trouve les colonies *Général Roca*, *Arequito*, *Iriondo*,
*Arteaga*, voisine du *pueblo* de *San José de l'Esquina*, qu'on
laisse à droite, avant d'arriver à la *Cruz Alta* où l'on a établi
la colonie *Juarez Celman*, qui est jusqu'à présent le terminus
du chemin de fer de l'Ouest santafesino.

Dans ces parages on voit disparaître jusqu'à un certain
point la monotonie du paysage de la pampa; il y a des
moments où le chemin de fer, au lieu de glisser sur une
superficie horizontale, s'enfonce dans l'intérieur de la terre et
court sur des terre-pleins élevés. On approche ainsi du bassin
du Rio Carcaraña, que l'on aperçoit dans le lointain.

San José de l'Esquina se montre à une certaine distance de
la voie et semble être un pueblo d'une certaine importance.
Quant à Juarez Celman, c'est un village qu'on est en train
d'improviser et qui a déjà un grand nombre de jolis édifices
de maçonnerie ou de fer galvanisé, et une petite église qui
produit un effet pittoresque sur le tapis vert de la prairie.

Dans une gare, j'ai entendu deux voyageurs qui parlaient
français; j'ai engagé la conversation avec eux; l'un d'eux est
venu s'asseoir à côté de moi dans le wagon : il m'a dit
s'appeler Gipson et être originaire du département de Seine-
et-Marne; il est établi à la colonie *Iriondo*, laquelle a treize
ans d'existence; il possède 400 *cuadras* carrées de terrain, dont
il cultive et sème la moitié; il dit que le seul moyen de prospérer dans l'agriculture, c'est de le faire sur une grande
échelle. Dans cette colonie, les premiers habitants ont reçu
gratuitement 20 *cuadras ;* les autres ont payé la concession

200 piastres or, payables en cinq ans sans intérêts. C'est
M. Alfred Arteaga qui en a été le fondateur.

Les Indiens ont assailli plusieurs fois la colonie : dans un
de ces assauts ils tuèrent un colon français en présence de sa
femme et enlevèrent celle-ci avec ses enfants. Alors les colons
se cotisèrent pour en payer la rançon ; ils avaient déjà réuni,
ou peu s'en fallait, la somme nécessaire, quand survint la
*battue* aux Indiens (le colon voulait sans doute parler de
l'expédition du général Roca au Rio Negro en 1879). Ceux-ci
refoulés emmenèrent la femme d'un côté et les enfants de
l'autre. Enfin les soldats la retrouvèrent et la délivrèrent ; les
colons lui remirent le montant de la souscription. Plus tard
elle eut la chance de retrouver ses enfants. Elle raconta que
les Indiens se la passaient les uns aux autres et la vendaient ;
enfin elle devint la propriété d'un cacique qui en fit la servante
de ses femmes. Tels étaient les incidents de la vie coloniale
dans les premiers temps.

Au sud des colonies Iriondo et Arteaga, on trouve les colonies *Santa Catalina*, *Pellegrini*, *Toscana*, *Piamontesa*, *San
José*. Le terrain est bon, m'a dit mon compagnon de voyage
improvisé, mais les colons ne connaissent d'autres cultures
que le blé, le lin et le maïs.

Parmi les colonies importantes qu'on trouve aux environs
de Rosario, il convient de citer la colonie *Jesus Maria;* elle est
située à huit lieues de cette ville entre le pueblo de *San Lorenzo* et le Rio Carcaraña, sur un terrain dit de Gorondona,
propriété de MM. José Maria Cullen et Camilo Aldao. Elle a
été fondée à la fin de 1870 ; les entrepreneurs de la colonie
vendaient les concessions de 20 *cuadras* au prix de 600
piastres fortes, payables en trois annuités sans intérêts, ou
avec un escompte de 12 0/0 annuel, au comptant, aux conditions suivantes :

1° Que les concessions soient uniquement et exclusivement

destinées au travail de l'agriculture ou d'une industrie qui ne
lui soit pas nuisible ; c'est-à-dire que les colons ne pourront
avoir d'autre bétail que celui qui sera nécessaire pour le
labourage et quelques vaches laitières pour la consommation
et la fabrication du beurre et du fromage ;

2° Que dans les six mois l'acheteur construise une maison
ou rancho sur sa concession ;

3° Que pendant dix ans il livre le 1 0/0 annuel de ses
récoltes pour contribuer à la formation d'un fonds destiné
exclusivement à la construction de temples et à la fondation
d'écoles ; de leur côté les entrepreneurs s'obligent à contribuer
à ces mêmes fins avec le double de la somme qu'aurait fournie
le colon qui aurait le plus donné en raison de sa meilleure
récolte ;

4° Ayant établi le système de vendre une concession et
d'en louer une autre à côté au même colon, s'il la demande,
celui-ci aura toujours la préférence pour l'acheter, dans le
cas où il se présenterait un autre acheteur ;

5° Les entrepreneurs ne s'engagent pas à faire d'avances
d'instruments de labourage ou autres, mais il leur est facul-
tatif de le faire.

La colonie embrasse une étendue de six à sept lieues de
terrain, subdivisé en 500 concessions de 20 *cuadras*.

Le terrain de cette colonie est considéré comme un des
meilleurs de la province.

Cette colonie est située à une lieue de distance du fameux
couvent de San Lorenzo, rendu célèbre par un combat où le
général San Martin repoussa les troupes espagnoles qui y avaient
opéré un débarquement en 1813. Le couvent est occupé par
des Franciscains, qui dans le temps ont envoyé des mission-
naires dans le Chaco pour convertir et civiliser les Indiens.

14

# XXI

Parana, 14 septembre 1888.

La colonie *Guadalupe* n'a pas été fondée par une entreprise particulière, ni par le gouvernement; c'est donc ce qu'on peut appeler une colonie formée spontanément. En 1864, au moment où le gouverneur Cullen faisait sa visite au département du Rosario, on vit arriver quelques familles allemandes (du Hanovre); elles venaient des colonies du Brésil; elles achetèrent près de la chapelle Guadalupe à une lieue à peine du port de Santa Fé, des terrains de propriété particulière ; le gouvernement leur fit des avances remboursables dans le terme de deux ans : c'étaient une paire de bœufs, 2 vaches et un cheval, dont la valeur, une fois rendue, devait être employée à la construction d'une maison d'école.

Les premiers ans, dit Wilcken, furent aussi pour ces colons remplis de difficultés. Outre la sécheresse et les pluies intempestives, ils eurent à perdre un temps précieux à détruire les innombrables terriers de *Viscachas* et fourmilières dont le terrain était infesté. A force de constance et de travail, ils ont surmonté tous ces obstacles et jouissent aujourd'hui (1872) d'un bien-être incontestable, pour ne pas dire richesse.

La colonie embrassait à cette même époque une étendue de quatre lieues carrées, divisée en lots de fermes de 18 *cuadras*, terme moyen, encloses presque toutes avec des pieux de gnandubay et du fil de fer. La population se composait de

24 familles allemandes, 27 italiennes, 26 argentines et
20 d'autres nationalités.

Les colons catholiques allaient remplir leurs devoirs religieux à la chapelle de Guadalupe.

Tous ces colons, dit M. Beck, possèdent de jolies maisons
en briques ; ils cultivent surtout de la luzerne, des pommes de
terre et des légumes pour la consommation de la ville ; par
contre, ils ne sont pas dans le cas de cultiver le blé sur une
grande échelle. Ce sont les familles allemandes venues du
Brésil qui sont les plus riches, mais ce sont les Italiens qui
dominent aujourd'hui par le nombre.

Cette colonie a dû sa prospérité, dit le *Mémoire* du département d'immigration (1874), surtout à sa position dans le
voisinage de la ville de Santa Fé. « La population de cette
ville, le voisinage de la grande lagune de Guadalupe et
surtout le port de Santa Fé, voilà ce qui a contribué à la
fortune des colons, en leur fournissant des consommateurs
et une exportation facile pour leurs produits, en même temps
qu'un endroit où ils peuvent s'approvisionner sans dérangement
et sans perte de temps. Le temps, c'est de l'or ; leurs céréales ne sont pas grevées de frais de transport : en un mot,
tout est pour eux profit et bénéfice. »

Pour connaître, pour apprécier l'importance des progrès
que la province de Santa Fé a faits depuis quinze à vingt ans,
il faut aller au nord de la capitale et comparer les relations
des voyageurs qui la parcoururent à cette époque avec le spectacle que cette contrée présente aujourd'hui.

M. Charles Beck-Bernard, le fondateur et directeur de la
colonie San Carlos, dont nous avons parlé plusieurs fois,
visita ces parages en 1869 ; il a rendu compte de sa visite
dans un livre publié à Berne en 1872, sous le titre de la
*République Argentine — manuel de l'émigrant et du
cultivateur*. Voyons donc ce qu'il dit.

« Un service postal hebdomadaire entretient les communications entre Santa Fé et le quartier général de la frontière du nord, nommé *Comandancia general* ou Belgrano. Le chemin, qui se dirige droit au nord, passe par Estancia Grande et San Justo. Les distances en ligne droite sont : de Santa Fé à Estancia Grande (Emilia) douze lieues, à San Justo dix-huit lieues et à Belgrano vingt lieues. Le véhicule qui sert de diligence est un vieil omnibus en bois, repeint en bleu et en blanc, dans lequel on n'est pas trop mal assis, et qui est tiré par cinq ou six chevaux, suivant que la route est plus ou moins praticable.

« Le premier relais est à l'ancien canton de Narvaja, à huit lieues environ de la ville. Jusque-là le chemin est assez mauvais. La contrée était autrefois boisée, mais les charbonniers ont coupé tous les arbres excepté les ombus et les broussailles dont ils ne pouvaient pas se servir, laissant en terre les souches et les racines ; outre cela le terrain est bas, de sorte qu'après la pluie l'eau y séjourne et forme une boue persistante. En passant dans ces endroits, les charrettes à deux roues du pays creusent de profondes ornières qui abîment le chemin pour les voitures ou les chars à l'européenne. Tout cela réuni ne fait pas une bonne route ; pour en obtenir une il faudrait supprimer les charrettes ou les obliger à suivre un chemin à part.

« C'est au canton de Narvaja que commence le Chaco, et à partir de ce point, le chemin devient réellement très bon. Le terrain est plus élevé, le sol est dur, et la voiture roule aussi facilement que sur une chaussée. Le pays est très joli et devient toujours plus beau à mesure qu'on avance vers le nord. Les ondulations du terrain sont plus accentuées, et deviennent presque des collines ; à l'ouest, coule le Salado qui se dessine par une lisière de forêts très sombres, au delà de laquelle on aperçoit encore le *campo* élevé qui se perd à l'horizon, comme une mer de verdure. La prairie que l'on traverse est parsemée de bouquets d'arbres, nommés *isletas*, et l'ensemble est riant, pittoresque. Plus on avance vers le nord, plus les arbres deviennent grands. Ce sont des caroubiers, des gnandubays, des quebrachos, etc. Il y a dans ces parages plusieurs *estancias* dont on voit les troupeaux éparpillés dans la prairie. Les daims, les autruches, les canards, les perdrix abondent : à chaque instant on en voit tout près du chemin.

« A propos des daims et des perdrix, il est à remarquer que dans le voisinage des anciennes colonies, ces animaux, loin de diminuer comme on aurait pu s'y attendre, ont beaucoup augmenté. Cela s'explique par les raisons suivantes. Autrefois les incendies des prairies détruisaient un grand nombre de ces bêtes, surtout les petits et les nichées ; maintenant que le pays est entièrement voué à l'agriculture, on n'allume plus l'herbe du campo. Outre cela les champs de blé attirent les daims et les biches, qui broutent volontiers la plante pendant qu'elle est jeune, à tel point que sur les bords des colonies il en résulte quelquefois un dommage appréciable pour le cultivateur. Pour les perdrix, les champs sont un séjour préféré : elles y font leurs nids, elles ont les loisirs d'y couver leurs œufs avant le moment de la récolte. On distingue parmi les perdrix une grande espèce nommée *Martineta* dont la chair est particulièrement délicate. Elle est de la taille d'une poule.

« Estancia Grande se trouve sur le chemin d'Emilia, mais en décembre 1869, au moment de notre visite, il n'y avait là qu'une maison isolée au milieu du campo. Les premières concessions habitées et cultivées de la colonie étaient à un quart de lieue plus loin, du côté du Salado, et le bâtiment de l'administration, une maison en bois assez grande mais peu commode, était placé à l'extrémité du terrain aussi près que possible de la rivière. Au commencement même on l'avait placé tout au bord de cette dernière, mais une inondation avait forcé les fondateurs à reculer un peu. C'est un endroit charmant, comme site ; on est au milieu de la forêt et l'on voit l'eau blanche du Salado briller à travers les arbres noirs; plus loin la vue s'étend encore sur la plaine élevée qui se trouve de l'autre côté de la rivière. Le premier administrateur de la colonie, M. Tripoti, avait l'intention de fonder ici une ville ; mais comme la colonie est destinée à s'étendre du côté de l'est où la prairie ouverte est plus propice à l'agriculture, et comme en outre la situation près de la rivière n'est pas très saine, l'administration actuelle a résolu de transporter sa résidence à l'Estancia Grande, où elle est mieux placée et où elle se trouve sur la route même qui mène de Santa Fé à la frontière du nord.

« La colonie de San Justo est située à six ou sept lieues plus au nord. M. Jonas Larguia, ingénieur civil, qui en est le directeur, l'a fondée avant que la frontière militaire eût été portée au delà de ce point et sur la ligne qu'elle occupe aujourd'hui. Il fallait donc veiller à la défense de la colonie contre une attaque possible des Indiens ; c'est pourquoi M. Larguia adopta un plan différent de la simple division du terrain en parcelles de 20 *cuadras*, usitée dans les autres établissements de ce genre.

« Au centre de la colonie est un petit village d'une quarantaine de ranchos où les familles de colons sont groupées autour de l'administration, de manière à pouvoir se porter mutuellement secours. Le principal rancho de l'administration est surmonté d'une échelle terminée en plate-forme, d'où l'on peut dominer du regard tout le pays à la ronde. Ce petit village est entouré d'un fossé dont la terre a été entassée de manière à former une espèce de bastion. A l'entrée, du côté du nord, se trouve un vieux canon appuyé sur quelques poutres, en guise d'affût.

« Tout autour de ce village, l'administration s'est réservé une espace de 1.500 vares de terrain pour y faire ses propres cultures en grand. Ce n'est qu'au delà de ce carré que commencent les rangées de concessions de 20 *cuadras* destinées aux colons.

« Chaque famille a reçu en même temps un terrain à bâtir de 100 vares dans le village, et une concession de 20 *cuadras* dans la colonie.

« En décembre 1869, la plupart des colons habitaient encore le village, où ils cultivaient un jardin près de leurs concessions, et pendant le jour ils allaient travailler sur leurs concessions. Cependant plusieurs avaient commencé à bâtir des maisons sur leurs terrains, et quelques familles y avaient transporté leur domicile.

« Le territoire de San Justo contient outre le centre réservé cinq cents concessions de 20 *cuadras;* il s'étend par l'ouest jusqu'au Salado ; il n'est éloigné du village que d'une lieue à peu près.

« De l'autre côté de la rivière on aperçoit la forêt sombre et épaisse, puis la belle prairie élevée, nommée la *Soledad,* où les jésuites avaient autrefois un établissement, et où l'on pourrait faire aujourd'hui une colonie superbe. Un pont jeté sur le Salado, ce qui serait ici très facile, mettrait en communication la Soledad et San Justo, qui ne seraient guère qu'à deux lieues de distance l'un de l'autre.

« A l'est de San Justo et un peu vers le sud, se trouve la colonie d'*Helvetia,* qui est à dix lieues de distance environ ; mais il n'y a pas de communication possible entre ces deux colonies, parce qu'elles sont séparées, non seulement par le Saladillo Amargo et le Saladillo Dulce, mais encore par beaucoup de bas-fonds qui ne sont pas praticables.

« Tout près de San Justo l'on trouve au bord du Salado les ruines d'un ancien fort espagnol nommé *Esquina Grande.* Les briques de cette antique construction, ainsi que celles que l'on trouve dans les vestiges d'anciennes *estancias* de cette contrée, sont d'une qualité remarquable, ce qui prouve qu'il y a là d'excellente terre de poterie. On prétend qu'il s'y trouve de la terre de porcelaine.

« Aux environs de San Justo les forêts sont encore plus belles et plus grandes qu'à Emilia. Dans l'un et l'autre endroit le terrain est extrêmement fertile. La couche de terre végétale est d'une profondeur de trois à quatre pieds, et la végétation y est en général très exubérante. Le pâturage naturel est excellent; les bestiaux s'y engraissent plus vite qu'ailleurs et deviennent plus robustes. Le blé produit en moyenne trois à quatre fanègues par *journal* ou *pose*: le rendement est donc plus fort que dans les colonies moins éloignées de la ville, ce qui compense et au delà la différence des frais de transport. Du reste l'administration a pris des mesures pour faire les voiturages en grand, par charrettes à bœufs, à un prix très réduit, de sorte que cette différence n'est guère que d'une demi à trois quarts de piastre bolivienne par fanègue.

« D'ailleurs, l'administration et les colons ont l'intention de cultiver, outre le froment et peut-être préférablement à celui-ci, le tabac qui réussit admirablement dans cette terre si riche et si forte.

« M. Larguia s'est avisé d'un moyen aussi original qu'ingénieux pour nettoyer d'insectes ses plantations de tabac. On trouve très souvent dans le Chaco de petites autruches qui viennent d'éclore, que l'on prend sans peine et que l'on élève facilement comme animaux domestiques. M. Larguia possède une vingtaine de ces oiseaux, et il les fait promener lentement chaque matin entre les rangées de plantes de tabac; les autruches enlèvent tous les insectes qui s'y trouvent, plus exactement que les hommes ne le pourraient faire, et épargnent à ces derniers un travail qui exige beaucoup de temps et une attention minutieuse.

« Le maïs, les pommes de terre, les patates, le lin, l'arachide, les potirons, les melons, et les légumes réussissent

très bien dans ce sol fertile. Le sorgho et le manioc ont aussi
été plantés avec succès à titre d'essai. Un colon de San Justo
a l'intention de se vouer sérieusement à la culture de la
vigne. Il va sans dire que le terrain et la situation sont favorables à l'arboriculture. Au mois de décembre 1869 il y avait
à San Justo trente-huit familles et à Emilia soixante-trois.
On évaluait la récolte de blé de cette dernière colonie à
3.000 fanègues. L'une et l'autre ont été fondées par don
Mariano Cabal, ancien gouverneur de la province de Santa
Fé, sur des terres qui lui appartenaient. Le territoire d'Emilia comprend mille concessions de 20 *cuadras;* il y a encore
de la place pour beaucoup de monde.

« Au commencement, les concessions ont été données gratuitement. Les colons étaient tous de très pauvres gens arrivés à Santa Fé dans un dénuement complet, et ne possédant
pas même les outils et instruments aratoires les plus indispensables. L'administration a été obligée de leur fournir tout,
et naturellement elle a dû se borner au plus nécessaire, se
contentant de les mettre en état de travailler. Beaucoup de
colons se sont montrés très laborieux, et l'exploitation des
forêts a fourni à plusieurs d'entre eux un moyen simple et
rapide de s'acquitter de leurs dettes.

« Aujourd'hui les concessions se vendent au prix de deux
cent à trois cent cinquante piastres boliviennes suivant la
situation, avec trois ans de terme pour le payement. L'administration continue à avancer aux colons qui en ont besoin
les objets les plus indispensables pour leur installation.

« Tout le territoire situé entre le Salado et le Saladillo est
certainement la plus belle partie de la province de Santa Fé.
On y trouve tout ce qu'on peut demander à la nature : du
bois en abondance, un sol extrêmement fertile, de l'eau
excellente. Il ne faudrait qu'un chemin de fer qui reliât la
ville au quartier général de Belgrano pour faire de cette contrée le département le plus riche et le plus prospère. On

pourrait établir à peu de frais un chemin en bois dur de quebracho ou de gnandubay à prendre dans les forêts du nord, qui suffirait parfaitement pour supporter de petites locomotives avec des convois légers appropriés aux besoins de la localité. Tous les *estancieros* qui possèdent des terres dans ces parages s'empresseraient de les fractionner pour les vendre à des colons. »

M. Beck-Bernard termine sa relation par quelques données statistiques.

Tout semblait annoncer une prospérité croissante; mais tout fut perdu par un concours de circonstances malheureuses; la colonie de San Justo surtout eut beaucoup à souffrir : les Indiens, qui ne cessaient de la menacer, l'attaquèrent plusieurs fois. Elle était à douze lieues au delà de la frontière. En la fondant, M. Cabal avait voulu obliger le gouvernement à avancer la ligne de défense. En effet, on lui avait concédé trois cents lieues carrées, mais c'était à la condition de les coloniser et de les peupler. L'entreprise était très risquée. A cette difficulté vinrent se joindre d'autres difficultés de nature différente : enfin tout cela finit par une faillite. M. Cabal dut livrer ses terrains à la Banque de Londres à raison de quatre mille piastres la lieue. Il n'était resté que quelques colons.

Cet état de choses continua jusqu'au moment où le docteur Iriondo acheta les terrains à la Banque et se mit à reconstituer les colonies. C'est depuis lors que date réellement leur marche progressive; et celle-ci eût été plus rapide, si les exécuteurs testamentaires d'Iriondo ne l'eussent pas entravée par leur retard à livrer les titres de propriété aux colons.

Actuellement, la colonie San Justo compte plus de quatre cents familles, composées de plus de quinze cents âmes. Au moment de ma visite, M. Palacios était en train de construire un grand moulin à vapeur.

On calcule que la concession (20 *cuadras*) rend ordinairement cent fanègues de quinze arrobes, c'est-à-dire que ce rendement est moindre que celui des colonies de l'ouest.

Les puits sont assez profonds; mais les colons ont des norias et d'autres moyens faciles pour se procurer de l'eau.

La colonie a un juge de paix, un délégué politique et une commission de *fomento* composée de trois membres nommés par le gouvernement.

Au nord de la colonie on trouve de grandes fermes à bétail.

A onze lieues dans cette direction est située la colonie *San Martin*, composée d'individus, la moitié fils du pays et l'autre moitié Indiens, appartenant à la tribu des Mocovies. Cette colonie, fondée en 1870, sur un terrain fiscal, a deux lieues carrées de superficie. On y trouve une école d'indigènes; la voie ferrée passe à une lieue à l'ouest. On y fait peu de culture. Cependant les Indiens sèment quelque peu; ils travaillent pour les propriétaires du voisinage, ils soignent le bétail, ce qui prouve qu'ils sont susceptibles de civilisation.

Cette colonie a un juge de paix et un commissaire.

A cinq lieues de San Justo, toujours au nord, M. Marcelino Escalada vient de fonder une autre colonie appelée *Lastenia*, qui aura cinq lieues carrées de superficie et où il y avait déjà une trentaine de familles au moment de ma visite. Les concessions sont de vingt-deux hectares. Elle est traversée par le chemin de fer qui doit conduire de Santa Fé à Reconquista et qui est déjà livré à la circulation jusqu'à San Justo, c'est-à-dire pendant une centaine de kilomètres de parcours. On voit que les désirs de M. Beck ont été réalisés avec excès.

Entre Emilia et San Justo on trouve les colonies *Sol de Mayo* et *Principe Humberto*, traversées aussi par le chemin de fer; à l'ouest on trouve la colonie *Cayastacito*. La plupart des colons sont Piémontais. Avant longtemps toute cette partie du nord de la province sera livrée à la colonisation.

# XXII

Corrientes, 29 septembre 1888.

Le Chaco est actuellement le grand objectif de l'immigration et de la colonisation.

J'ai été invité par MM. Taurel et Rojas à assister à l'inauguration d'une colonie qu'ils vont fonder sur les bords du Rio de Oro, aux environs de *Puerto Bermejo* dans le Chaco austral. L'inauguration devait avoir lieu le 24 septembre en présence du général Donovan, gouverneur du Chaco, et du général Védia, parrain de la colonie. Mais l'ex-président Sarmiento, qui était allé pour rétablir sa santé au Paraguay, étant mort sur ces entrefaites, l'inauguration a été renvoyée au 12 octobre. Néanmoins, comme je m'étais déjà mis en marche, j'ai continué ma route et suis arrivé en compagnie de M. Eugène Taurel que j'ai rencontré à bord, le 21 septembre au matin, au Puerto Bermejo. Cette localité était anciennement connue sous le nom de *Timbo*. D'où lui vient ce nom? Sans doute de quelque arbre de cette espèce qui se trouvait dans ces parages; c'est un arbre qui atteint des dimensions colossales et avec lequel on fabrique des embarcations; il suffit de creuser un tronc d'arbre pour cela, et l'on a une pirogue qui peut porter plusieurs hommes.

Le mauvais temps se déclara aussitôt après notre arrivée. On nous engageait à rester à Puerto Bermejo, mais mon compagnon de voyage, qui n'avait pas de temps à perdre, tenait à se mettre en route immédiatement. C'est le colonel

José Maria Uriburu, commandant militaire de ce point, qui
nous a tirés d'embarras, en mettant une voiture à notre disposition. Cette voiture est traînée par six mules et conduite
par quatre postillons, soldats du 12ᵉ régiment de cavalerie;
nous emmenons aussi un renfort de huit mules avec un
guide et un sergent.

Avant de nous mettre en route, nous parcourons le pueblo
improvisé de Puerto Bermejo. Improvisé est le mot; il n'a
guère que trois ans d'existence; il est postérieur à l'expédition que le général Victorica dirigea à la fin de 1884 à
l'intérieur du Chaco dans le but de soumettre définitivement les tribus indomptées de ce territoire.

Le pueblo a déjà plus de six cents habitants et des bâtiments d'une certaine importance, entre autres celui de doña
Victoria Pereira, une femme courageuse, qui avait entrepris
l'exploitation des forêts du Chaco bien longtemps avant que
les forces nationales eussent occupé cette partie du territoire.

La position de Puerto Bermejo est des plus avantageuses;
c'est une falaise assez élevée qui domine le Rio Paraguay
et un bon mouillage; par conséquent, c'est un point qui a de
l'avenir.

Il ne manque que d'établir une bonne viabilité dans les
environs : des ponts sur tous les cours d'eau et des chaussées
dans les marécages. On a décrété des chemins de fer, mais les
chemins de fer n'atteignent pas partout; il faut y ajouter un
système complet de communications rurales pour mettre les
populations en rapport facile avec les voies ferrées. Puisque
je parle de routes, je dois en passant rapporter que le colonel
Uriburu venait d'en établir une carrossable tout le long du
Rio Bermejo qui mène jusqu'à la colonie Rivadavia, dans la
province de Salta.

Des familles d'immigrants étaient venues avec nous. On
les a installées sur des charrettes à bœufs, et nous voilà partis.

Mais les chemins étaient tellement mauvais, il y avait tant
de marécages et de ruisseaux à passer qu'il était nuit close
lorsque nous sommes arrivés à l'administration de la colonie.
Tous ces empêchements provenaient de la pluie torrentielle
qui était tombée dans la matinée. Quand le temps est sec, un
cavalier peut franchir en une heure et demie la distance qui
sépare les deux points.

Cette colonie n'a que trois ou quatre mois d'existence, c'est-
à-dire qu'elle n'est pas encore formée au moment où j'écris
ces lignes.

Les bâtiments de l'administration, les hangars pour abriter les familles, magasins et autres ranchos, sont situés sur
la rive gauche du Rio de Oro, navigable jusqu'à ce point-là.
Ce rio est très sinueux comme toutes les autres rivières du
Chaco ; un batelier le comparait à un serpent, mais cet inconvénient peut être compensé par la navigation à vapeur. Les
entrepreneurs de la colonie ont l'intention d'établir le village
central un peu plus bas, à un point appelé *Tres Horquetas* qui
est accessible aux navires de trois cents tonneaux, et ce sera
un grand avantage pour les colons.

A l'orient de la maison d'administration on a planté une
avenue de palmiers, de trois cents mètres de long, et qui formera avec le temps une jolie perspective.

Au sud entre les bâtiments et le rio il y a une source d'eau
potable. Au nord, un grand parc à bétail où l'on enferme les
bœufs, les bêtes de service, les vaches laitières, les chevaux, etc.

A l'ouest un bosquet d'arbres séculaires au pied desquels on
a improvisé un jardin potager. Si l'on suit un sentier qui le traverse (*picada*) on arrive à un camp d'Indiens soumis employés
de l'établissement ; de sorte qu'on a là, dans l'espace assez
rétréci de quelques centaines de mètres carrés, des représentants de deux continents et de trois races distinctes, des Européens, des Américains, des blancs, des noirs, des rouges et
des métis ; on entend parler espagnol, allemand, italien,

français, guarani, mataco, toba, et je ne sais combien d'autres idiomes ; ce qui prouve que ce pays est, comme l'a dit Martin de Moussy, un grand laboratoire de races.

Le lendemain de mon arrivée, j'ai visité avec un égal intérêt, les trois groupes de population, les Américains civilisés, *péons* de Corrientes en général qui savouraient leur *maté*, comme on fait sur tous les points de la République, les Européens qui préparaient leur pot-bouille et les Indiens qui faisaient rôtir du maïs, au feu de leurs cahutes. Il va sans dire que ce qui attirait le plus mon attention, c'étaient les derniers, qui m'offraient l'attrait d'une nouveauté pittoresque.

Le logement des Indiens est un long *édifice*, si on peut l'appeler ainsi, de 40 à 50 mètres, sans séparation, sans cloison, fermé au sud, ouvert au nord. Les parois sont de roseaux. Les lits sont faits avec des pieux et des baguettes sur lesquelles on étend une natte de joncs et d'autres plantes aquatiques. La plupart sont pourvus de moustiquaires. D'autres enfants du Chaco moins avancés dans la science du *confort* dorment par terre. Les femmes font la cuisine, accroupies, avec les chiens à côté du foyer ; inutile de dire qu'il n'y a pas de cheminée ; d'autres cousent ou filent. J'ai remarqué particulièrement un groupe, composé d'une Indienne qui d'une main agitait le maïs dans une marmite avec une baguette, tandis que de l'autre elle caressait un petit chien, et d'une petite fille qui était debout entre la femme et l'animal.

Plus loin, on voyait un vieil Indien, enveloppé dans un *poncho*, étendu sur son lit ; il était malade ; un autre Indien, au moins aussi vieux que l'autre, les jambes croisées sur le sol, surveillait la coction du maïs dans l'attitude grave d'une divinité égyptienne, ou d'un fétiche.

M. Michel Rojas affirme que les Indiens sont laborieux, tout à fait susceptibles de se plier au travail et à la civilisation ; il faut les traiter avec égards, les payer en argent effectif, au lieu de marchandises sur lesquelles on leur fait perdre une

bonne partie de leurs salaires. Tous les hommes ont le sentiment inné de la justice; on ne saurait les choquer impunément.

J'ai visité plusieurs familles, entre autres celles de Deme-
trio Stori, un Italien qui est venu de la province de Buenos
Aires et qui se propose d'essayer toutes les cultures, Tomas
Robles et Jacques Fernandez, deux Espagnols qui travaillaient
auparavant à l'usine de M. Hardy et C$^{ie}$ à *Las Palmas*;
Sébastien Polachini père de six enfants, dont le dernier est
né dans la colonie et qui doit être baptisé le jour de l'inauguration : le parrain sera le général Vedia lui-même; Pablo
Carnevale, Cayetano Bianchi, José Rufini, Jean Meyer, une
espèce de Robinson qui vit tout seul, Pietro Nori, ex-cuisinier
du pape Pie IX, Paul Darnesi, Italien horloger, mécanicien
et même électricien qui m'a raconté longuement l'histoire de
l'aristocratique et inquisitoriale république de Venise; Jean
Smith et Angelo Galeroni, deux Italiens établis au milieu d'une
clairière de la forêt ; deux familles suisses du canton de Berne,
dont l'une porte le nom de Blatter. Un de ces Suisses me
présente des outils de bois qu'il a sculptés, des cuillers, des
fourchettes, des couteaux, etc.

Ces familles étaient déjà installées ; les autres travaillaient
en toute hâte pour construire leur chaumière et se mettre à
labourer le plus tôt possible.

La colonie est située dans le Chaco austral, entre les paral-
lèles 26° 46' et 27° 4' de latitude sud et entre les méridiens
50° 34' et 59° de longitude ouest de Greenwich, d'après le
plan dressé par M. Guillaume Araoz. Elle est bornée au sud
par le Rio de Oro, à l'est par le Rio Paraguay, au nord par
le Rio Bermejo. Toutes ces rivières sont navigables.

On peut y cultiver avantageusement la canne à sucre, le
tabac, le maïs, le manioc, le ricin, le colza, l'arachide, le sorgho,
la betterave, les légumes de toute espèce, les arbres fruitiers
tels que l'oranger, le citronnier, le pêcher. La terre végétale a

de 50 à 100 centimètres. On trouve l'eau à 5 ou 6 mètres de profondeur ; elle est parfaitement potable.

Le *campo* (prairie) est parsemé de bosquets plus ou moins étendus qui fourniront en abondance du bois de chauffage et du bois de construction.

On livre gratuitement à chaque famille un lot de 50 hectares, à la condition d'y bâtir sa chaumière et de la cultiver pendant trois ans.

Si la famille a besoin d'avances, elle devra payer le terrain à raison de huit à dix piastres l'hectare dans le terme de huit ans à partir de la deuxième récolte.

En ce cas, elle reçoit quatre bêtes de labour, une vache, un cheval, une charrue, une pelle, une pioche, des semences, une hache et la nourriture jusqu'à la première récolte. Les avances sont remboursables dans le terme de cinq ans.

Le terrain de MM. Taurel et Rojas est sans doute un des meilleurs du Chaco, pour l'élevage du bétail ainsi que pour l'agriculture. Je l'ai parcouru à peu près tout entier, en compagnie d'un vieux Correntin qui l'habite depuis plus de vingt ans, et qui est actuellement le contremaître de ces messieurs. Il m'a raconté comment il fallait s'y prendre pour vivre en bonne harmonie avec les Indiens, lorsque ceux-ci étaient dominateurs absolus du pays, pour obtenir le droit d'exploiter les forêts : il fallait à cet effet, indépendamment du tribut qu'on payait au cacique (200 piastres en or plus ou moins), leur faire des cadeaux, parfois une dame-jeanne de tafia ou de genièvre, parfois une mule, parfois une vache.

Au bout de notre excursion nous avons trouvé au bord de la rivière *Cangüé* un colon français, qui est en train de construire sa baraque pour la nuit : la baraque est de cette plante qu'on appelle en histoire naturelle le *Gynerium argenteum* ; deux enfants et la femme travaillent avec le père de famille, tandis que la vieille grand'mère prépare le dîner au feu allumé

15

au pied d'un arbuste; un enfant nouveau-né est couché à
côté d'elle : l'âge qui vient et l'âge qui s'en va, le commencement et le déclin de l'existence, voilà la molécule sociale,
le passé et l'avenir.

Ce Français vient de la Lorraine, de cette frontière arrosée
tant de fois de sang humain et qui est menacée de l'être
encore une fois; il a servi parmi les francs-tireurs de la dernière guerre, ensuite il fut incorporé dans l'armée régulière.
Si l'on considère le régime de paix armée qui pèse sur l'Europe et qui la menace de nouveaux cataclysmes, on peut affirmer que cet immigrant, qui d'ailleurs n'est pas le seul de
cette espèce dans le Chaco, est précurseur de beaucoup
d'autres.

Étant dans le Chaco austral, j'ai visité l'établissement de
M. Charles Christierson, citoyen suédois, qui exploite les
forêts de cette partie du Chaco depuis une douzaine d'années
et qui va y fonder une colonie. Son établissement est situé
sur la rive droite du Rio de Oro à une lieue environ de l'administration de la colonie Vedia. Les maisons sont construites
en planches, elles ont des toits de palmier. Tous les meubles,
les portes, les fenêtres ont été faits avec le bois du Chaco.

Les bestiaux que j'ai vus aux environs indiquent que le
Chaco a d'excellents pâturages; le jardin, la *quinta*, les plantations et les diverses cultures que M. Christierson a faites à
côté de son habitation, manifestent également un degré de
fertilité remarquable.

A trois lieues environ au sud du Rio de Oro, on trouve l'établissement agricole industriel de MM. Hardy et Cᵢₑ, dit de
*Las Palmas*.

Au moment de ma visite, les travaux de l'usine à sucre
avaient cessé depuis quelques jours.

J'assistai au départ d'un grand nombre de wagonnets traî-

nés par des bœufs sur un chemin de fer Decauville qui les
portait au port de Barranqueras ; mais il ne faut pas confon-
dre ce Barranqueras avec le port du même nom qui sert à
Resistencia. Le bâtiment de l'usine est en fer galvanisé. Il y
a aussi une scierie à vapeur. La plantation de cannes à sucre
embrasse une étendue de deux cents *cuadras* carrées. La colonie de las Palmas, car ceci est une colonie, se compose de
trois centres de population distincte, *San Fernando*, *Cancha
Larga* et *Maipu*, qui comptent en ce moment quarante-cinq
familles, dont huit sont françaises, cinq anglaises et les autres
espagnoles.

Les colons vont cultiver le sorgho, outre la canne à sucre.

La fondation de cet établissement date de six années ; mais
l'usine elle-même n'a que trois années d'existence. La colonie
a un juge de paix, une école, une maison de commerce,
une auberge. On va bâtir une église et une maison d'école.

Il est question d'étendre les plantations dans la colonie. Un
des inconvénients de l'industrie sucrière est évidemment le
peu de temps pendant lequel l'usine est appelée à fonctionner,
trois ou quatre mois par an tout au plus, quand on considère
l'énormité du capital exigé par son installation ; c'est pour
ce motif qu'il faut absolument la combiner avec quelque autre
industrie qui permette d'utiliser le capital inactif pendant
le reste de l'année, telle que l'exploitation des bois, la scierie
à vapeur, la fabrication de l'alcool, de l'huile, etc.

# XXIII

Buenos Aires, juillet 1888.

J'ai visité Formosa au mois d'août 1887. Formosa est la capitale du Chaco boréal. Le gouverneur actuel est le général Fotheringham, né en Angleterre, mais naturalisé Argentin.

Les *cuadras* de Formosa ont cent mètres carrés de superficie ; elles sont divisées en quatre sections. Les rues ont vingt-cinq mètres de large à l'exception des deux rues principales formant l'axe de la ville et qui en ont cinquante. La plupart des maisons sont en briques crues, quelques-unes de briques cuites ; la toiture est faite avec des troncs de palmiers que l'on fend par le milieu et qu'on place en forme de tuiles. Cet arbre est très abondant dans le Chaco, où il forme de véritables forêts. On aperçoit de distance en distance, entre les maisons, des arbres sylvestres, restes de la forêt primitive qui couvrait entièrement ce parage ; car le terrain occupé par Formosa était auparavant un bois impénétrable et un marécage, ce qui prouve que l'homme peut transformer chaque fois qu'il veut la nature sauvage et la plier à ses caprices. Dans les rues, dans les *cuadras*, on a planté des palmiers, des eucalyptus, des casuarinas, des orangers, des bananiers, etc.

La maison du gouvernement, quoique de petite dimension, est une élégante construction ; il y a aussi une maison d'école assez bien bâtie, un hôpital, une caserne spacieuse et bien située à côté de la falaise dont elle est séparée par un jardin,

ouvrage des soldats de la garnison. Sur cette même falaise et9
dominant la rivière se dresse, au milieu des casuarinas et des
eucalyptus, une maison bâtie par le colonel Bosch qui a été
gouverneur de ce territoire et qui a été promu depuis lors
au grade de général.

Le gouverneur actuel a aussi une jolie maison qui a été construite expressément en prévision des chaleurs torrides de cette
contrée. Cela veut dire qu'elle est entourée d'une véranda
spacieuse et surmontée d'un belvédère (*mirador*), du haut
duquel la vue embrasse un panorama assez étendu : d'un
côté les forêts monotones du Chaco et de l'autre le rio Paraguay dont le cours sinueux sépare les deux États. Autour de
la maison il y a un jardin élégant, où l'on trouve des plantes
curieuses, entre autres un arbre qu'on appelle Palo *borracho*
(l'arbre ivrogne) qui affecte les formes les plus extravagantes ;
c'est sans doute pour cela qu'on lui a donné ce nom.

Formosa est surtout une position stratégique, qui domine
le rio Paraguay, très profond en cet endroit et assez resserré,
car on entend parfaitement la voix humaine d'une rive à
l'autre. Quand la fanfare du bataillon vient jouer sur la
place de l'Amiral Brown à côté du port, on distingue les éclats
de rire des Paraguayennes qui dansent sur la rive opposée.

La rivière décrit là une courbe très prononcée, qui donne
au territoire paraguayen la forme d'une péninsule.

Il faut dire au lecteur que Formosa a été fondée par suite
de l'abandon que le gouvernement argentin a dû faire de la
*Ville occidentale*, située dans le Chaco, à sept lieues environ
au nord de l'Asuncion, ainsi que l'avait décidé le président
des États-Unis Hayes, à l'arbitrage duquel la République
Argentine et le Paraguay avaient soumis la question de la propriété de ce territoire. Cette ville date du temps de Lopez
(1856), ainsi que je crois l'avoir déjà dit. Elle porta d'abord
le nom de *la Nouvelle-Bordeaux ;* elle avait été peuplée avec
des colons français originaires du sud-ouest de la France, qui

se dispersèrent dans la République Argentine après la dissolution de la colonie. Le consul de France avait été obligé
d'intervenir dans cette affaire. Le vieux Lopez n'aimait pas
ni ne pouvait aimer l'émigration étrangère; il suivait les
traditions exclusivistes du docteur Francia; c'est pour les
cela qu'il avait établi les colons dans le Chaco, au lieu de
placer aux environs de la capitale, qui leur eût fourni un
débouché facile pour leurs produits, condition indispensable
pour le succès d'une colonie.

Les habitants de Formosa, qui ont été à Villa Occidental,
pendant qu'elle était argentine et qui l'ont quittée pour suivre
le gouvernement, regrettent ce parage; ils disent que les terrains y étaient meilleurs pour l'agriculture; ils ajoutent que,
puisqu'on était obligé d'en sortir, on pouvait faire un meilleur choix pour la nouvelle capitale; mais nous savons déjà
que ce sont des considérations stratégiques qui ont prévalu à
ce sujet. Cependant d'autres personnes vantent la situation
de Formosa.

Me promenant par les rues de la nouvelle cité, je me suis
arrêté devant un rancho et j'ai engagé la conversation avec
un individu dont les cheveux blonds annoncent l'origine
étrangère; en effet, il me dit qu'il est Belge, d'Anvers, mais
il sait à peine quelques mots de français, car il est Flamand;
il raconte qu'il a fait la campagne du Paraguay et qu'il a
été blessé à la bataille de *Lomas-Valentinas*. Il alla après la
guerre s'établir à Vill Occidental; il est venu à Formosa
quand il a fallu laisser celle-là aux Paraguayens; il vit plus
ou moins marié avec une Paraguayenne dont il a eu plusieurs
enfants; il fait l'éloge du pays.

Dans la même rue un jardinier italien, nommé Puccini,
m'invite à visiter sa propriété qui est parfaitement tenue.
Celui-ci n'était pas militaire; mais il avait suivi l'armée pour
faire du commerce comme tant d'autres. La guerre finie, il
alla aussi à Villa Occidental. Il affirme que le terrain du

Chaco est bien meilleur que celui du Paraguay et qu'il produit de tout ; il est vrai qu'il est très difficile à travailler à cause de sa dureté ; mais une fois qu'il est mis en rapport, il porte mieux la végétation, et, pour me le prouver, il me fait voir ses tomates, ses pois, ses choux, ses haricots, ses piments, ses bananiers, ses orangers, etc., etc.

En résumé, il se déclare satisfait. Il fait aussi l'éloge d'un terrain situé au-dessous du pueblo et connu sous le nom de *Potrero*, où l'on a établi plusieurs familles de colons.

Continuant ma pérégrination, je suis arrivé devant la chapelle de Formosa ; c'est une maison comme les autres, de bambou et de palmier. Avant d'être consacrée au service religieux, elle a servi de logement aux officiers du bataillon. Ce sont deux franciscains qui la desservent, un vieux moine italien et un jeune Correntin.

Postérieurement j'ai assisté à une messe et à une procession que l'on a faite dans les galeries autour de la chapelle pour demander la pluie qui se faisait attendre trop longtemps.

Les colons y étaient en majorité. C'étaient des Italiens, des Tyroliens, des Autrichiens, hommes et femmes dont le costume national a déjà disparu ; les femmes et les enfants marchent en général nu-pieds, comme les Paraguayens.

Les terrains ont pris beaucoup de valeur comme partout ailleurs. Il y a des *solares* vides (quart de *cuadra*) qui valent jusqu'à quatre cents piastres. Ceci prouve la marche ascendante du pays.

La population de Formosa est en grande partie paraguayenne ; les malheurs du Paraguay ont obligé beaucoup de ses habitants à émigrer.

Formosa doit beaucoup à la présence de la garnison militaire qui l'occupe et qui fournit un bon nombre de consommateurs aux colons du voisinage. Sa position, à côté de la frontière et en face du Paraguay, ne lui permet pas d'avoir un

marché comme *Resistencia* de l'autre côté de la rivière; par
conséquent elle doit chercher d'autres ressources. Ses habitants fondent de grandes espérances sur la culture de la
canne à sucre et sur les industries qui en dépendent, par
exemple la distillation et la fabrication des alcools. Ils affirment
que la canne à sucre de Formosa est préférable à celle de
Tucuman et des Missions, qu'elle est supérieure à celle
qu'on récolte au sud du Rio Bermejo, en un mot, que c'est
une des meilleures du monde.

Telle est aussi l'opinion du docteur Martinoti, médecin italien distingué, ex-député au parlement de son pays. Ce
citoyen était venu pendant les vacances parlementaires visiter
la République Argentine; il s'est enthousiasmé pour le Chaco,
et particulièrement pour la canne à sucre de cette région.
Malgré son âge — il a plus de soixante ans — il s'est décidé
à fonder une usine avec le concours de quelques industriels
et capitalistes, entre autres M. Cerrano, fabricant de chaux au
Parana; il travaille nuit et jour afin de la monter le plus tôt
possible avec un ingénieur anglais venu d'Europe expressément pour installer les machines. L'usine sera en mesure de
travailler cent tonnes de canne par jour; et, quand la saison
de la canne sera passée, on distillera le maïs; enfin le même
moteur servira pour une scierie mécanique. Le docteur Martinoti est considéré comme un Messie par les habitants de
Formosa, et certes il le mérite; on ne rencontre pas à chaque
pas dans les déserts du Chaco des hommes de cette valeur; ce
sont eux qui sont nécessaires pour renouveler la face de cette
terre abandonnée pendant si longtemps aux incursions des
sauvages.

Malheureusement depuis que ces lignes ont été écrites j'ai
eu le regret d'apprendre que le savant italien avait perdu un
bras pris dans un engrenage, et qu'il s'était sauvé miraculeu-
sement, grâce à son admirable énergie, des conséquences ter-
ribles de cet accident, en indiquant lui-même à un chirurgien

timide et inexpérimenté comment il fallait lui amputer le
membre fracassé pour éviter la gangrène qui n'aurait pas
tardé à se déclarer dans ce climat torride, en attendant qu'on
pût faire venir des médecins de l'Asuncion ou de Buenos
Aires. Pour compléter sa cure, le docteur Martinoti est
retourné en Europe; l'usine projetée souffrira-t-elle de son
départ?...

Les habitants de Formosa fondent aussi des espérances sur
la culture de la ramie, cette plante textile dont les Chinois et
les autres Orientaux font de si jolis tissus.

J'ai fait plusieurs excursions aux environs de Formosa;
j'ai visité les colons et les *obrageros*, on nomme ainsi les
industriels qui se vouent à l'exploitation des forêts après
avoir obtenu des concessions du gouvernement. Les obrageros ne sont pas par conséquent des colons agricoles; cependant ils se considèrent eux-mêmes comme les avant-cou-
reurs, comme les pionniers de la civilisation; ils prétendent
même qu'ils ont préparé les voies à la conquête et à la civilisation du Chaco. Ce n'est donc pas un hors-d'œuvre que d'en
dire quelques mots.

J'en ai connu plusieurs auxquels j'ai demandé des renseignements sur le mode d'exploitation qu'ils emploient et sur
les mœurs des habitants du Chaco.

Les frères Ramella m'ont mené à leur établissement situé
à cinq ou six lieues de la ville. Chemin faisant, je m'arrête
avec l'un d'eux chez un colon italien; le mari est absent, nous
parlons avec la femme, la *dona*, comme elle dit elle-même;
elle a quatre enfants en bas âge.

C'est une des premières familles qui sont venues s'établir
ici, en 1878. Aux questions que je lui adresse, elle répond
que la vie est pénible, surtout pour elle, parce qu'une dona
ne peut s'absenter de sa maison, aller à la ville pour se dis-

traire. Règle générale : dans toutes les colonies, ce sont les
femmes qui souffrent le plus de la nostalgie.

C'est pourquoi je n'approuve guère le système qui consiste
à les disperser à de grandes distances les unes des autres, surtout quand il s'agit de parages solitaires et tristes comme les
déserts du Chaco.

Plus loin nous trouvons le *rancho* d'un Français appelé
Fournier; il est du département de la Charente-Inférieure,
c'est-à-dire du pays qui produit le fameux cognac et qui a été
ruiné par le phylloxéra. Il a appartenu avant de venir ici à la
colonie *Aquino*, une colonie qui a cessé d'exister un moment,
mais que l'on a reconstituée depuis et dont je parlerai plus
loin. Il est ici en qualité de fermier. Il me dit que le terrain est
propice pour le maïs, le manioc, la canne à sucre et même
pour le blé; il n'a pas essayé du tabac; il ajoute que tout colon
peut réussir, pourvu qu'il soit bon travailleur.

Outre les travaux agricoles proprement dits, il est d'autres
moyens de gagner de l'argent, par exemple : faire des briques, abattre des palmiers, élever des vaches, faire du fromage et du beurre, que l'on trouve à vendre immédiatement.

Fournier dit qu'il faut un millier de piastres pour l'installation d'une famille.

Nous quittons Fournier et la zone des cultures; nous
entrons dans le Chaco; c'est une nature vierge, ou peut s'en
faut. Quel aspect nous offre-t-elle? Un terrain d'une horizontalité presque absolue, par conséquent éminemment monotone; des îlots de bois de distance en distance, alternant avec
des prairies d'herbes hautes et dures, puis avec des palmiers
dispersés ou groupés qui détachent sur le ciel leurs panaches
mélancoliques. Ces forêts de palmiers m'ont rappelé les
*pinadas* des Landes de Gascogne entre Bayonne et Bordeaux.

Parfois on trouve un ruisseau; actuellement nous venons
de passer le *Formosa;* c'est lui qui donne son nom à la ville et
au gouvernement de ce territoire; il est sinueux comme tous

les courants d'eau du Chaco par suite de l'horizontalité du
terrain qui leur permet de décrire des courbes et des méan-
dres à l'infini. Pour le moment il est presque à sec; nous le
passons sur un pont fait avec des troncs de palmiers.

Mon camarade me montre des cahutes abandonnées; ce
sont des Indiens qui ont habité là. Il paraît que ces Indiens
ont une manie singulière. Quand ils trouvent un rancho sans
habitants, au lieu de s'y abriter, ils préfèrent défaire le toit et
l'emporter pour construire plus loin leurs huttes qui sont toujours ouvertes du côté du soleil et fermées seulement du côté
du sud; il semblerait qu'ils ont peur du bâtiment civilisé,
qu'ils considèrent comme une cage, comme une prison, et
que ces enfants du désert préfèrent à tout les caresses du
vent libre qui parcourt l'immensité des forêts et les plaines
sans fin.

On emploie les Indiens dans les *obrages*, mais, dit-on, on ne
peut guère compter sur leur travail. A chaque instant ils
l'abandonnent pour aller *mariscar*. *Mariscar* est une expression très compréhensive qui embrasse toutes les manières de
chercher sa subsistance dans le Chaco, c'est-à-dire chasser,
pêcher, cueillir des fruits, déterrer des racines, etc. ; enfin
tout ce que la nature fournit spontanément à l'homme primitif qui ne veut pas se donner la peine de travailler la terre.

Sur ce territoire il existe deux espèces d'Indiens. On appelle
*Chacareros*, ceux du dehors, ceux qui ne s'approchent pas des
populations; ceux-ci restent à l'état sauvage, ils chassent,
ils pêchent, ils ont des flèches et des massues, et parfois un
fusil qu'ils ont pu se procurer, mais pas toujours de la pou-
dre. Peu nombreux, obligés de se disperser pour vivre par
petits groupes de dix ou douze personnes, ils doivent changer
de place très souvent, quand le gibier et le poisson commencent à leur manquer ; c'est pourquoi on trouve un si grand
nombre de huttes abandonnées, ce qui fait croire qu'ils sont
beaucoup plus nombreux qu'ils ne sont réellement.

Les Indiens *Mansos* (soumis) sont ceux de la côte ; ils viennent en grande partie travailler dans les *obrages* et dans les
plantations de cannes à sucre.

Les Indiens prennent femme, en général une seule ; mais les
caciques en prennent deux. Ils pratiquent aussi la prostitution.
Les animaux qu'ils chassent sont le cerf, *l'aperea* (espèce de
cochon d'Inde) qui n'est pas aussi gros qu'un lapin, le *car-
pincho* ou capivare rongeur, amphibie très abondant ; ils
n'aiment pas à manger les oiseaux. Les femmes sont chargées
d'aller à la recherche des fruits sauvages et des racines.

L'Indien ne porte jamais rien ; c'est la femme qui est la
bête de charge.

Les femmes font des ceintures et des *ponchos*, qui durent
éternellement ; elles les teignent avec de l'indigo. Elles se
tatouent, quand elles arrivent à un certain âge.

Pour soigner les malades on emploie le chant ; on fait des
incisions dans le corps, ou suce le sang, on n'emploie pas les
médicaments. Les Indiens croient que le *docteur*, le médecin qui est une espèce de sorcier, peut ordonner à une bête
féroce d'aller dévorer son ennemi ou qui bon lui semble.
Dans une circonstance le cacique *Carayu*, chef d'une des
tribus soumises de Formosa, vint demander au major *Fraga*
la permission de mettre à mort le médecin de la tribu, parce
qu'il avait envoyé un tigre manger son frère et qu'il continuait à envoyer des vipères contre ses gens. Le major lui
répondit : « Envoyez tous les tigres et toutes les vipères contre
le bataillon ; nous en rendrons bon compte. »

On paye bien le médecin, mais une grande responsabilité
pèse sur lui, et il court de sérieux dangers s'il ne guérit pas
les malades.

Le cacique Pichon, chef d'une autre tribu soumise, fit tuer
à coups de lance son docteur parce qu'il n'avait pas sauvé sa
fille, atteinte de la petite vérole. Il est vrai qu'il nia le fait,
et dit, pour se disculper, que c'étaient les jeunes Indiens qui

l'avaient tué dans un accès d'ivresse. D'ailleurs, ajouta-t-il, il
était vieux et ne servait plus à rien. *O vieillesse ennemie !*
peut-on dire avec Corneille.

Les Indiens sauvages ont une haine profonde contre les
Indiens soumis ; ils les traitent de *obrajeros.*

Ils sont très adonnés à l'ivrognerie, à l'exception des
femmes, et mangent avec gloutonnerie quand ils en trouvent
l'occasion. C'est *l'aloja,* boisson fermentée faite du fruit du
caroubier, qui est leur passion ; la fabrication de cette liqueur
est une véritable fête pour eux, l'occasion de chants, de cris,
et de danses.

Avant la fondation du *pueblo* de Formosa les Indiens se faisaient la guerre entre eux ; ils allaient vendre les enfants cap-
tifs à Corrientes.

Alors il fallait acheter les forêts aux caciques : tous les six
mois, ou tous les ans, ceux-ci venaient percevoir la contribution imposée aux *obrageros,* qui consistait d'habitude en quatre
ou cinq livres sterling, quelques chevaux, des ponchos, des
dames-jeannes de genièvre, du tabac, du maïs, de l'indienne.

Quand on jetait le cri d'alarme annonçant l'approche des
Indiens, tous les *péons* se réfugiaient sur la rive, où ils attendaient que le motif d'alarme eût disparu pour recommencer
leurs travaux ; cet état de choses dura jusqu'à la fin du gouvernement d'Avellaneda.

Les Indiens ont leurs détracteurs et leurs défenseurs. Ceux-
ci prétendent qu'on peut en faire de bons travailleurs, et
que sans eux l'exploitation de la canne à sucre dans le Chaco
serait impossible. On a cherché, on cherche encore à faire des
colonies d'indigènes, mais jusqu'à présent on n'a guère obtenu
de bons résultats ; cependant il ne faut pas désespérer ; je
crois qu'on pourrait trouver la solution du problème en amal-
gamant les Indiens et les Européens et en soumettant les
premiers à une discipline analogue à celle que les jésuites
avaient instituée dans les Missions, mais en tenant compte

des conditions de la vie moderne et des institutions républi-
caines.

Le *potrero* est, comme je l'ai dit plus haut, un terrain situé
sur les bords du rio Paraguay, au sud de la ville de Formosa.
Un des premiers habitants de cette localité, à l'époque de la
fondation de la colonie, fut un Italien nommé Pablo Becari,
mais plus connu dans ces parages sous le nom de *Garibaldi*.
Il a fait la campagne du Paraguay et conquis dans cette
guerre acharnée le grade de lieutenant. Après la guerre il se
fit planteur ; c'est lui qui a défriché le terrain et commencé à
planter la canne à sucre à la place des bois abattus ; car c'est
là, dans la terre engraissée par les détritus des arbres, que
la canne acquiert sa plus grande force de végétation.

A l'entrée du *potrero* se trouve l'usine fondée par le docteur Martinoti.

Les terrains de ce *potrero* sont excellents, mais ils ont un
défaut, celui d'être exposés aux inondations de la rivière ;
c'est sans doute à cela qu'ils doivent leur fertilité. Pour le
même motif ils sont d'un accès difficile.

Pour cultiver avec profit dans le Chaco, il faut abattre,
défricher, brûler la forêt et semer sur le terrain nettoyé de
cette manière. Pendant les premières années, la charrue
n'est pas nécessaire : on ne pourrait pas même l'employer
parce qu'elle aurait à heurter à chaque instant des racines et
des souches contre lesquelles elle se briserait infailliblement.
La charrue, la bêche est remplacée par un pieu aiguisé ou
par un bambou. On appelle cette opération semer à la *créole*,
je crois l'avoir déjà dit.

Parfois les arbres desséchés par les flammes restent
debout et se dressent à une hauteur extraordinaire au-dessus
des plantations de cannes à sucre et de maïs ; d'autres fois on
les voit étendus sur le sol parce que ce sont des masses trop
pesantes pour que l'agriculteur ait pu les emporter ; d'ailleurs

ils ne sont pas, à proprement parler, un empêchement, au moins pour le moment.

C'est donc un singulier tableau que celui que présentent ces parages où le travail de l'homme a entrepris la lutte avec les forces, en apparence indomptables, de la nature vierge et sauvage : les cannes à sucre qui alternent avec les hautes herbes des marécages, les cabanes des colons perdues au milieu des bois ; les poules et autres oiseaux domestiques qui font entendre leur caquettement, les chiens qui aboient à l'approche du voyageur, les vaches qui beuglent et interrompent ainsi le silence imposant de la forêt : tout cela indique que le moment est arrivé où le désert va être conquis et où la civilisation va pénétrer dans ce territoire jusqu'alors plein d'épouvante et de mystère.

Les habitants du *potrero* ont déjà de belles plantations d'orangers et d'autres arbres ; quelques-uns exploitent eux-mêmes la canne à sucre avec des cylindres de bois dur. Je me rappelle, entre autres, l'usine de Chiacchi, immigrant autrichien, c'est-à-dire des provinces autrichiennes qui parlent italien ou slave, et auxquelles appartiennent la plupart des colons de Formosa. Cette manière d'exploiter la canne à sucre laisse sans doute beaucoup à désirer ; c'est pourquoi cette culture implique nécessairement l'établissement immédiat d'une industrie pour en exploiter les profits, et par conséquent la possession de capitaux qui ne sont pas à la portée de tous les immigrants. Ajoutez à cela qu'on ne peut transporter la canne à sucre à de grandes distances : les frais de transport absorberaient les bénéfices. Il faut donc introduire des capitaux dans le Chaco ; c'est la conclusion qui se dégage inévitablement de ces prémisses.

La colonie de Formosa a une superficie de 80.000 hectares, soit 32 lieues kilométriques ; elle est divisée en trente-trois lots de *chacras* de 100 hectares chacune. Le *pueblo* ou ville occupe 4 lots.

Autour de la colonie, il y a 57 lots *d'ejido*,ce qui fait 1700 hectares.

Au sud de la ville, comme à deux et demi ou trois kilomètres, se trouve la grande lagune Oca dont l'eau est potable. La partie dite du *potrero* contient aussi diverses petites lagunes, entre autres celles appelées *Martin Garcias*, *Las Conchas*, *Ipona*. Au nord et au nord-ouest on trouve d'autres lagunes, dont les principales sont : les lagunes *Blanca* et la *Horqueta*. Dans la partie occidentale de la colonie on trouve *l'estero Grande* ou *Bellaco*, dont le terrain ne convient ni pour l'agriculture ni pour l'élevage. Il y a en outre l'estero *Pucu* et le *Luá* qui fournissent de l'eau au ruisseau *Pucu*.

Trois grands ruisseaux ou petites rivières sillonnent la colonie : ce sont le *Formosa* qui débouche dans le rio Paraguay ; le *Pucu* qui débouche dans la lagune *Oca* et le *San Hilario*, qui débouche dans un bras du Paraguay. Il faut nommer enfin le *Chaja* qui est un affluent du *Pucu*, et le *Salaberry*, qui est un affluent du *San Hilario*.

La colonie de *Formosa* est une colonie nationale, c'est-à-dire fondée par le gouvernement national et à ses frais ; elle fut formée à la fin de 1878 avec quatre-vingt et quelques familles. L'administration de la colonie a laissé beaucoup à désirer pendant les deux premières années, jusqu'à ce que M. Henri Victorica, chef du bureau des terres et colonies, vînt en faire la réforme.

D'après un rapport de l'inspecteur des forêts Miguel Gutierrez (1868), Formosa est située par 26° 11' de latitude sud et 60° 25' 24" de longitude ouest du méridien de Paris.

La température maxima de cette zone est de 30° centigrades, et la minima de 1,5 centigrades ; la moyenne est de 21° centigrades.

La pression barométrique maxima est de 773$^{mm}$, 81 la moyenne de 755$^{mm}$, 59 ; la minima de 738$^{mm}$, 46,

L'humidité relative moyenne est de 74, 5 millimètres, la minima de 30 millimètres.

La pression moyenne de la vapeur d'eau est de 14$^{mm}$, 74.

Les vents dominants sont : le Sud-Est, le Nord et le Nord-Est.

Les pluies sont fréquentes pendant toute l'année, mais plus intenses de mars à mai.

Le terrain, qui a des dépressions considérables, présente une couche de terre végétale qui atteint sur les rives une épaisseur de 35 à 40 centimètres, et qui va en augmentant, d'après les rapports les plus certains, dans l'intérieur du pays. Le sous-sol est d'argile mêlée avec du sable ; la végétaton exubérante enrichit par ses décompositions chimiques le sol supérieur et promet de récompenser le travail de l'immigrant.

Le *campo* a des plantes fourragères très bonnes pour engraisser le bétail. Il y a des eaux permanentes, des bois pour l'abriter pendant l'été contre les ardeurs du soleil et pendant l'hiver contre le vent et les pluies.

Voici maintenant les données statistiques du rapport:

Population, 1.477 habitants, dont 519 Argentins et 958 étrangers ;

Terre employée à diverses cultures : 511 hectares ;

Arboriculture ; 10.000 arbres ;

Bétail, diverses espèces, 7.744 ;

Industries diverses, 22 ;

Maisons de commerce, 23 ;

Bâtiments divers, 420;

Clôtures de briques, de fil de fer, de palmier ou de bois, 96.000 mètres ;

Instruments de labour, 1.610 ; véhicules, 177.

Tout cela a été évalué plus de 600.000 piastres nationales

16

sans compter le terrain. La loi fixait alors le prix de
9.000 piastres nationales pour les terrains cultivables et 7.730
pour les localités inférieures, la lieue carrée.

Ces données suffisent pour faire connaître l'importance de
Formosa, cette création tout à fait nouvelle ; depuis lors, il
a été fait de nouvelles concessions de terrain ; il a été passé
plusieurs contrats de colonisation ; enfin on a décrété l'établissement de divers chemins de fer.

Au nord de Formosa, à une lieue de distance environ, on
trouve une position intéressante et pittoresque, à laquelle on
a donné le nom de Monteagudo ; c'est le nom d'un personnage
qui a joué un rôle important dans les événements politiques
de ces contrées sud-américaines. Il y a là une exploitation de
bois qui a été fondée par un Français nommé Bétereté et qui
appartient maintenant à son gendre, un Italien sicilien du
nom de Danieri. Pierre-Julien Bétereté est né à Bidache dans
le département des Basses-Pyrénées ; il avait au moment de
ma visite 74 ans, dont il a passé 44 en Amérique. Il arriva
à Montevideo au moment où cette place était assiégée par le
général ex-président Oribe ; il prit les armes ainsi qu'un
grand nombre d'étrangers et entra dans la légion française,
aux ordres du colonel Thiébaut, ex-officier d'artillerie de
l'armée française, compagnon d'armes de Garibaldi et de Brie
dans la défense prolongée de cette ville, qu'on a appelée
la *nouvelle Troie*. Mais il ne voulut pas attendre la fin du
siège : il s'embarqua dans le convoi qui suivit l'escadre
anglo-française, quand celle-ci alla forcer le passage d'Obligado défendu par les troupes de Rosas, aux ordres de son
beau-frère le général Lucio Mansilla. Le lecteur doit savoir
que Rosas, en sa qualité de directeur de la politique argentine, s'opposait à la libre navigation des rivières. Bétereté
s'établit à Corrientes où il demeura jusqu'à l'époque de la
guerre du Paraguay ; il passa alors au Chaco où il fonda

cet *obrage* ; il fut le premier à s'établir au nord de Formosa. Il s'était marié avec une Correntine dont il a eu cinq garçons et deux filles.

Il a fait beaucoup pour repousser les Indiens avec son gendre et ses fils ; ceux-ci marchaient toujours à l'avant-garde dans les expéditions dirigées contre les barbares. Mais il dit que les *péons* qu'il était obligé d'employer, rebut des provinces voisines, étaient parfois plus redoutables que les Indiens eux-mêmes. Ceux-ci avaient l'habitude de faire leurs surprises au point du jour ; ils attaquaient avec des flèches et quelquefois avec des fusils. Dans une circonstance son fils aîné en abattit quatre.

Avant d'être à Monteagudo, Bétereté était plus haut, à *Monte Lindo*.

Les obrageros sont obligés d'employer un nombre considérable de péons pour abattre les arbres et de bœufs pour les transporter jusqu'aux bords de la rivière ; ici seulement on en a 240.

Maintenant que Bétereté a vieilli et qu'il ne peut plus travailler, il passe son temps à lire les journaux ; il veut absolument être au courant de la politique européenne.

Bétereté et Danieri vont faire place avec leur *obrage* à une exploitation nouvelle, celle de la ramie qui va être faite sur une grande échelle par MM. Hamonet et Cⁱᵉ, horticulteurs et marchands de graines à Buenos Aires.

J'ai vu à Monteagudo une plantation de caféiers ; mais je crois qu'il faut aller plus au nord pour que cette culture devienne réellement rémunératrice.

Les lagunes et les rives de Monteagudo sont peuplées de caïmans ; on les prend pour des troncs d'arbres, quand ils sont étendus sur le sable ; d'ailleurs ils ne sont pas dangereux, et s'empressent de plonger à l'approche de l'homme.

Ma dernière excursion sur le territoire de Formosa a
été pour les établissements industriels de MM. Augier et Poncet. Ce sont deux distilleries.

L'usine de M. Augier est située à trois lieues de Formosa
sur le bord de la petite rivière *San Hilario*, qui sépare les
deux parties de l'établissement. La rivière est très profonde ;
on la passe sur deux ponts construits avec des troncs de palmiers recouverts de roseaux et de terre.

L'usine proprement dite est au nord ; elle n'était pas
encore finie lors de ma visite (août 1887). Le bâtiment a un
toit de fer galvanisé.

La maison d'habitation est au sud sur une éminence ; elle
a toutes les commodités possibles dans ces parages, des
chambres avec cheminées, non seulement pour les maîtres
de la maison, mais aussi pour les voyageurs, un salon, une
salle à manger et de grandes galeries couvertes autour de
l'habitation, où l'on peut défier l'intempérie, la chaleur et la
pluie.

Au moment de ma visite, des Indiens étaient occupés à
planter des orangers. Tout cela promet une demeure char-
mante, s'il peut y avoir quelque chose de charmant dans
les forêts du Chaco ; mais tout est question de temps et de
patience.

Jusqu'à présent ce pays ne laissait pas que d'avoir quelques
inconvénients. Un des plus désagréables, c'était celui des
insectes : pour s'en garantir M. Augier a dû construire dans
sa galerie un cabinet spécial qui est une véritable cage de
toile métallique ; c'est là qu'il a mis son bureau, et c'est là
qu'il s'enferme pour travailler.

Mais les insectes disparaissent devant l'homme ; la population les met en fuite et surtout le défrichement suivi de
la culture ; il n'est donc pas étonnant qu'ils aient pullulé et
multiplié dans le Chaco, quand personne ne venait les déran-
ger dans leur domaine incontesté.

M. Augier a fait de vastes plantations de canne à sucre sur les deux côtés de la rivière ; il pense les étendre encore pour la consommation de sa fabrique. Il occupe les Indiens soumis, mais il n'en trouve pas assez ; aussi est-il obligé d'aller chercher des ouvriers jusqu'au Paraguay. On se ressent donc du manque de bras parce que la récolte de la canne à sucre ne souffre pas de retard.

Les planteurs disent que la canne à sucre du Chaco est supérieure à celle de Tucuman ; elle exige moins de soins puisqu'elle n'a pas besoin d'irrigation ; la rosée lui suffit. Enfin la rivière constamment navigable (le Paraguay et le Parana) lui fournit un moyen de transport facile et peu coûteux.

M. Augier et tous les cultivateurs disent que, si l'on veut avoir de bonnes plantations, il faut abattre, défricher la forêt; les terrains découverts ont peu de terre végétale. Ce défrichement est donc la condition *sine qua non* de l'agriculture dans le Chaco : c'est la réponse que l'on peut faire à ceux qui se plaignent de la destruction des forêts de ces contrées, tout en admettant qu'il y ait des précautions à prendre pour leur conservation et leur reproduction.

M. Augier est ici depuis 1882; il a étudié la culture de la canne à sucre en Espagne, dans le royaume de Valence. Voici les détails qu'il m'a fournis sur cette culture :

La canne à sucre produit 80 tonnes par hectare, mais cette production peut atteindre le chiffre de 100, et elle donne 14 0/0 d'alcool rectifié.

Une plantation de canne à sucre peut durer jusqu'à 15 ans.

La tonne de canne apportée à la fabrique vaut 4 piastres nationales ; le *gallon* d'alcool (3 litres 80 centilitres) vaut d'une piastre 20 centavos à une piastre 30.

100 kilogrammes de mélasse à 40 degrés Beaumé rendent 30 litres d'alcool à 96 degrés.

100 kilogrammes de canne à sucre rendent 9 litres et demi d'alcool rectifié à 100 degrés.

Le défrichement d'un hectare revient à ce qui suit : abattre les arbres, 30 piastres nationales ; les couper, les brûler, 80 piastres.

On fait la culture avec la pelle et la pioche, à raison de 70 centavos le mètre, ce qui fait 35 piastres par hectare. On met les sillons à 2 mètres de distance.

Les *péons* gagnent de 10 à 14 piastres nationales par mois ; on leur donne la nourriture et le logement dans des hangars.

La nourriture consiste en maïs, haricots, riz et viandes salées.

Les Indiens reçoivent de 8 à 10 piastres.

M. Augier pensait cultiver une centaine d'hectares. Les prix des animaux de travail sont : le bœuf, 30 piastres ; le cheval, 20 piastres ; la vache laitière avec veau, 25 piastres ; la mule, 30 à 35 piastres.

Le Chaco convient parfaitement pour l'élevage des bêtes à cornes, des moutons et des porcs.

Pour peupler le Chaco comme la République Argentine en général, il faudra combiner l'agriculture avec l'élevage.

Il n'y a que le cheval dont l'acclimatation n'est pas très facile dans le Chaco ; il s'y affaiblit, il souffre d'un mal appelé le mal de *cadera* qui paraît attaquer l'épine dorsale. C'est pourquoi on préfère les mules ; cet animal hybride a beaucoup plus de résistance et est moins exigeant, moins délicat pour son alimentation comme l'âne dont il procède. Il paraît que, plus on remonte vers le nord, plus l'acclimatation devient difficile ; c'est à tel point que dans la province brésilienne de Mato-Grosso il faut le remplacer par le bœuf ; c'est le bœuf qui sert de monture. Je me suis demandé pourquoi on n'introduisait pas le chameau dans ces pays, dont certaines parties, par l'aridité et le manque d'eau, ne ressemblent pas mal à l'Arabie.

L'établissement de M. Poncet n'est pas bien éloigné de celui de M. Augier ; mais on ne peut y aller en ligne droite parce qu'il faut suivre les sinuosités infinies de la rivière San Hilario.

M. Poncet est un Français comme M. Augier ; mais, tandis que M. Augier est marié avec une Espagnole, il a pris, lui, une femme parisienne. Cette dame supporte parfaitement la vie du Chaco, parce qu'elle travaille beaucoup et qu'elle a l'espérance d'obtenir de bons résultats.

M. Poncet occupe les Indiens comme M. Augier ; il dit qu'ils sont bons travailleurs, qu'ils reviennent moins cher que les autres péons, mais il faut rationner les familles. Il ajoute qu'ils ont un défaut, celui de s'enivrer le samedi : pour satisfaire cette passion irrésistible, il ont l'habitude d'aller à la ville. C'est pourquoi il a pris le parti de leur donner du tafia afin de les retenir à la maison ; de cette manière, leur ivresse a moins d'inconvénients, et insensiblement on arrivera à les corriger ; il faut faire la part du feu.

M. Poncet dit que le défrichement d'un hectare coûte de 120 à 130 piastres ; il faut réserver le bois, au lieu de le brûler ; le bénéfice donné par la canne à sucre est de 800 à 1000 piastres nationales, car le rendement est de 20 *tercerolas* de tafia que l'on vend à raison de 40 piastres.

D'après lui, l'épaisseur de la terre végétale est de 40 à 50 centimètres dans la forêt ; hors de la forêt elle n'est que de 2 centimètres.

La terre convient pour l'oranger, le pêcher, le bananier, la vigne, les légumes, les asperges ; mais elle ne convient pas pour le pommier ni le poirier. M. Poncet a semé de la luzerne ; il affirme être le premier de la colonie qui ait tenté cette culture. Il ne convient pas, dit-il, de planter la canne à

sucre à plus de 4 kilomètres de l'usine, à cause des frais de
transport. Le travail de la distillation dure 3 mois.

M^{me} Poncet a donné trois noms aux plantations ; l'une s'appelle le *Ruban*, l'autre la *Mignonnette*, la troisième, *Trianon* ;
ce sont des souvenirs de la vie parisienne.

M. Poncet est venu ici au commencement de 1883; il est
associé de M. Maréchal, ex-propriétaire du Grand Hôtel de
la Paix à Buenos-Aires. Il a servi dans l'armée française aux
ordres de Boulanger qui était alors (1870-71) commandant
d'un bataillon de chasseurs à pied. Il conserve une lettre que
lui a adressée son ancien chef devenu colonel et qui finit par
cette phrase : « Je recevrai toujours de vos nouvelles avec
plaisir. »

J'avais pour compagnon de voyage dans ma visite aux
établissements de MM. Augier et Poncet, le juge de paix de
Formosa, le capitaine Cavenago. Cet officier a parcouru le
Chaco dans toute sa largeur avec son beau-frère le colonel
Fontana, qui depuis lors est devenu gouverneur du territoire
national du Chubut dans la Patagonie.

L'expédition mit 70 jours à arriver de la rive du Parana à
Salta. Ceci se passait en 1870. Avant cette époque les chefs
militaires ignoraient complètement ce qui se passait dans
l'intérieur de ce vaste territoire ; ils ne dépassaient pas la
ligne des fortins qui formaient la frontière contre les sauvages. Postérieurement le colonel Sola, gouverneur de Salta, fit
une expédition de cette ville à la rive du Paraguay, mais il
perdit en route la moitié de son monde.

Comme la chaleur était très forte, nous attendîmes la nuit
pour rentrer à Formosa; nous nous mîmes en marche par
une obscurité presque complète. M. Augier nous avait donné
un guide mulâtre et sourd, qui comprenait ce qu'on lui disait
par le mouvement des lèvres. Il ne prononça pas un mot
pendant tout le voyage. Impossible de galoper parce que nos

chevaux buttaient à chaque pas dans ces sentiers primitifs ;
il fallait aller au trot ; le chemin est aussi long que fasti-
dieux quand on ne voit pas les objets autour de soi. Heureusement un grand incendie vint éclairer l'horizon à l'orient, et
nous servit de phare dans ces ténèbres opaques. On sait que
c'est l'habitude de ces contrées d'incendier les herbes sèches
pendant l'été ; or quelquefois l'incendie atteint des proportions
considérables et gagne plusieurs lieues d'étendue. Grâce
à celui-ci, nous pûmes rejoindre Formosa sans encombre,
quoiqu'à une heure assez avancée.

Parmi les essais de colonisation faits dans le Chaco il faut
compter la colonie *Aquino*.

Cette colonie fut fondée le 21 juin 1882 à sept ou huit lieues
au-dessous de Formosa, par MM. Ratino et Vescovo, négociants
de Buenos Ayres. Le nom d'Aquino lui venait d'une île qui
se trouve dans cette localité.

Un autre négociant de Buenos Ayres, M. Saralegui, acheta
la part de Ratino, et l'entreprise prit alors le nom de
Vescovo et C$^{ie}$.

Malheureusement il arriva que Ratino, qui était l'administrateur de la colonie, fut assassiné par des *péons* paraguayens
qu'il avait à son service et qui commirent ce crime pour lui
voler une somme d'argent qu'il venait de recevoir.

Ceci eut lieu le 3 mai 1883.

Les associés ne purent se mettre d'accord, et la société fut
dissoute en 1885.

Les colons sans direction continuèrent à rester sur place
jusqu'à la fin de 1886 ; à cette époque ils abandonnèrent la
localité et se dispersèrent.

Il y avait une quarantaine de familles qui avaient commencé à cultiver la canne à sucre, mais ils n'avaient personne
à qui vendre leurs produits, et encore moins les capitaux

nécessaires pour installer une usine; ce fut là le motif de la dissolution de la colonie.

Le gouvernement du Chaco avait proposé au gouvernement national de prendre la colonie à son compte, pour ne pas laisser perdre l'établissement commencé; mais sur ces entrefaites, ce dernier avait renoncé au système des colonies officielles.

Plus tard, en 1887, un nouvel entrepreneur se présenta qui redemanda la concession du même terrain, pour reconstituer la colonie sur de nouvelles bases; ce fut M. Gabriel Vigneau, négociant français de Buenos Aires, qui lui a donné le nom de colonie franco-argentine. Je ne l'ai pas visitée depuis lors.

# XXIV

Pour aller de Corrientes à *Resistencia*, on prend un petit vapeur qui fait le trajet deux fois par jour, le matin et l'après-midi. On met une heure environ à arriver au port de *Barran-queras*. Ce mot indique que la position est assez élevée (*barranca*, berge). Il y a là quelques baraques de palmiers et de roseaux, où l'on a installé les employés du port. Au moment de mon arrivée, il y avait aussi des femmes et des enfants indiens prisonniers de guerre, qu'on venait d'amener des forêts du Chaco.

Après quelques minutes passées à les observer, je monte dans la diligence qui doit me conduire à la ville de Resistencia, à huit kilomètres dans l'intérieur. Ce véhicule est une voiture traînée par trois mules. Dans le Chaco, on préfère les mules aux chevaux, parce qu'on les conserve plus facilement : je l'ai déjà dit. Nous traversons un pays plat, maréca-geux, coupé de lagunes, émaillé de bosquets, en résumé assez monotone.

A moitié chemin nous trouvons l'usine (distillerie,) de M. Boggio, industriel italien. Cet établissement date de 1881. Le maître a eu le malheur de perdre la main gauche dans un engrenage par suite d'un mouvement involontaire. Il est marié avec une Française d'Orléans.

L'usine produit 2.000 litres d'eau-de-vie par jour, ce qui

suppose une élaboration de 400.000 arrobes de cannes à
sucre par saison.

La plantation, le champ de cannes à sucre, embrasse une
étendue de 85 hectares ; mais le propriétaire possède dix
lots de terrain qu'il se propose de cultiver successivement.
A ce sujet, il dit que la terre est bonne, quoique pas sur
tous les points, mais assez dure à travailler. Au moment de
la récolte, il emploie un personnel de quatre-vingt et quelques
personnes ; toutes sont indiennes, excepté les hommes techniques ; le chauffeur lui-même est un Indien.

Boggio dit qu'il faut observer la justice avec les Indiens,
que c'est là l'unique moyen d'en obtenir tout ce qu'on veut,
et il ajoute que sans eux l'exploitation du Chaco serai
impossible. Il a bâti pour les loger un grand hangar en
maçonnerie ; mais ils préfèrent leurs huttes de roseaux et de
plantes aquatiques dans lesquelles ils sont campés aux deux
côtés d'une lagune, à une petite distance de l'usine. Ils forment
deux campements (*Tolderias*), parce qu'il y a des individus
de deux tribus distinctes. Nous visitons le campement le plus
rapproché, nous entendons des chants ; une jeune Indienne a
été piquée par un serpent. Le patron lui a fait des injections
de permanganate de potasse et lui a fait avaler des gouttes
d'ammoniaque ; il prétendait la guérir par les procédés scien-
tifiques ; mais les femmes indiennes ne l'ont pas entendu
ainsi ; elles l'ont prise pour lui appliquer la médecine des
tribus.

La malade est donc étendue sur le sol ; une femme lui
soutient la tête dans ses mains et la lui couvre avec un foulard,
tandis que la *médecine* est agenouillée à côté de la jambe
malade, parce que l'enflure s'est étendue de la cheville du
pied à la partie supérieure, et faisant une espèce de tube avec
les mains, elle l'applique sur la cuisse et en approche ses
lèvres en poussant des cris lamentables, que les autres
femmes répètent en chœur, en passant alternativement et

repassant les mains du haut en bas de la cuisse et de la jambe.

C'est un véritable exorcisme. Notre arrivée a interrompu les chants et les frictions ; mais ils n'ont pas tardé à recommencer après notre départ.

Entre temps, les hommes et les enfants étaient groupés alentour. Deux ou trois vieux Indiens étaient assis ou à moitié couchés sur leurs nattes et regardaient faire les femmes ; quelques-uns portaient des chapeaux Bolivar ; cette coiffure civilisée produisait un singulier effet sur ces têtes sauvages, dont les cheveux ressemblaient pas mal à des crins de cheval. Ces Indiens appartiennent à la tribu des Tobas.

Boggio pense à établir une école pour élever les enfants de la tribu ; il vient de recueillir deux orphelins apportés par la dernière *razzia*. Il a déjà adopté une jeune Indienne de quinze à seize ans, qui a la figure tatouée ; elle commence à parler français, elle a le caractère très gai ; on lui a donné le nom de Carmen.

L'usine de Boggio a aussi un moulin à farine. La canne à sucre que l'on cultive ici provient de Tucuman ; elle a été donnée par le général Roca ; on la dit originaire de Taïti.

Nous visitons le verger et le potager ; nous voyons là des orangers, des pêchers, des plants de vignes, des asperges, des oignons, des artichauts, des laitues, des haricots, des choux, je ne sais combien d'autres espèces de légumes, et plus loin une luzernière.

Pour ne rien oublier des circonstances favorables de la localité, je dois dire que l'eau de la lagune voisine est potable de même que l'eau des puits.

J'ai visité la ville de Resistencia à deux reprises, la première fois au mois d'août 1887, la seconde fois au mois d'octobre 1888.

Resistencia est la capitale du Chaco austral. On prétend

que la position aurait pu être mieux choisie. Les *cuadras* de la ville ont 100 mètres de côté, les rues ont 25 mètres de large. Les *cuadras* sont divisées en quatre sections de 50 mètres chacune, ce qui fait que les maisons sont assez éloignées les unes des autres, au moins sur la place centrale. Cependant à ma première visite, il y avait déjà un grand nombre de bâtiments en maçonnerie.

Cette place centrale est spacieuse, elle embrasse quatre *cuadras* séparées par deux rues centrales qui forment l'axe de la ville et qui ont 50 mètres de large ; des allées diagonales la traversent obliquement ; dans les triangles ainsi formés on a semé de la luzerne et planté des arbres tout à l'entour.

A l'ouest de la place on remarquait dès ma première visite une belle maison d'école qui porte le nom du docteur Benjamin Zorrilla, ancien chef du département de l'éducation.

Des jardins, des *quintas*, des *huertas* embellissent la ville improvisée ; car, il faut le dire, les progrès de Resistencia ne datent guère que de 1885, bien qu'elle ait été fondée en 1878 sur le terrain occupé autrefois par les jésuites sous le nom de mission de *San Fernando*.

Resistencia a une garnison assez nombreuse, soit deux bataillons d'infanterie et un régiment de cavalerie. Les chefs, les officiers ont pris des terrains, bâti des maisons, abattu, défriché la forêt, planté des arbres fruitiers ou d'ornement, fait des jardins et des *quintas*.

Le 24 août je fais une excursion à cheval aux environs de la ville avec deux amis. Nous passons à côté de la maison du colonel Avalos, à l'ouest de la ville ; c'est une construction assez élégante entourée d'orangers et d'arbres conservés de la forêt primitive. Elle est située sur une éminence relativement élevée qui domine une lagune.

C'est cette position qui a donné le nom à la ville, car elle

rappelle un fait historique. C'est là que le colonel Avalos
opposa pendant longtemps une résistance opiniâtre et invincible à une multitude d'Indiens qui étaient venus l'attaquer :
de là le nom de Resistencia.

Nous traversons plusieurs fermes de colons et nous arrivons chez un Irlandais nommé Joseph Barnes. La famille de
ce colon se compose de dix personnes. Il a des filles très bien
élevées dont l'une est mariée avec un citoyen argentin ; elles
parlent l'espagnol de même que les fils ; quant à lui, il n'entend pas cette langue, ce qui ne laisse pas que de le contra-
rier.

Cependant à l'aide de quelques mots anglais conservés dans
ma mémoire, j'ai pu engager une espèce de conversation
avec lui, et alors, plein de contentement, il m'a fait voir une
foule de plans, de cartes, de livres et de descriptions de
l'Australie ; car avant de venir en Amérique il a habité longtemps ce pays-là ; l'ayant quitté, il se rendit en Angleterre
dans l'intention de passer au Texas ; mais le ministre argentin, avec qui il eut occasion de parler à Londres, le décida à
venir dans la République Argentine.

Il voulait monter une grande laiterie et il a réalisé son
intention jusqu'à un certain point, mais non point avec les
proportions qu'il aurait voulu lui donner pour des circonstances indépendantes de sa volonté.

Les fils de Barnes sont tous nés en Australie. Il a actuellement 150 vaches et fabrique d'excellent fromage. Sa maison
cachée entre les arbres et les treilles domine une grande
lagune assez profonde, où on entend crier les oiseaux aquatiques. Sa *quinta* pleine d'arbres et de fleurs forme un contraste remarquable avec la nature sauvage et sombre qui
l'entoure.

Un fils de Barnes est monté à cheval pour nous accompagner et nous servir de guide dans notre excursion ; il nous
mène au bord d'une lagune qu'on appelle la *lagune noire* à

cause de la couleur de ses eaux, et en effet elle est noire comme de l'encre.

Plus loin nous trouvons le *Rio Negro* qui porte ce nom pour le même motif. On prétend qu'il a des vertus médicinales très remarquables, surtout comme dépuratif; à ce titre, il mérite d'appeler l'attention des médecins et des malades.

Le Rio Negro est excessivement sinueux comme toutes les rivières du Chaco ; il est très encaissé, et, quoique les eaux soient très basses en ce moment, il n'est pas guéable.

C'est pourquoi nous ne pouvons passer de l'autre côté où nous apercevons plusieurs maisons de colons. Ces colons ne cultivent guère que le maïs jusqu'à présent.

Notre guide, nous conduisant à travers la forêt, nous a fait passer au milieu d'un bois de ces plantes qu'on appelle jasmins du Paraguay, et qu'on devrait tout aussi bien appeler jasmins du Chaco. Car ils y sont excessivement nombreux et au printemps ils embaument l'air de leur parfum délicieux. J'ai connu un général qui, chargé de conduire une expédition dans le Chaco, recherchait de préférence les endroits de la forêt où cet arbuste abondait le plus pour y établir son camp.

Le lendemain (25 août) le colonel Blanco et le colonel Reynolds, gouverneur intérimaire du Chaco, m'ont conduit chez le colon Mutter (Ezéchiel) ; c'est un colon autrichien, mais qui parle italien comme la plupart des autres colons ; il a cinquante et quelques années; il est arrivé directement à Resistencia en 1879, après avoir passé seulement vingt-quatre heures à Buenos Aires.

Son habitation est une maison de bois avec toit de palmier, galerie couverte, et divers appartements, au milieu d'une cour entourée d'une palissade, ce qu'on appelle ici un *fort*. La cour intérieure très propre fait face à une avenue d'orangers et confine à l'est à un petit jardin où l'on trouve tous les légumes d'Europe. A l'entrée de l'avenue d'orangers il y a deux palmiers. Au nord-est se trouve un grand parc à bétail où l'on enferme les animaux pendant la nuit. Au delà au nord et à l'ouest s'étend la forêt, à peu près impénétrable.

Ezéchiel Mutter est un des colons les plus laborieux et les plus honnêtes. Il a dix enfants des deux sexes, ce qui fait une famille de douze personnes en y comprenant le père et la mère. Celle-ci reçoit d'Europe, de son pays natal, un remède, un antidote qui guérit la piqûre des vipères ; il est fait de l'infusion d'une plante qui croît sur les montagnes du Tyrol ; jusqu'à présent, elle compte trente-deux cas de guérison.

Quelle est cette plante qui a tant de vertu? C'est un secret.

Mutter m'a paru un peu démoralisé; sans doute, à cet âge, on ne s'acclimate plus aussi facilement dans un pays neuf et où il y a à faire un nouvel apprentissage de l'agriculture et de la vie ; il a la nostalgie ; sa femme cherche vainement à le distraire ; il ne veut pas sortir de la ferme, pas même pour aller à la ville.

Cependant notre visite lui a causé une grande satisfaction ; il nous a régalés d'un excellent déjeuner, en mettant à notre disposition tous les éléments culinaires dont il pouvait disposer, auxquels nous avons ajouté ceux que nous avions apportés dans notre véhicule, car dans le Chaco, comme sur la mer, il ne convient pas de s'embarquer sans biscuits.

Mais pour aucun motif, il ne consentit à s'asseoir auprès de nous : il ne se considérait pas comme digne de cet honneur. Quand nous nous retirâmes, Mutter nous dit qu'il était aussi content que s'il avait reçu la visite de l'empereur. Évidemment cet homme est ou était un vrai *kaiserlick*.

Ces Autrichiens ont, à ce qu'il semble, le sentiment de l'autorité très enraciné dans le cœur. On m'a rapporté que, lorsque M. le ministre d'Austro-Hongrie visita les colonies du Chaco pour se rendre compte de la situation de ses compatriotes, ceux de Resistencia voulurent l'accompagner à pied

17

jusqu'au port de Barranqueras, afin de lui témoigner ainsi leur respect et leur reconnaissance; mais le ministre ne voulut pas leur imposer une promenade aussi longue : il les congédia à moitié chemin.

Ce sentiment louable sans doute, mais évidemment exagéré, ne serait-il pas un reste de cet *atavisme* qui, aussi bien en Amérique qu'en Europe, rend si difficile le fonctionnement des institutions libres?

Quant à la nostalgie de Mutter, assez commune d'ailleurs chez les immigrants, surtout pendant les premiers temps, je crois qu'il faut l'attribuer en grande partie au système *dispersif*, qui consiste à établir les familles à de grandes distances les unes des autres, au lieu de ies rapprocher dans un centre commun, où les instincts de sociabilité pourraient se développer à leur aise : l'homme, a dit Aristote, est un animal sociable.

La colonie Resistencia, dit un rapport du commissaire Ventura Gazi (1881), dont le point central se trouve situé à 27° 27' 25'' de latitude sud et à 60° environ de longitude ouest du méridien de Greenwich, a pour limites à l'est le bras du Rio Parana, appelé Barranquero, au nord la rivière Tragadero, à l'ouest et au sud les territoires du Chaco central; elle est traversée à peu près de l'est à l'ouest par le Rio Negro, lequel à peu de distance de son embouchure présente le port *San Fernando*, situé presque au centre de la colonie. Elle a naturellement de grands avantages au point de vue commercial; en effet, ces deux ports, l'un au centre, l'autre à sa limite est, facilitent au plus haut degré l'importation et l'exportation des produits.

La population de la colonie à cette époque se composait de cent quarante-sept familles avec un total de 875 habitants.

Le même rapport accusait un total de 1.183 hectares

cultivés en maïs, presque tous, et les autres de diverses autres cultures, dont on évaluait le produit à 19.338 piastres.

On évaluait le total des bâtiments à 36.841 piastres, le total des animaux de labour et autres à 43.080 piastres, le total général des instruments de labour et autres à 10.467 piastres. Total général des valeurs : 163.827 piastres.

La colonie Resistencia est une colonie nationale, c'est-à-dire qu'elle a été fondée directement par le gouvernement national, installée à ses frais et administrée par ses employés.

Etant retourné à Resistencia, en octobre 1888, j'ai pu remarquer de grands progrès accomplis dans l'espace d'une année. On a bâti un grand nombre de maisons et on continue à en bâtir tous les jours ; les briqueteries sont en complète activité ; elles ne peuvent fournir assez de matériaux. Le général Donovan, gouverneur du territoire, a pris l'initiative de la construction d'une église qui aura quarante-sept mètres de long et vingt-deux mètres de large. Il pousse à la fondation de nouvelles colonies. Enfin, de toutes parts, on sent un souffle d'activité qui va transformer le désert.

Etant à Resistencia, j'ai assisté au départ d'une expédition qui allait fonder un nouveau centre de population dans l'intérieur du Chaco, à *Napalpi*, à quarante-cinq lieues de cette capitale. Le tableau ne manquait pas de pittoresque ; la marche était ouverte par les grandes charrettes qui portaient les bagages, les enfants et une partie des femmes ; car des femmes accompagnent toujours les soldats dans leurs expéditions.

D'autres femmes allaient à cheval, portant des enfants en croupe et le cigare à la bouche. Quant aux soldats, ils montaient des mules, dont la plupart n'avaient pas encore été domptées et qui donnaient fort à faire à leurs cavaliers ; mais, m'a-t-on assuré, avec la marche tout cela allait s'arranger. Cependant la colonne s'est ébranlée aux sons de la musique

militaire qui annonçait son départ. Enfin tout cela avait un
air de solennité imposante, bien propre pour suggérer des
réflexions sérieuses à l'esprit méditatif qui a les yeux fixés
sur l'avenir.

Ce camp militaire, que l'on allait établir dans les forêts du
Chaco, me faisait penser à ces *castra stativa* que les Romains
installaient dans les forêts de la Gaule et de la Germanie et
qui furent le point de départ de villes et de cités florissantes.

A Resistencia, j'ai assisté encore au départ d'une expédition
d'une autre espèce, destinée aussi à dominer le désert du
Chaco ; c'étaient des constructeurs de télégraphes qui allaient
établir une communication électrique entre le littoral et la
province de Salta, en suivant le Rio Bermejo. Les individus
chargés de ce travail étaient armés de toute espèce de
carabines et de fusils, pour aller à la chasse et pour se
défendre contre les Indiens.

Le mauvais temps m'a obligé à abandonner plusieurs
excursions projetées aux environs de Resistencia, et principalement aux rives du Tragadero et du Guaycuru, où une
compagnie appelée la *Colonizadora popular* est en train
d'établir une nouvelle colonie. Etant à Santa Fé, j'avais
assisté à l'embarquement de plusieurs chefs de famille qui
allaient visiter ces parages, et je les ai retrouvés à Corrientes.
Cette *Colonizadora* a projeté la fondation d'une vingtaine de
colonies dans le Chaco, où elle se propose de cultiver surtou
les plantes oléagineuses et la ramie, cette plante textile don
j'ai déjà parlé.

# XXV

Parana, novembre 1888.

La ville de *Bella Vista* mérite réellement le nom qui lui fut donné par ses fondateurs; c'est une des meilleures positions des bords du Parana, peut-être préférable à celle de Corrientes elle-même. Du haut de la falaise où elle est située, la vue embrasse une grande étendue du fleuve majestueux et du Chaco lointain; on peut apercevoir, quand l'atmosphère est limpide, les cheminées des usines de Tacuarendi et de Villa Ocampo, à plus de trente kilomètres de distance. Cette ville qui n'avait pas eu d'importance, jusqu'à ces derniers temps, fut fondée en 1826, par le général Ferré, un des gouverneurs les plus connus de la province.

Une des choses les plus curieuses qu'on y trouve, ce sont deux grandes lagunes, dont l'une ne tarit jamais, et qui sont entourées d'orangers superbes. Ce pays est d'ailleurs, et par-dessus tout, le pays des orangers. Il y a des *quintas* où l'on compte par milliers ces arbres précieux, qui, plantés en ligne droite, présentent les perspectives les plus pittoresques, sur les collines et sur le fleuve qu'on aperçoit au lointain; et, quand ils sont chargés de leurs fruits dorés, on croirait être dans le jardin des Hespérides.

Laissant toute poésie de côté, bien des personnes pensent que l'oranger est le meilleur produit de cette terre, et que la meilleure spéculation que l'agriculteur puisse faire, c'est de planter des orangers.

Le département de Bella Vista est un des centres d'opérations de la société la *Colonisatrice de Corrientes*, dont le président est le docteur Don Mariano Loza, de Goya.

Cette société va établir deux colonies dans ce département : l'une s'appellera *Progreso;* elle est située à deux lieues et demie environ au sud de la ville; l'autre, qui s'appellera *Tres de Abril* (c'est l'anniversaire de la fondation de Corrientes en 1588), sera située à une distance à peu près égale, au nord.

Cette société doit durer vingt ans, avec faculté de se proroger; son domicile légal est à Goya. Le capital est d'un million de piastres nationales, divisé en dix mille actions, de cent piastres nationales chacune.

Voici maintenant les principales clauses de contrat de colonisation :

Le colon achète à la Colonisatrice une concession de vingt-cinq hectares, pour la destiner uniquement à la culture, payable en cinq annuités.

La Colonisatrice fournira au colon : 1° des matériaux pour construire son logement, jusqu'à concurrence de cent piastres nationales; 2° des pieux et du fil de fer pour enclore la concession; 3° deux paires de bœufs, un cheval et une vache laitière avec veau; 4° deux charrues, deux pelles et des semences; 5° la nourriture, à raison de 6 piastres par mois, pour chaque personne capable de travailler, et la moitié aux enfants de 4 à 10 ans. Ces avances sont remboursables avec intérêt à 10 0/0.

La compagnie vend les concessions à vingt piastres nationales l'hectare au comptant et à vingt-huit piastres à cinq ans de terme. Dans chaque colonie, il y aura un village central composé de 256 carrés d'un hectare chacun.

La colonie Progreso qu'on était en train d'installer, au moment de ma visite, a cent cinquante concessions, dont on livre une au colon et dont on réserve l'autre à côté, en lui laissant la préférence pour l'acheter à un prix plus élevé. Le village contiendra 100 hectares et sera construit sur les bords du Parana.

Entre la colonie projetée et la ville de Bella Vista se trouve une usine importante, connue sous le nom de *Santa Angela;* elle date de 1887. C'est une distillerie dont les propriétaires, Pedro Morelli et C¹ᵉ, se sont engagés à acheter tous les produits de la colonie.

La force motrice des machines est de 150 chevaux; on emploie pour combustibles le charbon de terre, le bois, les épis de maïs dépouillés de leur grain et la bagasse de la canne à sucre.

L'établissement a des plantations qui lui appartiennent; il achète aussi des matières premières aux producteurs du voisinage. Disons à ce sujet que les cultures les plus rémunératrices de ce département sont : l'arachide, la patate, le tabac, le manioc, le maïs et le sorgho.

Pour compléter ce qu'il y a à dire pour le moment sur les travaux de la Colonisatrice, il faut ajouter qu'au sud de la colonie Progreso et au nord de *Lavalle* elle a acheté un terrain de trois lieues de face sur le fleuve avec 11.000 vares de fond, et qu'elle se propose de le coloniser avec des familles françaises.

Lavalle peut aussi être considérée comme une colonie; mais elle est peuplée surtout d'Américains. Pour la fonder, le gouvernement avait exproprié le terrain compris entre le Parana et la rivière de Santa Lucia. Elle est composée de 320 *chacras* de 450 vares de côté. C'est en quelque sorte l'*egido* de Santa Lucia.

Parmi les essais de colonisation faits dans cette région de Corrientes, il faut nommer une colonie fondée au couchant de Goya par M. Jacinto Rolon; elle a déjà plus de quatre ans d'existence; elle se composait, au moment de ma visite, d'environ six cents personnes, toutes originaires des environs de Venise. On attendait prochainement de nouvelles familles. Il y a dans cette colonie 69 bâtiments, dont 47 sont de briques.

Cette colonie, comme la ville de Goya elle-même, a le défaut d'être dans un endroit sujet aux inondations.

# XXVI

Parana, novembre 1888.

Pour passer à Villa Ocampo, je me suis embarqué à Bella Vista dans un petit vapeur qui met à peu près une heure à arriver au port.

Quant au village, il est à une trentaine de kilomètres dans l'intérieur du Chaco. L'aspect de ce port est assez pittoresque, quoique, ou parce qu'il est encore très primitif.

J'ai trouvé là deux navires d'outre-mer, un anglais et un norvégien qui viennent faire un chargement de bois ; un vieux ponton qui sert de dépôt pour les marchandises ; deux goélettes attachées à la rive que le fleuve ronge avec une rapidité effrayante ; un grand nombre de poutres et de dormants de *quebracho* épars sur le sol ; une locomotive qui se promène de côté et d'autre ; des tentes à moitié déchirées de Paraguayens qui sont venus vendre des oranges ; des chèvres qui sautent et qui bondissent par-dessus les rails ; une baraque en bois avec un toit de tuiles de Marseille qui loge le receveur des rentes nationales, construite à deux mètres au-dessus du terrain, et à laquelle on monte forcément par un escalier, parce qu'elle est exposée aux inondations ; une espèce de magasin ou de dépôt construit d'après le même système, avec escalier aussi et recouvert d'un toit de fer galvanisé ; plus loin, au milieu des arbres conservés de la forêt primitive, une auberge, je me trompe, un hôtel de planches comme tous les autres bâtiments avec toutes les

commodités culinaires et autres possibles dans ces parages ;
enfin quelques *ranchos* à moitié cachés dans la végétation
inextricable du Chaco, et au milieu de tout cela le chemin de
fer qui conduit à Villa Ocampo. Une rivière assez importante
débouche dans le port ; elle porte en langue indienne le nom
significatif de rivière des moustiques, et elle justifie parfaitement son nom.

Le chemin de fer est pourvu d'un téléphone qui met en
communication le port et le village.

Au port, il m'a fallu attendre l'arrivée du train ordinaire
qui fait le service de l'établissement ; il n'est arrivé que
l'après-midi, apportant un chargement de bois. Enfin je me
mets en route avec l'administrateur de la colonie Ocampo,
M. Lacroix, un fils de Français né dans la province de Salta.
Pour arriver au village il faut passer vingt-sept ponts, dont
le plus long est celui du Parana-Mini, un bras du grand
fleuve, qui vient de la hauteur de Corrientes et qui débouche
à la hauteur de Goya.

Sur le côté occidental de cette rivière, il y a un groupe de
maisons qu'on appelle le pueblo de *San Vicente*. Quelques
personnes opinent que c'est là qu'on aurait dû placer le village, parce que la position est plus élevée et plus accessible,
d'autant mieux que la rivière est navigable.

Quoi qu'il en soit, ces travaux donnent une idée de l'importance de l'œuvre qu'on a accomplie à travers les forêts et
les marécages du Chaco ; car toute cette partie du terrain
forme une zone essentiellement spongieuse et sujette aux
inondations périodiques du grand fleuve.

Villa Ocampo a l'inconvénient d'avoir été mise dans un
bas-fond. On s'en aperçoit aux jours de pluie. Abstraction
faite de ce défaut, il faut reconnaître qu'elle a de grands et
beaux bâtiments, tels que la maison de l'administration, située
à l'est de la grande place centrale, la distillerie, l'usine à
sucre, une élégante chapelle dont la construction a coûté

vingt mille piastres, la maison de la Banque nationale, le magasin d'administration, enfin un grand nombre de maisons
particulières.

La grande place centrale, quoique encore assez solitaire,
deviendra avec le temps un ornement pour la ville.

Dans la *quinta* de l'administration, j'ai pu me convaincre
que la terre convient pour toute espèce d'arbres et de légumes. Quant aux colons de Villa Ocampo, ils cultivent
surtout la canne à sucre et le sorgho.

Le lendemain de mon arrivée (12 octobre) M. Lacroix m'a
conduit à la scierie mécanique qui est située à sept kilomètres plus loin dans la direction de l'ouest.

Le *quebracho* est le bois qu'on exploite de préférence; on
en fait des dormants pour les chemins de fer. Il est apporté
à la scierie par des charrettes à bœufs d'un système particulier qu'on appelle dans le pays *alza-primas;* ce sont deux
grandes roues hautes de 3$^m$ 40 sous lesquelles on suspend
l'arbre équarri au moyen de chaînes de fer. Il faut d'habitude deux ou trois paires de bœufs pour le porter. Le conducteur est assis sur le joug de la première paire, et de là il
aiguillonne les bœufs avec un bambou gigantesque armé
d'une pointe et orné parfois de plumes d'autruche. Tout
cela représente un capital considérable, car à la scierie de la
Villa *Adela* on n'emploie pas moins de 700 bœufs.

. L'établissement mérite en effet le nom de village par sa
nombreuse population composée d'Américains, d'Européens
et d'Indiens.

Revenant à la Villa Ocampo proprement dite, je dirai que
l'usine *Manolo* (c'est le nom d'un fils de M. Ocampo) a coûté
800.000 piastres; elle a un moteur de la force de 750 chevaux; elle peut produire 200.000 arrobes de sucre en trois
mois et moudre 15.000 tonnes de sorgho. Elle est éclairée à
la lumière électrique; elle a un téléphone qui s'étend sur une

ligne de 30 kilomètres. On a mis à profit dans cet établissement tous les perfectionnements les plus modernes de
l'industrie sucrière. L'usine porte à son frontispice l'inscription suivante :

Ingenio Manolo. — Fundadores : Manuel Ocampo Samanès
y Marcos Amar. — Ingeniero director E. Riffard. — Empre-
sario J. A. Grosso. — 1884.

La distillerie, qui est un bâtiment complètement distinct
de l'usine, porte le nom d'*Adélaïde;* elle peut produire
250.000 *gallons* par an.

Le directeur de la distillerie est un Français nommé Gaston
Piat ; le directeur de l'usine à sucre est aussi un Français
appelé Louis Cipiot ; le directeur de la scierie à vapeur est
un Allemand nommé Dabons. L'ingénieur Riffard, qui habite
toujours la colonie Ocampo, est aussi un Français.

L'administration a un médecin qu'elle paie 100 piastres
par mois, et qui doit soigner les blessés et autres victimes
des accidents assez fréquents dans la vie du bûcheron du
Chaco. Elle a aussi une pharmacie.

La chapelle n'avait pas de prêtre à l'époque de ma visite ;
mais le chapelain de San Antonio de Obligado vient quelquefois y dire la messe.

M. Ocampo avait pris une concession de 32 lieues carrées ;
mais il en a cédé une partie aux constructeurs de l'usine
*Tacuarendi* dont je parlerai plus loin, à M. Riffard le propriétaire de l'établissement *Gabriela,* et à d'autres personnes.

La colonie se compose d'individus de diverses nationalités : il y a des Italiens, des Espagnols, des Suisses, des
Français, des Allemands, des Suédois. La plupart sont de
grands propriétaires, des planteurs qui cultivent des centaines d'hectares, par exemple Guillaume Malberti qui en a
500, Pedro Silanès qui en a 700, Siegrist Baader qui en a
800, Lapitz qui en a 450, Arambil qui en a 380, etc. J'ai été

très surpris d'y trouver un très grand nombre de Basques
français. Ceux-ci étaient venus pour fonder la colonie sous la
direction de M. Jules Andrieux, ex-officier de la marine
française; la première compagnie qui foula le territoire alors
désert du Chaco, ou pour mieux dire occupé par les Indiens,
se composait des éléments les plus hétérogènes et les moins
aptes aux travaux que l'on allait entreprendre : il y avait
d'anciens prêtres, d'anciens maîtres d'école, d'anciens maires,
des littérateurs, des militaires, des commis de magasin, etc.
Il leur fallut faire le dur apprentissage de l'agriculture et de
la vie des forêts. On leur avait donné le nom de compagnie
*marche ou crève*; et, d'après ce que l'on m'a rapporté, ces
pionniers de la première heure ont parfaitement justifié ce
nom; enfin ils parvinrent à surmonter toutes les difficultés.

Que de travail employé, que de capital engagé dans cette
création qu'on appelle Villa Ocampo! Il y a encore aujour-
d'hui des colons qui doivent de grandes sommes à l'administration (celle-ci a sans doute fait des frais inutiles). Là
comme partout il a fallu payer tribut à l'inexpérience ; mais
dans un pays nouveau et inconnu comme le Chaco, l'inexpérience a dû coûter plus cher que dans les pays dès longtemps
étudiés. Enfin, et, quoi qu'il en soit, les conquérants pacifiques du Chaco ont bien mérité de la patrie et de l'humanité.

Il y a à Villa Ocampo un subdélégué politique et un juge
de paix, une agence de la Banque nationale, deux écoles,
une pour chaque sexe, enfin un jeu de paume qui est une
institution indispensable partout où se trouve un groupe de
population basque.

Les usines du Chaco ont aussi une espèce de papier-mon-
naie qui circule dans les colonies voisines et jusque sur la
place de Bella Vista.

Je vais parler à présent de l'usine de MM. Edmond Riffard,
Brosset et Cⁱᵉ. Celle-ci, qui est une distillerie, est située à une
lieue au nord de la Villa Ocampo ; il n'y a pas longtemps

qu'elle est établie; on se propose d'y distiller la canne à sucre, le sorgho et plus tard le maïs. Elle a un générateur de la force de 100 chevaux et met en mouvement quatre machines à vapeur, dont une de la force de 30 chevaux. Elle peut produire 3.000 litres d'alcool chaque 24 heures.

La propriété de M. Riffard, sur laquelle elle est située, a une étendue de 1.735 hectares dont 150 sont plantés de cannes à sucre, et 150 autres de sorgho.

Un chemin de fer relie la distillerie au chemin de fer de Villa Ocampo; il y a aussi un téléphone.

Outre la distillerie, l'établissement possède une scierie à vapeur, un atelier de construction mécanique qui fabrique des chars et des ouvrages de menuiserie, une forge et une briqueterie, pouvant produire 30.000 briques par mois.

Il y a aussi une auberge, une boulangerie, une boucherie et diverses habitations pour les briquetiers; cela fait un total de 110 à 120 personnes.

Huit charrues fonctionnent ordinairement pour le défrichement des terres; celles-ci sont noires, excellentes, faciles à travailler. Le pâturage est très bon pour les bêtes à cornes, ovines et caprines.

Les maîtres de l'établissement assurent que le climat est très sain et que les fièvres paludéennes y sont inconnues.

M. Riffard, qui a monté, comme nous l'avons vu, l'usine de Villa Ocampo, est l'auteur de conférences données à Buenos Aires et à Paris sur les avantages du Chaco agricole et industriel, et sur le développement de l'agriculture et de l'industrie dans la République Argentine. Il est plein de confiance dans l'avenir de ce territoire, surtout quand on aura établi les canaux et les chemins de fer nécessaires pour en exploiter toutes les richesses.

« Les voies fluviales, dit-il, donnent au Chaco un avantage incomparable sur les autres moyens de transport et permettent d'en exploiter les produits avec une remarquable réduction de fret.

« Le transport d'une tonne de charge de la colonie Ocampo à Buenos Aires, y compris les frais de chargement, transbordement, remorquage, etc, etc., peut être évalué de cinq à sept piastres nationales. Il est inutile de faire remarquer l'économie de ce transport. »

M. Riffard, considérant qu'on a là les trois réactifs absolument nécessaires, le sol, la chaleur et l'humidité, pense que l'on peut entreprendre diverses cultures, sans qu'il y ait besoin d'irrigation, par exemple celles de l'orge, des haricots de toute espèce, du manioc, des patates et pommes de terre, du maïs, du tabac, des plantes, des légumes alimentaires, des plantes oléagineuses telles que l'arachide et le ricin, des arbres tels que l'eucalyptus et l'acacia de albata, et enfin de la canne à sucre et du sorgho dont il s'occupe spécialement.

D'après lui, l'avenir du Chaco a sa base principale dans l'union de l'agriculture et de l'industrie. Il recommande aussi la betterave.

M. Riffard a commencé sa carrière industrielle dans cette partie; il l'a continuée en France, en Russie, en Allemagne, pour étudier ensuite la canne à sucre aux Antilles.

Le conférencier entre dans des considérations sur les colonies du Chaco et spécialement sur la colonie Ocampo. Il raconte que celle-ci fut fondé en 1878 par M. Manuel Ocampo Samanès, consul général du Pérou à Buenos Aires; il y dépensa beaucoup de capitaux et lutta avec toute espèce de difficultés jusqu'en 1883. A cette époque la compagnie de Fives-Lille confia à M. Riffard la mission de construire, monter et diriger la première usine de sucre du Chaco, dont elle avait livré le matériel à M. Ocampo.

Il résulte de son exposition que les plantations totales de la colonie à la fin de 1883 s'élevaient à 1.430 hectares.

D'autres entrepreneurs, encouragés par l'exemple de

M. Ocampo, ont formé en 1884 une société franco-argentine pour exploiter aussi la canne à sucre et ils ont construit à cet effet l'usine appelée *Tacuarendi*, sous la direction de M. Bassères, également ingénieur français.

Enfin le conférencier recommande la République Argentine et principalement le Chaco aux immigrants français, à cette classe intelligente, laborieuse, éclairée qui languit, végète et attend, au lieu d'aller au loin, comme le font les autres peuples de l'Europe, exercer son activité dans toutes les branches de l'industrie et du commerce.

Maintenant passons à Tacuarendi. Ce nom en Guarani veut dire canne douce ; c'est du moins ce que l'on m'a affirmé.

L'usine de Tacuarendi est située à trois lieues plus au loin du nord-est de Villa Ocampo, sur une colline assez élevée qui domine les environs et d'où l'on aperçoit les maisons de Bella Vista ; cette position m'a paru préférable à celle de Villa Ocampo, qui a le défaut, je l'ai déjà dit, de se trouver dans un bas-fond.

La maison d'administration est un joli et pittoresque bâtiment de maçonnerie qui se détache sur le fond bleu du ciel et a l'aspect d'un petit château avec ses pavillons élevés. Il est à côté d'un bosquet d'arbres que l'on a conservés de l'ancienne forêt et qui était la résidence d'un cacique campé là avec sa tribu. Maintenant c'est le point de départ d'un grand verger et d'un jardin où l'on pratique toute espèce de cultures. La terre est un peu sablonneuse. Sur la plantation de Tacuarendi je puis donner les renseignements suivants :

La raison sociale de la compagnie est à Buenos Aires. Le directeur est un Catalan appelé Baltazar Guanabens, qui a navigué pendant longtemps et pratiqué l'industrie sucrière dans l'île de Cuba, la véritable terre de la canne à sucre, comme il dit.

L'établissement de Tacuarendi, qui fait partie de la colonie

Ocampo, a pour limite au nord la colonie indigène de San
Antonio de Obligado ; sa superficie est du nord au sud de
5.000 mètres ; de l'est à l'ouest de 7.000 mètres, soit
3.500 hectares.

On a planté jusqu'à présent 600 hectares de canne à sucre
et 100 de sorgho. Il y a un outillage pour la fabrication du
sucre et de l'alcool, représentant une valeur de 200.000 piastres fortes. Ces machines proviennent de la fabrique française de Fives-Lille ; elles peuvent produire par année
100.000 arrobes de sucre et 4.000 hectolitres d'alcool à
35 degrés.

Les bâtiments représentent une valeur de 100.000 piastres.
Les instruments de labour et d'exploitation représentent une
valeur de 50.000 piastres ; il faut y comprendre 500 bœufs,
200 chevaux et mules, 8.000 mètres de chemins de fer Decauville et 80 wagons.

On évalue chaque hectare planté de cannes à sucre à
200 piastres, ce qui fait pour les 600, 120.000 piastres ;
chaque hectare non cultivé à 20 piastres, ce qui fait 56.000
pour les 2.800, et l'hectare semé de sorgho, 60 piastres, ce
qui fait 6.000 piastres pour les 100 ; donc la valeur totale de
la propriété s'élève à 182.000 piastres.

Chaque hectare planté de canne à sucre peut produire, bon
an mal an, 40 tonnes métriques de cannes que l'on achète,
portées à l'usine, à 4 piastres la tonne ; par conséquent 1 hectare produit 160 piastres.

Les frais de culture, récolte et transport montent, quand
la plantation est voisine de l'usine, à 80 piastres l'hectare ;
il faut pour cela employer des Correntins que l'on paye à raison de 12 piastres par mois avec nourriture et 18 piastres
sans nourriture.

L'usine de Tacuarendi a eu à lutter aussi avec de grandes
difficultés ; mais elle en est venue à bout et à présent elle
est, m'a dit le directeur, en voie de complète prospérité.

18

# XXVII

Parana, novembre 1888.

J'ai déjà dit que l'usine de Tacuarendi a pour limite au
nord la colonie indigène de San Antonio de Obligado : cette
localité a une certaine célébrité sinistre due à un soulèvement
des Indiens qu'on y avait réunis pour en former une colonie
et qui retournèrent aux forêts du Chaco, après avoir mis à
mort le major Piedra, leur chef. On avait commis la faute de
les soumettre à la discipline militaire et de leur enseigner le
maniement des armes, au lieu de les occuper à des travaux
plus utiles et plus profitables. Que les Indiens pussent se
livrer à cette espèce de travaux, ils l'ont démontré plus d'une
fois dans ce même San Antonio où ils ont construit des ponts
et des chaussées, où ils ont cultivé des *chacras* et des *quintas*,
où ils ont travaillé dans les plantations de cannes à sucre,
dans les usines et ailleurs.

Mais laissons de côté ce souvenir funèbre, qui d'ailleurs
rappelle un fait sans grande importance. La position de San
Antonio a été on ne peut mieux choisie sur une colline qui
domine les environs à une grande distance. On trouve dans
ce *pueblo* de jolis bâtiments qui font un singulier contraste
avec les huttes des Indiens du cacique *Chara*, resté fidèle, et
qui vivent à l'air libre avec leurs chiens dans un état à peu
près primitif. Ces Indiens travaillent et vont à la chasse ; ils
en rapportent de grandes quantités de peaux de cerf, de
renard, de loups, d'ours fourmiliers et d'autres animaux.

Leurs chiens m'ont semblé assez petits. Certains observateurs prétendent que ce sont des chiens dégénérés comme leurs maîtres, parce qu'en général les Indiens du Chaco sont bien loin d'avoir le courage des Indiens de la Pampa.

On trouve dans le *pueblo* de San Antonio une chapelle desservie par un moine franciscain du nom d'Ermete Constanzi; c'est un Italien ; c'est lui qui avait *réduit* les Indiens. Il y a plusieurs années qu'il est dans le Chaco ; avant de venir ici il a été à San Javier et à la colonie *Alejandra*. Le père Ermete remplit aussi les fonctions de maître d'école ; il a une quinta très bien tenue, remplie d'arbres fruitiers, de vignes et de légumes.

J'ai remarqué aussi à San Antonio une autre quinta qui appartient à un Français, autrefois habitant de Buenos Aires, M. Lacoste ; il a laissé le vacarme de la grande capitale du Sud pour venir vivre dans la solitude silencieuse du Chaco avec son intéressante famille.

A San Antonio de Obligado, le voyageur trouve donc les deux extrêmes sociaux : les enfants de la forêt du Chaco et les enfants de l'Europe civilisée.

La colonie indigène de San Antonio a été fondée le 22 juin 1884. On la forma avec les tribus des caciques José Nino, Francisco Antonio, Bartolo et Juan Chara, et on l'installa sur des terrains concédés en toute propriété par le gouvernement national entre les colonies Ocampo et *Las Toscas*. Le père Ermete Constanzi fut mis à la tête de la réduction.

Ce fut le colonel Obligado qui présida à la fondation de la colonie. On dressa un autel rustique, sur lequel on mit l'image de saint Antoine de Padoue ; après quoi le père Constanzi dit la messe en présence de 300 Indiens des deux sexes réunis, hommes, femmes et enfants. Le juge de paix de Las Toscas, M. Valençon, un Français, assistait à la cérémonie. Des discours furent prononcés par le colonel

Obligado et le père Constanzi. Il y eut ensuite un déjeuner à l'usine Tacuarendi, dont les administrateurs étaient alors deux Français, MM. Duncan Wagner et Georges David.

Passons maintenant à la colonie *Las Toscas*. Là c'est l'élément européen qui prédomine. Cette colonie fut fondée en 1880 (23 août) par MM. Kauffmann (Suisse) et Antonio Tomassone (Italien) qui venaient de la colonie *Malabrigo*. Elle doit son nom à une petite rivière, navigable quelquefois · jusqu'à la colonie même, laquelle rivière la partage de l'est à l'ouest et forme entre les deux parties un vallon assez pittoresque.

Les familles qui la composent sont italiennes, suisses, françaises et argentines ; le nombre des habitants est de 1200 dont la majorité sont Italiens. Il y a un emplacement pour le village central de 2.000 mètres de long sur 1.000 mètres de large, divisé en 150 carrés de 100 mètres de côté et où l'on compte déjà plus de 150 maisons en maçonnerie.

Le centre du village est situé à 28°19'19" de latitude sud et environ à 59°18'11" de longitude ouest de Greenwich ; il est un peu au nord de la ville de Bella Vista, à 30 kilomètres de distance, à vol d'oiseau.

La superficie de la colonie est de 38.405 hectares.

La colonie a un port, le port Alberto, sur la rivière Palometa Cua, situé à 6 kilomètres du village, et le port de *Las Tres Bocas* sur le rio Parana Mini, affluent du rio Parana.

A 10 kilomètres au nord, on trouve la petite rivière *Eugenio,* alimentée par les eaux des immenses marécages qui s'étendent à l'ouest de toute la rive de cette partie du Chaco.

La terre végétale varie de quarante centimètres à un mètre, qui est le maximum. Le sous-sol d'argile est imperméable ; c'est pourquoi, dit M. Valençon, le terrain conserve une humidité constante, qui, combinée avec la chaleur, produit une végétation exubérante.

Les lots sont divisés en concessions de 25 hectares ; mais il est peu de colons qui n'en possèdent qu'une ; la plupart en ont deux, trois, et même quatre. M. Valençon, à l'aide de quelques amis puissants, a installé une distillerie où l'on exploite chaque année de 5 à 6.000 tonnes de sorgho et 3.000 tonnes de canne à sucre que l'on achète aux colons. C'est ce même M. Valençon qui a été l'inaugurateur de la culture de la ramie dans le Chaco : il n'a pas abandonné l'idée de propager la culture de cette plante textile. L'exemple de M. Valençon a eu des imitateurs, entre autres MM. Tomassone et Cie qui ont bâti une distillerie et une scierie à vapeur.

Au point de vue topographique, la colonie **Las Toscas** a une belle position : le terrain est accidenté et ondulé ; de la colline où est bâti le *pueblo* on découvre un paysage étendu et varié. Pour le mieux contempler, il faut monter à un belvédère de bois qu'on a établi au point culminant et qui servait autrefois à observer les Indiens.

On m'a assuré que le pays est très sain, qu'on n'y connaît pas les maladies, et que, bien que la colonie ait huit ans d'existence, elle n'a ni médecin ni pharmacien.

Les bêtes à cornes prospèrent dans cette région : celles qu'on y importe de la province de Corrientes ne tardent pas à s'y transformer d'une manière remarquable.

Le chemin de fer projeté doit passer par la rue centrale du village qui a 50 mètres de large.

Dans la colonie Las Toscas j'ai rencontré un versificateur français, M. Jean-Louis Erard, qui vint, il y a plus de vingt ans, s'établir à la colonie Héloïse, dans la province de Santa Fé.

La colonie échoua faute de fonds comme plusieurs autres ; les habitants découragés se dispersèrent. Celui-ci finit par arriver à Las Toscas, où il continue à faire des vers et à cul-

tiver la terre en même temps, se rappelant sans doute que
les *Géorgiques*, ce chef-d'œuvre du grand poète latin, sont
en même temps un traité modèle d'agriculture.

Pour consigner ici tous les souvenirs que j'emporte de Las
Toscas, je dois dire qu'un de ses fondateurs, M. Kauffmann,
périt assassiné par un Indien qu'il avait pris à son service. Ce
Kauffmann avait fait plusieurs expéditions contre les sauvages
du Chaco avec le Nord-Américain Moore, avec le Français
Henriet, avec le major Oroño et plusieurs autres courageux coureurs du désert qui s'enfonçaient à de grandes distances dans les forêts et dans les marécages du territoire inconnu. Son associé Tomassone, plus heureux, mourut de
mort naturelle.

Ces travailleurs de la première heure, ces pionniers du désert mériteraient qu'on leur consacrât une biographie : leurs
exploits obscurs sont aussi dignes d'échapper à l'oubli que
les exploits brillants des héros tueurs d'hommes en bataille
rangée. Telle est du moins mon humble opinion.

# XXVIII

La colonie *Florencia* est la dernière des colonies de la province de Santa Fé, au nord.

Le gouvernement national a cédé à cette province le territoire compris entre la rivière del Rey et le parallèle 28° de latitude Sud; il résulte de là que les colonies Avellaneda, Las Garzas, Ocampo, San Antonio de Obligado, Las Toscas et Florencia sont tombées sous la juridiction provinciale.

La colonie Florencia commence au nord de la rivière Rabon, affluent assez important du Parana, et s'étend jusqu'au delà de la rivière Tapenaga, autre affluent également important et navigable parfois jusqu'à l'administration de la colonie.

Elle fut fondée en 1889 par un Anglais, M. Langworthy, qui obtint du gouvernement national une concession de trente-deux lieues à la condition d'y établir un nombre déterminé de familles et d'y introduire un certain capital.

Le port est à vingt kilomètres et demi de la maison d'administration. L'administration possède un petit vapeur qui tient la colonie en communication avec la ville correntine de *Bella Vista;* il y a aussi un chemin de fer qui relie le port aux grandes forêts que l'on exploite au moyen d'une scierie à vapeur, la plus importante, la plus considérable du Chaco, à ce qu'on m'a assuré; son moteur est de la force de 150 chevaux. Il y a aussi une grande tannerie et l'on devait monter prochainement une distillerie.

La maison d'administration est une maison construite avec toute espèce de confort, avec une cour intérieure et des galeries couvertes pour en rendre le séjour agréable en tous

temps, surtout pendant l'été. Elle a un grand jardin potager
où j'ai remarqué une plantation de ramie.

L'administrateur de la colonie est un Anglais, M. Charles
Webster, qui se trouvait autrefois à la colonie Alejandra
(Pajaro Blanco) ; il connaît parfaitement le Chaco ; il dit que ce
pays convient pour les plantes oléagineuses, telles que le lin,
l'arachide, le ricin, de même que pour le tabac qu'il affirme
être meilleur que celui de Corrientes.

La colonie a un hôpital et un médecin payé par une société
particulière formée des employés de l'administration.

Il y a un subdélégué politique et un juge de paix, un
bureau de postes et de télégraphes. On attend le chemin de
fer qui aura une station dans le village. Celui-ci avait déjà
au moment de ma visite (octobre 1888) soixante-deux maisons
en maçonnerie, et il devait y en avoir vingt-huit autres dans
peu de temps; car les concessionnaires du terrain avaient l'obligation de les bâtir.

Les familles de la colonie sont en grande partie suisses et
françaises; elles cultivent le maïs, la pomme de terre, la patate, le manioc, l'arachide et toute espèce de légumes.

A la colonie Florencia, j'ai été agréablement surpris de
trouver parmi les employés de l'administration un jeune
littérateur italien, du nom de Rafael Mazzantini, qui parle
parfaitement le français, l'anglais et l'espagnol, outre sa
langue maternelle ; il est correspondant de divers journaux
d'Italie ; il est parfaitement au courant de notre littérature et
m'a récité des tirades entières d'Alfred de Musset, ce que je
ne m'attendais guère à trouver sur les bords du Tapenaga.
J'ai fait quelques excursions avec lui sur une voiture à quatre
roues appelée l'*éclair*: il m'a mené voir un pont magnifique
construit pour le chemin de fer sur le rio Parana Mini, et une
grande forêt qu'on n'a pas encore exploitée à l'ouest de la
colonie. Sur la lisière de cette forêt, au milieu des hautes
herbes de la prairie, on trouve les restes d'un fortin aban-

donné, qui servait autrefois à défendre la frontière contre les
Indiens. Le fortin consiste en deux ou trois *ranchos* de bois
et de terre, entourés d'une palissade de bois dur : il n'en
fallait pas davantage pour tenir à distance les sauvages
envahisseurs. Ce fortin était occupé par quinze hommes et
un officier. Le dernier de ceux-ci fut tué par les Indiens sou-
levés de San Antonio. La forêt ferme l'horizon sur une
grande étendue ; elle forme une ligne sombre, enchevêtrée,
impénétrable ; la hache du bûcheron n'y est pas encore
entrée ; les arbres aux dimensions colossales semblent
attendre l'avenir dans leur impassibilité, mais avant longtemps la locomotive viendra rugir à leurs pieds ; elle les
enveloppera dans ses tourbillons de fumée, et alors la forêt
mystérieuse aura perdu son prestige : *le dernier des Mohicans*
aura disparu pour toujours.

En attendant, la solitude la plus absolue règne dans ces
parages avec le silence le plus profond : on n'y entend que le
cri de la perdrix *martineta*, qui vient de temps à autre jeter sa
note mélancolique sur le tableau imposant de cette nature
primitive.

Le Chaco, je le dis encore une fois, manque de variété ; il
fatigue par sa monotonie, son alternative incessamment
répétée de forêts et de clairières ; cependant, on s'arrête pour
contempler la mer ou la plaine interminable qui se confond
avec le ciel. Et puis, on pense à l'avenir, et on éprouve le
regret de ne pouvoir ressusciter pour voir la transformation
qui se sera accomplie dans un demi-siècle.

Au sud de la colonie Ocampo on trouve la colonie *Las
Garzas*. Le mauvais temps ne m'a pas permis de la visiter
dans toute son étendue ; mais j'en ai vu une bonne partie, en
compagnie de ce Français, M. de Brosset, qui est venu s'établir dans le Chaco, pour y fonder une distillerie en société
avec M. Edmond Riffard.

La colonie *Las Garzas* n'a pas de village central comme les autres colonies : ses habitants sont dispersés sur de grandes étendues de terrain entre Ocampo et Avellaneda, ils s'occupent plutôt d'élevage que de labourage. La position qu'ils occupent ne leur permet pas de faire de l'agriculture sur une grande échelle parce que, n'ayant pas de communication directe avec le fleuve, ils manquent de débouchés pour leurs produits, et c'est pourquoi ils doivent les porter ou à Ocampo ou à Reconquista, ce qui leur occasionne de grands frais ou une perte de temps. On m'a dit qu'ils élèvent beaucoup de volailles, qu'ils font du beurre et du fromage. Il faut que le chemin de fer vienne mettre fin à cet état de choses, leur permettre de profiter de tous les avantages que leur offre la nature ; car le terrain de Las Garzas est bon, élevé, ondulé, et semble réunir toutes les conditions exigées par la colonisation.

La colonisation de Las Garzas n'est pas l'œuvre d'une entreprise particulière ni de l'action officielle, comme les colonies dites nationales : le gouvernement a cédé directement le terrain au colon qui le sollicitait ; c'est indubitablement le meilleur système : il coupe court aux abus qui se commettent dans les autres colonies. En effet, le gouvernement national a été obligé de renoncer au système de la colonisation officielle, parce que ses employés exploitaient les colons et causaient des préjudices à l'État ; mais les entreprises particulières n'atteignent pas non plus le but qu'il se propose « peupler le pays » ; elles aussi exploitent les colons ; elles ne remplissent pas les conditions de la loi ; elles font payer assez cher la terre et les avances qu'elles font, sauf quelques exceptions. La conclusion de tout ceci serait, selon moi, que l'État devrait livrer directement la terre au colon sans intermédiaire d'aucune sorte, je veux dire sans autre intermédiaire que ses arpenteurs.

La colonie Las Garzas date de 1883-1884.

# XXIX

La pluie qui me poursuivait partout m'a obligé à retourner à Bella Vista ; je me proposais d'aller par terre de Bella Vista à Goya pour visiter à mon aise la rive correntine ; mais il m'a fallu renoncer encore à cet itinéraire pour le même motif et m'embarquer une fois de plus sur le vapeur qui descend de l'Asuncion à Buenos Aires pour me transporter ensuite sur un petit pyroscaphe qui remonte la rivière de Goya.

Cette ville de Goya a une grande importance commerciale ; mais elle a le désavantage d'avoir été très mal placée par ses fondateurs, loin du grand fleuve et dans un bas-fond qui s'inonde très facilement. Il paraît que son nom lui vient d'une femme qui y avait fondé un établissement de commerce et d'élevage à la fin du siècle passé.

J'ai déjà parlé des essais de colonisation que l'on fait dans cette ville et de la compagnie colonisatrice qui y a son domicile.

Nous repasserons donc sur la rive du Chaco. A cet effet nous nous embarquons sur un petit vapeur qui fait le trajet de Goya à *Reconquista*. Cette dernière ville est assez éloignée du port, au moins deux lieues et demie. Entre le port et la ville on avait construit une chaussée qui a dû être passablement détériorée depuis ma visite par une crue extraordinaire du Parana. Cette chaussée traverse un terrain marécageux.

Quant à la ville de Reconquista, s'il est permis de lui donner ce nom, elle est située sur le penchant de la colline qui commence à partir du terrain où s'arrêtent les inondations. C'est une faute de ne l'avoir pas mise au point culminant; celui-ci était indiqué par cinq ou six orangers séculaires que les jésuites y avaient plantés avant leur expulsion des colonies espagnoles en 1763.

Ce nom de Reconquista signifie que ce pays a été reconquis sur les Indiens, qui l'avaient repris aux civilisés pendant les troubles qui ont suivi la guerre de l'Indépendance.

La fondation de Reconquista date de 1872, comme l'indique un décret rendu à cette époque par le gouverneur Iriondo, conformément à une loi faite en 1885, c'est-à-dire sous le gouvernement de M. Orono.

Cette loi destinait une superficie de quatre lieues carrées, à l'endroit appelé *El Rey* et sur la rive gauche de la rivière de ce nom, à la fondation d'un *pueblo* et d'une colonie agricole, qui devait s'appeler Reconquista, en commémoration de celle (reconquête) que les troupes nationales, placées à la frontière, avaient faite d'un des centres primitifs de population de la province. Pour la division du terrain de ville et de campagne on adoptait le plan présenté par le colonel don Manuel Obligado, et on le chargeait lui-même de le mettre à exécution.

Toute famille nationale ou étrangère qui voudrait s'établir sur ce point aurait droit à un lot de *chacra* dans la colonie et à un *solar* dans le *pueblo*, à la condition de bâtir celui-ci et de cultiver celui-là dans le terme de six mois à partir du jour où l'on lui livrerait le terrain.

Il ne devait pas être donné plus d'un lot à chaque famille, à moins qu'elle n'eût un nombre de plus de cinq personnes; celui-ci ne pouvait être aliéné qu'après avoir été habité pendant cinq ans, et en aucun cas une seule personne ne pouvait avoir plus de quatre concessions.

La place centrale de Reconquista comprend quatre *cuadras* de cent mètres, plus les rues de vingt mètres qui la traversent perpendiculairement l'une à l'autre. Elle est plantée d'arbres du paradis, de même que la plupart des rues. A l'est se trouvent l'église, la sous-préfecture, la caserne. Il y a d'assez beaux bâtiments en briques et d'importantes maisons de commerce.

Sur la place j'ai remarqué celles de MM. Piazza et Gilard, Italien le premier, Belge le second.

M. Gilard se montre très satisfait du pays. Il me dit, ce que je savais déjà, qu'il est question d'encourager le courant d'émigration belge à la République Argentine.

J'ai rencontré aussi un menuisier français du nom d'Abadie, qui vint dans ce territoire pour exploiter les bois du Chaco; sa santé, assez altérée à Buenos Aires, s'est complètement rétablie sous cette latitude. Avec lui et le citoyen suisse Théodore Alleman, fils du journaliste suisse Jean Alleman, rédacteur de l'*Argentinische Wochenblatt* de Buenos Aires, j'ai parcouru la colonie Reconquista.

Ce monsieur a une maison de commerce et un hôtel en société avec un autre Suisse, Nicolas Habecker, qui a été aussi un des colonisateurs du Chaco et s'est trouvé dans diverses colonies.

J'ai connu aussi à Reconquista un médecin suisse, le docteur Eckerlin, qui a fait ses études à Zurich et à Vienne; il a habité auparavant Villa Ocampo et Las Toscas; il a fait plusieurs expéditions dans l'intérieur du Chaco; il s'est passionné pour ce pays, il aime la chasse et les chevaux.

A Reconquista, comme dans les autres *pueblos* du Chaco, on trouve un groupe assez important de population indigène : les Indiens soumis vivent dans leurs ranchos et leur huttes à l'ouest du village. J'ai parlé à l'un d'eux, un vieillard très âgé; il me dit avoir servi dès le temps de Rosas; il a pris part

à la guerre contre Rivera, dans l'État oriental de l'Uruguay ;
il était dans l'armée d'Urquiza à Caceros, Cepeda et Pavon.

Au moment de ma visite (25 octobre) la petite vérole sévis-
sait dans le village et faisait des ravages, surtout chez les
Indiens. Ceux-ci, quand ils se sentent atteints de la maladie,
vont se baigner à la rivière pour se guérir plus vite, disent-
ils ; en effet ils sont alors guéris pour toujours de cette
maladie et de toutes les autres.

La petite vérole est la terreur des Indiens : ils abandonnent
l'individu attaqué dans la hutte en lui laissant de quoi manger et de quoi boire. Il n'y a pas moyen, à ce qu'ils supposent, de lutter contre l'esprit mauvais, contre le *gualichu*. La
petite vérole travaille donc pour accélérer la disparition des
habitants primitifs du Chaco.

J'ai visité quelques fermes de Reconquista : Gassman est
un Allemand qui exerce en ville le métier de forgeron et qui
fait de l'agriculture en même temps. Sœchting, Allemand
aussi, mais naturalisé Argentin, a été juge de paix et commissaire de la colonie. Il a été auparavant à la colonie Esperanza et à la colonie Alejandra. C'est un homme instruit ; il
parle plusieurs langues ; il a été employé dans le royaume de
Hanovre avant l'annexion de ce pays à la Prusse en 1866 et
la destruction de l'ancienne Confédération germanique, attaché de légation à Vienne. Il ne voulut pas se soumettre au
nouveau régime établi par la bataille de Sadowa ; il émigra à
la République Argentine : actuellement il est moitié agriculteur et moitié *estanciero*,

Vicissitudes de l'existence. Si le royaume de Hanovre avait
conservé son autonomie, au lieu de disparaître absorbé dans
l'unité allemande, le citoyen Sœchting, qui mène une vie
assez obscure dans les colonies du Chaco, serait peut-être
député ou ministre dans quelque cour germanique. Et beaucoup d'autres immigrants inconnus se trouvent dans le même

cas par suite de circonstances analogues. C'est ainsi que les
révolutions de l'ancien monde contribuent puissamment à
peupler et civiliser les déserts du nouveau.

M. César Henriet est un Français, qui est venu en Amérique, il y a une vingtaine d'années; il habita d'abord la colonie
San José (Entre Rios) ; il connut là un autre Francais, M. Joseph Hébert qui avait projeté en société avec MM. Warnes la
fondation au Chaco d'une colonie qui devait s'appeler *Héloïse*.
Le nom ne pouvait être plus sympathique, ce semble ; mais
cela ne suffit pas pour faire réussir une entreprise de colonisation. La nouvelle colonie avait l'inconvénient d'être placée
au delà de la frontière, par conséquent en butte aux attaques
des Indiens. Mais ce n'était pas là son plus grand défaut :
elle eût surmonté cette difficulté, parce que les colons, quoique peu nombreux, étaient des hommes résolus, courageux ;
mais il leur manquait aussi un autre élément primordial,
l'argent, qui est le nerf de la colonisation comme il est le
nerf de la guerre, et, manquant de ressources, ils furent obligés de se disperser. M. Henriet resta avec quelques compagnons ; il continua à lutter avec la nature et avec les Indiens,
mais ce fut en vain : il dut à la fin abandonner le champ de
bataille; le terrain colonisé devint un terrain de pâturages,
transformation qui s'est opérée aussi ailleurs, ce qui n'indique pas précisément un progrès. Ayant donc perdu le fruit
de ses travaux, Henriet vint s'établir à Reconquista. Entre
temps, il avait fait plusieurs expéditions contre les Indiens,
en compagnie de Guillaume Moore, de Gaspard Kauffmann,
le futur fondateur de la Compagnie Las Toscas, du major
Oroño, et de plusieurs autres hardis coureurs du désert, et
toujours avec succès. A Reconquista il installa un moulin à
blé et introduisit les machines; mais la culture du blé ne
donnait pas de bons résultats ; les colons furent obligés de
l'abandonner ; le climat du Chaco ne lui convient pas ; le moulin devenait inutile. Henriet établit alors une scierie à vapeur,

et c'est l'industrie qu'il pratique jusqu'à présent. Sa maison
se distingue par une belle plantation d'arbres fruitiers et d'ornement, ainsi que par un réservoir artificiel pour recueillir
l'eau des pluies. De l'autre côté de la route, on trouve la
maison de commerce d'un autre Français, M. Rossel, entouré
aussi d'une végétation exubérante, des arbres du paradis,
des mûriers, des eucalyptus, etc. Tous les arbres se dévelop-
pent ici d'une manière admirable.

Les familles de la colonie Reconquista sont en général
italiennes, du pays de Frioul. Il y a aussi des Gallois. On a
remarqué que, quoique travailleurs, ils sont peu progressistes; ils viennent en effet d'un pays où règne encore la rou-
tine; ils n'emploient pas les machines comme les habitants
des colonies du Sud. Ils vivent dans des habitations très pri-
mitives, ils marchent nu-pieds, même quand ils vont à la
messe, ce qui produit un effet assez désagréable sur l'esprit
du voyageur. Ajoutez à cela qu'ils poussent la dévotion à
l'excès, et que pour rien au monde ils ne laisseraient passer
un jour de fête sans assister aux cérémonies religieuses,
même quand l'interruption des travaux agricoles devrait
leur causer de sérieux préjudices.

# XXX

Parana, novembre 1888.

La colonie *Avellaneda* est située à une petite distance du village de Reconquista, dont elle est séparée par la rivière del Rey. Cette rivière, navigable jusqu'au pont qui met en communication les deux centres de population, et même au delà, formait autrefois la limite de la province de Santa Fé. Pour arriver jusqu'au pont, il faut traverser un marécage sur lequel on a construit une chaussée.

Cette colonie s'appela d'abord colonie *Dolorès* et ensuite *Ausonia;* elle avait été fondée sous les auspices et sous la protection du général Urquiza. Elle était, dit Wilcken, le fruit des efforts d'un homme qui voulait à tout prix faire quelque chose, sans s'y connaître beaucoup. L'entrepreneur, M. Tripoti, avait obtenu par une loi spéciale du congrès la concession de trente-six lieues carrées de terrain, à condition d'y établir une colonie composée de deux cents familles.

Avec la concession en main et moyennant un projet de colonisation et d'exploitation des terrains, l'entrepreneur parvint à former une société qui, sous ce nom de « Société colonisatrice et exploitatrice du Chaco », prit à son compte les droits de Tripoti, laissant à celui-ci le rôle et l'emploi d'administrateur de la colonie.

On commença enfin l'installation matérielle de la colonie, mais l'opération occasionna des dépenses énormes.

Le terrain avait été mal choisi, les communications étaient

19

très difficiles : il fallait tout faire venir par eau, et pour la moindre chose recourir à la province de Corrientes.

Le fait est que jamais M. Tripoti n'avait vu les terrains dont il avait demandé la concession ; il ignorait tout, même la topographie du parage qu'il avait indiqué et où il établit la colonie ; il s'en était tenu à de vagues rapports ; il n'avait jamais songé aux difficultés ni aux obstacles qui vinrent l'assaillir, et que la société ne pouvait vaincre qu'à force d'argent.

De cet ensemble de circonstances il résulta naturellement des discussions entre le directeur de la colonie et le directeur de la société qui aboutirent au renvoi de M. Tripoti.

Ceci se passait en 1869.

Il fut remplacé quelque temps après par un citoyen italien, M. Vatri, ex-officier de l'armée piémontaise, publiciste assez connu à Buenos Aires, où il avait rédigé des journaux et des revues.

M. Vatri fit les plus grands efforts pour relever la colonie de la prostration où elle était tombée, mais pour cela de nouvelles dépenses étaient nécessaires ; la société découragée ne répondit pas à ses efforts. Les fonds commencèrent à manquer, et avec eux les bêtes de somme et enfin les vivres.

Le mécontentement s'empara alors des colons qui se mirent à quitter la colonie l'un après l'autre. Dans ces conjonctures, survint une circonstance qui détermina la dissolution complète de l'établissement.

Les Indiens Tobas, voyant la colonie qui se dépeuplait et épiant le moment favorable, vinrent attaquer l'établissement le 16 octobre 1871. Le sang-froid et le courage de M. Vatri parvinrent à sauver les habitants ; mais il y avait eu des morts et des blessés ; les colons abandonnèrent l'établissement pour se retirer au port de Reconquista ; de là, ils allaient quelquefois à la colonie ; mais au mois de décembre de la même année, après avoir attendu inutilement les

secours qu'on leur promettait, et ne pouvant plus résister
aux attaqués réitérées des sauvages, ils se retirèrent définitivement : le directeur Vatri ne les avait pas abandonnés un
seul instant.

En avril 1872, le colonel don Manuel Obligado vint
*repeupler* San Geronimo del Rey, auquel il donna le nom de
Reconquista, comme nous l'avons déjà vu.

Le 27 juin de la même année, les Indiens attaquèrent
encore Reconquista, mais ils furent repoussés par les troupes
d'Obligado; les civilisés perdirent dans cette attaque plusieurs chefs militaires, officiers, soldats et même de simples
particuliers qui avaient dû prendre les armes.

Cet échec sembla décourager les Indiens. A la fin de cette
année, on vit se soumettre les tribus des caciques Mariano
Lopez, Lanchi, Ventura, Cisterna et Valentin Tioti, ainsi
que plusieurs *capitanejos* (chefs subalternes) et sept cents
Indiens de *Chusma* (on désigne ainsi les non-combattants).

En février 1873, M. Vatri vint *repeupler* la colonie
Ausonia, dont il changea le nom pour celui de *Vanguardia*.

En 1874, il fut remplacé par M. Jules Andrieux; celui-ci
crut convenable de transporter les machines de l'exploitation
forestière établies par M. Vatri ainsi que l'administration
au port de Reconquista : le résultat de cette opération fut un
nouvel abandon de la colonie par ses habitants en 1875.
A la fin de cette dernière année, la colonie fut déclarée
nationale, c'est-à-dire qu'elle passait sous la direction du
gouvernement national, et l'on changea encore son nom
pour celui de *Président Avellaneda;* ce fut le colonel, aujour-
d'hui général Obligado qui installa les premières familles ;
celles-ci avaient été fournies par la Commission d'immigration.

Cependant l'arpentage ne fut fait définitivement que dans
les années suivantes et ne fut achevé qu'en 1882. Les lots
de terrain sont de 144 hectares divisés chacun en quatre

sections; les rues ont 25 mètres de large. Le nombre des
familles est actuellement (1888) de 246 ; la plus grande partie
sont autrichiennes, il y a trente familles italiennes et une douzaine de familles slaves ; on parle généralement italien.

Les principales cultures sont : le lin, l'arachide ou pistache
de terre, le maïs, la pomme de terre, le haricot, la patate
grande et petite, les légumes de toute espèce, les arbres
fruitiers, orangers, pêchers, poiriers, figuiers, etc.

On a fait aussi des essais de vin, et j'en ai goûté d'assez
bon chez le juge de paix, M. Ramos, ex-élève de l'École
agronomique de Mendoza.

On a cultivé aussi la ramie chez le médecin Lozon dont je
parlerai plus loin.

On a tracé l'emplacement d'un village, qui ne se trouve
pas au centre, mais bien au sud-est de la colonie, et presque
en face du *pueblo* de Reconquista, de sorte que les deux
centres de population sont en vue l'un de l'autre.

Dans le village les *cuadras* sont de 100 hectares divisés en
sections de 50 mètres. Il y a déjà un assez bon
nombre de jolis bâtiments. Quant à l'église, c'est un *rancho*
avec un autel donné par le président Avellaneda, mais il n'y
a pas de curé. Autrefois celui de Reconquista venait y dire la
messe, mais les colons n'ont pas voulu continuer à lui payer
le déjeuner qu'il avait à faire naturellement après la cérémonie, de sorte qu'il a cessé de venir.

Cependant les colons sont très religieux, même supersti-
tieux ; ils se rendent à l'église à de grandes distances, à cheval,
en char, à pied, et généralement sans chaussures. C'est peut-
être le meilleur moyen de marche et le plus commode dans
ces pays chauds. On m'a assuré que dans certaines parties du
Brésil, quand on veut punir les enfants on les menace de
leur mettre des souliers.

La colonie Avellaneda a un commissaire et un juge de
paix ; mais elle n'a pas de municipalité ; il en résulte que

l'état des routes laisse quelque chose à désirer, surtout à
l'époque des pluies torrentielles qui viennent parfois s'abattre
sur le Chaco ; elles deviennent alors *intransitables*.

J'ai visité diverses familles malgré ce mauvais état des
routes, car je me suis trouvé au Chaco pendant la saison plu-
vieuse ; d'ailleurs cette année les pluies ont été d'une abondance exceptionnelle.

Chupel est un colon d'origine autrichienne, dont la famille
se compose de onze personnes ; il a une grande plantation
d'orangers, de mûriers, d'arbres du paradis et d'autres
arbres. Il emploie des cylindres de bois pour égrainer le lin,
les machines n'ont pas encore pénétré jusqu'ici ; ces gens-ci
ne connaissent ni les moissonneuses ni les batteuses.

Il possède trois fermes ; il doit encore à l'administration.
Ce sont les femmes qui nous donnent ces détails, les hommes
sont absents, c'est aujourd'hui jour de fête. Les travaux ont
été retardés au commencement par des vices d'administration et par les menaces des Indiens qui obligeaient à ramas-
ser les bœufs de labour. Ces femmes sont une vieille et deux
jeunes ; elles croient sans doute que je suis une autorité ; en
général les paysans européens ne voient pas avec plaisir
l'autorité qui ne les ménage guère, mais enfin elles se décident à répondre à mes questions.

Les jeunes, dont l'une donne à téter à un enfant, parlent plus
ou moins l'espagnol, mais la vieille n'en sait pas un mot ;
d'ailleurs elle semble souffrir de la nostalgie ; elle dit en
soupirant : *Benedetta la Europa!*

Effectivement, ces familles transplantées dans un désert,
séparées les unes des autres par des distances énormes, doivent s'ennuyer, au moins les femmes qui ne sortent guère de
la maison.

Cependant les hommes sont généralement contents ; mon
compagnon de voyage, qui a des rapports fréquents avec eux
à Reconquista, m'assure que les paysans ont une situation

peu enviable en Autriche : d'abord, ils n'ont pas de biens à
eux ; le maître de la terre qu'ils cultivent va à chaque moment
compter les fruits des arbres pour voir s'il n'en manque pas
quelques-uns ; si par malheur il leur arrive d'aller au cabaret
pour se distraire et chercher quelques consolations dans la
boisson, le seigneur demande d'où ils peuvent tirer l'argent
et croit qu'ils le volent. Conséquence : ils fuient de nuit, ils
se cachent dans les bois, ils cherchent à gagner les ports où
l'on peut s'embarquer pour l'Amérique ; arrivés ici, ils deviennent indépendants matériellement et moralement ; ils écrivent
à leurs amis et parents qu'il faut relever la tête penchée vers
le sol, et le sentiment de la liberté commence et continue à
se répandre parmi les masses rurales. C'est ainsi que le nouveau monde réagit sur l'ancien.

Domingo Cuori est un Italien des environs d'Udine ; il y a
huit ans qu'il est ici, dix ans qu'il est en Amérique. Il a été
autrefois à la colonie *Potasse ;* cette colonie n'existe plus ;
c'était une entreprise formée pour produire de la potasse
dans les bois du docteur de la Fuente, à l'ouest de Reconquista.

Il représente deux familles réunies dont l'ensemble forme
un total de seize personnes ; ils ont une masse d'enfants et ils
en sont fiers ; ils observent le précepte de la Bible : Croissez
et multipliez. Ils ont sept concessions de 36 hectares.

Le docteur Jules Lozon, Français, a été médecin des
troupes nationales que le colonel Obligado commandait à
Reconquista ; par conséquent il a pris part à plusieurs expéditions et incursions dans l'intérieur du Chaco ; il a été aussi
juge de paix de la colonie ; il a laissé la carrière militaire et
médicale pour se vouer à l'agriculture. A cet effet il a acquis,
il y a quatre ans, un terrain de 1.800 hectares.

Son habitation est située sur une éminence à trois lieues
du rio Parana ; elle a été construite avec goût et *confort ;*
elle est en maçonnerie avec un toit de palmiers, elle a des
galeries couvertes à l'est et à l'ouest et un haut belvédère

d'où l'on peut observer une grande étendue de terrain. Ce que l'on voit de là, c'est un grand jardin ou verger entouré d'eucalyptus, plein d'orangers, d'arbres fruitiers, de casuarinas, d'arbres du paradis, de jasmins du Cap, de rosiers, de fleurs, de légumes de toute espèce, avec une longue treille qui s'étend d'un bout à l'autre. On aperçoit aussi une luzernière et une plantation de ramie.

Le docteur Lozon attribue une grande importance à cette culture dont il attend de grands résultats : il a étudié tout ce qui a été publié à cet égard et se propose d'aller à l'Exposition de Paris pour voir les machines sans lesquelles l'exploitation de cette plante serait trop coûteuse. Il m'a fait lire une conférence faite à Paris par M. Napoléon Ney, sur les essais faits en Algérie, de laquelle il résulterait que la ramie produirait un bénéfice net de 2.000 francs par hectare. Ceci vaut la peine de renouveler l'expérience.

A 7 ou 800 mètres à l'est de la maison s'étend un vaste marécage sillonné par une rivière, du fond duquel s'élève un concert formidable de grenouilles, de crapauds et d'oiseaux aquatiques : ceci semble annoncer la pluie pour un délai prochain.

M. Lozon a des bêtes à cornes, des moutons, des chèvres, des porcs, des poules, des dindons, des paons, des canards, des oies, enfin tout ce que l'on peut avoir dans un établissement rural improvisé dans le grand Chaco.

Tout cela est nécessaire pour rendre supportable l'existence qui serait très monotone dans ces parages écartés; c'est pour cela qu'il attend avec impatience l'arrivée du chemin de fer qui doit passer près de sa maison; sans les voies de communication on ne saurait mener à bonne fin l'exploitation du Chaco; ses habitants seraient comme séparés du monde. L'endroit occupé par le docteur Lozon fut autrefois la demeure d'un cacique qui campait avec sa tribu sous les grands arbres qu'on a conservés.

La colonie Avellaneda a huit lieues carrées de superficie ; elle confine au nord à la colonie *Las Garzas* qui en a seize.

Sa position topographique, d'après le géomètre arpenteur Nemesio Ramos, est : latitude sud 29° 8' 45", longitude 1° 20' 10" 3'" ouest de Buenos Aires.

La température qui y règne arrive à 38° maximum et descend à 3° au-dessous de zéro. Tel est le résultat des observations faites depuis 1880 jusqu'à présent.

A l'ouest de Reconquista se trouvait la colonie *Potasse* qui n'existe plus que dans le souvenir des habitants de la contrée ; au nord-ouest entre la rivière del Rey et la rivière de Malabrigo se trouve la colonie *Vittorio Emmanuele* fondée par M. Brunetti, citoyen italien résidant à Buenos Aires, et plus loin, au delà de Malabrigo, la colonie *Piazza* fondée par un autre citoyen italien de ce nom.

La première a, ou pour mieux dire devait avoir huit lieues de surface ; mais l'entrepreneur tomba malade au moment où il allait remplir les conditions de la loi de colonisation, de sorte qu'il perdit la seconde partie de sa concession. La première partie est la colonie *Vittorio Emmanuele* proprement dite ; dans la seconde partie qui n'a pas de nom et qui appartient actuellement à M. Adolphe Freire de Santa Fé, il y a encore une vingtaine de familles italiennes et suisses ; les autres s'en sont allées par crainte des Indiens qui maraudent encore dans le voisinage. L'administrateur de la colonie *Vittorio Emmanuele*, M. Nardelli, est établi à cinq lieues de Reconquista ; il avait été autrefois directeur de la colonie Potasse.

La colonie Piazza est à plus de 50 kilomètres de Reconquista. L'entrepreneur a bâti un pont en bois sur la rivière qu'il faut passer pour y arriver. Elle est la dernière étape, la sentinelle avancée de la civilisation dans ces parages ; elle est en quelque sorte perdue au milieu des bois. Elle n'a guère que trois années d'existence. L'entrepreneur a dû

grouper les familles dans un village, au lieu de les dissé-
miner sur les concessions comme dans les autres colonies,
afin qu'elles puissent se protéger et se garantir réciproquement ; mais cet avantage a aussi ses inconvénients : il oblige
les colons à perdre beaucoup de temps pour se rendre tous
les jours au théâtre du travail. La maison d'administration,
où habite aussi le juge de paix qui a dans ses attributions
les deux colonies Vittorio Emmanuele et Piazza, est pourvue
d'un arsenal complet ; elle a aussi prêté des remingtons
aux colons.

Chaque famille, c'est-à-dire chaque groupe de trois personnes aptes au travail, reçoit gratuitement 50 hectares,
et on lui fait toutes les avances nécessaires remboursables
sans intérêt. La colonie compte jusqu'à présent quarante
familles au lieu des trente-deux exigées par la loi de colonisation. La plus grande partie sont italiennes; il y a aussi
quatre slaves et quelques espagnoles. Elles cultivent le lin,
le maïs, l'arachide, les haricots, les légumes.

Le lin serait un produit lucratif, si on pouvait l'expor-
ter. La colonie Piazza attend aussi que le chemin de fer
vienne la visiter, car on lui a promis une station dans les
environs.

# XXXI

La crue extraordinaire du rio Parana m'a obligé à abandonner l'itinéraire que j'avais projeté pour aller par terre de Reconquista à Santa Fé.

J'ai dû retourner à Goya pour rejoindre le fleuve et aller prendre à Santé Fé le vapeur qui va à San Javier une fois par semaine. Ce vapeur assez commode s'appelle le *Castor*. Il met deux jours à arriver à son objectif qui est à la hauteur de la ville Entre Riana de la Paz. La distance en ligne droite n'est que d'une quarantaine de lieues ; mais, grâce aux sinuosités de la rivière, on en compte une centaine.

Les *pueblos* que l'on rencontre sur la route sont : *San José del Rincon*, à l'est de la lagune Guadalupe; *Santa Rosa*, qui fut autrefois une *réduction* d'Indiens Calchines ; *Cayasta*, colonie fondée sous l'administration de M. Oroño par un gentilhomme français, le comte Tessières de Bois-Bertrand ; *Helvecia*, colonie fondée à la même époque par un médecin suisse, le docteur Théophile Romang, et enfin *San Javier*, qui fut d'abord une réduction d'Indiens et postérieurement une colonie.

On trouve encore sur la route le *Saladero San José*, fondé par Don Mariano Cabal, la maison de campagne de Patricio Cullen et une autre maison qui porte le nom d'*Elisa*.

Nous sommes partis de Santa Fé le 18 novembre à cinq heures du matin; le fleuve est large comme une mer inté-

rieure ; l'eau s'étend à perte de vue ; du côté de Santa Fé on
ne peut voir la fin de l'inondation ; du côté d'Entre Rios on
aperçoit la falaise élevée qui lui sert de limite ; mais la distance est si grande que parfois cette même falaise se confond
avec l'eau et le ciel.

La navigation ne saurait être plus pittoresque : nous passons au milieu d'un archipel d'îles boisées, au-dessus des
hautes plantes aquatiques qui ont disparu, heurtant à chaque
moment des troncs d'arbres et des *camalotes* (on appelle
ainsi des monceaux d'herbes aquatiques que le courant
détache) qui gênent littéralement la marche du navire, sans
suivre le rio San Javier proprement dit ; car le lit de la
rivière s'est perdu dans l'immense courant d'eau apporté par
la crue, et on ne le devine qu'au rideau d'arbres qui dessine
ses sinuosités.

A trois heures et demie de l'après-midi nous arrivons à
Santa Rosa. Le terrain de cette localité est sablonneux : on
y sème l'arachide et le maïs. Actuellement, Santa Rosa est
complètement environnée d'eau et ne peut communiquer
par terre avec Santa Fé.

Nous avons à bord des familles d'émigrants français de
Savoie et des Italiens. Ils disent qu'à bord de *la Provence* qui
les a apportés ils étaient deux mille cinq cents passagers et
par conséquent passablement gênés. Il me semble que la compagnie abuse du droit d'entasser la chair humaine dans ses
navires. Nous arrivons à Cayasta à minuit : par conséquent
nous n'avons pu rien voir ; mais au retour, j'ai visité la maison du fondateur, à moitié cachée au milieu des grands
arbres qui l'entourent au bord de la rivière. Le fils de ce
colonisateur eut une fin malheureuse : il périt assassiné dans
sa propre maison par des voleurs.

Cayasta, outre la colonie proprement dite, a un centre de
population urbaine qui ne manque pas d'importance et où
l'on trouve d'assez beaux bâtiments.

Le lendemain, à cinq heures du matin, nous arrivons à Helvetia. Cette colonie a plus d'importance que Cayasta. Ce qu'on y cultive, c'est surtout l'arachide ; on a abandonné la culture du blé, parce que le terrain est sablonneux : c'est pourquoi on a transporté à la colonie du Pilar l'outillage d'un grand moulin à vapeur qu'on avait construit et dont le bâtiment vide est resté debout. Il y a sur la rive même un grand moulin à huile, succursale d'une fabrique de Buenos Aires, connue sous le nom de *la Fama* : le terrain d'Helvetia convient parfaitement pour la production de l'arachide ; on cultive aussi cette plante sur toute la rive de San Javier, de sorte que l'usine d'Helvetia n'est pas exposée à manquer de matières premières.

A huit heures et demie, nous arrivons au *saladero* Cabal. Ce saladero ressemble à tous les établissements de ce genre : ce sont des bâtiments en fer galvanisé, des cabanes pour les *péons*, une maison pour le maître, un verger et un appareil pour élever l'eau au moyen du vent. Le terrain des environs est couvert de bois. La rive est pleine d'animaux morts, qui dégagent une odeur nauséabonde. Très fréquemment nous rencontrons des cadavres de chevaux ou de bœufs qui voguent sur le fleuve ; ce sont autant de victimes de l'inondation. Nous nous rapprochons davantage de la rive parce que la profondeur des eaux le permet, mais sans oublier les précautions : à tout moment on consulte la sonde.

A une heure dix minutes, nous apercevons diverses habitations sur la rive, des plantations d'arbres, des champs de maïs, des clôtures, des parcs à bétail, enfin tout ce qui annonce la présence de l'homme : nous sommes en face de la colonie dite *française*, et bientôt après devant le village même de San Javier. Grâce à l'inondation, nous avons gagné au moins quatre heures de route ; car nous avons pu suivre la ligne droite ; nous n'avons pas même eu besoin de venir au mouillage ordinaire.

Sur la rive je trouve un Français ; c'est l'instituteur de San Javier ; il m'adresse à un aubergiste piémontais, qui a été colon, et qui s'est marié avec une Fribourgeoise, mais toute la famille parle français. Dans cette même auberge je fais la connaissance d'un colon savoisien de la colonie *Californienne*, appelé Rémy Blanche ; et, quoique les chevaux qui m'ont apporté du port soient fatigués, je lui propose de faire une excursion dans les fermes des environs. Je trouve là un Entre-Riano, qui habite ces parages depuis 1876 ; il a été jeté sur cette rive par des révolutions de sa terre natale ; il s'appelle Hermenegildo Albarillos ; il a été chef militaire et juge de paix du *pueblo* ; c'est un des principaux fondateurs du village ; il a contribué plus que personne à son développement et à ses progrès.

Jusqu'en 1879, ceci n'était qu'une *réduction* d'Indiens, gouvernés par des moines franciscains. Les Indiens avaient leurs huttes là où se trouve la place actuellement. Par esprit d'intolérance religieuse ou pour d'autres motifs aussi peu plausibles, les franciscains s'opposaient au peuplement de la localité.

Il y avait, il est vrai, une commission chargée de répartir les terrains ; mais le président, qui était le colonel Nelson, ayant dû s'absenter, elle était tombée dans l'inaction.

Ayant été nommé pour la compléter, le major Albarillos fit venir des familles de colons et leur procura les avances nécessaires, des bœufs et des instruments de labour. Les colons devaient avoir les deux tiers de la récolte ; l'autre tiers revenait au propriétaire du terrain qu'on leur donnait à cultiver.

L'*egido* de San Javier a 2 lieues carrées. Les *cuadras* du village ont 100 vares, les rues ont 20 vares de large.

L'église a été construite par le frère italien Antonio Rossa, qui plus tard alla bâtir celle de Reconquista ; il était alors préfet des Missions.

A l'endroit où Albarillos a mis sa maison, se trouvait autrefois le fortin qui défendait la réduction; il était occupé par le colonel Obligado avant son départ pour Reconquista.

Les indigènes qui demeurent actuellement à San Javier sont au nombre de 800 environ; en général ils sont paresseux et ne s'occupent que de chasse et de pêche : à cet effet ils se servent de la *fija,* espèce de javelot, qu'ils manient avec une adresse extraordinaire.

Cependant il en est qui travaillent pour leur compte ou pour le compte des autres.

Cette position avait été autrefois occupée par les jésuites : on y voit encore des orangers plantés par eux. Le major Albarillos a fait des expéditions contre les Indiens sauvages : c'est lui qui fit prisonnier le cacique Andrès Lopez, et qui détermina la soumission de Valentin Lopez et de José Domingo Crespo, qui était le fléau des colonies situées au-dessous de Reconquista.

La plupart des colons de San Javier sont Italiens du Frioul; ils cultivent le lin, l'arachide, le maïs; ils ont abandonné la culture du blé, à cause de la cherté des transports, bien que la terre soit propice pour cette céréale.

Pour compléter l'histoire de la colonisation de San Javier, il faut rappeler que le gouvernement national avait essayé d'y établir une colonie de Russo-Allemands; il vint effectivement une trentaine de familles, mais elles sont toutes reparties, excepté deux. Les habitants de San Javier se plaignent du manque de communications; ils réclament aussi un chemin de fer.

La colonie française est située au sud de San Javier, immédiatement après l'*egido* qu'elle continue en quelque sorte. Elle porte le nom de française, et cependant il n'y a pas de Français; la plupart des colons sont Italiens; il est vrai qu'il y en a qui parlent français, mais ils sont Suisses ou Belges.

Cette colonie fut fondée sous l'administration de M. Oroño par M. Alexandre Convert, venu de la colonie Esperanza. Le gouvernement lui avait concédé une étendue de quatre lieues carrées, à la condition d'y établir 50 familles ; il ne remplit pas ces conditions ; il ne mit qu'une vingtaine de familles, qui firent elles-mêmes leurs frais d'installation, et qui étaient venues des autres colonies. L'entrepreneur se noya ; le gouvernement reprit le terrain. La colonie devait avoir un terrain communal de deux lieues de superficie ; on avait également réservé un espace pour le village.

Il y a actuellement dans cette colonie une trentaine de familles de propriétaires ; il y a aussi des métayers. J'ai retrouvé dans la colonie française un colon d'Entre Rios dont j'ai déjà parlé, Alphonse Genolet, qui est devenu une espèce de grand propriétaire. Les colons cultivent surtout le lin, l'arachide et le maïs. On vend le lin 6 piastres la fanègue de 15 arrobes ; l'arachide vaut 46 centavos l'arrobe. Les orangers et tous les arbres fruitiers donnent de bons résultats.

La colonie California fut également fondée sous l'administration de M. Oroño ; elle porta ce nom parce qu'elle se composa d'abord d'Américains du Nord qui sont partis depuis lors. Plus loin, au nord, est la colonie *anglaise* ou *galloise* ainsi nommée parce qu'elle fut peuplée par des Gallois, qui venaient en partie du Chubut, en Patagonie. J'ai visité, en me rendant à California, la concession de Jean Blanche, colon français ; il coupe son lin avec des moissonneuses Wood et Buckeye. Ce colon est aussi propriétaire d'une diligence qui fait le service de San Javier au bord du fleuve en face de la Paz.

Son frère, Rémy Blanche, occupe la première concession de California ; actuellement sa maison est à deux pas de l'inondation. C'est une construction élégante avec jardin et

verger ; elle a appartenu autrefois à William Moore, bien
connu dans le pays, où il s'était rendu célèbre par ses expéditions contre les Indiens, dont il était devenu la terreur.
Plus loin au nord on trouve l'habitation de Paul Brugnon,
citoyen suisse du canton de Vaud ; celui-ci a vingt années
d'Amérique ; il était auparavant à Helvetia; il est ici depuis
cinq ans ; là-bas il manquait d'espace pour l'élevage ; ici il
a deux mille têtes de bétail, mais il ne néglige pas pour cela
l'agriculture.

Le terrain de California avait été divisé en dix parties
égales de quatre *cuadras* de face sur plus de quatre lieues de
fond, depuis le rio San Javier jusqu'au rio Saladillo ; cette
division a sans doute ses inconvénients, mais les propriétaires s'entendent pour le pâturage commun de leurs troupeaux.

La maison de Brugnon est parfaitement aménagée ; c'est
un petit palais, un *cottage* avec divers appartements, qui ont
toutes leur inscription spéciale au-dessus de la porte. Les
parois sont peintes et ornées de tableaux qui rappellent les
grandes scènes historiques et les paysages de la patrie
suisse. Le maître de la maison aime la lecture ; il reçoit des
journaux et des revues d'Europe. Sa femme soigne un
jardin et une *quinta* peuplée de beaux arbres fruitiers et de
plants de vignes. Ils font du vin et de l'eau-de-vie de pêche.

Le temps me manquait pour aller plus loin : je retournai
donc à San Javier sans avoir visité les colonies *Alejandra*
(*Pajaro Blanco*) et *Romang* (*Malabrigo*), qui ne sont plus,
à proprement parler, des colonies agricoles. D'après les
renseignements que j'ai recueillis, la première ne serait
qu'une réunion d'*estancieros* et la seconde, qu'une exploitation forestière.

Sur la colonie Alejandra je trouve les renseignements
suivants dans le rapport de Wilcken :

« MM. Thomson, Bonar et Cⁱᵉ de Londres obtinrent par

une loi spéciale de la province, l'achat d'un terrain à raison de 300 piastres boliviennes la lieue carrée, à la condition d'y établir une colonie de 150 à 200 familles.

« Cette colonie fut arpentée en 1870 ; elle est située à 56 lieues de Santa Fé par terre, entre le rio San Javier et le Saladillo Amargo. Le climat est salubre ; la chaleur n'est pas excessive ; la terre végétale atteint jusqu'à trois ou quatre pieds d'épaisseur ; elle repose sur un lit d'argile jaunâtre dont la profondeur atteint jusqu'à 100 pieds. Les concessions étaient de 25 *cuadras* carrées (100 acres), que l'on vendait à 312 piastres et demie fortes, payables en quatre ans, ou bien à 250 piastres fortes payables en deux ans, ou bien enfin à 200 piastres fortes payables la moitié au comptant en signant le contrat d'achat et l'autre moitié en arrivant à la colonie.

« Toute famille composée au moins de quatre personnes devait recevoir 250 piastres fortes d'avance en animaux, semences, instruments aratoires et nourriture, remboursables en trois ans avec l'intérêt à 10 0/0 par an.

« A peine les premières familles étaient-elles installées, qu'elles furent surprises par un groupe d'Indiens qui leur volèrent tous leurs chevaux et assassinèrent M. Weguelin, fils de l'associé principal de la maison de Londres et directeur de la colonie, ainsi qu'un autre jeune Anglais.

« Cet événement déplorable vint arrêter le progrès de la colonie pendant quelque temps, mais il ne put décourager les concessionnaires qui nommèrent administrateur le major Richard et lui donnèrent ordre de poursuivre la colonisation du terrain. »

La compagnie engagea de grands capitaux dans cette entreprise ; mais depuis la visite de M. Wilcken, elle a subi une transformation, et, à l'heure qu'il est, c'est plutôt un établissement d'élevage, comme je l'ai dit plus haut, qu'une colonie agricole proprement dite.

Parmi les colons de la première heure, M. Wilcken nomme M. Jean-Pierre Baridon, Vaudois, qui avait été son compagnon de voyage en 1858. Ce Baridon a quitté depuis lors le Chaco pour aller s'établir au Rosario dans la Bande orientale, et il est ensuite passé au *Rosario del Tala*, dans l'Entre Rios, où je l'ai trouvé.

M. Wilcken parle aussi d'un colon irlandais, nommé Abraham Fisher, qui vivait avec sa famille composée de huit enfants à cinq cuadras des habitations principales, toujours exposée aux attaques des sauvages, sans avoir chez lui une seule arme à feu, parce que cela lui était défendu par la doctrine religieuse des quakers, à laquelle il appartenait ; il était trésorier de l'administration. C'est aussi pour ce motif que Baridon abandonna la colonie : il ne pouvait se résoudre à faire feu sur les Indiens.

# XXXII

De Santa Fé je suis passé à Cordoba en suivant la voie ferrée inaugurée, il y a peu de temps, et qui unit directement les deux capitales.

Le train part trois fois par semaine, à sept heures du matin, et il arrive à huit heures du soir.

Jusqu'à *Josefina* et même au delà, on court constamment entre des colonies, ou peu s'en faut; Josefina est la dernière colonie de la province de Santa Fé; viennent ensuite celles de la province de Cordoba; la première que l'on rencontre au delà de la frontière imaginaire qui sépare les deux provinces, c'est celle de *San Francisco*.

On déjeune à la station qui s'y trouve, à onze heures et demie du matin. Nous y voyons encore les tables du banquet qui a eu lieu pour l'inauguration de la ligne, c'est-à-dire de son prolongement, le 5 octobre dernier, et auquel ont assisté les deux gouverneurs et le ministre des relations extérieures de la nation. Le banquet était de cinq cents couverts.

A côté de la station on est en train de bâtir un grand moulin à vapeur. Cette usine appartient à M. Bernardo Iturraspe qui est aussi le propriétaire de la colonie. Celle-ci ne date que de 1886.

A la fin de 1887, sa population se composait d'une cinquantaine de familles, venues des diverses colonies de Santa Fé.

Presque tous les colons, dit le rapport officiel publié par M. Enrique Lopez Valtodano, directeur du bureau statistique de la province, sont propriétaires de 80 à 600 *cuadras*, et possèdent un petit capital de 5.000 à 6.000 piastres, en instruments de labour; ils habitent de bonnes maisons en maçonnerie avec toit de zinc.

La colonie San Francisco, ajoute le rapport, étant limitrophe de Santa Fé, a formé sa population avec l'émigration des colonies de cette province, c'est-à-dire avec des personnes jeunes et laborieuses accoutumées aux pratiques de nos travaux agricoles, et qui cherchent dans les terrains fertiles du département de San Justo une meilleure rémunération de leurs travaux.

San Francisco promet de devenir en peu de temps un centre agricole important. Pour le moment, ses habitants se bornent à la culture du blé et du maïs; ils ne sèment d'autres graines que sur une petite échelle et pour la consommation de la population locale.

Ils font de l'arboriculture. A ce sujet, il faut dire qu'on trouve dans cette colonie un bois naturel de 340 *cuadras* dont les essences principales sont le caroubier, le quebracho, le gnandubay, le garabato et le chañar.

Les colons font des parcs à bétail avec des pieux de gnandubay liés entre eux et assujettis par cinq ou six fils de fer.

La physionomie générale du terrain est légèrement accidentée; il y a de bons pâturages; on trouve l'eau à 11 et 13 mètres de profondeur; elle est douce et excellente sur quelques points, mais saumâtre ailleurs. Les vents régnants sont les vents du Nord et de l'Est.

On a tracé l'emplacement d'un village central, où l'on trouve déjà un bon nombre de maisons de commerce et des ateliers.

Dans ce même département de San Justo on trouve encore

les colonies *Iturraspe, Freire, Luxardo, Monte del Toro* et *Malbertina.*

La première est la plus importante et la plus prospère. Elle est située au nord-est de *San Justo*, à la distance de seize lieues ; elle appartient à MM. Juan Bernardo Iturraspe, elle a huit lieues carrées de superficie. La population était, en 1887, de trente-neuf familles, presque toutes italiennes, venues de Santa Fé, ayant apporté un petit capital et possédant tous les outils de labour nécessaires.

La colonie *Freire* a une superficie de près de 8 lieues ; elle appartient aussi à M. Iturraspe, et a été formée également avec des colons venus de Santa Fé.

La colonie *Luxardo* a une superficie de 4 lieues ; elle appartient à MM. Luxardo frères.

La colonie *Monte del Toro* appartient à MM. Alvaro Gomez et Bertelli.

La colonie *Malbertina* a une superficie de 4 lieues. Ce terrain a été acquis par une société de vingt colons de Santa Fé.

L'inspecteur des colonies, M. Angel Medina, qui fournit ces détails, fait un grand éloge de M. Thomas Lubary, un des fondateurs de cette colonie et un des apôtres les plus enthousiastes de la colonisation. A ce titre, il a rendu de grands services au pays, et c'est à son initiative surtout, ainsi qu'à sa propagande incessante, que le département de San Justo doit sa colonisation.

Quand on quitte la zone des terrains cultivés, qui est assez monotone, car elle ne présente guère d'autre variété que les poteaux et les fils de fer télégraphiques, on entre dans la zone de la forêt, qui n'est guère moins monotone, grâce à l'uniformité de la végétation. Ce sont en général des caroubiers et des quebrachos, arbres peu élevés et sans élégance ; ils sont tordus et comme tourmentés par les vents. Cepen-

dant de temps à autre un paysage nouveau vient réjouir la
vue fatiguée : c'est un *cottage* improvisé pour la station du
chemin de fer, avec ses briques et ses tuiles rouges, une
maison de fer galvanisé ou de zinc, qui apparaît au milieu
des bois ; un troupeau de chèvres qui bondit au milieu des
broussailles, un camp de travailleurs avec ses tentes blanches
dressées des deux côtés du chemin de fer.

Enfin une ligne bleuâtre se dessine à l'horizon, au bout de
la perspective formée par la voie ferrée ; c'est la *Sierra* de
Cordoba qui se détache sur le ciel vaporeux et brûlant ; mais
que nous en sommes loin encore ! les montagnes sont comme
le bonheur ; on croit le toucher à chaque instant et jamais on
ne l'atteint, ou l'homme n'y arrive qu'accablé de fatigues et
presque sans vie.

Nous passons le Rio Primero sur un pont remarquable :
signe que nous approchons, mais Cordoba ne paraît pas ; il
est vrai qu'elle est cachée dans un bas-fond ; nous avons
douze heures de marche ; l'obscurité ne tarde pas à nous
envahir ; il est nuit close quand nous atteignons la station.
Cordoba, la cité mystérieuse, la Rome argentine, comme on
l'a appelée autrefois, continuera à être invisible jusqu'à
demain. Tout ce que j'ai pu voir en passant, c'est la statue
d'un homme à cheval, qui doit être, je présume, celle du
héros cordobais, le général Paz, et que l'on a dressée au
milieu d'une place, à côté du Rio Primero.

La ville de Cordoba est en train de subir une transformation
complète ; c'est une vraie métamorphose que l'on devra au
chemin de fer, aux tramways, à la lumière électrique, à une
réédification à peu près générale de la vieille cité, de laquelle
il ne restera debout que ses nombreuses églises.

Une compagnie s'est formée pour abattre les collines qui
dominent la ville du côté du sud et pour bâtir une cité nouvelle, qui aura 5 ou 600 *cuadras*. Au moment de ma
visite, il y avait des centaines d'ouvriers en activité.

Ce qu'on trouve de plus curieux à Cordoba, c'est la place du Lac qu'on appelle promenade *Sobremonte* : c'était le nom d'un vice-roi. Il a été formé avec de l'eau qu'on fait venir de la Sierra.

En effet le manque d'eau est le grand défaut de la province ; il y pleut rarement, et, bien que la terre soit fertile, on comprend que sans eau l'agriculture est impossible.

Ceci m'amène à reprendre l'énumération et la description des colonies de la province.

La colonie *Caroya* est une création du gouvernement national ; elle a été fondée en 1878. D'après un rapport du commissaire Achaval correspondant à l'année 1880, elle avait coûté pour vivres, instruments, bêtes de travail et semences la somme de 71.203 piastres 83 centavos, somme à laquelle il fallait ajouter le prix des terrains qui pour 5.902 hectares, 5 centiares, à raison de 10 piastres l'hectare, faisait la somme de 50.917 piastres 51 centavos. Ce qui portait la dette totale des colons à 122.131 piastres 34 centavos.

Ces mêmes rapports évaluaient le capital de la colonie à 180.000 piastres.

Cette colonie est située à 1.300 mètres au sud-est de la station *Jesus Maria*, à dix lieues environ de Cordoba, sur le chemin de fer Central nord.

Elle occupe une superficie de 7.025 hectares, divisée en 281 concessions de 25 hectares, dont le quart seulement est défriché et cultivé, dit l'inspecteur Medina dans son rapport ; le reste n'a pas été cultivé jusqu'à présent, à cause du manque d'eau.

Elle compte, ou pour mieux dire, elle comptait en 1887 une population de 229 familles, formant un total de 1.269 habitants, Italiens en grande partie. La colonie avait cultivé avec succès divers le maïs, le blé, les haricots, les pommes de terre, les légumes, et surtout la vigne, dont on commence à s'occuper d'une manière spéciale et avec de bons résultats.

Dans la dernière récolte on avait fait 115 bordelaises de vin. Malheureusement le manque d'eau ne permet pas de donner à cette culture ni aux autres toute l'extension voulue. C'est pourquoi, dit l'inspecteur Medina, les colons de Caroya n'ont pu atteindre le degré de prospérité que cet élément indispensable peut seul leur donner. Ce même fonctionnaire indiquait aussi les travaux d'irrigation qu'il jugeait nécessaire et possible de faire pour satisfaire ce besoin vital de la colonie en mettant à leur disposition l'eau des ruisseaux et des sources voisines.

A propos de travaux d'irrigation, je ne puis aller plus loin sans dire un mot de ceux que le gouvernement de Cordoba fait exécuter en ce moment dans la sierra voisine et qui sont dus surtout à l'initiative du docteur Juarez Celman, actuellement président de la République. A 7 à 8 lieues à l'ouest de la ville, on a construit une digue pour barrer le cours du Rio Primero et convertir en lac artificiel la vallée arrosée par les rivières de Cosquin et San Roque qui en sont les affluents formateurs.

La digue a 160 mètres de long; sa hauteur au-dessus de la base est de 37 mètres. L'épaisseur, aux fondements, est de 50 mètres, et à la naissance de la digue, de 22 mètres 50 centimètres.

Le volume des constructions atteindra 45.000 mètres cubes; les matériaux sont de granit et de chaux hydraulique.

La base de la digue est à 184 mètres au-dessus de l'observatoire de Cordoba, lequel est à 30 mètres au-dessus de la ville. Le lac artificiel ainsi formé aura une capacité de 240 millions de mètres cubes.

Un autre ouvrage hydraulique, qui se combine avec la digue de San Roque, est la digue de Mal-Paso, qui se trouve plus près de Cordoba. On pense à l'aide de ces travaux irriguer plus de 40.000 hectares.

On fait aussi d'autres travaux d'irrigation à Rio Cuarto.

Voici maintenant les noms des colonies qui nous restent à passer en revue, suivant les détails fournis par le chef de bureau de statistique de la province :

La colonie *Tortugas*, dont j'ai déjà parlé, fut fondée en 1870 aux limites de Cordoba et de Santa Fé, sur les rives du ruisseau Las Tortugas, par la Compagnie agraire du chemin de fer argentin.

« Il n'y a pas longtemps, dit l'inspecteur Medina, que le colon se voyait obligé à labourer la terre, en portant à l'épaule l'arme avec laquelle il avait à se défendre contre l'habitant sauvage de la pampa.

« Plus d'une fois les semailles furent rasées, les greniers saccagés et les bêtes de labour emmenées. Tout cela fit que la colonie se dépeupla et tomba dans une décadence complète. Cependant, grâce à l'effort de quelques hommes qui, animés d'une foi aveugle dans l'avenir, ne voulurent pas l'abandonner, il resta là un petit noyau de colons qui a fini par s'accroître. »

En 1887, il y avait quarante-sept familles, italiennes en grande partie, qui semaient de grandes étendues de terrain de blé et de maïs, entre autres M. Armand Tixier, propriétaire de plus de 2.000 *cuadras*, les frères Siguentales qui ont plus de 1.800 *cuadras* et qui en ont semé plus de 300 de luzerne ; MM. Maïno frères, qui ont fabriqué du vin et du vinaigre de pêche et aussi du vin de raisin ; ils font également de la soie dont ils habillent leurs familles. La colonie Tortugas est située dans le département de l'Union. Nous trouvons dans ce même département la colonie *Santa Cecilia*, propriété de M. Pedro Tiscornia, à 7 lieues de la station de Bellville, fondée le 15 août 1877 et vendue ensuite à MM. Reyna et Guinazu ;

La colonie *Adela*, fondée en 1884 par M. Abelardo Bayona, étendue de 3 lieues ;

La colonie *Italiana*, aux environs de la station de Bellville, formée spontanément et sans le secours de personne;

La colonie *Montes Grandes*, propriété de M. Crisologo Rodriguez, à 6 lieues de la station Leones ; fondée en 1887 ;

La colonie *Marcos Sastre*, dont les propriétaires sont E. Ortiz et Cie, fondée en 1885 ;

*Los Angeles*, propriété de M. Angel Benvenuto, fondée en 1883, sur une étendue de 9 lieues ;

La colonie *Los Espinillos*, fondée en 1884, à une lieue de la station du même nom, sur une étendue de 5 lieues ;

La colonie *Garibaldi*, fondée sur les terrains de M. Diogène Urquiza, sur une étendue de 2 lieues, au sud de la station Général Roca ;

La colonie *Juarez Celman*, aux limites de Santa Fé et de Cordoba, sur le chemin de fer Ouest Santafecino, fondée par Alfred Arteaga sur 50.000 hectares d'étendue. Le terrain fut vendu à 3.200 piastres nationales le lot de 100 cuadras (160 hectares) et 800 piastres le lot de 20 cuadras : le quart au comptant, et le reste à une, deux ou trois années de terme avec 10 0/0 d'intérêt.

Entre Leones et Tortugas il y a une grande zone colonisée. Les colons, en général italiens, cultivent le maïs et le blé.

Dans le département du Rio Cuarto nous trouvons :

L'importante colonie *Sampacho*. Elle fut fondée en 1876 par le gouvernement de la province et passa sous la juridiction nationale en 1878. Suivant le commissaire Amadeo Miranda, elle avait en 1881 un total de 233 familles avec 1.175 personnes, sur lesquelles 153 familles italiennes, 313 argentines, 2 françaises, 2 espagnoles, 1 anglaise, 1 orientale. Le territoire de la colonie avait de 6 à 7 lieues d'étendue, et était divisé en 359 concessions.

En 1887, l'inspecteur Medina trouvait dans cette même

colonie 288 familles, italiennes en grande partie, et constatait qu'elle était douée en général des éléments suffisants pour assurer son bien-être présent et son progrès futur.

La colonie *Chacabuco*, qui n'avait encore en 1887 que 25 familles, italiennes en grande partie.

La colonie *Sarmiento*, à trente-huit kilomètres au sud de la station Washington; les colons sont en grande partie Argentins.

La colonie *Maipu* qui, suivant le rapport, était encore à l'état d'embryon.

Une nomenclature postérieure au rapport de l'inspecteur Medina nous donne un total de trente-trois colonies, c'est-à-dire onze de plus que celles que nous venons d'énumérer.

Ce sont :

La colonie *Arrufo*, fondée par don Luciano Leiva dans le département de San Justo, sur une étendue de 5.411 hectares;

La colonie *Cordoba* dans le département de l'Union, fondée par Édouard Lascano et Oswaldo Velez; superficie 10,000 hectares;

La colonie *Elisa*, propriété de MM. Camilo Aldao et Manuel U. Diaz; superficie 26.911 hectares;

La colonie *Las Estacas*, propriété de don Antonio Garzon; superficie huit lieues carrées;

La colonie *Milessi*, fondée en 1886 par les frères Milessi; superficie plus de 20.000 hectares;

La colonie *Nueva Jerusalem*, de formation nouvelle ;

La colonie *Olmos*, fondée en 1887, par don Pedro L. Funes ; superficie 132.122 hectares.

La colonie *San Pedro*, fondée par les frères Milessi ; superficie 16.233 hectares;

La colonie *Tixier;* superficie 4.052 hectares;

La colonie *Velez Sarsfield*, fondée par le gouvernement provincial; superficie 4.210 hectares;

La colonie *Villa Maria* dans le département du Rio Tercero, établie par la compagnie anglaise du Central argentin.

Il faut nommer encore les colonies *Général Paz, Olmedo, Quebrado Herado, Luis A. Sauce, Presidente Juarez*, sur lesquelles nous n'avons pas encore de détails statistiques.

En résumé, à la fin de 1887, le terrain livré à la colonisation atteignait un total de 443.751 hectares, sur lesquels il y avait 902 maisons et constructions diverses, 5.560 habitants, 2.868 instruments d'agriculture et 43.887 animaux.

Le nombre total d'hectares de terre cultivés s'élevait à 22.163; celui des plants de vigne à 64.835, et celui des arbres fruitiers à 100.826.

La récolte des céréales avait donné 278.421 hectolitres.

Celle des autres produits, 438.660 kilogrammes.

Celle du vin, 17.825 litres.

Celle de l'eau-de-vie, 400 litres.

La valeur totale de la production formait la somme de 824.052 piastres nationales.

Il faut observer, dit M. Lopez Valtodano, que la colonisation de Cordoba ne date que d'hier; elle est donc à son aurore; mais cette aurore promet d'être suivie d'un jour brillant. Quand je passai par Cordoba, l'inspecteur des colonies était en train de les parcourir et de recueillir des informations pour un nouveau rapport; mais, à ce que me dit le chef du bureau de la statistique, ce rapport ne pourra être publié avant le mois d'avril.

# XXXIII

Buenos Aires, février 1888.

« La colonie de Baradero a été, dit M. Beck-Bernard, fondée par une circonstance fortuite. Voici comment :

« A l'époque où l'on recrutait en Suisse les colons de
M. Castellanos, quelques familles du canton de Fribourg se
présentèrent, mais le nombre prescrit de deux cents familles
se trouvant au complet, elles durent être refusées. Sans se
laisser pour cela détourner de leur projet, ces familles par-
tirent pour Buenos Aires, ne doutant pas d'y trouver un bon
accueil. Elles ne s'étaient pas trompées, plusieurs personnes
influentes s'intéressèrent à elles, les établirent très conve-
nablement au nord de la province de Buenos Aires, sur le
bord d'un petit affluent du Parana, nommé le *Rio Arrecifes*,
et près de la petite ville de *Baradero*, voisine du port flu-
vial de *San Pedro*.

« Cette colonie comptait, en 1864, environ 87 familles,
dont la moitié étaient suisses et les autres basques ou italiennes. Le gouvernement de la province avait doté cette
colonie d'une jolie école et le pasteur protestant allemand
de Buenos Aires la visitait de temps en temps pour tenir
un culte à ses coreligionnaires assez nombreux, pour bap-
tiser leurs enfants et bénir les mariages.

« La principale culture des habitants de cette colonie est la
pomme de terre, pour laquelle le terrain de cette localité
paraît être exceptionnellement favorable. Ce produit se vend

à un prix souvent fort élevé, pour la consommation des villes
de Rosario et de Buenos Aires, de manière que les colons y
trouvent très bien leur compte. Les familles fribourgeoises
qui ont fondé la colonie possèdent actuellement de belles
habitations en briques et des économies placées à la Banque,
qui leur portent intérêt au taux élevé du pays. »

Voilà ce qu'écrivait M. Beck en 1865.

En 1869-70, il eut occasion de visiter une seconde fois la
colonie de Baradero, et voici ce qu'il écrivait dans une nouvelle
édition de son livre sur la *République Argentine :*

« La colonie est située tout à l'entour de la petite ville de
Baradero (laquelle est située elle-même sur un bras du
Parana portant le même nom qu'elle, à cinq ou six lieues de
San Pedro, où ce bras sort du fleuve principal) dans la
banlieue même de la ville, et c'est une erreur que de l'en
séparer, car au fond les deux ne font qu'un. La municipalité,
la justice de paix, en un mot toutes les autorités sont en ville.
Au nord de la ville, le territoire de la colonie s'étend à une
lieue environ jusqu'au Rio Arrecifes qui en forme la limite.
Cette petite rivière coule de l'est à l'ouest, et se jette dans le
Rio Baradero presque au même point qu'une autre rivière
nommée Tala, dont le cours remonte un peu plus au nord,
et décrit avec celui de l'Arrecifes un triangle dans lequel
est située une superbe estancia appartenant à des Allemands.

« Au sud de la ville, la colonie s'étend à deux lieues environ, et sa largeur depuis le Rio Baradero à l'ouest est d'une
lieue à peu près; elle embrasse donc approximativement un
territoire de trois lieues carrées.

« Le terrain est ondulé, et l'aspect de la colonie est très
riant, parce que les colons ont planté beaucoup d'arbres,
surtout des pêchers, et que presque toutes les maisons sont
bâties en briques avec des toits en terrasse. Le tout respire le
bien-être et la prospérité. La municipalité avait fait diviser
le terrain en parcelles de 200 vares de chaque côté. Chacun

de ces carrés est entouré d'un chemin de 30 vares de large
et d'une clôture en fil de fer garni d'une haie vive. Toute
personne adulte du sexe masculin avait droit à une de ces
parcelles à la condition d'y bâtir une maison et d'y planter
des arbres. Une seule et même famille recevait donc autant
de ces lots de terrain qu'elle comptait dans son sein d'hommes
adultes. Toutefois la mesure était beaucoup trop petite. Onze
de ces lots n'équivalent pas tout à fait à une concession de
Santa Fé, car 20 cuadras font 450.000 vares carrées, tandis
qu'un lot de Baradero n'en a que 40.000.

« La municipalité de cette dernière ville a fait les lots si
petits parce qu'elle voulait attirer dans sa banlieue le plus
grand nombre possible de colons, et son but a été parfaitement atteint. En effet, si aujourd'hui ceux-ci se sentant à
l'étroit éprouvent le besoin de s'élargir, il est évident que la
plupart d'entre eux s'adresseront pour acheter du terrain aux
estancieros du voisinage, qui sont disposés à leur en vendre,
et ne quitteront pas la localité. D'un autre côté, l'agrandissement des propriétés, dont la nécessité se fait impérieusement
sentir, rendra inutile, dans la colonie une foule de bâtiments
et de clôtures, et le système des chemins, qui sont beaucoup
trop nombreux, devra être complètement revisé.

« Les colons ont pu se contenter pendant longtemps du peu
de terrain qui leur avait été assigné parce que dès le commencement leur culture principale a été celle de la pomme de
terre, qui n'exige pas de grands espaces, et pour laquelle le
sol de Baradero est éminemment favorable. Les premières
familles se sont enrichies par la vente de ce tubercule dont
l'arrobe valait jusqu'à 25 piastres papier. On sait que l'on en
fait deux récoltes par an, et à Baradero ces récoltes réussissent presque toujours. Depuis quelque temps, néanmoins, le
prix des pommes de terre a baissé et le sol, fatigué par l'uniformité, commence à exiger impérieusement un changement
de culture. Par conséquent les colons sont obligés à songer

à d'autres produits. Jusqu'à présent ils n'ont pas donné de développement à la culture du tabac et celle du froment demande des champs plus vastes que ceux qu'ils possèdent. Ils se sont bornés jusqu'à ces derniers temps à produire le blé nécessaire à leur propre consommation, mais l'introduction de quelques machines à faucher, qui a eu lieu dès 1869, prouve qu'ils ont l'intention sérieuse d'augmenter cette culture avantageuse. Outre les pommes de terre, ils ont toujours cultivé passablement du maïs qui s'est généralement bien vendu.

« Voici la conformation du sol : d'abord une couche de terre végétale noire entremêlée d'un peu de sable et d'une épaisseur moyenne d'un pied ; il y a des endroits où elle a jusqu'à deux pieds de profondeur, d'autres où elle a moins d'un pied. Vient ensuite la terre rouge et puis une argile jaunâtre qui devient toujours plus dure, plus on avance en creusant. On y trouve beaucoup d'ossements fossiles, de poissons, etc. Les puits sont profonds, ils atteignent jusqu'à 25 et 26 vares ; l'eau est bonne.

« Au commencement, les colons ne trouvèrent pas de bois de chauffage à Baradero, et se contentèrent de brûler une espèce d'herbe ligneuse, appelée *bisnaga*, des épis et des tiges de maïs, de l'anis, du fenouil, etc. Aujourd'hui les arbres qu'ils ont plantés leur fournissent du bois en abondance.

« Les familles établies sur le bord des rivières Arrecifes et Baradero, sont les seules qui puissent s'adonner à l'élevage des bestiaux, attendu qu'elles peuvent laisser paître les animaux au bord de l'eau. Ce sont les colons du canton de Fribourg arrivés en premier lieu. Quant aux autres, ils n'ont point de pâturage à leur disposition en dehors de leurs propres terrains, qui sont déjà beaucoup trop petits pour l'agriculture ; par conséquent ils sont gênés sous ce rapport. Le travail du labourage se fait presque toujours avec des chevaux.

« Les colons suisses établis à Baradero font un excellent

fromage qui rappelle un peu le parmesan. En croisant la race de vache suisse avec la race indigène on obtient des vaches qui donnent beaucoup plus de lait que les indigènes.

« Le dimanche après midi les colons se réunissent habituellement chez M. Siegenthaler qui possède une jolie auberge et qui a fait arranger devant sa porte une enceinte pavée en briques pour danser. Les fils de la maison forment entre eux une bonne musique de fanfare ; il ÿ a du reste dans la colonie une musique militaire dirigée par un maître de chapelle suisse.

« On ne trouve dans aucune autre colonie des familles aussi riches que quelques-unes de Baradero. Parmi celles qui sont arrivées les premières on en cite une qui possède un million et demi de piastres papier (25 piastres papier faisaient un peu plus de 5 francs) ; d'autres ont gagné un million ou quelques centaines de mille piastres.

« Ces colons ont su faire des économies dès le commencement et ils ont toujours placé leur argent avantageusement. Dans le principe ils prêtaient aux gens de Baradero à de très hauts intérêts ; mais, cela donna à ces derniers l'idée de prier la Banque de la province d'établir une succursale dans la ville. Ainsi fut fait, et cette mesure régularisa le taux de l'intérêt.

« Aujourd'hui les colons placent leurs économies à la banque qui a toujours entre les mains une somme moyenne de trois millions et demi de piastres papier provenant de cette source.

« Les familles du canton de Fribourg arrivées en premier lieu sont les seules à qui le terrain ait été donné tout de suite en propriété et à titre gratuit. Les colons qui sont arrivés ensuite ont dû l'affermer à raison de 90 piastres papier par an et par lot, en faveur de la municipalité. Ce n'est qu'en 1870 que cette dernière a été autorisée par le gouvernement de la province à vendre aux colons la terre qu'ils occupent au prix de 300 piastres papier par cuadra carrée de 150 vares, en faisant abstraction de l'enchère publique voulue par la loi. Les colons attendaient depuis longtemps cette mesure, et se sont empressés d'en profiter pour devenir propriétaires.

« La municipalité de Baradero n'a plus aujourd'hui de terrains à céder aux colons qui arrivent. Par contre, les estancieros des environs leur vendent volontiers les parcelles qu'ils désirent en accordant des termes pour le payement ; le prix moyen peut être évalué à 1.000 piastres papier par cuadra carrée ».

M. Beck donnait ensuite des détails statistiques, desquels il résultait que la production de la colonie en 1869, officiellement relevée, avait atteint le chiffre de 4.140.834 piastres papier.

La valeur approximative de toutes les propriétés qui composaient la colonie avec les bâtiments, les plantations d'arbres, les clôtures, etc., était estimée à 7 millions de piastres papier.

A l'heure qu'il est, les terrains de Baradero sont estimés jusqu'à 200 piastres l'hectare.

On y compte 3.238 colons qui possèdent 45.000 têtes de bétail et cultivent le maïs, les pommes de terre, la luzerne, le lin, le colza, la vigne, les légumes.

M. Ernest van Bruyssel, ministre de Belgique, dit dans son livre sur la *République argentine* publié en 1888 qu'ils ont un excellent outillage et habitent des maisons commodes avec jardins.

Indépendamment de la voie fluviale, la colonie a maintenant un chemin de fer qui la relie à Buenos Aires et à Rosario.

# XXXIV

La colonie russo-allemande du *Partido d'Olavaria* date de la même époque que celle d'Alvear dans la province d'Entre Rios, c'est-à-dire de 1878. Elle doit son existence au gouvernement provincial de Buenos Aires et au gouvernement national. Elle est divisée aussi en villages distincts, qui sont assez éloignés les uns des autres, et qui sont au nombre de trois, *Hinojo, San Miguel* et *Nievas*.

Elle n'a rien qui la distingue de l'autre que la nature du terrain sur lequel elle se trouve située. Ce terrain est en grande partie montagneux. Pour aller de la petite ville d'Olavaria au village de San Miguel, il faut franchir une véritable chaîne de montagnes, bien que pas très élevée, qu'on appelle *las Sierras Bayas*, et où l'on trouve un grand nombre de fours à chaux.

San Miguel est au fond d'un vallon; il produit un joli effet avec les plantations de peupliers et de saules pleureurs qui entourent ses maisons blanches à toit de zinc; ce village ressemble d'ailleurs à ceux d'Entre Rios avec la seule différence des arbres qui manquent là-bas. Une rue large de trente mètres environ forme l'axe du village. On voit des maisons assez élégantes en pierres et en briques; les fenêtres sont vitrées et ornées de rideaux aux couleurs éclatantes.

J'ai trouvé des menuisiers qui travaillaient dans la chapelle pleine d'images comme toutes les églises catholiques ; il n'y a pas de prêtre à San Miguel; c'est celui d'Hinojo qui vient y dire la messe.

De grandes croix en bois sont plantées autour du village. Les enfants, les porcs, les oies se promènent et jouent dans la rue, les hommes fument la longue pipe; ils ont les cheveux coupés à la Titus.

Les colons de San Miguel se plaignent comme ceux d'Entre Rios de ne pas avoir assez de terrain ; néanmoins on m'a assuré à Olavaria qu'ils avaient gagné beaucoup d'argent. Cette année, les blés ont souffert de la gelée, mais c'était la première fois que ceci arrivait depuis huit ans. Les concessions sont de 28 *cuadras* ; en général elles sont closes avec pieux et fils de fer.

A San Miguel, les colons n'ont pas de *forster* comme ceux d'Entre Rios.

De San Miguel on remonte la montagne, et, passant au milieu de champs cultivés et à côté des carrières de granit où l'on taille les pavés de Buenos Aires, on arrive à l'autre village russo-allemand d'Hinojo. On laisse celui de Nievas sur la droite. Hinojo est dans la plaine, à 2.000 mètres plus ou moins de la station du même nom sur le chemin de fer qui conduit de Buenos Aires à Bahia Blanca. Ce village est, comme San Miguel et tous les *pueblos* de la province, à moitié caché au milieu des peupliers et des saules pleureurs au-dessus desquels s'élève le clocher de l'église.

Là aussi j'ai aperçu des hommes fumant leur pipe accroupis à côté du mur. Chaque famille paraît avoir sa moissonneuse que l'on voit à côté de la maison dans la cour intérieure.

Indépendamment des trois petits villages russes, le Partido d'Olavaria est très peuplé, très cultivé. Ce qu'on appelle l'*egido* a une superficie de 1.237 *chacras;* la chacra contient 47 hectares 24 ares 72 centiares. On y cultive le blé, la pomme de terre et un peu de maïs. L'an dernier, la production du blé s'est élevée à 400.000 fanègues. Cette année on avait semé davantage, mais il est impossible, à cause des gelées et des pluies, de savoir encore le résultat.

La plupart des cultivateurs sont Italiens.

La chacra fut vendue dans le principe à raison de 50 piastres monnaie courante l'hectare; aujourd'hui celui-ci vaut en moyenne 35 piastres nationales.

On afferme la cuadra (de 150 vares) de 6 à 8 piastres nationales.

Le terrain est propice pour les arbres tels que le pin, l'acacia *dealbata*, le pommier, le poirier, le cerisier; mais il ne l'est guère pour l'eucalyptus et le pêcher à cause du froid. La vigne produit beaucoup sur le versant des montagnes.

Le pays est bon pour l'élevage.

Cette région va être sillonnée par quatre chemins de fer, ce qui lui promet un brillant avenir.

La fondation définitive d'Olavaria date de 1879; le *pueblo* avait été détruit deux fois par les Indiens.

L'emplacement de la colonie Nievas était autrefois la résidence des fameux caciques Catriel et Calfucura. Ce dernier mourut de vieillesse; mais le premier, ayant pris part à un pronunciamiento politique (1874) dansl equel il avait entraîné les hommes de sa tribu, soumise et campée aux environs de la ville de l'Azul, fut tué par eux à coups de lance, après la défaite du parti pour lequel il les avait fait marcher. Il était d'une taille et d'une corpulence extraordinaires.

Quant à Calfucura, comme il aimait beaucoup à boire, on l'enterra, dit-on, avec son cheval harnaché, suivant l'habitude des enfants de la pampa, et vingt-quatre bouteilles de genièvre, qui était sa boisson favorite.

Il existe encore à Sierra Chica, non loin d'Olavaria, une petite tribu, celle de *Chapitru*, dont les hommes travaillent quelque peu, lors de la moisson et de la tonte des laines; d'ailleurs paresseux, nomades, ils tendent à disparaître.

Voici quelques détails statistiques sur ces colonies :

La première, la colonie *Hinojo*, d'après le recensement fait en 1887, avait une population de 250 personnes; 123 fermes (*chacras*), dont 53 1/4 cultivées; les autres étaient incultes ou en jachère; les constructions étaient : 56 maisons en briques, 1 temple catholique, 45 ranchos, 48 magasins à grains, 25 hangars. La récolte de cette année s'élevait à 21.169 fanègues de blé, 880 de maïs, 635 d'orge, 1.570 d'avoine et 1.072 arrobes de pommes de terre.

Il y avait 370 chevaux de travail, 521 vaches domestiques, 267 porcs et 1.040 vaches d'élevage.

La terre adjugée à ces colons a coûté 11.880 piastres nationales, dont ils avaient déjà amorti la somme de 9.694 piastres.

La colonie San Miguel se composait de 85 fermes dont 63 cultivées et 22 incultes. Sa population se composait de 146 Russo-Allemands.

Il y avait 35 maisons de briques et de pierres, 66 ranchos, 24 magasins à blé et 22 hangars.

La récolte de cette année s'élevait à 22.780 fanègues de blé, 1.417 de maïs, 1.615 d'orge et 967 arrobes de pommes de terre.

Il y avait 202 chevaux de travail, 265 têtes de bétail, 115 porcs.

La terre de cette colonie a coûté 8.593 piastres, dont il a été amorti 6.269.

La colonie Nievas se composait de 138 fermes, dont il y avait 303 cultivées et 75 incultes. La population se composait de 241 habitants russo-allemands; les constructions étaient : 5 maisons en briques, 51 ranchos, 38 magasins à grains, 21 hangars et 27 parcs à bétail.

La récolte de cette année s'élevait à 20.300 fanègues de blé, 1.210 de maïs, 490 d'orge, 1.197 d'avoine et 896 arrobes de pommes de terre. Il y avait 269 chevaux de travail, 390 bêtes bovines, 3.300 moutons, 139 porcs.

Le terrain de cette colonie représentait une valeur de 13.357 piastres nationales, dont il a été amorti jusqu'à présent 10.397.

# XXXV

Buenos Aires, février 1888.

La colonie de *Pigüé* est située sur le chemin de Buenos Aires à Bahia Blanca, des deux côtés de la station du même nom au pied de la chaîne de Curamala ou Curamalal (ce mot en langue indienne signifie, dit-on, *corral*, enceinte de pierres).

Le Pigüé est le nom d'un ruisseau qui coule à l'ouest de la station.

La maison d'administration est à l'est du chemin de fer, sur une position élevée d'où l'on aperçoit la chaîne de Curamala, qui court au sud, au versant de laquelle apparaissent de distance en distance les habitations des colons, et où l'on voyait encore, au moment de ma visite, les grandes meules de blé qu'ils n'avaient pas eu le temps de battre à cause des pluies prolongées. Par-ci par-là, la fumée d'une batteuse se déroule sur l'horizon et monte vers le ciel. Les champs de maïs dessinent leur verdure sombre sur le terrain accidenté des vallons et des collines.

De l'autre côté du Pigüé, sur le déclin de la colline, on bâtit pour les sœurs de charité une grande maison à étages, qui doit coûter 30.000 piastres nationales.

Au sud, on trouve un grand moulin à vapeur, qui peut moudre 60.000 fanègues par an, et de vastes magasins qui servent à remiser le blé et la farine. Au nord, il y a un hôtel assez confortable et un jeu de paume.

De la station on ne voit pas le village ; il est sur le versant à l'est ; mais c'est une agréable surprise pour le voyageur, après avoir gravi l'éminence où se dresse la maison d'admi-nistration, de se trouver subitement en face de cette création nouvelle ; on a déjà bâti beaucoup, et l'on continue : les fours à briques ne peuvent suffire aux demandes de matériaux.

Tous les métiers nécessaires à la campagne sont repré-sentés dans ce centre de population, ainsi que les maisons de commerce.

La colonie a été fondée sur les terrains d'un Argentin, fils d'Irlandais, M. Édouard Casey, par un Français nommé M. Cabanettes, qui en a été le premier administrateur. Elle comprend 10 lieues carrées de superficie, divisées en 272 lots d'un kilomètre carré chacun, et occupées par 160 familles d'agriculteurs. Celles-ci sont françaises, originaires presque toutes du département de l'Aveyron ; il y en a aussi du nord de la France.

Les premiers colons ont été établis en décembre 1885.

Les familles ont acheté un, deux, trois jusqu'à quatre lots, à raison de 40 piastres la *cuadra*, payables en 6 annuités, sans intérêts.

Voici les principales clauses du contrat arrêté définitive-ment le 8 octobre 1886 :

Si l'acheteur ne peut payer à l'échéance une des cotes, M. Casey lui accorde un délai d'un an de plus pour le paye-ment, mais en y mettant l'intérêt à 10 0/0, et il reste tou-jours obligé à payer les cotes échues ou à échoir, indépen-damment de celle qui est échue déjà avec l'intérêt mentionné ci-dessus.

L'acheteur doit six mètres de terrain de chaque côté pour les routes.

Les frais d'actes notariés sont au compte de l'acheteur.

Le colon doit cultiver la première année 10 *cuadras* , la

deuxième année, 20 *cuadras*, la troisième année, 30 *cuadras*, la quatrième et la cinquième année, 40 *cuadras*.

Dans le cas de non accomplissement du contrat, celui-ci est annulé.

L'acheteur ne peut faire cession du contrat sans le consentement préalable de M. Casey.

Tant que le colon n'a pas acquitté la dette qu'il a contractée pour avances reçues ou manque de payement de quelque annuité, l'administration de la colonie intervient dans la vente de tous les produits, en percevant 3 0/0 de commission et de garantie ; mais en aucun cas, elle n'effectuera de vente sans consulter l'intéressé.

Les colons paieront à parts égales la moitié du prix de la clôture en fil de fer qui entoure la colonie et qui leur sert de limite.

Il s'agit ici des colons situés à la frontière de la colonie. L'année dernière, les colons avaient semé près de 6.000 *cuadras* et l'on espérait avoir une récolte de 120.000 fanègues ; mais les gelées tardives et la grêle en ont fait perdre la moitié.

L'administrateur actuel de la colonie, un fils de Français, originaire des Hautes-Pyrénées, M. Ducos, va essayer la culture du houblon ; il a déjà une plantation de deux ou trois hectares qui a une belle apparence.

Il m'a fait voir aussi sur le flanc de la montagne un vignoble de trois ans, qui m'a rappelé les vignobles des Pyrénées ; il y a 10.000 pieds qui ont beaucoup de raisins.

Il dit qu'on a cultivé aussi la betterave, que cette plante vient très bien ici et que le chimiste Arata, qui l'a analysée à Buenos Aires, lui a trouvé une grande richesse de matière saccharine.

Le rendement du blé atteint jusqu'à 30 fanègues par *cuadra*.

Il y a à Pigüé 5 batteuses à vapeur et 90 moissonneuses.

Le *pueblo* compte 600 âmes et 120 bâtiments. Le *solar* (25 mètres de face sur 50 de fond) se vend 25 piastres nationales.

Pigüé est le point de départ de la diligence de l'entreprise Vallée (un Français), qui va à *Puan*, à *General Acha*, chef-lieu du territoire de la Pampa, à Cholechoel, etc.

Je l'ai vue arriver traînée par huit chevaux. C'est un véhicule dans le genre d'un omnibus qui pourrait être plus confortable; mais en vérité, on n'oserait exiger davantage dans une contrée qui était un désert, il y a cinq ou six ans, et où campaient les tribus de Calfucura et de Namuncura.

Sur les terrains de M. Casey, on trouve encore la colonie *Arroyo Corto*, qui confine à la précédente et qui a quatre lieues carrées de superficie. On y compte actuellement 40 familles italiennes établies à la même époque que celles de Pigüé;

Et la colonie *Sauce Corto* qui a huit lieues carrées de superficie. On y compte 50 familles galloises établies en 1885 et 100 familles russes établies en 1888.

La colonie *Tornquist* a été fondée par un négociant de Buenos Aires qui porte ce nom.

En 1887 on a publié sur cette colonie les renseignements suivants :

La colonie Tornquist comprend 18.787 hectares de terrain mesuré et borné, propres à l'agriculture et divisés en 170 fermes, d'une superficie qui varie pour chacune de 70 à 240 hectares.

Elle est située à gauche du chemin de fer du Sud et s'étend jusque dans l'intérieur des vallées légèrement accidentées de la *Sierra de la Ventana*.

Les accidents du sol, la position de la colline qui s'élève

graduellement jusques aux montagnes donnent à ce terrain
un aspect pittoresque et enchanteur.

Les eaux qui descendent partout des rochers sont ferrugineuses pour la plupart, et, d'après l'analyse qui en a été
faite, la médecine les recommande aux anémiques.

La profondeur de la couche végétale varie de $0^m$ 60 à
$1^m$ 50, et même davantage sur certains points.

Les céréales, les légumes, les pâturages, les vignobles et
les herbages donnent d'excellents résultats.

La population se composait à la fin de 1887 de 210 personnes : Suisses, Allemands, Autrichiens, Français et Russes.
82 fermes étaient déjà vendues.

Dans le *pueblo* de Tornquist on avait vendu 210 *solares* à
raison de 10 *centavos* le mètre carré.

Les fermes se vendent à raison de 15 piastres nationales
l'hectare, payables en six annuités : la première en prenant
possession, et les autres à la fin de chaque année.

Le colon achetant le terrain dans le but de le destiner à
l'agriculture, ne pourra en changer la destination ; il ne
pourra davantage y établir de magasin ni autre négoce sans
l'autorisation de MM. Tornquist et $C^{ie}$. Bahia Blanca est le
marché assuré de la colonie.

On sait que ce port est destiné à un grand avenir.
Jusqu'à présent c'est le seul port que la province de Buenos
Aires possède sur l'Atlantique, qui soit accessible aux grands
navires d'outre-mer.

Voici maintenant les résultats du dernier recensement :

Quarante familles, soit 67 hommes, 35 femmes. Ces familles
ont à leur service 66 *péons* du sexe masculin et 9 du sexe
féminin.

Les familles sont de toute nationalité, mais ce sont les
Allemands qui dominent.

A la fin de l'année dernière, il y avait 5.360 *cuadras* de
terrain en culture, dont 76 plantées en vignes.

La colonie avait 10 moissonneuses-lieuses, 4 faucheuses. On estimait la valeur totale des terrains, maisons, plantations, animaux, matériel à 405.002 piastres nationales.

Le terrain réservé autour de la station du chemin de fer pour bâtir le village a 226 *cuadras* de superficie ; il sera borné par un boulevard qui aura 22 mètres de long, et où l'on mettra l'hôpital, le cimetière, une maison pour divertissements, tir, prado, un local pour expositions rurales et agricoles, l'hippodrome, l'abattoir, etc.

Le *Tandil* est une petite ville pittoresquement située comme Olavaria, comme Pigüé, comme Tornquist, au pied d'une chaîne de montagnes. Sur une de ces montagnes on trouve cette fameuse pierre mobile (*movediza*) qui constitue un phénomène géologique probablement des plus rares qu'il y ait au monde : un bloc énorme de granit en forme de pyramide, qui repose sur un plan incliné de roche également, et qui reste là sans tomber depuis des centaines ou des milliers de siècles. Sans grand effort un homme peut le mettre en mouvement, et alors on le voit parfaitement qui oscille sur la base et se balance dans l'espace. On croirait d'abord qu'il y a un axe qui le soutient lié au rocher inférieur ; mais il paraît qu'il n'en est rien. Pour démontrer palpablement qu'il est mobile, on s'amuse à mettre des bouteilles à la base, et en effet au bout de quelques instants les bouteilles éclatent en morceaux broyées par le géant de pierre, qui pèse des milliers de kilogrammes.

La pierre mobile a fait la célébrité du Tandil : tous les voyageurs, tous les touristes, et bien d'autres encore, ne manquent pas d'y faire une visite ; il en est beaucoup qui veulent absolument laisser un souvenir à ce contemporain millénaire des périodes écoulées ; ils apportent de la peinture et des pinceaux pour inscrire leurs noms sur les rochers

voisins ou sur le bloc lui-même ; d'autres vont plus loin : ils
se donnent la peine de le graver.

*Nomina stultorum semper parietibus insunt.*

D'autres y font de la réclame commerciale, par exemple
Bagley pour sa fameuse Hespéridine.

Du haut de la montagne de la pierre mobile on a un ravis_
sant panorama : la ville encadrée dans le rideau de végétation que lui forment les milliers de peupliers et de saules
pleureurs plantés aux environs, qui entourent les *chacras*
et les *quintas*, et suivent dans ses sinuosités la petite rivière
descendue de la chaîne voisine, qui a donné son nom à la
localité. Les maisons des agriculteurs semblent monter à
l'assaut de la montagne qui les domine de sa crête aride.

Mais cette aridité n'est pas seulement un élément de pittoresque pour le paysage ; c'est aussi une source de richesses
pour la contrée ; il y a là plus de 3.000 tailleurs de pierres
qui sont occupés à l'exploitation des carrières de granit, et
dont on aperçoit les habitations de zinc suspendues comme
des nids d'aigles dans les anfractuosités des rochers. Les
pavés de granit travaillés par eux et emportés par un chemin
de fer spécial vont s'entasser par milliers aux environs de la
station du chemin de fer à deux kilomètres de la petite
ville.

La rivière du Tandil fait mouvoir plusieurs moulins, entre
autres celui d'un Français ou fils de Français, né en arrivant
à Montevideo, M. Dizeste, dont le père était originaire de la
vallée d'Ossau dans les Pyrénées. C'est le moulin du *Progrès;*
il est à eau et à vapeur. Il avait été fondé en 1870 par un
autre Français du Béarn, Joachim Pourtalé, cousin germain
de Pierre Pourtalé, autre Béarnais établi à l'Azul depuis
1842 et possesseur d'une grande fortune. Brûlé en 1883, il a
été refait en 1886 et on le refait encore à l'heure qu'il est.
Ce sera un vrai monument de granit qui n'aura pas son égal

dans le pays. Le moteur à vapeur sera de la force de 100 chevaux ; le moteur à eau, de la force de 45. Il pourra moudre
commodément 100.000 fanègues par an. Il est éclairé à la
lumière électrique. Le granit, la chaux, le sable, le marbre,
tout a été pris dans la localité même : il n'y a que le fer qui
vienne du dehors.

Dizeste ne se borne pas à l'industrie minotière ; il fait
aussi de l'agriculture sur une grande échelle : ayant affermé
une lieue carrée de terrain pour cinq ans, il y a établi cinq
familles grecques auxquelles il a fait toutes les avances
nécessaires de vivres et d'instruments de travail et qui partagent tous les bénéfices avec lui. Cette année on avait semé
800 *cuadras ;* la récolte a produit 9.000 fanègues.

Le Tandil peut être considéré comme un produit de l'immigration spontanée : il doit son grand développement aux
Basques, aux Béarnais, aux Danois qui sont venus s'y établir.
A présent, les Italiens y abondent comme partout ailleurs,
surtout depuis la construction du chemin de fer, qui, mettant
la ville à quelques heures de Buenos Aires, a donné naissance à l'industrie extractive. Les Danois y forment une
espèce de colonie isolée, n'ayant guère de relations qu'entre
eux ; ils sont de 7 à 800 ; ils ont leur temple à Tandil et leur
pasteur qui tient aussi l'école.

Ils ont été attirés ici par un immigrant du nom de Fugl,
qui vint s'y établir, il y a une trentaine d'années, comme
maître d'école, et qui installa ensuite un moulin à manège.
Ils font tous de l'agriculture, quelques-uns sur une grande
échelle ; ils sèment des centaines d'hectares, et emploient
tous les moissonneuses et les batteuses. Ils n'ont pas besoin
d'acheter le terrain, à la rigueur : les *estancieros* l'afferment
volontiers, persuadés qu'ils sont que la culture améliore le
terrain et le prépare pour le pâturage. On peut donc réserver
tout son capital pour l'exploitation agricole ; il n'est pas absolument nécessaire d'être propriétaire pour s'enrichir.

On m'a montré un Français, un Auvergnat, nommé Favre, qui, arrivé ici il y a dix ans comme simple *péon*, possède à l'heure qu'il est une fortune de plus de cent mille piastres. Et comme celui-là il y en a beaucoup d'autres !

Après avoir parlé du Tandil, il me faudrait aussi parler de l'Azul, qui est également une création de l'immigration spontanée, avec cette différence qu'elle est due surtout aux Béarnais, tandis que les Basques ont prédominé au Tandil avant l'arrivée des Italiens qui couvrent tout de leur inondation incessante ; mais alors ce serait à n'en plus finir ; car il faudrait passer en revue tous les *pueblos*, tous les *egidos*, tous les *partidos* de la province où l'on pratique l'agriculture sur de grandes proportions : par exemple *Chivilcoy* qui fut et est encore un district éminemment agricole, fondé à cet effet par Villarino, il y a un peu plus de trente ans, puis le *Bragado*, le *Nueve de Julio*, *Pergamino* où l'on pratique le labourage à vapeur ; le *Saladillo* et tant d'autres localités ; mais l'espace et le temps me manquent. C'est pour le même motif que je ne dis rien des centres agricoles, créés en vertu d'une loi nouvelle de la province de Buenos Aires et qui d'ailleurs n'ont pas encore eu le temps de manifester leurs résultats. Je m'arrête donc et arrive brusquement à ma conclusion que je formule en peu de mots :

Ces contrées sud-américaines sont une des plus magnifiques demeures réservées à l'humanité ; tous les hommes de bonne volonté, forts de corps et forts de caractère, qui n'ont pas de place au soleil dans le vieux monde, et à qui le travail physique ne fait pas peur, ne sauraient choisir un meilleur théâtre pour le déploiement de leur activité ; ils ne doivent donc pas hésiter à y venir planter leurs tentes.

# ANNEXES

Dans mes excursions je n'ai pas dépassé le port de Bahia Blanca sur l'Atlantique ; cependant, je crois nécessaire de dire quelques mots des essais de colonisation qui ont été tentés sur les territoires du Sud, dans cette région que l'on appelait autrefois la Patagonie, et sur tous les points de laquelle flotte aujourd'hui le pavillon bicolore de la République Argentine. Le lecteur sait d'avance que je n'en parle pas *de visu*, comme des autres contrées que nous venons de parcourir ensemble.

## I

### La colonie du Chubut.

La colonie du Chubut ou Chupat est située en Patagonie sur le fleuve de ce nom. Sa fondation remonte à l'an 1865.

En 1863 on vit arriver à Buenos Aires M. Louis Jones, représentant d'une société d'émigration du pays de Galles, qui venait pour passer avec le gouvernement national un contrat de colonisation dans la Patagonie, au sud du Rio Negro. Les bases établies dans ce contrat furent repoussées par le Sénat.

Plus tard, à la suite de démarches faites par M. Phibbs, consul argentin à Liverpool, les négociations furent renouées, et l'on concéda à chaque famille de 3 personnes 25 *cuadras* carrées conformément à une loi de 1862.

22

Le 15 septembre 1865 la colonie fut installée : elle se composait de 180 personnes. Ce fut le gouverneur et commandant militaire de Patagones, lieutenant-colonel Julien Murga, qui fut chargé de faire la livraison des terrains.

Le gouvernement, intéressé à la colonisation de ces contrées lointaines et solitaires, fournit pendant trois ans toute espèce de secours à ce noyau de population , c'est-à-dire toutes les provisions nécessaires; il dépensa en animaux, semences, etc., plus de 10.000 piastres fortes; il donna des armes et des munitions, il paya la moitié du prix d'une goélette en remplacement d'une autre qui s'était perdue. Malheureusement il y avait peu d'agriculteurs parmi les colons ; la plus grande partie étaient des mineurs : cette circonstance explique pourquoi ils eurent à lutter avec toute espèce de contretemps; enfin découragés, au commencement de 1867, ils résolurent d'abandonner la colonie. A cet effet, ils emportèrent le peu qu'ils avaient et se rendirent au port dans l'intention de s'embarquer. Cependant, à force de bons conseils on les détermina à retourner à leur habitation, où ils se remirent au travail avec plus de courage, et, profitant de l'expérience acquise par leur pénible apprentissage de la culture de la terre pendant les années passées, ils parvinrent à améliorer leur position.

Il y eut des familles qui abandonnèrent le Chubut pour aller s'établir dans la province de Santa Fé, où elles formèrent le noyau d'une colonie anglaise au nord du village de San Javier.

D'après le rapport de Wilcken, il y avait au Chubut de 120 à 130 personnes (1872).

Le nombre des bâtiments était de 24 maisons en briques et 6 ranchos.

En fait de bâtiments publics, il n'y avait qu'une chapelle.

Les colons avaient 200 vaches laitières et 100 chevaux et juments.

Les principales productions étaient : le maïs, le blé, la pomme de terre, le beurre et le fromage.

Les colons faisaient le commerce avec les îles Malouines et les Indiens de la tribu des Pehuelches, auxquels ils achetaient des plumes d'autruche, des peaux et des tapis. Ils vivaient avec ceux-ci dans la meilleure harmonie, au point que les Indiens allaient souvent aider les colons en leur donnant des animaux, des vivres, etc.

A la date du 7 septembre 1879, M. Louis Jones, agent de la

colonie, qui s'était transporté en Angleterre, annonça l'arrivée
d'un nouveau convoi de 100 émigrants.

Cependant en 1872 la colonie se trouvait encore dans la misère
et s'adressait de nouveau aux autorités provinciales et nationales;
elle voulait abandonner définitivement sa position et demandait
des terres au gouvernement de la province de Buenos Aires. Celui-
ci consultait le gouvernement national sur ce qu'il avait à faire, et
ce dernier lui répondait que la colonie, malgré les secours qu'elle
avait reçus de lui, était absolument libre de tout engagement,
et qu'elle pouvait accepter le terrain et les conditions qui seraient
déterminés avec le gouvernement d'un commun accord.

En 1881 je trouve dans les mémoires du bureau central des
terres et colonies un rapport de ce même Louis Jones, commissaire de la colonie, qui annonce que la colonie a fait de sensibles
progrès, quoique l'affluence des immigrants n'ait pas été considérable.

Au lieu d'occuper un périmètre carré, cette colonie est située le
long des deux rives du rio Chubut. Isolée de tout centre de population à une distance de 150 lieues, n'ayant de communication que
par mer, elle est formée par une vallée dont le terrain est accidenté
et montueux.

Le climat y est sec, mais la rivière a assez d'eau pour faciliter
l'irrigation si nécessaire à la culture.

Les premiers colons, manquant d'expérience et de conseils, ont
eu à lutter avec mille difficultés jusqu'à ce que la pratique leur ait
appris le moyen de travailler avantageusement.

C'est cette circonstance qui explique pourquoi cette colonie n'a
pas reçu un plus grand accroissement dans les quinze années
d'existence qu'elle compte, et pourquoi elle a eu besoin de temps
à autre des secours du gouvernement.

Enfin au commencement de 1880 l'abondance de la récolte et le
prix élevé des produits déterminèrent plusieurs colons célibataires
à faire un voyage au pays de Galles pour pousser à l'immigration.
Leurs démarches furent couronnées de succès; ils revinrent avec
plusieurs familles, et le courant de l'immigration a continué depuis
lors. Les nouveaux arrivés ont trouvé à se placer immédiatement.

La dernière récolte de la colonie a été de 18.000 fanègues.

Les colons, qui jusqu'alors s'étaient bornés à cultiver le blé, commençaient à planter des arbres et à cultiver des légumes. Les
pommes de terre surtout donnent d'excellents résultats. La ques-

tion de l'horticulture dans la colonie, disait le rapport, dépendait de l'irrigation et des clôtures faites avec les arbres, tels que les saules et les peupliers, pour rompre la force des vents.

L'état sanitaire de la colonie était excellent.

Un autre rapport postérieur du même bureau annonce que cette colonie comptait à cette époque (1881) 1.205 personnes, dont 706 hommes et 499 femmes dont la nationalité était la suivante : Gallois 773, Argentins 379, Anglais 25, Français 4, Allemands 3, Nord-Américains 9, Brésiliens 4, Chiliens 2, Espagnols 3, Italiens 3.

Cette population occupait 743 fermes évaluées 114.400 piastres fortes. Elle avait cultivé 331 hectares en blé, luzerne, pommes de terre, etc., évalués 33.750 piastres fortes. Elle avait pour 95.867 piastres de constructions; des chapelles et des écoles pour la valeur de 6.000 piastres; des moulins à vapeur et à vent pour la valeur de 12.500 piastres; des clôtures en fil de fer pour la valeur de 4.400; enfin, en comptant la valeur du terrain, celle des cultures, celle des constructions et celle des biens meubles, on arrivait à un total de 470.476 piastres 50 centavos.

Depuis lors la colonie a suivi une marche progressive; le territoire du Chubut a été érigé en gouvernement national. On s'occupait en dernier lieu de construire des chemins de fer et de faire des canaux d'irrigation. D'après une lettre publiée le 26 juillet 1888 dans la *Tribuna nacional*, on avait considérablement étendu la zone des cultures. On évaluait la prochaine récolte à 130.000 fanègues. On avait construit trois grands moulins, des scieries et des ateliers.


II


## Les colonies et le bassin du Rio Negro de Patagonie.


La colonie *Général Roca* est située sur la rive gauche du Rio Negro, aux confluents des rios Limay et Neuquen au 39° latitude sud et 9° de longitude ouest du méridien de Buenos Aires. Son étendue est de dix lieues de long sur deux à deux et demie plus ou

moins de large. Sa surface est partagée en lots de 100 hectares, et les terrains de ville en *solares* de 50 vares sur 25.

La colonie est traversée par un canal d'irrigation pris du Neuquen, qui a pour but d'arroser les terrains et de fournir de l'eau potable au village.

Elle comptait à la fin de 1887 environ 75 familles, auxquelles il fallait joindre les fermes à élevage de quelques *fils du pays* et établissements agricoles..

Les légumes et toutes espèces de jardinage réussissent admirablement dans les terrains de la colonie, dans les îles voisines et même au centre du village.

La différence climatologique qu'il y a de Buenos Aires à ce point est de quelques degrés de plus de froid pendant les mois de mai, juin, juillet et août et beaucoup moins de pluie ou presque point. Défaut compensé dans la plupart des fermes par l'arrosement artificiel.

Les dernières gelées de l'hiver se produisent, en règle générale. aux derniers jours de septembre, et les premières neiges d'automne du 15 au 30 mars, de sorte que dans ces parages on a à peu près six mois de franche végétation.

Quant à la grande culture, dit un colon français établi dans ces parages, le blé donne de beaux résultats comme rendement et qualité. La luzerne se reproduit d'une manière surprenante et donne des résultats très rémunérateurs, d'après les hauts prix qu'atteint ce fourrage. Le maïs atteint la hauteur de deux à deux vares et demie, et il n'est pas rare de voir quatre à cinq épis sur une plante. La pomme de terre devient grosse et farineuse, surtout dans les terrains d'alluvion de la rive du fleuve et dans les îles.

Le prix en est très élevé relativement aux prix de Buenos Aires.

Tous les légumes en général donnent des résultats très satisfaisants.

Malheureusement la difficulté des communications et les frais de transport ne permettent pas d'espérer de sitôt un grand développement de la colonisation dans ces contrées éloignées.

D'après le dernier mémoire du ministère de l'intérieur, il y aurait encore 16.900 hectares disponibles dans la colonie Général Roca, 2.000 dans la colonie Conesa et 1.400 dans la colonie Frias, qui se trouvent aussi dans la même région.

Sur le bassin du Rio Negro je dois les détails suivants à l'obli-
geance du lieutenant-colonel Lino de Roa :

Le Rio Negro est formé par la *confluence* de deux grandes
rivières, le Limay et le Neuquen, qui prennent leur source, la
première dans le lac Nahuel Huapi et la seconde dans le massif
central de la Cordillère au nord du premier. Il a 140 lieues
de cours et débouche dans l'Atlantique. Sa largeur moyenne
est de 400 mètres; sa profondeur de 12 à 30 pieds, son courant de
trois milles par heure. Ses eaux sont excellentes. Il a des crues
périodiques qui commencent en juin et finissent en décembre. Il
est navigable pour les navires qui ne calent pas plus de six pieds;
mais il pourrait l'être pour de plus gros navires, si l'on nettoyait
son lit. Entre son embouchure et les *pueblos* de Patagones et
Viedma (21 milles) il est navigable pour les navires qui calent
seize pieds.

La vallée du Rio Negro a une largeur moyenne de 8 kilomètres bornée par de hautes falaises, origine des plateaux ter-
tiaires qui s'étendent à quelques lieues au nord et au sud de cette
rivière.

Les terrains de la vallée sont presque tous propices pour l'agriculture. On peut y cultiver avantageusement le blé, l'orge, le
maïs, et toutes les céréales, tous les légumes. On a essayé aussi
avec succès la culture du lin.

Les arbres fruitiers des zones tempérées y donnent des fruits
exquis. La vigne y prospère, mais son fruit est moins riche en
sucre que celui de la plante cultivée sur les collines et sur les plateaux. Ceux-ci sont très propices pour cette culture. Le terrain est
formé de sable, de gravier, de craie, de détritus végétaux et d'une
autre couche d'argile calcaire.

On peut cultiver dans la vallée toutes les plantes fourragères
connues, faire des prés artificiels par une irrigation continue.

Toutes les rives du fleuve et ses îles, qui sont très nombreuses,
sont bordées de bois de saules rouges qui sont bons pour la construction, si on les coupe aux mois de juin et de juillet. Le peuplier
de la Caroline qui y a été importé y végète avec une force extraordinaire. Le noyer aussi y est abondant. La température moyenne
annuelle est de 14° centigrades. Les saisons s'y succèdent avec une
grande régularité. Les pluies sont fréquentes au printemps et en
automne, mais rares en hiver et en été.

La température *maxima*, observée pendant plusieurs années, est

de 37° centigrades en janvier et de 2° au-dessous de zéro au mois d'août. Les vents les plus fréquents sont ceux de l'Ouest, Nord-Ouest et Sud-Ouest. Ces derniers sont assez impétueux.

La population est disséminée le long du bassin, depuis les bouches du Rio Negro jusqu'au pied de la Cordillère, dans de petits centres et dans une foule de petits établissements agricoles et d'élevage séparés les uns des autres par un intervalle de huit kilomètres.

A sept lieues de l'Atlantique on trouve deux *pueblos,* Viedma et Patagones, situés en face l'un de l'autre sur les bords du Rio Negro.

Viedma a un millier d'habitants et est la capitale du territoire du Rio Negro. Patagones en a 2.000; il date de 1877, et appartient à la province de Buenos Aires.

En remontant, on trouve les petits villages de San Javier, Pringles, Conesa, Choele-Choel et Roca, ainsi que les colonies officielles de Général Frias et Général Conesa.

Les sept huitièmes de la population de la vallée s'occupent d'élevage. Le climat est salubre.

Les populations du Rio Negro ont pour moyen de communication les télégraphes et les postes. Quant à l'importation et à l'exportation, elles emploient la voie maritime.

La sécurité est complète, depuis que les groupes d'Indiens ont disparu.

On exporte du bétail au Chili par les défilés de la Cordillère.


# III

## Enumération des colonies de Santa Fé.

M. Gabriel Carrasco, chef du bureau de recensement de Santa Fé, a publié dans la *Prensa* du 1ᵉʳ janvier 1889 une revue de l'état actuel de cette province où nous trouvons les renseignements suivants relatifs à la colonisation; ils indiquent les progrès accomplis depuis une trentaine d'années. Il y avait en :

| | |
|---|---|
| 1856......... | 1 colonie |
| 1865......... | 3 colonies |
| 1872......... | 32 — |

| 1878........ | 51 colonies |
| 1882........ | 85 — |
| 1884........ | 90 — |
| 1887........ | 152 — |
| 1888........ | 192 — |

Il a été donc fondé dans l'année 1888 quarante nouvelles colonies agricoles. Ce chiffre peut sembler exagéré. Pour dissiper toute ombre de doute, M. Carasco publie la liste des colonies par département en indiquant les nombres d'hectares occupés par chacune d'elles; nous trouvons donc dans le département de la capitale 12 colonies qui sont : Angeloni, Cayastacito, Emilia, Guadalupe, Primero de Mayo, Principe Umberto, San Justo, San Martin, San Martin, Sol de Mayo, Tres Reyes, Ureta avec un total de 424.992 hectares et de 12 colonies.

Dans le département de San Javier : Alejandra, Avellaneda, California, Florencia, Francesa, Inglesa, La Brava, las Garzas, las Toscas, Nuevo Torino, Secunda Reconquista, Ocampo, Piazza, Reconquista, Romang, San Antonio, San Javier, Victor Emmanuel. Ce qui fait pour ce département 18 colonies avec 67.401 hectares.

Dans le département des colonies :

Adolfo Alsina, Aldao, Angelica, Alvaro Istueta, Argentina, Ataliva, Aurelia, Bauer et Sigel, Bella Italia, Bunge, Carolina, Castelar, Castellanos, Cavour, Clara, Clusellas, Cello, Colonizadora de Cordova, Compania de Tierras, Constanza, Egusquisa, Elisa, Enrique Sanchez, Esmeralda, Esperanza, Eustolia, Felicia, Franck, Galvez, Garibaldi, Grutli, Hipatia, Humboldt, Humboldt Chico, Iturraspe, Jacinto Araoz, Josefina, Larrechea, Lehmann, Lorenzo Torres, Lopez, Luis Viale, Maria Juana, Maria Luisa, Matilde, Maua, Merediz, Monigotes, Nueva, Nuevo Torino, n° 4 Entre Torres et Capivara, n° 3 Entre Ituraspe et Capivara, Monte Paraguayo, Monte Paraguayo au nord, Pilar, Piquete, Pi y Margall, Progreso, Providencia, Pujato, Pujol, Rafaela, Raquel, Reyna Margarita, Rivadavia, Presidente Roca, San Augustin, San Carlos, San Geronimo, San José, San Vicente, Santa Clara, Santa Clara de Buena Vista, Santa Elena, Santa Maria, Saguier, Santurce, Sarmiento, Sauce et Lubary, Soutomayor, Sunchales, Susana, Las Tunas, Umberto Primero, Vila, Virginia. Ce qui fait un total de 87 colonies avec 1.346.116 hectares.

Dans le département de San José :

Cayasta, Helvetia, Santa Rosa, San José. Ce qui fait un total de 4 colonies avec 62.941 hectares.

Dans le département de San Geronimo :

Aldao, Belgrano, Bauer, Carcano, Conception, Corondina, Elisa, Gessler, Irigoyen, Lastenia, Larechea, La Algarroba, Maciel, Maradona, Margarita, Oroño, Ortiz, Piamonte, San Genaro, San Joaquin, San Jorge, San Martin, Sastre, Thomas. Ce qui fait un total de 24 colonies avec 210.717 hectares.

Dans le département d'Iriondo :

Aldao, Armstad, Armstrong, Bustinza, Cañada de Gomez, Caracciolo, Correa, Germania, Jewel, Larguia, Marull, Montes de Oca, Rodrigagnez, Santa Isabel, Santa Teresa, Tientgen, Tortugas, Union, Wheelwright. Ce qui fait un total de 19 colonies avec 261.580 hectares.

Dans le département de San Lorenzo :

Arequito, Arteaga, Candelaria, Carcaraña, Clodomira, Iriondo, Jesus Maria, J. M. Ortiz, Pellegrini, Pampa, Piamontesa, Republica, General Roca, Roldan, San Geronimo, San José, San Lorenzo, Santa Catalina, Toscana, Urquiza. Ce qui fait un total de 20 colonies avec 228.161 hectares.

Dans le département du Rosario :

Une seule colonie, Sauce, avec 2.167 hectares.

Dans le département « Général Lopez » nous trouvons :

Augier, San Urbano, Teodolina, Venado Tuerto, Villa Constitucion. Ce qui fait un total de 5 colonies avec 2.700 hectares.

Total général des colonies : 190 et d'hectares 2.617.219.

Pour expliquer la formation rapide de ces colonies, M. Carrasco dit que ce ne sont plus seulement les particuliers qui les fondent. Il s'est constitué de nombreuses et importantes associations dans ce but exclusif, entre autres la *Compagnie colonisatrice* du Salado, la *Compagnie des terres* de Santa Fé, la *Compagnie des terres du chemin de fer central argentin*, la *Banque colonisatrice nationale*.

Cette banque, dont le capital s'élève à 2.000.000 de piastres, a acheté une superficie de plus de 400.000 hectares sur laquelle elle a déjà fondé la Colonizadora de Cordoba, Jacinto Araoz, Aldolfo Alsina, Elisa, Clara, Enrique Sanchez, Louis Vial, Lorenzo Torrès, Alvaro Istueta et Santa Elena.

M. Carrasco ajoute que, indépendamment des colonies énumérées ci-dessus, il en est quelques autres fondées par des particuliers à la fin de l'année dernière, sur lesquelles on n'a pas encore de renseignements authentiques, et qui par conséquent ne figurent pas dans cette revue.

On n'y fait pas figurer non plus les terrains qu'on exploite en dehors des colonies : tout cela permet d'affirmer sans crainte d'erreur que la province de Santa Fé inaugure l'année 1889 avec une surperficie destinée à la culture de plus de 1000 lieues carrés.

Quant à l'outillage agricole, il était en 1887 de 24.369 charrues, 5.225 moissonneuses, 15.706 herses, 371 batteuses à vapeur, 172 machines à vapeur agricoles, 73 machines hydrauliques, 85 machines à vent. Depuis lors ces nombres ont été considérablement augmentés.

# VI

## Enumération des colonies d'Entre Rios.

Après la province de Santa Fé, c'est la province d'Entre Rios qui présente le plus grand nombre de colonies. A la fin de 1888, il y en avait 50 dont nous donnons la liste par département avec la date de la fondation.

Dans le département du Parana, nous avons :

La colonie Cerrito, fondée en 1882; Crespo, fondée en 1884; Brugo, fondée en 1879; Florentina, fondée en 1887; Hernandarias, fondée en 1872; Santa Maria, fondée en 1887; Villa Urquiza, fondée en 1858; Municipale, fondée en 1879; Auli, fondée en 1883; Argentina, fondée en 1881; Mérou, fondée en 1886; Cuesta, fondée en 1888.

Dans le département de Colomb nous avons : San José, fondée en 1857; Nouvelle, fondée en 1871; Hugues, fondée en 1871; Percyra, fondée en 1871; San Anselmo, fondée en 1877; San Juan, fondée en 1875; Santa Rosa, fondée en 1876; Primero de Mayo, fondée en 1881.

Dans le département de Gualeguay nous trouvons : Granja, fondée en 1881; Retiro, fondée en 1883; San Antonio, fondée en 1880; El Paraiso, fondée en 1883; San Martin, fondée en 1883; Nueva Roma, fondée en 1882; San Carlos, fondée en 1882; Capraïa, fondée en 1884.

Dans le département de Gualeguaychu nous avons : Egido, fondée en 1875; Moran, fondée en 1880; Sarandi, fondée en 1882; Santa Maria, fondée en 1881; Loreto Vela, fondée en 1881; Santa Valentina, fondée en 1882; Basavilbaso, fondée en 1888; Spangemberg,. fondée en 1888.

Dans le département de l'Uruguay nous trouvons : Perfection, fondée en 1875; Caseros, Rocamora, fondées en 1875.

Dans le département de Nogoya nous trouvons : Egido, fondée en 1884; Sance fondée en 1886.

Dans le département de Tala nous trouvons la colonie Nouvelle, fondée en 1883.

Dans le département de Concordia nous trouvons la colonie Fédérale, fondée en 1878.

Dans le département de Fédération, nous trouvons : Libertad, fondée en 1875; Egido, fondée en 1885; Mandisobi, fondée en 1883.

Dans le département de Villaguay, nous trouvons : Colonie belge, fondée en 1882 ; Nueva Alemania, fondée en 1887.

Dans le département de Diamante, nous trouvons : Alvear, fondée en 1878 ; Egido, fondée aussi en 1878.

Tout cela donne un total de 238.533 hectares de terre colonisés, avec 31.758 habitants, 101.886 animaux, 327.897 volailles, 7.091 bâtiments, 28.954 instruments aratoires.

Tel est le tableau publié par la *Prensa* dans sa revue du premier de l'an 1889; mais je n'y retrouve pas les noms de quelques colonies de fondation nouvelle.

Une loi de cette province a décrété la colonisation de 2.500 hectares de chaque côté de la voie ferrée aux stations des chemins de fer construits ou à construire dans la province : cela veut dire que les propriétaires des terrains seront mis en demeure de coloniser cette étendue ou qu'ils seront expropriés à cet effet.

La province d'Entre Rios est incontestablement la mieux située de la République Argentine pour des travaux de cette nature et celle qui est appelée à offrir le plus d'avantages aux immigrants cultivateurs.

Voici quelques détails historiques sur celles dont nous avons omis de parler dans notre relation et que nous n'avons pas eu le temps de visiter.

Dans le département de Concordia, nous trouvons la colonie

*Fédérale*, ainsi nommée parce qu'elle est située dans le district Fédéral.

Sa fondation date du 7 décembre 1888. Elle a été connue d'abord sous le nom de colonie *Antelo*, parce qu'elle a été fondée par le colonel Antelo, gouverneur de la province à cette époque. Son étendue est de près de cinq lieues carrées, dont une a été réservée pour terrain communal. Le terrain est boisé et sillonné de nombreux cours d'eau. Il est très fertile ; mais ce qui a nui au progrès de la colonie, c'est l'éloignement des marchés et la difficulté des communications.

Ce n'est pas une colonie d'immigrants européens ; elle a été formée avec des familles indigènes. Suivant le dernier recensement, la population urbaine s'élevait à 694 âmes et la population rurale à 1401.

On y cultive le blé, le maïs et la vigne.

On évalue le terrain et les autres capitaux à 585.869 piastres.

Dans ce même département, le gouvernement national a acheté le terrain connu sous le nom d'Estancia du *Yerua*, soit dix-huit lieues carrées (48.600 hectares) au prix de 35.000 piastres or la lieue carrée, pour les destiner à la colonisation.

Enfin, un grand propriétaire, le docteur Bernardo Irigoyen, a fait subdiviser en concessions une étendue de 5.400 hectares dans son estancia Yuqueri pour y faire de la viticulture.

Dans le département de Gualeguaychu, nous trouvons la colonie *Egido*, qui occupe, comme le nom l'indique, l'egido de Gualeguaychu et dont la colonisation a commencé en 1875. Cette colonie comprend trois cents concessions de 16 *cuadras* carrées, qui ont été vendues à raison de 500 piastres. La population est de 1.088 habitants. On estimait la valeur de l'ensemble de la colonie à 378.000 piastres.

La colonie *Moran* a été fondée par un propriétaire de ce nom, le 8 avril 1880.

Elle occupe une étendue de 5.400 hectares. Le terrain est très fertile ; il atteint l'épaisseur de $0^m90$ centimètres.

Les concessions sont de 27 hectares.

Les familles, au nombre de 53, soit 250 personnes, sont en général italiennes. On évalue le total de la colonie à 150.000 piastres nationales.

On trouve dans le même département : les colonies de Sarandi, fondée en 1882; Santa Maria, fondée en 1881 ; Santa Valentina, fondée en 1882; Loreto Vella, fondée en 1881, qui, toutes réunies, ont une population de 400 habitants, mais sur lesquelles le bureau de statistique de la province d'Entre Rios n'a pu se procurer des renseignements dignes de foi.

La colonie *Basavilbaso* porte le nom du gouverneur actuel de la province. Elle a été fondée au commencement de l'année dernière. Son étendue est de 2.952 hectares 95 ares. Sa magnifique position, à 45 kilomètres de la ville de Gualeguaychu, sur l'embranchement du chemin de fer central Entreriano qui mène à cette ville, lui assure un brillant avenir.

Cette colonie appartient à la société la *Colonizadora Entreriana*, qui vend les concessions à 800 piastres, payables en huit annuités, sans intérêts. Il doit aussi y être fondé un village central, qui aura 150 hectares de superficie. M. Spangemberg a établi sur ses terrains du *Pehuajo* des colons russo-allemands qui sont venus du département du Diamante.

Dans le département de Gualeguay, nous trouvons, indépendamment de l'Egido, les colonies suivantes :

*Granja*, fondée en 1881, par MM. Gianello et Antola.

*El Retiro*, fondée par Matias Erausquin, en 1873.

*San Antonio*, fondée par Juan Arguet, en 1880.

*El Paraiso*, fondée par Pedro Gonzalez, en 1883.

*San Martin*, fondée par Barandegui et fils, en 1883.

*Nueva Roma*, fondée par M. D. Carboni, en 1882.

*San Carlos*, fondée par Emilio Duportal, en 1882.

*Capraia*, fondée par Juana Chiama, en 1884.

En 1886, ces colonies avaient un total de 269 habitants et occupaient une superficie de 3.958 *cuadras*. Elles ont réalisé des progrès considérables depuis lors, surtout la colonie San Martin. Les propriétaires de cette dernière, après avoir fait toutes les avances nécessaires aux colons, n'exigeaient que le quart de la récolte.

Le blé avait rendu, en 1887, jusqu'à trente-cinq pour un, mais, en moyenne, le rendement est de vingt-deux.

Dans le département de Nogoya, nous trouvons la colonie de l'*Egido*, dont les colons sont en grande partie italiens; elle a été fondée en 1884. La population est de 286 personnes.

Dans le même département, MM. Rodriguez ont commencé à fonder une colonie dans le district de *Sauce*.

Dans le département de Victoria, il s'est formé une société

anonyme sous le nom de *Colonizadora de Victoria* au capital de 500.000 piastres nationales.

Dans le département de la Paz M. Bunge a entrepris la colonisation de sa propriété du district *Estacas*.

M. Schiele a passé un contrat de colonisation avec divers colons.

Enfin dans le département de Feliciano la municipalité a commencé la colonisation de l'Egido [1]. Les lots qu'elle vend valent 32 piastres en y comprenant le prix d'arpentage; ils sont de 25 hectares. On y compte déjà 25 familles.

## V

## La loi nationale de colonisation.

J'ai parlé plus haut des colonies nationales : il convient à ce sujet de faire connaître la loi de colonisation. Cette loi, qui date de 1876, statue ce qui suit :

Les territoires nationaux seront divisés en sections de 20 kilomètres de côté. Chaque section sera subdivisée en 400 lots de 100 hectares chacun. Il est destiné 4 lots au village central, *pueblo*, et à l'*egido* (terrains pour jardins, vergers et maisons de campagne). Les 76 lots extérieurs de la section, les 320 lots restants seront subdivisés pour être vendus conformément à la loi. La section subdivisée de la manière indiquée ci-dessus prendra le nom de *partido*.

---

1. *Egido*, je crois l'avoir dit, est le terrain réservé autour de chaque ville pour l'agriculture, qui comprend les *quintas* et les *chacras*. Plus loin, c'est la zone de l'*estancia*, du terrain destiné à l'élevage, mais qui n'exclut pas non plus l'agriculture. Dans l'*egido*, les propriétaires sont tenus d'enfermer leurs animaux pendant la nuit et de les faire surveiller pendant le jour; dans l'*estancia*, ils n'y sont pas obligés. Ce n'est que depuis quelques années que les *estancieros* ont pris la résolution d'enclore leurs terrains avec des pieux et du fil de fer (*alambrados*). Cette mesure indique un grand progrès; elle met fin à la lutte de l'agriculture et de l'élevage dont j'ai parlé au commencement de cette relation, et puis, c'est un pas fait vers la zootechnie. Enfin elle permet la combinaison de l'élevage et de l'agriculture sur une grande échelle, qui n'était pas possible avec la libre pâture.

Chaque partido sera divisé dans toute son étendue par deux rues de 50 mètres de large qui se croiseront au centre de la place principale du pueblo. Les chemins vicinaux entre les lots auront 25 mètres de large, les lots du pueblo seront partagés en 256 carrés de 100 mètres de côté chacun, avec des rues de 20 mètres de large, et une rue de circonvallation de 48 mètres qui séparera le pueblo des *chacras* (fermes). Les quatre carrés du centre formeront la place principale, en face de laquelle on réservera deux carrés pour les édifices publics. Dans chacune des quatre sections formées par les rues principales, on réservera un carré pour la place et un autre pour les édifices publics. Les autres carrés seront partagés en *solares* de 50 mètres de côté.

Dès que le pouvoir exécutif aura déterminé les terrains destinés à la colonisation et les aura fait arpenter, il y sera construit un bâtiment destiné à l'administration, capable de loger cinquante familles au moins et de contenir les vivres et autres objets nécessaires aux colons. Les cent premiers colons de chaque section, chefs de famille et agriculteurs, recevront gratis chacun un lot de 100 hectares distribués alternativement. Les autres lots ruraux seront vendus à raison de 2 piastres l'hectare payable en dix annuités, le premier payement devant avoir lieu à la fin de la seconde année. On pourra se borner à vendre le quart d'un lot, et on ne pourra en vendre que quatre à la même personne. Les colons, dont il est parlé plus haut, auront droit à des avances, qui ne pourront excéder 1.000 piastres, et qui seront remboursables en cinq annuités, à partir de la fin de la quatrième année. Les *solares* seront vendus à raison de 2 piastres fortes chacun. Les lots urbains et ruraux pourront être vendus aux enchères. Les lots de l'*egido* seront vendus, quand l'accroissement de la population l'exigera, et en attendant, les autorités municipales pourront établir un impôt sur les bestiaux qui y pâturent.

Les lots urbains doivent être peuplés et enclos dans le terme d'un an; les lots ruraux doivent être peuplés et cultivés 'pendant deux ans de suite. Il sera remis à chaque *poblador* (habitant) un bulletin provisoire, en attendant le titre de propriété qui ne sera remis que lorsque toutes les conditions précédentes auront été remplies. Entre les sections subdivisées, il en sera réservé une non subdivisée, mais bornée sur les côtés. Ces sections sont destinées à la colonisation par des compagnies particulières, à la réduction des Indiens et au pâturage.

Celui qui voudra entreprendre la fondation d'une colonie sur un terrain concédé par le gouvernement national devra le faire aux conditions suivantes : adopter l'arpentage et la subdivision prescrits par la loi ; établir 140 familles au moins dans le terme de deux ans (la concession étant de 16 lieues carrées) ; donner ou vendre à chaque famille au moins 30 hectares ; faire un bâtiment comme celui dont il a été question précédemment ; faire aux colons qui le demanderont les avances nécessaires au moins pour un an au prix coûtant, avec un 20 0/0 de prime et un intérêt de 10 0/0 par an ; ne demander aux colons le remboursement de ces sommes que par annuités et cotes proportionnelles, à dater de la troisième année de leur établissement au moins ; accorder au bureau des terres et colonies faculté d'intervenir dans les contrats passés avec les colons pour empêcher les infractions à cette loi ; s'assujettir aux lois, décrets et dispositions relatifs au gouvernement, administration, colonisation et avancement des territoires ; déposer la somme de 4.000 piastres fortes ou fournir une caution pour cette somme ; en cas de non-accomplissement du contrat, cette somme sera confisquée à titre d'amende et le contrat sera périmé.

Les compagnies colonisatrices pourront faire transporter les colons aux frais de l'État depuis le port de débarquement jusqu'au point d'arrivée. Les terrains nationaux et livrés à la colonisation pourront être concédés aux compagnies qui les demanderont pour les peupler aux conditions suivantes : Une seule compagnie ne pourra avoir plus de deux sections ; en ce cas elle devra introduire au moins 240 familles dans le terme de quatre ans, à dater de la signature du contrat ; l'exploration, arpentage et division du terrain, ainsi que les autres frais seront au compte de la compagnie, excepté les frais de transport des immigrants du port de débarquement à la colonie, qui seront aux frais de la nation.

La compagnie, qui ne remplira pas les conditions du contrat de concession, payera une amende de 10.000 piastres, sans compter la résiliation du contrat : à cet effet elle devra fournir une caution.

Le produit de la vente des terres et de l'exploitation des territoires nationaux sera destiné à la formation d'un fonds spécial des terres, ainsi qu'à l'exécution des travaux et services d'intérêt local.

Le pouvoir exécutif pourra pousser au développement de l'agriculture par la concession gratuite de nouveaux lots aux colons qui se seront distingués par leurs qualités laborieuses. Tout colon, six ans après son établissement, aura droit à une prime de dix piastres (50 fr.) pour chaque mille arbres de plus de deux ans qu'il aura plantés sur sa propriété. Les colonies nationales seront exemptes de contribution pendant dix ans. Les instruments de labour, semences, meubles et armes apportés par les immigrants pour leur usage seront libres de droit.

Les autorités civiles, policières et militaires des territoires nationaux livrés à la colonisation seront sous la dépendance du pouvoir exécutif national. Il y aura dans chaque colonie un commissaire qui sera l'autorité militaire et politique de la section. Dès qu'il y aura cinquante familles, les colons nommeront un juge de paix et cinq conseillers municipaux dont les attributions seront détermi- nées.

Les colons âgés de dix-huit ans formeront une garde urbaine pour la défense et le maintien de l'ordre dans la colonie; le pouvoir exécutif leur fournira les armes et munitions nécessaires.

Le gouvernement aidera à l'établissement et au développement des colonies provinciales en transportant gratuitement les familles agricoles et industrielles qui viendront au pays et qui voudront s'y rendre; en fournissant 200 piastres fortes ou les frais d'installation de chacune des cent premières familles établies dans chaque colonie; cette somme devra être rendue par les soins du gouvernement provincial.

Le gouvernement fédéral pourra coloniser directement les territoires qui lui seront cédés à cet effet par les provinces. Dans ce cas les provinces nommeront les autorités politiques.

Les particuliers qui voudront coloniser leurs terrains, pourront se faire envoyer gratuitement les colons nécessaires, tout en répondant pour les avances.

En vertu de cette loi, le gouvernement national a fondé plusieurs colonies; mais ce système de colonisation officielle, comme on l'a appelé, ne semble pas avoir donné les résultats qu'on avait lieu d'espérer. Nous citerons la colonie *Avellaneda*, la colonie *Resistencia*, et la colonie *Formosa* sur le territoire national du Chaco ; la colonie *Villa Libertad* sur un terrain cédé par la province d'Entre Rios ; la colonie *Général Alvear* également dans la province d'Entre Rios ; la colonie *Santa Cruz*, sur le territoire national de ce nom en Patagonie ; *le Chubut*, mais il faut observer que cette colonie existait déjà et qu'elle n'a fait que recevoir l'appui officiel; la colonie *Sampacho* et *Caroya* dans la province de Cordova ; les

colonies *Frias et Conesa* sur le Rio Negro. De graves abus on
été commis dans l'administration de ces colonies, et la colonisation officielle a été abandonnée.

On s'est rejeté alors sur la colonisation par les compagnies ou
entreprises particulières ; on a fait des concessions de terrains conformément à cette loi, en assez grand nombre ; mais jusqu'à présent
les conditions n'en ont guère été remplies : il est vrai qu'elles sont
assez onéreuses, comme M. le Ministre de l'Intérieur lui-même en
avait fait la remarque : aussi a-t-on proposé de la réformer.

## VI

## La loi des centres agricoles de Buenos Aires.

La province de Buenos Aires a été la dernière à entrer dans le
mouvement colonisateur proprement dit ; nous avons vu plus haut
que c'est celle qui compte le moins de colonies ; on y fait aussi
de l'agriculture sur une grande échelle, et tout ce qu'on appelle
les egidos de pueblos doit être considéré comme autant de centres
de population agricole qui ont été peuplés spontanément suivant
les dispositions et règlements établis par les autorité locales, mais
sans former une organisation séparée, comme il arrive dans les
colonies proprement dites.

Pour donner une impulsion plus directe et plus efficace à la colonisation, le gouvernement provincial a édicté en novembre 1887
la loi dite des centres agricoles.

En vertu de cette loi il sera établi des centres agricoles autour
des stations de chemin de fer sur tous les terrains propres à l'agriculture et qui seront situés en dehors d'un rayon de 100 kilomètres
de la capitale fédérale.

A cet effet, on appliquera la loi d'expropriation, quand les propriétaires ne voudront pas prendre eux-mêmes l'initiative de la
colonisation.

Il pourra être exproprié une lieue carrée sur chaque point, soit
près de 2.690 hectares.

Les entrepreneurs de centres agricoles auront droit à hypo-
théquer à la Banque hypothécaire le terrain destiné à cet effet

jusqu'à concurrence des trois quarts de la valeur attribuée auxdits terrains.

Un grand nombre de personnes se sont hâtées de mettre à profit les bénéfices de cette loi : à la fin de 1888, il avait été formé 203 centres agricoles comprenant une étendue de 421.681 hectares 43 centiares.

# VII

## Un contrat de colonisation.

Un des premiers colonisateurs de la province de Santa Fé a été M. Guillaume Lehmann ; on lui doit la fondation de toutes les colonies qui suivent :

Les colonies Nuevo Torino, Pilar, Aurelia, Susana, Rafaela, Lehmann, Saguier, Presidente Roca, Egusquiza, Santa Clara, Ataliva, Rey Umberto, Reina, Margarista, Virginia, et d'autres encore.

Voici quel était le contrat de vente qu'il passait avec les colons acheteurs :

Guillaume Lehmann, entrepreneur de la colonisation des terrains appartenant à... D'une part... Et M.... D'autre part... ont arrêté le contrat suivant :

ARTICLE PREMIER. — Guillaume Lehmann vend à... un terrain formant partie du plan général de la colonie... composé de... avec les limites suivantes au nord... à l'est... au sud... et à l'ouest... Pour la somme de... piastres or, avec exclusion de toute autre monnaie, payable par... parts dans les termes suivants : Premier terme qui échoit le... deuxième terme qui échoit le... Troisième terme qui échoit le... (en général le terme était de trois ans)... dont le prix courant avec l'intérêt de 8 0/0 par an depuis le... sur les termes non échus, et de 12 0/0 sur tous les termes échus capitalisables chaque année le 1er mars.

ART. 2. — M..... accepte la vente aux prix et conditions exprimés dans l'article précédent, et s'oblige à signer... billets à ordre pour les échéances respectives pour capital et intérêt, quand le vendeur le demandera, et se soumettre en outre aux clauses stipulées dans les articles imprimés à l'envers du présent acte, en général, spécialement à...

Esperanza... le... 18...

Conditions annexées au titre provisoire de vente :

ARTICLE PREMIER. — L'acte public sera rédigé aussitôt qu'on aura payé le montant total du prix de vente ou au moins la moitié ; dans ce dernier cas le terrain sera hypothéqué en garantie de la partie du prix encore due.

ART. 2. — Dans le cas où l'acheteur n'occuperait pas le terrain dans le courant de l'hiver prochain ou l'abandonnerait ensuite, ou si le prix n'était pas payé tout ou en partie dans les termes convenus, ou s'il négligeait de remplir une clause quelconque de ce contrat, le vendeur est autorisé à l'annuler : il reprend le terrain et l'acheteur perd tous ses droits de même que les améliorations qu'il y aura faites sans compter la responsabilité pour les intérêts échus pendant tout le temps que l'entrepreneur aura été dans l'impossibilité de disposer de nouveau de la propriété.

ART. 3. — Ce titre n'est transmissible qu'avec le consentement du vendeur.

ART. 4. — Quinze jours après que l'acheteur aura été mis en possession du terrain, on n'admettra plus de réclamations, relativement à la situation topographique ; s'il était besoin d'un nouvel arpentage, les frais seront à la charge de l'acheteur.

ART. V. — Les acheteurs des concessions limitrophes des boulevards ou routes principales reliant les centres ou *pueblos* des colonies seront tenus, dans un terme fixé, d'y planter des arbres sur les côtés ou bords des chemins et de laisser dix vares de chaque côté, sans avoir droit à aucune rémunération.

Les acheteurs de terrains dans les *pueblos* ou centres des colonies se soumettront aux dispositions générales en vigueur dans chacun de ceux-ci à savoir :

*a)* C'est une condition indispensable pour obtenir le titre de propriété d'un terrain dans un des *pueblos*, d'y avoir construit un bâtiment en briques cuites avec toiture de terrasse ou de tuiles.

*b)* Les bâtiments de briques crues et avec toits de paille ne seront permis que provisoirement et ne donneront pas droit à la propriété.

*c)* Les lots de jardins (*quintas*) devront être enclos avec briques ou fil de fer.

*d)* Les acheteurs de terrain (*solares*) sur les routes principales, sont tenus d'y planter des arbres pour former une avenue symétrique devant leurs propriétés.

*e)* Les habitants des dits centres de population, tant qu'il n'y aura pas de corporation ou de commission municipale, reconnaîtront dans l'administration de l'entreprise coloniale toutes les facultés qui sont inhérentes à celle-là.

# VIII

## Analyses chimiques faites par le D<sup>r</sup> Puiggari.

Pour donner une idée des terrains de la République Argentine, je crois nécessaire de reproduire ces analyses. M. Puiggari, savant espagnol, mort dernièrement, était professeur de chimie à l'Université et au collège national de Buenos Aires.

### COLONIE ESPERANZA

#### *Terre travaillée pendant quatorze ans*

| | |
|---|---|
| Argile .................................... | 68,40 |
| Sable siliceux.......................... | 19,73 |
| Oxyde de fer........................... | 1,95 |
| Carbonate de chaux.................... | 0,24 |
| Phosphate de chaux................... | 0,13 |
| Matières organiques insolubles dans les alcalis et eaux non éliminables à 100°..... | 1,90 |
| Humus soluble dans les alcalis........... | 7,45 |
| | 100,00 |

#### *Terre vierge*

| | |
|---|---|
| Argile.................................... | 53,28 |
| Sable siliceux ......................... | 35,14 |
| Oxyde de fer........................... | 2,24 |
| Carbonate de chaux.................... | 0,31 |
| Phosphate de chaux................... | 0,28 |
| Matières organiques, eau............... | 0,98 |
| Humus soluble........................ | 7,77 |
| | 100,00 |

### COLONIE LAS TUNAS

| | |
|---|---:|
| Argile | 50,10 |
| Sable siliceux fin | 37,98 |
| Carbonate de chaux | 2,15 |
| Matières organiques et eau | 4,99 |
| Humus | 5,26 |
| | 100,00 |

### COLONIE SUCHALES

| | |
|---|---:|
| Argile | 57,00 |
| Sable siliceux et granitique | 31,77 |
| Carbonate de chaux | 1,48 |
| Matières organiques et eau | 1,81 |
| Humus | 7,94 |
| | 100,00 |

### COLONIE CAVOUR

| | |
|---|---:|
| Argile | 58,11 |
| Sable quartzeux | 32,19 |
| Carbonate de chaux | 1,70 |
| Matières organiques et eau | 3.30 |
| Humus | 4.70 |
| | 100,00 |

### COLONIE SAN JOSÉ (ENTRE RIOS).

| | |
|---|---:|
| Sable granitique gros | 61,80 |
| Argile | 22,69 |
| Carbonate de chaux | 0,16 |
| Matières organiques et eau | 6,94 |
| Humus | 8,31 |
| | 100,00 |

### COLONIE GUADALUPE

| | |
|---|---:|
| Sable siliceux | 77,40 |
| Argile | 14,42 |
| Carbonate de chaux | 1,93 |
| Matières organiques et eau | 1,42 |
| Humus | 4,83 |
| | 100,00 |

### COLONIE ALEJANDRA

| | |
|---|---|
| Argile | 51,51 |
| Sable siliceux | 34,63 |
| Carbonate de chaux | 1,36 |
| Matières organiques et eau | 0,58 |
| Humus | 11,92 |
| | 100,00 |

### COLONIE SAN JOSÉ

| | |
|---|---|
| Argile | 50,89 |
| Sable granitique | 37,22 |
| Carbonate de chaux | 1,13 |
| Matières organiques et eau | 1,35 |
| Humus | 9,41 |
| | 100,00 |

### COLONIE JESUS MARIA

| | |
|---|---|
| Argile | 61,99 |
| Sable siliceux | 25,11 |
| Carbonate de chaux | 0,17 |
| Matières organiques et eau | 2,51 |
| Humus | 10,22 |
| | 100,00 |

### COLONIE VILLA URQUIZA

| | |
|---|---|
| Argile | 64,33 |
| Sable granitique | 22,29 |
| Carbonate de chaux | 0,38 |
| Matières organiques et eau | 6,84 |
| Humus | 6,16 |
| | 100,00 |

### COLONIE GUADALUPE

| | |
|---|---|
| Sable quartzeux | 59,86 |
| Argile | 34,70 |
| Carbonate de chaux | 1,36 |
| Matières organiques et eau | 0,68 |
| Humus | 3,40 |
| | 100,00 |

### COLONIE CANDELARIA

| | |
|---|---|
| Argile | 60,06 |
| Sable siliceux fin | 26,67 |
| Carbonate de chaux | 0,15 |
| Matières organiques et eau | 2,61 |
| Humus | 10,51 |
| | 100,00 |

### COLONIE GRUTLI

| | |
|---|---|
| Argile | 57,66 |
| Sable quartzeux fin | 33,69 |
| Carbonate de chaux | 0,27 |
| Matières organiques et eau | 2,00 |
| Humus | 8,38 |
| | 100,00 |

### COLONIE SAN CARLOS

| | |
|---|---|
| Argile | 52,30 |
| Sable quartzeux fin | 35,80 |
| Carbonate de chaux | 2,10 |
| Matières organiques et eau | 2,50 |
| Humus | 7,30 |
| | 100,00 |

### COLONIE CANADO DE GOMEZ

| | |
|---|---|
| Argile | 54,35 |
| Sable quartzeux fin | 31,90 |
| Carbonate de chaux | 1,14 |
| Matières organiques et eau | 2,10 |
| Humus | 10,50 |
| | 100,00 |

### COLONIE SAN CARLOS

| | |
|---|---|
| Argile | 58,15 |
| Sable siliceux | 32,20 |
| Carbonate de chaux | 0,25 |
| Matières organiques et eau | 2,53 |
| Humus | 6,87 |
| | 100,00 |

### COLONIE SAN GERONIMO

| | |
|---|---|
| Argile....................................... | 50,35 |
| Sable granitique ...................... .. | 39,35 |
| Carbonate de chaux..................... | 0,12 |
| Matières organiques et eau................ | 2,24 |
| Humus.... ........................... | 7,94 |
| | 100,00 |

### COLONIE EMILIA

| | |
|---|---|
| Argile................................. | 76,16 |
| Sable quartzeux fin..................... | 15,91 |
| Carbonate de chaux....................... | 0,33 |
| Matières organiques et eau........ | 4,13 |
| Humus................................. | 3,47 |
| | 100,00 |

### COLONIE HELVETIA

| | |
|---|---|
| Sable siliceux fin....................... | 28,70 |
| Sable quartzeux......................... | 56,66 |
| Argile ................................. | 8,96 |
| Carbonate de chaux..................... | 2,17 |
| Matières organiques et eau................ | 0,33 |
| Humus................................. | 3,18 |
| | 100,00 |

### COLONIE SAN JOSÉ (NORD-EST).

| | |
|---|---|
| Sable gros granitique.................... | 88,54 |
| Argile................................. | 4,35 |
| Carbonate de chaux..................... | 1,70 |
| Matières organiques et eau........ ....... | 2,25 |
| Humus................................. | 5,50 |
| | 100,00 |

### COLONIE HUMBOLDT.

| | |
|---|---|
| Argile................................. | 68,57 |
| Sable quartzeux........................ | 21,58 |
| Carbonate de chaux..................... | 1,59 |
| Matières organiques et eau.............. | 1,76 |
| Humus................................. | 6,50 |
| | 100,00 |

CHIVILCOY (n° 1).

| | |
|---|---|
| Argile........................................... | 62,51 |
| Sable quartzeux fin........................ | 25,15 |
| Carbonate de chaux insoluble............. | 2,97 |
| Humus soluble dans les alcalis............ | 9,10 |
| | 100,00 |

n° 2.

| | |
|---|---|
| Argile................................. | 68,88 |
| Sable quartzeux fin.................... | 21,05 |
| Carbonate de chaux.................... | 0,27 |
| Matières organiques insolubles et eau....... | 0,87 |
| Humus................................. | 9,80 |
| | 100,00 |

## IX

## Rivadavia et la colonisation.

L'idée première de la colonisation dans la République Argentine n'appartient pas aux auteurs de la Constitution de 1853 ; elle est de Rivadavia, qui l'avait conçue dès 1811, c'est-à-dire dès les premiers jours de la lutte pour l'indépendance, et qui chercha à la réaliser dès qu'il fut au pouvoir.

Une loi de la législation de Buenos Aires, dit M. Nicasio Oroño dans son opuscule intitulé : *La véritable organisation du pays*, datée du 22 août 1821, autorisait le gouvernement de la province (de Buenos Aires) à négocier le transport de familles industrieuses pour en augmenter la population. En 1823, le ministre du gouvernement fut autorisé à négocier en Europe le transport d'au moins mille familles morales et industrieuses pour former de nouveaux centres de population à la frontière. Une grande partie de l'emprunt voté à cette époque devait être affecté à cet objet...

Il y eut un essai de colonisation fait à Santa Catalina, non loin de Buenos Aires.

« Les colons de Santa Catalina et l'entrepreneur de la colonie se ruinèrent, ajoute le même publiciste; manquant de ressources, victimes des dissensions politiques, ils se dispersèrent pour la

plupart dans les districts de Quilmes, Cañuelas, San Vicente et
Ranchos. Cependant, dispersés et pauvres, ces colons furent les
premiers qui nous enseignèrent la manière de domestiquer les
vaches, de les traire, de débiter le lait en bon état et mesuré ; ils
firent du beurre exquis et du fromage d'excellente qualité. Ce sont
eux qui formèrent les premières fermes-modèles (*chacras*) que
nous ayons eues dans le pays (1) ; enfin et surtout, c'est à ces malheureux colons que nous sommes particulièrement redevables
de cet élevage des bêtes ovines, qui aujourd'hui figure au premier
rang entre les sources de notre richesse. »

Rivadavia avait été l'inspirateur de cette première loi de colonisation. Quand il fut nommé président de la République, il for-
mula avec ses amis politiques tout un système de législation
agraire, qui avait aussi pour but le peuplement du pays, mais
dont les troubles politiques ne permirent pas l'application.

M. Andrès Lamas, un des publicistes les plus distingués de la
Plata, a publié deux brochures extraites d'une étude sur *Rivadavia
et son temps*, où il expose le plan de législation agraire conçu
par ce grand homme, qui était si en avant de ses contemporains
et dont les vues avaient tellement devancé les temps qu'aujour-
d'hui encore on les traite d'utopiques.

A l'appui de mon assertion, je citerai encore les paroles d'un
compatriote qui a eu occasion d'étudier ces contrées, il y a quarante ans (2).

« Où Rivadavia se montra animé d'un esprit véritablement
libéral, ce fut dans la colonisation de la Patagonie et dans l'introduction des travailleurs étrangers.

« Par un décret du 22 septembre 1822, le gouvernement fit
appel à tous ceux qui voudraient s'établir en Patagonie, et par un
autre du 21 décembre suivant, il assura à chaque colon à son
choix une concession de *chacra* d'une demi-lieue carrée, ou
d'*estancia* d'une lieue carrée.

« Sur les représentations de plusieurs capitalistes, qu'il serait
facile d'engager au dehors des travailleurs pour leurs établisse-

(1). L'établissement de Santa Catalina est aujourd'hui le siège de
l'école agronomico-vétérinaire de la province de Buenos Aires.

(2). *Considérations historiques et politiques sur les Républiques de la
Plata dans leurs rapports avec la France et l'Angleterre*, par M. Alfred de
Brossard, ancien attaché à la Mission extraordinaire de France dans la
Plata en 1847. — Paris — Guillaumin, 1850.

ments, à condition que ceux-ci seraient exempts du service militaire pendant la durée de leur engagement, le gouvernement rendit le 7 décembre 1822, un décret dans ce sens.

« Enfin le décret du 24 avril 1824 créa une commission chargée de préparer l'émigration étrangère. Le règlement du 19 janvier 1825 détermina la composition et les attributions de cette commission qui fut formée de citoyens et d'étrangers domiciliés et propriétaires de biens fonds ; il stipula les principales conditions offertes aux émigrants : liberté de culte, exemption de tout service militaire ou civil pendant cinq ans, et de toutes conditions qui ne seraient pas imposées à la totalité de la population, faculté d'acquérir et de posséder et de transmettre toutes sortes de biens, meubles et immeubles, concessions de terre par emphytéose à l'expiration de leur engagement. »

Il est à remarquer que ce règlement en vingt-neuf articles fut rendu spontanément avant qu'aucun traité ne liât la République Argentine à l'extérieur.

Il est encore à remarquer que la loi du 20 octobre 1875 sur la liberté des cultes fut motivée par le désir d'attirer des colons étrangers sans forcer leur conscience, et en s'assurant de leur moralité par leur foi.

Le ministre Don José Manuel Garcia s'exprima formellement à ce sujet dans un discours à l'Assemblée.

On voit, par ces citations, qu'Alberdi et les autres auteurs de la Constitution qui régit la République Argentine, n'ont fait que reproduire et appliquer l'idée de Rivadavia. Je regrette que l'espace et le temps ne me permettent pas d'entrer dans de plus longs détails à ce sujet.

# X

## La province d'Entre Rios.

Je publierai prochainement une notice détaillée sur la province d'Entre Rios, une des plus intéressantes et incontestablement la mieux située de toutes celles qui composent la République Argentine : il suffit de voir la position qu'elle occupe sur la carte pour augurer qu'elle est destinée à un brillant avenir. Aussi a-t-elle joué à diverses reprises un rôle prépondérant dans les événements poli-

tiques de ces contrées; c'est à elle qu'on doit en grande partie l'organisation définitive du pays sous le régime constitutionnel.

L'érection de ce territoire en province date de 1814. Elle a pour limites à l'Est, le Rio Uruguay qui la sépare de la République Orientale de l'Uruguay; à l'Ouest, le Rio Parana, qui la sépare des provinces de Santa Fé et Buenos Aires; au Sud, le grand estuaire du Rio de la Plata; au Nord, la province de Corrientes dont elle est séparée par deux petites rivières, le Guayquiraro qui débouche dans le Parana et le Mocoreta qui débouche dans l'Uruguay. C'est donc une espèce de péninsule comprise entre deux grands fleuves navigables, parfaitement accessibles aux navires d'outre-mer, et pouvant embarquer ses produits avec la plus grande facilité, dès qu'elle aura complété son système de viabilité intérieure, car elle n'a guère plus de cinquante lieues de large.

Elle est sillonnée par un grand nombre de cours d'eau, dont les plus importants sont le Rio Gualeguay, qui coule du Nord au Sud et la partage à peu près en deux parties égales, le Gualeguaychu, qu'on appelle ruisseau dans le pays, bien qu'il soit navigable pendant plusieurs lieues, affluent de l'Uruguay, et le Rio de San José de Feliciano, qui débouche dans le Parana.

Le terrain n'est pas d'une horizontalité absolue comme celui de Santa Fé et de Buenos Aires; il est constamment ondulé et coupé de collines qui dans le pays portent le nom de *Cuchillas* et qui lui donnent l'aspect d'une mer de verdure solidifiée. Tous ou presque tous les vallons formés par ces collines ont leur cours d'eau, de sorte qu'on n'y a pas à craindre la sécheresse qui se fait sentir parfois dans les provinces transparanéennes.

La plupart de ces cours d'eau sont bordés d'arbres; au centre de la province on trouve une grande forêt, la forêt de Montiel, qui s'étend jusqu'au Nord, couvrant une surface de 25.000 kilomètres carrés. Toutes ces circonstances, jointes à la variété de composition du sol, en font un territoire privilégié pour l'élevage et l'agriculture : c'est pourquoi on ne saurait désigner un meilleur objectif à l'immigration européenne, d'autant mieux que le gouvernement actuel présidé par M. Clemente Basavilbaso est parfaitement disposé à la recevoir et à l'établir dans les conditions les plus avantageuses.

Voici quelques renseignements qui me sont fournis par M. Benito' Cook, directeur du journal *El Argentino*, qui se publie à Parana, capitale de la Province.

*Population.* — La première ville ou *pueblo* fondé dans cette province, c'est Parana qui date de 1730. .

En 1783, Thomas de Rocamora fonda les villes de Gualeguay, Gualeguaychu et Concepcion del Uruguay. La province avait alors 11.700 habitants seulement.

| | | |
|---|---|---|
| En 1808 elle en eut environ................ | 16.500 |
| En 1819 — ................ | 21.600 |
| En 1829 — ............ | 28.300 |
| En 1839 — ............ | 37.800 |
| En 1857 elle avait.................... | 79.282 |
| En 1867 — .................... | 93.631 |
| En 1879 — .................... | 204.900 |

Actuellement on évalue sa population à....... 269.000 âmes.

*Superficie.* — La superficie totale de la province est évaluée à 75.896 kilomètres carrés d'après les données fournies par le département topographique.

La densité de la population sur un territoire si étendu dépasse à peine de 3 habitants par kilomè re carré.

Si la province avait une densité de population égale à la France, elle contiendrait 4 millions et demi d'habitants.

On voit donc qu'il y a de la place pour des milliers et des milliers de colons. .

*Bestiaux.* — Les vastes prairies de la province sont occupées par 4.170.068 bêtes à cornes; 719.510 bêtes chevalines, et 4.901.123 bêtes ovines ; le tout représente une valeur de 54.308.454 piastres monnaie nationale (la piastre nationale, quand elle est au pair, vaut cinq francs).

*Valeur de la propriété immobilière.* — Cette valeur basée sur les diverses transactions faites dans le courant de l'année 1888 est de 150.714.000 piastres; la province a 4.543.700 hectares, ce qui donne pour chacun une valeur moyenne de 20 piastres monnaie nationale.

*Département.* — La province est divisée en quatorze départements, qui sont : Parana, la Paz, Feliciano, Diamante, Victoria, Nogoya, Gualeguay, Gualeguaychu, Uruguay, Concordia, Federation, Colon, Rosario Tala, Villaguay.

, *Colonisation.* — La province compte actuellement 94 colonies agricoles, dont près de 50 ont été fondées pendant la laborieuse et progressiste administration du gouverneur M. Clemente Basavilbaso.

On peut évaluer à 200.000 hectares la terre consacrée à l'agriculture dans ces centres agricoles.

Notre sol produit tous les fruits des zones tempérées : le blé, le maïs, l'orge, le lin, la pomme de terre, la patate, toute espèce de légumes avec un rendement qui atteint parfois jusqu'à 40 et 50 pour un.

Quant à la culture de la vigne, elle prend un développement extraordinaire actuellement ; on compte 2.000 hectares consacrés à la viticulture avec 8 millions de sarments. On évalue à plus de 1.500.000 hectares le terrain que l'on peut destiner à la colonisation ; par où l'on voit que l'émigration a un vaste champ où faire fructifier son travail.

En 1887, on a cultivé 136.151 hectares, dont 68.000 ont été consacrés au blé, 47.208 au maïs et le reste à diverses autres cultures.

*Revenus et dépenses.* — Les sommes perçues à titre d'impôt pendant l'année 1888 s'élèvent à 2.215.344 piastres 34 centavos, auxquelles il faut ajouter les bénéfices de la Banque provinciale, soit 319.837 piastres, ce qui fait un total de 2.545.181 piastres, 90 centavos.

Le budget voté l'an dernier était de 2.348.248 piastres 4 centavos.

*Éducation.* — Il y a dans la province 188 écoles avec 420 instituteurs et 12.699 élèves, dont 8.044 garçons et 4.635 filles.

L'entretien des écoles officielles coûte au gouvernement 187.845 piastres, 75 centavos. Il existe 26 écoles particulières subventionnées par le gouvernement, 5 subventionnées par les municipalités et 5 subventionnées par des sociétés générales, enfin 18 écoles sans subvention.

Il y a en outre trois grands établissements d'éducation, qui comptent plus de 2.000 élèves.

Ce sont le Collège national de Concepcion del Uruguay, l'École normale de professeurs de Parana, dont le gouvernement national fait les frais, et un collège d'enseignement supérieur que le gouvernement provincial vient de fonder, et qui ne tardera pas à avoir les mêmes privilèges que les collèges nationaux.

*Travaux publics.* — La province est sillonnée par plusieurs chemins de fer, dont les uns appartiennent à l'État et les autres à des particuliers, et l'on est en train d'en construire plusieurs autres.

Voici quelle en est l'étendue kilométrique :

Propriété du gouvernement provincial, chemin de fer central entreriano, 286 kilomètres en exploitation. En construction : de Gualeguay à Tala, 104 kilomètres, et de Nogoya à Victoria, 50. Ce qui fait 445 kilomètres.

Particuliers : le chemin de fer de l'Est Argentin, qui a plus de 150 kilomètres, et le premier Entreriano, qui en a 12.

On a fait des concessions pour construire 1.500 kilomètres de voies ferrées.

On a construit au port de Concepcion del Uruguay une jetée qui coûte près de 800.000 piastres. On va en construire d'autres aux ports de Diamante, Parana, la Paz et Concordia, ainsi que de nouveaux bâtiments pour les douanes nationales, afin de faciliter la navigation et le commerce.

Ce bref résumé prouve l'importance de la province d'Entre Rios ; ces chiffres sont plus éloquents que toutes les considérations que je pourrais ajouter, si le temps et l'espace me le permettaient.

### NOTE

*Les personnes qui désirent avoir plus de détails sur les colonies de la République Argentine, et qui connaissent la langue espagnole, peuvent consulter un ouvrage en deux volumes que j'ai publié à Buenos-Aires sous le même titre.*

# TABLE DES CHAPITRES ET DES MATIÈRES

24

# ANNEXES

PARIS. — IMPRIMERIE P. MOUILLOT 13, QUAI VOLTAIRE — 38115.

PARIS. — IMPRIMERIE P. MOUILLOT, 13, QUAI VOLTAIRE. — 38115.

www.ingramcontent.com/pod-product-compliance
Lightning Source LLC
Chambersburg PA
CBHW050321030726
47505CB00003B/809